高校古委会立项资助项目(批准编号:1447)

邵雍《击壤集》辑佚与研究

SHAOYONG JIRANGJI JIYI YU YANJIU

丁治民 张茜茜 编著

苏州大学出版社
Soochow University Press

图书在版编目(CIP)数据

邵雍《击壤集》辑佚与研究／丁治民，张茜茜编著
．—苏州：苏州大学出版社，2019.5
高校古委会立项资助项目：批准编号：1447
ISBN 978-7-5672-2662-3

Ⅰ.①邵… Ⅱ.①丁…②张… Ⅲ.①宋诗-诗集②《击壤集》-研究 Ⅳ.①I222.744

中国版本图书馆 CIP 数据核字(2018)第 293367 号

邵雍《击壤集》辑佚与研究
丁治民　张茜茜　**编著**
责任编辑　周建国　孙志涛

苏州大学出版社出版发行
(地址：苏州市十梓街 1 号　邮编：215006)
苏州工业园区美柯乐制版印务有限责任公司印装
(地址：苏州工业园区东兴路 7-1 号　邮编：215021)

开本 787mm×1 092mm　1/16　印张 26　字数 554 千
2019 年 5 月第 1 版　2019 年 5 月第 1 次印刷
ISBN 978-7-5672-2662-3　定价：128.00 元

苏州大学版图书若有印装错误，本社负责调换
苏州大学出版社营销部　电话：0512-67481020
苏州大学出版社网址　http://www.sudapress.com
苏州大学出版社邮箱　sdcbs@suda.edu.cn

目录

伊川击壤集卷之三 / 15

伊川击壤集卷之四 / 24

伊川击壤集卷之六 / 39

伊川击壤集卷之七 / 48

伊川击壤集卷之八 / 57

伊川击壤集卷之十八

伊川击壤集卷之十九 / 177

伊川击壤集卷之二十二 / 220

伊川击壤集卷之二十七 / 319

邵雍“击壤三千首”考论*

北宋著名学者邵雍自称其诗有三千首，而现存其诗集《伊川击壤集》不同版本均仅有一千五百多首，故还应有一千五百首，但未见其中。明清时期的文集、笔记和目录记载了邵雍另一部不为学界所知的著作——《前定数》，而我们在《永乐大典》中发现了保存完整的《前定数》，其诗共存一千四百九十三首。书前共有两序，其一为邵雍之孙邵博所书。《前定数》是以诗歌的形式表现易数内容，两者相加，诗的数量不仅与邵雍所称相一致，而且《前定数》在内容和语言等方面与《伊川击壤集》和《皇极经世》具有异曲同工之妙。

击壤吟

击壤三千首，行窝二十家。乐天为事业，养志是生涯。
出入将如意，过从用小车。人能知此乐，何必待纷华。

失诗吟

胸中风雨吼，笔下龙蛇走。前后落人间，三千有余首。

诗史吟

史笔善记事，长于炫其文。文胜则实丧，徒增口云云。
诗史善记事，长于造其真。真胜则华去，非如目纷纷。
天下非一事，天下非一人，天下非一物，天下非一身。
皇王帝伯时，其人长如存。百千万亿年，其事长如新。
可以辩庶政，可以齐黎民。可以述祖考，可以训子孙。
可以尊万乘，可以严三军。可以进讽谏，可以扬功勋。
可以移风俗，可以厚人伦。可以美教化，可以和疏亲。
可以正夫妇，可以明君臣。可以赞天地，可以感鬼神。
规人何切切，诲人何谆谆。送人何恋恋，赠人何勤勤。
无岁无嘉节，无月无嘉辰。无时无嘉景，无日无嘉宾。
樽中有美禄，坐上无妖氛。胸中有美物，心上无埃尘。

忍不用大笔，书字如车轮。三千有余首，布为天下春。

首尾吟

一百三十五首（之七）

尧夫非是爱吟诗，诗是尧夫不寐时。咀茹兰薰宜有主，恢张风雅更为谁。
三千来首收清月，二十余年捻白髭。了却许多闲职分，尧夫非是爱吟诗。

首尾吟

一百三十五首（之四十九）

尧夫非是爱吟诗，诗是尧夫会计时。进退云山为主判，陶镕水竹是兼司。
莺花旧管三千首，风月初收二百题。岁暮又须行考课，尧夫非是爱吟诗。

这五首是北宋著名学者、哲学家邵雍在其诗集《伊川击壤集》卷十七（两首）、卷十八（一首）、卷二十（两首）的诗。其中第一首的首句“击壤三千首”、第二首的尾句、第三首的尾联首句“三千有余首”、第四首颔联首句“三千来首收清月”和第五首颔联首句“莺花旧管三千首”均表明其诗应有三千首或三千首多一点。

目前《邵雍集》最好的本子为郭彧先生整理、中华书局2010年出版的。郭先生可能看到邵雍这五首诗，所以其在前言中说：“《伊川击壤集》收诗三千余首，是今天研究宋诗及邵雍易学的必读之书。”

郭先生这句话中存在两个问题：

首先来看“《伊川击壤集》收诗三千余首”，而据我们反复统计，仅发现一千五百多首。

宋史述及邵氏诗集名称为《伊川击壤集》，未及卷数及诗数；宋人晁公武《郡斋读书志》始云邵尧夫有《伊川击壤集》二十卷，而后陈振孙《直斋书录解题》及马端临《文献通考》也仅记载《伊川击壤集》为二十卷，均未言及诗数。据台湾学者郑定国先生（2000）统计，《伊川击壤集》不同版本的诗数虽有差异，但均为一千五百多首。现援引于下：

版本	总数	备注
南宋末期刊本（卷十系抄配）	1521	重出2首，存司马光等人诗五十七首
南宋末期刊本配补明初仿宋刊及抄本（卷三、四、五、六系宋残本）	1521	重出2首，存司马光等人诗六十六首
明成化本	1518	重出2首，存司马光等人诗五十七首
清四库全书本	1515	存司马光等人诗六十六首
全宋诗本	1541	辑佚四十六首

通过比较上述五种善本的异同，郑定国先生指出：“我们确知从宋迄今《击壤集》诗歌总数的变化不大，其中以南宋末期刊本的一五二一首最接近邵雍长子邵伯温所编定

《击壤集》原貌（其中有二首诗重出，实际上只见邵雍诗作一五一九首），大陆本的《全宋诗》保留最多，共一五四一首。至于曾与邵雍唱酬的司马光、富弼、程颢、吕公着、王胜之、张载等十数人的作品，共六十六首，历经近千年，一直保存原样。现在观察《击壤集》作品绝大多数系邵雍晚年的结集，少年中年之作肯定有不少散佚，甚或邵氏自行毁去者，所以邵雍诗作，自是不仅一五一九首。然而，最早的《伊川击壤集》毕竟只存这些诗数而已。邵氏自云三千首诗，恐是其毕生所作大略的总数，而杨时《龟山语录》所称集外之诗，因以散佚，恐怕我辈辑佚整理或多少可得一些，如欲恢复三千首的旧观，自是不能。”

郑先生通过现存版本比较以确定《伊川击壤集》的诗数的方法值得肯定，但“如欲恢复三千首的旧观，自是不能”的结论好像下得为时过早。

后郭彧先生可能发现这一问题，在上海古籍出版社再版《邵雍全集》时就不再提“《伊川击壤集》收诗三千余首”，而说“关于《伊川击壤集》自元本以下变化不大，应该说出自一个共同的祖本，这个祖本当为邵雍晚年定稿、经邵伯温刊行的二十卷本，收录一千四百余首”。

其次来看“是今天研究宋诗，及邵雍易学的必读之书”。是今天研究宋诗的必读书没有问题，但是作为研究邵雍易学的必读书就有点困难。《邵雍集》中收录了传世而为学界所熟知的邵雍著述有三种，分别为《皇极经世书》《伊川击壤集》《渔樵问对》。《皇极经世书》又名《皇极经世》。朱伯昆先生认为：“其所谓皇极经世，即按三皇所立的至高法则，观察和推测人类历史的变化以御世。因为此法则为伏羲氏所立，故又称其易学著作为《皇极经世》。”该书为邵雍系统阐发其思想的哲学著作。《渔樵问对》文字不多，其内容基本上与《皇极经世书》的《观物内篇》相近。这两部著作均非韵文。

但不管如何，《伊川击壤集》还有一千五百首左右的诗未见确是事实，一千五百首诗是何内容也不得而知。然而为杨时（1053—1135）《龟山先生语录》所称赞的邵雍诗句“须信画前原有《易》，自从删后更无《诗》”一联为集外之诗的内容提供了线索。“易”即“诗”，“诗”即“易”，也就是说，其“易”是以“诗”的形式表现，其“诗”是以“易”的内容表达。

邵雍精于易数，《宋史·道学传》：“邵雍，字尧夫，其先范阳人，父古，徙衡漳，又徙共城。雍年三十游河南，葬其亲伊水上，遂为河南人。……北海李之才摄共城令，闻雍好学，尝造其庐，谓曰：‘子亦闻物理性命之学乎？’雍对曰：‘幸受教。’乃事之才，受《河图》《洛书》、宓羲八卦六十四卦图像。之才之传，远有端绪。而雍探赜索隐，妙悟神契，洞彻蕴奥，汪洋浩博，多其所自得者……熙宁十年（1077）卒，年六十七，赠秘书省著作郎，元佑中赐谥康节。”晁公武《郡斋读书志》亦云：“雍邃于易数，歌诗盖其余事。”

《伊川击壤集》虽是诗集，但其内容多为“自乐”和“乐时”之诗。邵雍认为宇宙和人类的发展都存在“至理”，达此至理，就能洞察人类社会发展的规律，从而妥善对待自己的人生际遇，获得精神上的“安乐”。《伊川击壤集》其实就是以文学形式表现其哲学思想，其精神实质虽与《皇极经世》是一致的，二者都有侧重“先天”之意味，但《伊川击壤集》并非是直接表现易数的。因此，邵雍的著作还应有一部是以诗歌的形式直接表达易数的，也就是“击壤三千首”未见于《伊川击壤集》之内容。

宋人张邦基《墨庄漫录》记载邵雍确有一部关于易数的著作。卷二：“康节邵先生尧夫在洛中，尝与司马温公论易数，推园中牡丹云‘某日某时当毁’。是日温公命数客以观。日向午，花方秾盛，客颇疑之。期须，两马相踶，绝衔断辔，自外突入，驰骤栏上，花果毁焉。尝言天下可传此者，司马君实、章子厚耳。而君实不肯学，子厚不可学。临终焚其书，不传，只以《皇极经世》行于世。”邵雍所焚之书的名称未见着录。

关于邵雍的著作，学术界仅知上述三种，虽然历代的官私著述目录记载也多为这三种，但我们在明清文人的文集、笔记和目录中还是发现了邵雍另一部著作的名称：《前定数》。

［明］韩雍撰《襄毅文集》卷八《术士推康节〈前定数〉一生宦迹皆符合不爽感叹一绝》：

先天数学信无乖，推得从前万事谐。
从此谋身不须问，人生真有命安排。

［明］倪宗正撰《倪小野先生全集》卷二《溪山岁月阁记》：

世传邵康节《前定数》诗于予，诗结云：“身成江汉思鲈脍，乐在溪山岁月深。”予归田而因感此诗，于池阁匾曰：溪山岁月。

［清］俞樾《茶香室三钞》卷二十一《前定数》：

国朝叶澧《桥西杂记》云：内阁大库中向存子平若干箱，曰《前定数》，库钥为典籍厅所掌。辛亥春，予偕某启钥往视，仅存数十册，篇页零乱。玩其纸墨，明人所为。一老隶云：三十年前，某相国取其大半去矣。闻山右稷石县库亦藏有写本，大都已往验，而未来之事，多不足凭。按江湖间有挟此术者谓之《皇极经世数》，亦谓之邵康节《蠢子数》。

［清］阮元撰《文选楼藏书记》：

《大[①]定易数》，五册，宋邵雍着，抄本。

是书推测星命之术。

从上述文献可以看出，明代倪宗正和清代阮元见过其书，该书的名称为《前定数》或《前定易数》，而且文体为诗歌。阮元点明该书的内容：“是书推测星命之术。”既为推测星命之术的著作，属于术数类，那么该书不为历代官私著述的目录书所重，在一般的目录书中很难见到该书的原因也就不难理解了。

如果上述推论可以成立的话，那么邵雍著有《前定数》一书就应是可信的。但问题是直至目前学术界对该书的内容知之甚少，而我们在《永乐大典》中发现了邵雍《前定数》（该书主要的内容为《前定易数》）。

《永乐大典》收录的“诸家星命”一百三十三卷之后还有多少卷虽不可确考，但前一百二十五卷已散佚是不争的事实，一百多卷的“诸家星命”也仅保存了八卷。上述八卷收录的为《前定数》，邵雍《前定数》就在其中。

前定数　目录　诸家序　检数起例：假如六甲生人，见甲子时，则于甲甲内取子时；或六乙生人，见甲子时，则于乙甲内寻子时。馀皆仿此男女。甲甲 甲乙 甲丙 甲丁 甲戊 甲己 甲庚 甲辛 甲壬 甲癸 乙甲 乙乙 乙丙 乙丁 乙戊 乙己 乙庚 乙辛 乙壬 乙癸 丙甲 丙乙 丙丙 丙丁 丙戊 丙己 丙庚 丙辛 丙壬 丙癸 丁甲 丁乙 丁丙 丁丁 丁戊 丁己 丁庚 丁辛 丁壬 丁癸 戊甲 戊乙 戊丙 戊丁 戊戊 戊己 戊庚 戊辛 戊壬 戊癸 己甲 己乙 己丙 己丁 己戊 己己 己庚 己辛 己壬 己癸 庚甲 庚乙 庚丙 庚丁 庚戊 庚己 庚庚 庚辛 庚壬 庚癸 辛甲 辛乙 辛丙 辛丁 辛戊 辛己 辛庚 辛辛 辛壬 辛癸 壬甲 壬乙 壬丙 壬丁 壬戊 壬己 壬庚 壬辛 壬壬 壬癸 癸甲 癸乙 癸丙 癸丁 癸戊 癸己 癸庚 癸辛 癸壬 癸癸。易衍东方朔书附后

诸家序：鬼谷子分定经序 ……康节前定数序……序……四字经序……郭璞数序……

各家的内容排列次序分别为：鬼谷分定经、康节前定数、四字经和郭璞数。四部书，五篇序，《康节前定数序》为邵雍之孙邵博所书，《四字经序》为《四字经》之序，因此，《康节前定数序》后之《序》虽未署书名，但应为《前定数》的序，我们认为该《序》当为邵雍所撰。现把二序移录于下：

（邵博）《康节前定数序》：

先翁康节夫子，学探《连山》《龟藏》《周易》之赜，心游葛天之妙、羲黄之上。三十六宫，在方册者，即在其方寸者也。尝撰《经世》一书，语其大也，天地之运、古今之变，不能外；又作《易数》一书，天根月窟，闲相来往，元会运世，递相兄弟，其自然乎？自昔者谁为之？有数焉？苟数焉，则大块间事，高高下下有千万也，形形色色变千万也，一数之自然而然，诿之适然，畴之其可；语其小也，一民物贵贱寿夭之所以然不能遗。则《经世》者固与《易》相表里，而《易数》者，又与《经世》相经纬。先翁作是书，不为无言，盖以栖人间世而为人，阳娫阴殖，天戴地履，其生也有自来，虽蕴尧舜君民之学，非尧舜君民之命。诿曰，其出有间，为谁其竟之？先翁深于《易》者也，此所以不任有数焉。绍兴二十六年（公元1156）十一月既望，嗣孙博拜手敬书。

（邵雍）《序》：

心好命又好，富贵常暖饱；心好命不好，天地也相保；命好心不好，衣禄折寿早；命心都不好，饥寒直到老。闲时检点平生事，静坐思量日所为；但把寸心行正道，自然天地不相亏。要知前世因，今生受者是；要知后世因，今生积者是。陈希夷预定生限隐奥，贵贱消息。天干年月见毗根，阴阳无论一般论；时师若遇斯文诀，造化玄机度与人。

邵博的生平事迹，《宋史》无传，但据陈骙《南宋馆阁录》卷八、李心传《建炎以来系年要录》卷一百六十三和一百七十九、《邵氏闻见后录》卷十五等零星记载，可略知一二。邵博，字公济，河南洛阳人，邵雍之孙、邵伯温次子，屡官右朝奉大夫。绍兴八年，赐同进士出身；绍兴九年，知果州；绍兴二十二年，知眉州；绍兴二十八年（公

元1158)，降授左朝散郎，是年卒于犍为县，著《邵氏闻见后录》三十卷，另有《邵博文集》五十七卷，今已佚。

从卷一万八千七百六十四“甲甲”始，至卷一万八千七百七十一“癸癸”终，一百个天干组合一个不少。因此，邵雍《前定数》是完整的，事实上在这八卷中，《前定数》被完整地保存至今。

在邵雍之前已有《前定数》这一类的书，邵雍沿袭了前人《前定数》的框架，并加以发展，其发展的主要内容就是《前定易数》。《前定数》是以天干十个名称相互组合为一百个，《前定易数》再以地支十二个分男命、女命，并以五言或七言诗（仅四首为六言）的形式表达某人在某年某个时辰出生就注定其一生的际遇。为了解其梗概，仅举一端：

…………

辛丁：名木茂深林格

归雁过山飞不迭，岁寒枝上一光辉。
犬头消息君须觉，禄马猪羊虎奋威。
中愿阴神齐拱手，绿波深处决无亏。
太原天水人相引，遇此方知应晚期。

（中）

大树根盘实，年深枝叶残。
江乡秋月上，时照好青山。

（末）

浅分生来命主艰，难逢经海历难关。
逢贤遇贵相提挈，际会风云顷刻间。

男命《前定易数》：否

丑

往昔何堪说，当年事可知。满园春色盛，触处月光辉。
露浥梨花湿，风轻燕子飞。水南山更好，归计莫栖迟。

卯

秋山云水凋残叶，拟待秋来长旧枝。道在困时焉足叹，人当荣处事无疑。
寒江鸿雁双双远，春沼鸳鸯对对飞。试问终身人事业，前程超越势真奇。

巳

红杏枝头春色媚，绿杨堤畔晓风阴。千山自觉形神爽，野树何如困睡沉。
花影重重增夜雨，雁声呖呖碎秋心。身成江汉思莼脍，乐在溪山岁月深。

…………

明代倪宗正所言“身成江汉思莼脍，乐在溪山岁月深”就见于上述“辛丁”男命《前定易数》否“巳”中，信哉，斯言。诗中流露了作者参透天人、观《易》见道的智慧，显示了作者博大舒放的宇宙胸怀和洞明深湛的生命意识。

其他九十八个组合也莫不是如此，每一天干组合中，《前定数》有三首诗，男命《前定易数》有六首诗，女命《前定易数》有六首诗，因此每一个组合应有十五首诗。总共一百个组合，因此，《前定数》应有一千五百首诗，但“戊庚”之“末”、“庚丁”之“末”、“庚巳”之“中”、“庚辛”之“中”、“辛乙”之“中”、“壬巳”之“中”和“癸庚”之“中”缺，无诗，《前定数》实存一千四百九十三首诗。与现存《伊川击壤集》不论是一千五百一十九首，还是一千五百四十一首相加，总数均略多于三千首。

邵博在序中不仅说到其祖父著有《前定易数》一书，而且还谈到了《前定易数》与《皇极经世》二者之间互为表里、相为经纬的关系。在易学史上，学术界在论及邵雍的贡献时，主要阐述在其综合河洛之学、先天之学与《易经》象数之学的成果，对宇宙、历史盛衰治乱的规律建立了一个完整的体系，该系统主要是建立在《皇极经世书》之中。其实邵雍对哲学体系不仅有基础性研究，而且有应用性研究，即将玄远、神秘的思想化繁为简、化难为易，走向民间，日益显示实用价值，这主要体现在《前定数》中。

朱熹云：“程、邵之学固不同，然二先生所以推尊康节者至矣。盖以其信道不惑，不杂异端，班于温公、横渠之间。”余敦康先生颇为推崇邵雍的“宇宙意识与人文情怀”，认为邵雍的“宇宙意识有似于道家，这种人文情怀就有似于儒家了”，称赞邵雍是一个“儒道兼综的人物，虽旷达而仍有执着的人文情怀……他的先天之学是一种内圣外王之道”。足见邵氏易学影响之深、之远。今人研究邵雍的思想，如果要全面准确地把握邵雍的易学思想，那么必须对邵雍两部重要的易学著作《皇极经世》和《前定易数》进行通盘的考虑，而在此之前学术界尚未见到《前定易数》，所以《前定易数》的发现对于把握邵雍的易学思想是非常重要的。可以说，研究该书是一项填补空白性的工作，必将对中国哲学史、易学思想史有着深远的影响；邵雍的人文情怀、安乐精神和真善境界，不仅对后世易学家、理学家产生了重要影响，而且对当今的世俗人生仍然有着可资借鉴的意义。

“以理入诗”和“雅俗不避”是邵雍《伊川击壤集》的特色。在文学批评史上，郑振铎先生对邵雍的批评可谓独具只眼，郑先生在《中国文学史》指出：“邵雍的诗，在北宋诸作里，显出特殊的风味，与时流格格不能相入。他与西昆固攀附不上，于欧、梅也去之甚远。欧、梅虽力矫靡艳而趋于闲淡，但并没有淡到像白开水似的无韵无味。邵雍的诗却独往独来地做到这一层了。有时如格言，有时如说理，像‘我若寿命七十岁，眼前见汝二十五。我欲愿汝成大贤，未知天意肯从否？（生男吟）’诚是王梵志以来最大胆的诗人。如此明白如话的诗语，就是顾况、荀鹤诸人也还不敢下呢。……其苍茫独立的风度，颇有些宗主的气味。”《前定数》也颇具这些特色，如：“月过中秋圆又缺，枯枝新发未抽芽。”“劳神劳力当如此，趋利趋名实有因。”“大都好事难长久，不若将心赋《式微》。”口语入诗，在《前定数》中是比较常见的，这与《伊川击壤集》具有异曲同工之妙，郑振铎先生对《伊川击壤集》的批评同样适用于《前定数》。因此，该书的发现也必将进一步推动宋代文学、语言等方面的深入研究。

附注：

①“大”字疑为“前”字所讹或所误。

序

《击壤集》，伊川翁自乐之诗也。非唯自乐，又能乐时，与万物之自得也。伊川翁曰：子夏谓“诗者志之所之也。在心为志，发言为诗，情动于中而形于言，声成其文而谓之音”。是知怀其时则谓之志，感其物则谓之情，发其志则谓之言，扬其情则谓之声，言成章则谓之诗，声成文则谓之音，然后闻其诗，听其音，则人之志情可知之矣。且情有七，其要在二，二谓身也、时也。谓身则一身之休戚也；谓时则一时之否泰也。一身之休戚则不过贫富贵贱而已；一时之否泰则在夫兴废治乱者焉。是以仲尼删诗，十去其九。诸侯千有余国，《风》取十五；西周十有二王，《雅》取其六。盖垂训之道，善恶明著者存焉耳。近世诗人，穷戚则职于怨憝，荣达则专于淫泆。身之休戚发于喜怒，时之否泰出于爱恶，殊不以天下大义而为言者，故其诗大率溺于情好也。噫！情之溺人也，甚于水。古者谓“水能载舟，亦能覆舟”，是覆载在水也，不在人也。载则为利，覆则为害，是利害在人也，不在水也。不知覆载能使人有利害耶？利害能使水有覆载耶？二者之间必有处焉。就如人能蹈水，非水能蹈人也。然而有称善蹈者，未始不为水之所害也。若外利而蹈水，则水之情亦由人之情也；若内利而蹈水，则败坏之患立至于前，又何必分乎人焉水焉，其伤性害命一也。性者道之形体也，性伤则道亦从之矣；心者性之郛郭也，心伤则性亦从之矣；身者心之区宇也，身伤则心亦从之矣；物者身之舟车也，物伤则身亦从之矣。是知以道观性，以性观心，以心观身，以身观物，治则治矣，然犹未离乎害者也。不若以道观道，以性观性，以心观心，以身观身，以物观物，则虽欲相伤，其可得乎！若然，则以家观家，以国观国，以天下观天下，亦从而可知之矣。

予自壮岁业于儒术，谓人世之乐何尝有万之一二，而谓名教之乐固有万万焉。况观物之乐复有万万者焉。虽死生荣辱转战于前，曾未入于胸中，则何异四时风花雪月一过乎眼也？诚为能以物观物，而两不相伤者焉，盖其间情累都忘去尔。所未忘者独有诗在焉，然而虽曰未忘，其实亦若忘之矣。何者？谓其所作异乎人之所作也。所作不限声律，不沿爱恶，不立固必，不希名誉，如鉴之应形，如钟之应声。其或经道之余，因闲观时，因静照物，因时起志，因物寓言，因志发咏，因言成诗，因咏成声，因诗成音，是故哀而未尝伤，乐而未尝淫。虽曰吟咏情性，何曾累于性情哉！钟鼓，乐也，玉帛，礼也，与其嗜钟鼓玉帛，则斯言也不能无陋矣。必欲废钟鼓玉帛，则其如礼乐何？人谓风雅之道行于古而不行于今，殆非通论，牵于一身而为言者也。吁！独不念天下为善者少，而害善者多；造危者众，而持危者寡。志士在畎亩，则以畎亩言，故其诗名之曰《伊川击壤集》。

时有宋治平丙午中秋日也。

伊川击壤集卷之一

观棋大吟

人有精游艺，予尝观弈棋。筭余知造化，著外见几微。好胜心无已，争先意不低。
当人尽宾主，对面如蛮夷。财利激于衷，喜怒见于頄。生杀在于手，与夺指于颐。
戾不殊冰炭，和不侔埙篪。义不及朋友，情不通夫妻。珠玉出怀袖，龙蛇走肝脾。
金汤起罇俎，剑戟交巘帏。白昼役鬼神，平地蟠蛟螭。空江响雷雹，陆海诛鲸鲵。
寒暑同舒惨，昏明共蔽亏。山河灿舆地，星斗会璇玑。因睹输赢势，翻惊宠辱蹊。
高卑易裁制，返覆难拘羁。心迹既一判，利害不两提。卷舒当要会，取舍在须斯。
智者伤于诈，信者失于椎。真伪之相杂，名实之都隳。得者失之本，福为祸之梯。
乾坤支作讼，离坎变成睽。弧矢相凌犯，言辞共诋欺。何尝无胜负，未始绝兴衰。
前日之所是，今日之或非。今日之所强，明日之或羸。以古观后世，终天露端倪。
以今观往者，何止乎庖牺。尧舜行揖让，四凶犹趄趑。汤武援干戈，二老[①]诚有讥。
虽皋陶陈谟，而伊周献规。曾未免矣夫，疗骨而伤肌。仁为名所败，义为利所挤。
治乱不自己，因革徒从宜。与贤不与子，贤愚生瑕玭。与子不与贤，子孙生疮痍。
或苗民逆命，或有扈阻威。或羿浞起衅，或管蔡造疑。或商人征葛，或周人乘黎。
或鸣条振旅，或牧野搴旗。灼见夏台日，曾照升而陑。安知羑里月，不照逾孟师。
厉王奔于彘，幽王死于骊。平王迁于洛，赧王败于伊。或盟于召陵，或会于黄池。
或战于长岸，或弑于乾谿。或入于鄢郢，或栖于会稽。或屠于[②]大梁，或入于临淄。
五霸共吞噬，七雄相鞭笞。暴秦灭六国，楚汉决雄雌。天尽于有日，地极于无涯。
遐迩都包括，纵横悉指挥。井田方奕奕，兵甲正累累。易之以阡陌，画之以郊畿。
销之以锋镝，焚之以书诗。罢侯以置守，强干而弱枝。重兵栖上郡，长城堑边陲。
自谓磐石固，万世无已而。回天于指掌，割地于阶墀。视人若蝼蚁，用财如沙泥。
阿房宫未毕，祖龙车至戏。骊山卒未放，陈涉兵自蕲。灞上心非浅，鸿门气正滋。
咸阳起烟焰，南郑奋熊罴。人鬼同交错，风云共惨凄。项强刘未胜，得鹿莫知谁。

---

① “二老”，《四部丛刊》本、《四库》本作“三老”。
② “于”，原作“其”，据《四部丛刊》本、《四库》本改。

约法三章在，收兵五国随。庙堂成筭重，帷幄坐筹奇。广武貔貅怒，鸿沟虎豹饥。
荥阳留纪信，垓下别虞姬。三杰才方展，千年运正熙。山川旧形胜，日月新光辉。
正朔承三统，车书混四维。方隅无割据，穷僻有羁縻。后族争行日，军分南北司。
当时无佐命，何以救颠跻。百战[1]方全日，长兵震天垂。岂知巫蛊事，祸起刘屈氂。
冢宰司衡日，重明正渺弥。见危能致命，无忝寄孤遗。剧贼欺孤日，行同狐与狸。
宫中凌寡妇，殿上逐婴儿。龙战知何所，冰坚正在兹。溃堤虽患水，御水敢忘堤。
东汉重晞日，昆阳屋瓦飞。幽忧新室鬼，狼籍渐台尸。鄗邑追隆准，新安扫赤眉。
再逢火德王，复睹汉官仪。窦邓缘中馈，阎梁挟牝鸡。经何功殆尽，至董业都糜。
河洛少烟火，京都多蒿藜。长天有鸟度，白骨无人悲。城有隍须复，羊无血可刲。
大厦之将颠，非一木可支。孟德提先手，仲谋藉世资。玄德志不遂，竟终于涕洟。
西晋尚清谈，大计悬品题。妇人执国令，骨肉生厉疵。二主蒙霜露，五胡犯鼎彝。
世无管夷吾，令人重嘘唏。广陌羌尘合，中州胡马嘶。龙光射牛斗，日影化虹蜺。
辟草来洛汭，垦田趋江湄。二百有四年，方驾而并驰。东晋分南尾，时或产灵芝。
凡经五改命，至陈卒昌隋。国破西风暮，城荒春草萋。长江空满目，行客泪沾衣。
后魏开北首，孝文几缉绥。河阴旋有变，国分为东西。尔朱奋[2]高氏，宇文灭北齐。
及隋始并陈，四海为藩篱。泛汴公私匮，征辽士卒疲。有身皆厌苦，无口不嗟咨。
处处称年号，人人思乱离。中原未有生，谁识非鹿麋。千一难知日，天人相与期。
龙腾则云霭，虎步则风凄。母后专朝日，相仍紊宫闱。可嗟桓彦范，不杀武三思。
绣岭喧歌舞，渔阳动鼓鼙。太平其可傲，徒罪一杨妃。剑阁离天日，潼关漏虎貔。
两京皆覆没，九庙咸倾欹。乐极则悲至，恩交则害携。事无可奈何，举目谁与比。
自此藩方盛，都无臣子祇。恃功而不朝，讨贼以为词。各拥部兵盛，谁怜王室卑。
邀朝廷姑息，观社稷安危。攻取非君命，诛求本自肥。乘舆时播越，扈从或参差。
尾大知难运，鞭长岂易麾。长奸忧必至，养虎害终贻。国步何颠沛，君心空忸怩。
时来花烂漫，势去叶离披。十姓分中夏，五家递通逵。徒明星有烂，但东方未晞。
才返长芦镇，旋驱胡柳陂。绛霄兵自[3]取，玄武火何痴。中渡降堪罪，栾城死可嗤。
太原朝见入，刘子夕闻啼。事体重重别，人情旋旋移。弃灰犹隐火，朽骨尚称龟。
谲诈多阴中，艰忧常自罹[4]。挠防肤革易，患救腹心迟。语祸不旋踵，言伤浪噬脐。
欲升还陨落，将坠却扶持。瞑眩人皆恶，康宁世共睎。须能蠲重疾，始可谓良医。
久废田硗确，难行路险巇。不逢真主出，何以见旋为。家国遭回极，君臣际会稀。
上天生假手，我宋遂开基。睿算随方没，群豪引领归。迄今百余载，兵革民不知。
成败须归命，兴亡自系时。天机不常没，国手无常施。往事都陈迹，前书略可依。
比观之博弈，不差乎毫厘。消长天旋运，阴阳道范围。吉凶人变化，动静事枢机。

---

① “百战”，原作“百载”，据《四部丛刊》本、《四库》本改。
② “奋”，《四库》本作“夺”。
③ “兵自”，《四部丛刊》本作“共目”、《四库》本作“共日”。
④ “罹”，《四库》本作“惧”。

疾走者先颠，迟茂者后萎。与其交受害，不若两忘之。求鱼必以筌，获兔必以蹄。得之不能忘，羊质而虎皮。道大闻老子，才难语仲尼。造形能自悟，当局岂忧迷！黑白焉能浼，死生奚足犹。应机如破的，迎刃不容丝。勿讶傍人笑，休防冷眼窥。既能通妙用，何必患多岐。同道道亦得，先天天弗违。穷理以尽性，放言而遣辞。视外方知简，听余始识希。大羹无以和，玄酒莫能漓。上兵不可伐，巧历不可推。善言不可道，逸驾不可追。兄弟专乎爱，父子主于慈。天下亦可授，此著不可私。

过温寄巩县宰吴秘丞 皇祐元年

风软玉溪腾醉骑，花蘩石窟漾歌舟。相望咫尺仙凡隔，不得同陪三月游。

新居成呈刘君玉殿院

履道坊南竹径修，绿杨阴里水分流。众贤买得澄心景，独我居为养志秋。
若比陈门诚已僭，苟陪颜巷亦堪忧。无端风雨虽狂暴，不信能凌沈隐侯。

寄谢三城太守韩子华舍人

洛阳自为都，二千有余年。举步图籍中，开目今古间。西北岌宫殿，东南倾山川。照人伊洛清，迎门嵩少寒。水竹最佳处，履道之南偏。下有幽人室，一径通柴关。蓬蒿隐其居，藜藿品其飧。上亲下妻子，厚薄随其缘。人虽不堪忧，己亦不改安。阅史悟兴亡，探经得根源。有客谓予曰，子独不通权。清朝能用才，圣主正求贤。道德与仁义，不徒为空言。功业贵及时，何不求美官？上食天子禄，下拯苍生残。通衢张大第，负郭广良田。朱门烂金紫，青楼繁管弦。外厩列肥骏，后庭罗纤妍。入则坐虚堂，出则乘华轩。冠剑何烨烨，气体自舒闲。高谈天下事，广坐生晴烟。人莫敢仰视，屏息候其颜。此所谓男子，志可得而观。又何必自苦，形容若枯鳣。道古人行事，拾前世遗编。而邻水一沟，而爱竹数竿。此所谓匹夫，节何足而攀。予敢对客曰，事有难其诠。身非好敝缊，口非恶珍膻。岂不知系匏，而固辞执鞭。盖惧观朵颐，敢忘贲丘园。深极有层波，峻极有层巅。履之若平地，此非人所艰。贫贱人所苦，富贵人所迁。处之若无事，此诚人所难。进行己之道，退养己之全。既未知易地，胡为乎不坚。敢谓客之说，曾无所取焉。猗嗟乎玉兮，产之于荆山。和氏虽云知，楚国未为然。污隆道屈伸，进退时后先。苟不循此理，玉毁谁之愆？道之未行兮，其命也在天。近日游三城，薄言尚盘桓。当世之名卿，加等为之延。或清夜论道，或后池漾船。数夕文酒会，有无涯之欢。十月初寒外，万叶清霜前。归来到环堵，竹窗晴醉眠。仰谢君子知，代书成此篇。

依韵和张元伯职方岁除 嘉祐元年

及正四十六，老去耻无才。残腊方回祥[1]，新春又起灰。
非唯忘利禄，况复外形骸。白发已过半，光阴任自催。

谢郑守王密学惠酒

堂堂大府来新酒，密密小园开好花。何[2]日饮之红树下，还惊不称野人家。

小园逢春

小隐园中百本花，各随红紫发新芽。东君见借阳和力，不减公侯富贵家。

和张二少卿文白菊

清淡晓凝霜，宜乎殿颢商。自知能洁白，谁念独芬芳。
岂为琼无艳，还惊雪有香。素英浮玉液，一色混瑶觞。

生男吟 嘉祐二年

我今行年四十五，生男方始为人父。鞠育教诲诚在我，寿夭贤愚系于汝。
我若寿命七十岁，眼前见汝二十五。我欲愿汝成大贤，未知天意肯从否。

闲吟四首

平生如仕宦，随分在风波。所损无纪极，所得能几何。
既乖经世虑，尚可全天和。樽中有酒时，且饮复且歌。

予年四十五，已甫知命路。岂意天不绝，生男始为父。
且免散琴书，敢望大门户。万事尽如此，何用过忧惧。

居洛八九载，役心唯二三。相逢各白首，共坐多清谈。
人事已默定，世情曾久谙。酒行勿相逼，徐得奉醺酣。

---

① “祥”，《四部丛刊》本、《四库》本作“律”。
② “何”，《四部丛刊》本、《四库》本作“此”。

欲有一瓢乐，曾无二顷田。丹诚未贯日，白发已华颠。
云意寒尤淡，松心老益坚。年来疏懒甚，时忆旧林泉。

和张二少卿文再到洛阳

当年曾任青春客，今日重来白雪翁。今日当年已一世，几多兴替在其中。

高竹八首

高竹百余挺，固知为予生。忽忽有所得，时时闲绕行。
自信或未至，自知或未明。窃比于古人，不能无愧情。

高竹临清沟，轩小亦且幽。光阴虽属夏，风露已惊秋。
月色林间出，泉声砌下流。谁知此夜情，邈矣不能收。

高竹已可爱，况在垂杨下。幽人无轩冕，得此自可诧。
枉尺既不能，括囊又何谢？贾生若知此，恸哭亦自罢。

高竹碧相依，自能发余清。时时微风来，万叶同一声。
道污得夷理，物虚含远情。阶前闲步人，意思何清平！

高竹如碧幢，翠柳若低盖。幽人有轩榻，日夜与之对。
宇静神觉开，景闲喜真会。与其丧吾真，孰若从吾爱！

高竹杂高梧，还惊秋节初。晚凉尤可喜，旧帙亦宜舒。
池阁轻风里，园林晚景余。人生有此乐，何必较锱铢。

高竹数十尺，仍在高花上。柴门昼不开，清碧日相向。
非止身休逸，是亦心夷旷。能知闲之乐，自可敌卿相。

高竹逾冬青，四月方易叶。抽萌如止戈，解箨若脱甲。
修静信可爱，绕行不知匝。嗟哉凡草木，徒自费锄锸。

伊川击壤集卷之二

秋日饮郑州宋园示管城簿周正叔

二都相去四百里，中有名园属宋家。古木参天罗剑戟，长藤垂地走龙蛇。
我来游日逢秋杪，君为开筵对晚花。饮散竹轩微雨后，凌晨归路起栖鸦。

重阳日再到共城百源故居

故国逢佳节，登临但可悲。山川一梦外，风月十年期。
白发飘新鬓，黄花绕旧篱。乡人应笑我，昼锦是男儿。

过　陕 嘉祐三年

吾祖道何光，二南分一方。开周为太保，封陕辅成王。
岁月装辽邈，山川造渺茫。世孙虽不肖，犹解忆甘棠。

题黄河

谁言为利多于害？我谓长浑未始清。西至昆仑东至海，其间多少不平声。

过潼关

禁密因离乱，机闲为太平。山河虽设险，道德岂容争。
不究千一义，空传百二名。遐方久无外，何复用鸡鸣。

题华山

域中有五岳，国家谨时祀。华岳居其一，作镇雄西裔。
唐号金天王，今封顺圣帝。吁咈哉若神，僭窃同天地。

宿华清宫

天宝初六载，作宫于温泉。明皇与妃子，自此岁幸焉。
紫阁清风里，崇峦皓月前。奈何双石瓮，香溜尚涓涓。

登朝元阁

绣岭岌层峦，岧峣十九盘。微微经雨后，杳杳出云端。
往事金舆远，遗踪玉像残。至今临渭水，依旧见长安。

长安道中作

长安道上何沾巾，古时道行今时人。不知寒暑与朝暮，车轮马迹常辚辚。
自是此土亦辛苦，雨作泥兮风为尘。泥尘返复不知数，大雨大风无出门。

题留侯庙

灭项兴刘如覆手，绝秦昌汉若更棋。卷舒天下坐筹日，锻炼心源辟谷时。
黄石公传皆是用，赤松子伴更何为。如君才业求其比，今古相望不记谁。

题淮阴侯庙十首

一身作乱宜从戮，三族全夷似少恩。汉道是时初杂霸，萧何王佐殆非尊。

据立大功非不智，复贪王爵似专愚。造成四百年炎汉，才得安宁反受诛。

生身既得逢真主，立事何须作假王。谁谓祸阶从此始，不宜回首怨高皇。

一时韩信为良犬，千古萧何作霸臣。彼此并干名教罪，罪犹不逮谓斯人。

韩信事刘元不叛，萧何惑汉竟生疑。当初若听蒯通语，高祖功名未可知。

虽则有才兼有智，存亡进退处非真。五湖依旧烟波在，范蠡无人继后尘。

若非韩信难除项，不得萧何莫制韩。天下须知无一手，苟非高祖用萧难。

汉家基定议功勋，异姓封王有五人。不似淮阴最雄杰，敢教根固又生秦。

韩信恃功前虑寡，汉皇负德尚权安。幽囚必欲擒来斩，固要加诸甚不难。

若履暴荣须暴辱，既经多喜必多忧。功成能让封王印，世世长为列土侯。

凤州郡楼上书所见

杨柳垂青带，风动如飞盖。危楼思不穷，尽日闲相对。
鸟去林自空，云移山不碍。情随双燕还，意与孤鸿会。
晚角时断续，层崖递明晦。残阳挂疏红，远水生微濑。
寒目烟岑密，都城若天外。如何久客心，东望凭栏杀。

自凤州还至秦川驿寄守倅薛姚二君

欢聚九十日，回首都如梦。明月与清江，东轩又难共。

谢西台张元伯雪中送诗

洛城雪片大如手，炉中无火樽无酒。凌晨有人来打门，言送西台诗一首。

送猗氏张主簿

人间仕宦几千里，堂上亲闱别两重。须念鹏飞从此始，方今路险善求容。

新正吟 嘉祐五年

蘧瑗知非日，宣尼读易年。人情止于是，天意岂徒然。
立事情尤倦，思山兴益坚。谁能同此志，相伴老伊川。

春游五首

五岭梅花迎腊开，三川正月赏寒梅。相去万里先一月，始知春色从南来。
何人妙曲传羌笛，尽日清香落酒杯。料得天涯未归客，也应临此重徘徊。

洛城春色浩无涯，春色城东又复嘉。风力缓摇千树柳，水光轻荡半川花。
烟晴翡翠飞平岸，日暖鸳鸯下浅沙。不见君王西幸久，游人但感鬓空华。

二月方当烂漫时，翠华未幸春无依。绿杨阴里寻芳遍，红杏香中带醉归。
数片落花蝴蝶趁，一竿斜日流莺啼。清樽有酒慈亲乐，犹得阶前戏彩衣。

人间佳节唯寒食，天下名园重洛阳。金谷暖横宫殿碧，铜驼晴合绮罗光。
桥边杨柳细垂地，花外秋千半出墙。白马蹄轻草如剪，烂游于此十年强。

三月牡丹方盛开，鼓声多处是亭台。车中游女自笑语，楼下看人闲往来。
积翠波光摇帐幄，上阳花气扑樽罍。西都风气所宜者，草木空妖谁复哀。

竹庭睡起

竹庭睡起闲隐几，悠悠夏日光景长。莺方引雏教嫩舌，杏正垂实装轻黄。
雨滴幽梦时断续，风翻远思还飞扬。小渠弄水绿阴密，回首又且数日强。

秋游六首

七月芙蕖正烂开，东南园近日徘徊。有时风向池心过，无限香从水面来。
罨画溪深方误入，洞庭湖晚未成回。坐来一霎萧萧雨，又送新凉到酒杯。

先秋颢气已潜生，洛邑方知节候平。庭院乍凉人共喜，园林经雨气尤清。
回舟伊水风微溜，缓辔天津月正明。自有皋夔分圣念，好将诗酒乐升平。

八月光阴未甚凄，松亭竹树①尤为宜。况当昼夜初停处，正是炎凉得所时。
明月入怀如有意，好风迎面似相知。闲人歌咏自怡悦，不管朝廷不采诗。

家住城南②水竹涯，乘秋行乐未尝亏。轻寒气候我自爱，半醉光阴人莫知。
信马天街微雨后，凭栏僧阁晚晴时。十年美景追寻遍，好向风前请③白髭。

九月风光虽已暮，中州景物未全衰。眼观秋色千万里，手把黄花三两枝。
美酒易消闲岁月，青铜休照老容仪。若言必使他人信，沥尽丹诚谁肯知。

霜天寥落思无穷，不奈楼高逼望中。四面远山徒满目，九秋宫殿自危空。
云横远峤千寻直，霞乱斜阳数缕红。无限伤情言不到，共谁开口向西风。

秋日即事

鸟声乱昼林，为谁苦驱逼？虫声乱夜庭，为谁苦劳役？
嗟哉彼何短，一概无休息。借问此何长，两能忘语默。

---

① “树”，《四部丛刊》本、《四库》本作“榭”。
② “城南”，《四部丛刊》本、《四库》本作“南城”。
③ “请”，《四部丛刊》本、《四库》本作“摘”。

商山道中作

十舍到商颜，虽遥不甚艰。东西溯洛水，表里看秦山。
身在烟霞外，心存人子间。庭闱况非远，自可指期还。

和商洛章子厚长官早梅

只应王母专轻巧，剪碎天边乱白云。无限清香与清艳，樽前饮享尽输君。
梅覆春溪水绕山，梅花烂漫水潺湲。南秦地暖开仍早，比至春初已数番。
群芳万品递相催，若说高标独有梅。会得东君无别意，为怜清淡使先开。
霜扶清格高高起，风驾寒香远远留。太守多情客多感，金樽倒尽是良筹。

商山旅中作

残火昏灯夜正沉，默思前事拥寒衾。霜天皎月虽千里，不抵伤时一寸心。

和商守宋郎中早梅

山南地似岭南温，腊月梅开已浃辰。耻与百花争俗态，独殊群艳占先春。
角中飘去凄于骨，笛里吹来妙入神。秀额妆残黏素粉，画梁歌暖起轻尘。
宰君惜艳献州牧，太守分香及野人。手把数枝重叠嗅，忍教芳酒不濡唇。

和人放怀

为人虽未有前知，富贵功名岂力为。涤荡襟怀须是酒，优游情思莫如诗。
况当水竹云山地，忍负风花雪月期。男子雄图存用舍，不开眉笑待何时。

和商守登楼看雪

西楼赏雪眼偏明，次第身疑在水晶。千片万片巧妆地，半舞半飞斜犯楹。
形如玉屑依还碎，体似杨花又更轻。谁谓天涯有羁客，一般对酒两般情。

和商守西楼雪霁

大雪初晴日半曛，高楼何惜上仍频。数峰巘崒剑铓立，一水萦纡冰缕新。
昆岭移归都是玉，天河落后尽成银。幽人自恨无佳句，景物从来不负人。

和商守雪残登楼

雪残已消冰已开，风光渐觉拥楼台。旅人未遂日边去，春色又从天上来。
况是樽中常有酒，岂堪岭上却无梅。若非太守金兰契，谁肯倾心重不才。

和商守雪霁对月

雪面群山霜满庭，光寒月碾一轮轻。羁怀殊少向时乐，皓彩空多此夜明。
竹近帘栊饶碎影，风涵台榭有余清。恨无好句酬佳景，徒自凄凉梦不成。

和商守雪霁登楼

百尺危楼小雪晴，晓来闲望逼人清。山横暮霭高还下，水隔疏林淡复明。
天际落霞千万缕，风余残角两三声。此时此景真堪画，只恐丹青笔未精。

旅中岁除

此[1]到明年无数刻，且令芳酒更斟回。星杓建丑晦将尽，岁箭射人春又来。
不用物情闲作梗，大都心绪已成灰。浮名更在浮云外，瞬息光阴况便[2]催。

和商守新岁 嘉祐六年

衰躯在旅逢新岁，因感平生鬓易凋。饮罢襟怀还寂寞，欢余情绪却无聊。
望仙风月晴[3]偏好，抹绿帘栊夜正遥。对此块然唯土木，降兹未始不魂销。

① “此”，《四部丛刊》本、《四库》本作“比”。
② “便”，《四部丛刊》本、《四库》本作“复”。
③ “晴”，《四库》本作“情”。

追和王常侍登郡楼望山

四贤当日此盘桓，千百年人尚厚颜。天下有名难避世，胸中无物漫居山。
事观今古兴亡后，道在君臣进退间。若蕴奇才必奇用，不然须负一生闲。

题四皓庙四首

强秦失御血横流，天下求君君不有。正是英雄较一作角逐时，未知鹿入何人手。

灞上真人既已翔，四人相顾都无语。徐云天命自有归，不若追踪巢与许。

汉皇傲物终难屈，太子卑辞方肯出。虽老犹能成大功，至今高义如星日。

田横入海犹能得，商至长安百里强。能使四人成美节，始知高祖是真王。

谢商守宋郎中寄到天柱山户帖仍依元韵

商於飞到一符新，遂已平生分外亲。尤喜紫芝先入手，西南天柱与天邻。

初心本欲践臣邻，帝里司回斗柄春。今日得居天柱下，不忧先有夜行人。

不将生杀奏严宸，却抱烟岚学隐沦。多谢史①君虚右席，重延天柱一山人。

一簇烟岚锁乱云，孤高天柱好栖真。从今便作西归计，免向人间更问津。

无成麋鹿久同群，占籍恩深荷史②君。万古千今名与姓，得随天柱数峰存。

寄商守宋郎中

初返洛城无限事，闲人体分似相违。如今一向觉优逸，却类商颜啸傲时。

小园睡起

门外似深山，天真信可还。轩裳奔走外，日月往来间。
有水园亭活，无风草木闲。春禽破幽梦，枝上语绵蛮。

---

① “史”，《四库》本作“使”。
② “史”，《四库》本作“使”。

游山三首

城邑①久居心自倦，阛阁才出眼先明。龙门看尽伊川景，女几听残洛水声。
太室观余红日旭，天坛望罢白云生。此身已许陪真侣，不为锱铢起重轻。

春尽登临正得宜，人情天气两融怡。泛舟伊水风回夜，垂钓溪门月上时。
逸兴剧凭诗放肆，病躯唯仰酒扶持。浮生日月无多子，忍向其间更敛眉。

乐则行之忧则违，大都知命是男儿。至微功业人难必，尽好云山我自怡。
休惮烟岚虽远处，且乘筋力未衰时。平生足外更何乐，富贵荣华过则悲。

二色桃

施朱施粉色俱好，倾国倾城艳不同。疑是蕊珠②双姊妹，一时俱肯嫁春风。

登山临水吟

山有乔峰水有涛，未能容屐岂容舠？非无仁智斯为乐，少有登临不惮劳。
言味止知甘鲙炙，语真谁是识琼瑶？自惭不尽人才处，长恨今人论太高。

谢富丞相招出仕二首

相招多谢不相遗，将谓胸中有所施。若进岂能禁吏责，既闲安用更名为。③
愿同巢许称臣日，甘老唐虞比屋时。满眼清贤在朝列，病夫无以系安危。

欲遂终焉老闲计，未知天意果如何。几重轩冕酬身贵，得似云山到眼多。
好景未尝无兴咏，壮心都已入消磨。鵷鸿自有江湖乐，安用区区设网罗。

答人语名教

开辟而来世教敷，其间雄者号真儒。修身有道名先觉，何代无人达奥区。
焕若丹青经史义，明如日月圣人途。鲰生涵泳虽云久，天下英才敢厚诬。

---

① “城邑”，又作“阛阓”。

② “珠”，《四部丛刊》本、《四库》本作“宫”。

③ 将命者云，如不欲仕，亦可奉致一闲名目。

送王伯初学士赴北京机宜

丈夫志气盖棺定，自有雄图系重轻。去路不能无感旧，到官争忍便忘情。
闲时语话贵精密，先事经营在太平。谁谓御戎无上策？伐人谋处不须兵。

伊川击壤集卷之三

贺人致政

人情大率喜为官，达士何尝有所牵。解印本非嫌禄薄，挂冠殊不为高年。
因通物性兴衰理，遂悟天心用舍权。宜放襟怀在清景，吾乡况有好林泉。

初　秋

夏去暑犹在，雨余凉始来。阶前已流水，天外尚惊雷。
曲几静中隐，衡门闲处开。壮心都已矣，何事更装怀。

偶　书

堪笑又堪嗟，人生果若何？宜将万端事，都入一声歌。
世态逾翻掌，年光剧逝波。静中真气味，所得不胜多。

伤　足

灾由无妄得，为患固非深。乖己摄生理，贻亲忧虑心。
乍然艰步履，偶尔阻登临。逾月方能出，难忘乐正箴。

闲　行

园圃正萧然，行吟绕泽边。风惊初社后，叶坠未霜前。
衰草衬斜日，暮云扶远天。何当见真象，止可入无言。

晨 起

山高水复深，无计奈如①今。地尽一时事，天开万古心。
轻烟笼晓阁，微雨散青林。此景虽平淡，人间何处寻？

月 夜

雨霁风自好，秋深天未寒。移床就阶下，看月出林端。
有酒欲共饮，无宾可同欢。他时遇良友，此景复求难。

盆 池

三五小圆荷，盆容水不多。虽非大薮泽，亦有小风波。
粗起江湖趣，殊无鸳鸯过。幽人兴难遏，时绕醉吟哦。

游山二首

洛川多好山，伊川多美竹。游既各有时，虽频无倦目。
贪清非伤廉，渎幽不为辱。麋鹿不害人，心无害麋鹿。

二室多好峰，三川多好云。看人不知倦，和气潜生神。
一虑若动荡，万事从纷纭。人言无事贵，身为无事人。

龙门道中作

物理人情自可明，何尝戚戚向平生。卷舒在我有成筭，用舍随时无定名。
满目云山俱是乐，一毫荣辱不须惊。侯门见说深如海，三十年来掉臂行。

名利吟

名利到头非乐事，风波终久少安流。稍邻美誉无多取，才近清欢与剩求。
美誉既多须有患，清欢随剩且无忧。滔滔天下曾知否，覆辙相寻卒未休。

① “如”，《四部丛刊》本、《四库》本作“而”。

三十年吟

三十年间更一世，其间堪笑复堪愁。天生天杀何尝尽，人是人非殊未休。
善偶鸳鸯头早白，能啼杜宇血先流。须知却被才为害，及至无才又却忧。

答人放言

经时不见意何如，重出新诗笑语初。物理悟来添性淡，天心到后觉情疏。
已全孟乐君无限，未识蘧非我有余。大率空名如所论，此身甘老在樵渔。

游洛川初出厚载门

初出都门外，西南指洛陬。山川开远意，天地挂双眸。
村落桑榆晚，田家禾黍秋。民间有此乐，何必待封侯？

宿延秋庄

驱车入洛川，下马弄飞泉。乍有云山乐，殊无朝市喧。
非唯快心志，自可忘形言。借问尘中友，谁为得手先？

宿寿安西寺

好景信移情[①]，直连毛骨清。为怜多胜概，尤喜近都城。
竹色交山色，松声乱水声。岂辞终日爱，解榻傍虚楹。

过永济桥二首

山背锦屏开，河临永济回。土田平似掌，桑柘大如槐。
斜日射虹去，低云将雨来。无涯负清景，长是愧非才。

一水一溪门，溪门云复屯。珍禽啭乔木，幽鹿走荒榛。
雨脚拖平地，稻畦扶远村。高城半颓缺，兴废事休论。

① “情”，《四库》本作“人”。

至福昌县作

清景几人爱，爱之当远寻。及临韩岳近，始见洛川深。
县在云山腹，民居水竹心。无机类闲物，愈觉少知音。

燕堂即事

川上数峰青，林间一水明。闲云无定体，幽鸟不知名。
游侣既非约，归期莫计程。锱铢人世事，休强作威狞。

上寺看南山

叠叠是峰峦，西连梁雍宽。与其行里看，不若坐中观。
包括经唐汉，并吞历晋韩。消沉事难问，唯尔尚巑岏。

县尉廨宇莲池

县尉小斋前，水清池有莲。岂唯观菡萏，兼可听潺湲。
宛类江湖上，殊非尘土边。古人用心处，料得不徒然。

女几祠

西南有高山，山在杳冥间。神仙不可见，满目空云烟。
千年女几祠，门临洛水边。但闻霓裳曲，世人犹或传。

故连昌宫

洛水来西南，昌水来西北。二水合流处，宫墙有遗壁。
行人徒想象，往事皆陈迹。空余女几山，正对三乡驿。

川上怀旧

去秋游洛源，今秋游洛川。川水虽无情，人心刚悄然。
目乱千万山，一山一重烟。山尽烟不尽，烟与天相连。

田夫忙治禾，水禽闲求鱼。一[1]者皆苦食，动静何相殊。
事过见休戚，时来知卷舒。回顾此二物，易地还何如。

为今日之山，是昔日之原。为今日之原，是昔日之川。
山川尚如此，人事宜信然。幸免红尘中，随风浪着鞭。

地迥川原阔，村孤烟水闲。雷轻龙过[2]浦，云乱雨移山。
田者荷锄去，渔人背网还。伊予独沾湿，犹在道途间。

燕堂暑饮

燕堂通高明，檐依断崖嵚。凉风来松梢，清泉飞竹阴。
佳果间红绿，旨酒随浅深。却思阛阓间，郁蒸不可任。

燕堂闲坐

天网疏难漏，世网密莫通。我心久不动，一脱二网中。
高竹漱清泉，长松迎清风。[3] 此时逢此景，正与此心同。

立秋日川上作

富贵固难爱，贫寒易得愁。休将少时态，移作老年羞。
既有非常乐，须防不次忧。谁能保始终，长作国公侯。

辩熊耳

昔禹别九州，导洛自熊耳。熊耳自有两，未审孰为是。
东者近成周，西者隔丹水。书传称上洛，斯言得之矣。

登女几

予看山多矣，未尝逢此奇。巨崖如格虎，险石若张旗。
云意闲舒卷，岩形屡改移。丹青难状处，四面尽如斯。

---

① “一”，《四库》本作“二”。
② “过”，一作“换”。
③ 此句又作：“潇洒松间月，清泠竹外风。”

川上南望伊川

山留禹凿门，川阁尧水痕。古人不复见，古迹尚或存。
岁月易凋谢，善恶难湮沦。无作近名事，强邀世俗尊。

牧　童

随行笠与蓑，未始散天和。暖戏荒城侧，寒偎古冢阿。
数声牛背笛，一曲陇头歌。应是无心问，朝廷事若何。

梦中吟 三乡道中作

梦中说梦犹能忆，梦觉梦中还又隔。今日恩光空喜欢，当年意爱难寻觅。
水成流处岂无声，花到谢时安有色。过此相逢陌路人，都如元未曾相识。

秋怀三十六首

秋月夜初长，星斗争煌煌。庭除经小雨，枕簟生微凉。
照物无遁形，虚鉴自有光。照事无遁情，虚心自有常。

晴窗日初曛，幽庭雨乍洗。红兰静自披，绿竹闲相倚。
荣利若浮云，情怀淡如水。身非天外人，意从天外起。

明月生海心，凉风起天末。物象自呈露，襟怀骤披豁。
悟尽周孔权，解开仁义结。礼法本防奸，岂为吾曹设。

疏雨滴高梧，微风拨弱柳。此景岁岁同，世人自白首。
俗虑易萦仍，尘襟难抖擞。浮生已梦中，其间强为有。

清湍文鸳鸯，寒潭绣㶉鶒。长天净如水，不废秋江碧。
男子一寸心，壮士万夫敌。菡萏香风中，扁舟会相忆。

昨日思沃浆，今日思去扇。岂止人戈矛，炎凉自交战。
利害生乎情，好尚存乎见。欲人为善人，必须自为善。

甘瓜青如蓝，红桃鲜若血。不忍以手拈，而况用齿啮。
其色已可爱，其味又更绝。食此无珍言，哀哉口与舌。

国命在乎民，民命在乎食。圣人虽复生，斯言固不易。
虚惠岂足尚，教人以姑息。虚名岂足高，教人以缘饰。

周诗云娶妻，周易云归妹。七夕世俗情，乞巧儿女态。
日暮云雨过，人谓牛女会。云雨自无踪，牛女岂相配。

清风无人兼，自可入吾手。明月无人并，自可入吾牖。
中心既已平，外物何尝诱。余事岂足论，但恐樽无酒。

青蕉叶披敷，碧芦枝偃亚。风雨萧萧天，更漏沉沉夜。
彼物固无嫌，此情又何讶。但念征路人，天涯尚留挂。

浅烟羃疏林，轻风袅寒雨。日暮人已归，群鸡犹啄黍。
此心固不动，此事极难处。一言以蔽之，尚恐费言语。

八月炎凉均，气味亦自好。临虚乔木低，远望行人小。
有迹事皆妄，无心物都了。何须更问辛，愿君自食蓼。

黄黍秋正熟，黄鸡秋正肥。此物剧易致，古人多重之。
可以迓宾友，可以奉亲闱。有褐能卒岁，此外何足为。

稻稌天所生，曲糵人所制。酿之命为酒，饮之可成醉。
刚者使之柔，懦者使之毅。善移造物权，其功亦不细。

秋色日渐深，老心日益懒。倦即下阶行，闲来弄书卷。
广陌多风尘，见说难闲[①]眼。侯门已是深，帝阁又复远。

寒鸿犹未来，梁燕已辞去。云山千万重，相逢在何处。
岌嶪都城门，缭绕长亭路。风土败人衣，才新又成故。

断续蝉声外，稀疏雁下前。年光空去也，人事益萧然。
洗竹留新笋，翻书得旧编。谁知养心者，肯与世争权。

中秋光景好，中州烟水奇。天重初寒候，人便半醉时。
榻缘明月扫，襟待好风吹。一点胸中事，人间都不知。

良月满高楼，高楼仍中秋。午夜冷露下，千里寒光流。
何人将此鉴，拂拭新磨休。照破万古心，白尽万古头。

寒露缀衰草，凄风摇晚林。鸟声上复下，天气晴还阴。

① “闲”，《四部丛刊》本、《四库》本作“闬”。

节改一时事，人怀千古心。谁云子期死，举世无知音。

风柳散如梳，霜云淡如扫。高楼破危空，低烟袅寒早[①]。
此际兴不尽，何以战秋老。止可将酒瓶，同向西风倒。

池荷日取败，篱菊日就荣。其于品汇间，自与节气争。
盛衰不同时，贤愚难并行。安得松桂心，四时长青青。

人老秋更老，山深水复深。高木已就脱，慧禽空好音。
筋骸非曩日，道德负初心。赖有余编在，时时尚可寻。

九月气乍肃，衰柳犹有蝉。霜外疏钟断，风余轻籁传。
千山乱远目，一鹗摩高天。自非出世人，而敢危行言？

饱霜梨多红，久雨榴自罅。此果世称珍，厥味是可诧。
地有百物备，天无一言挂。我患尚有言，不得同造化。

惟南有美橘，惟北有美栗。厥包或颇同，厥味信不一。
天地岂无情，草木皆有实。物本不负人，人自负于物。

蛱蝶绕寒菊，蟋蟀鸣空阶。门前有犬卧，尽日无客来。
清波静中流，白云闲处堆。何以发天和，时饮酒一杯。

红叶战西风，黄花笑寒日。天道有消长，人事无固必。
静胜得遗味，梦去知余失。利害不相沿，是非然后出。

九日登高会，寻幽讲雅欢。俗风追故事，天气荐轻寒。
白酒连醅饮，黄花带露观。消沉浮世事，何足重泛澜。

山横暮霭中，鸟逝孤烟外。残菊忧霜摧，幽兰惧风败。
患难人不喜，富贵人所爱。我心自不有，爱憎[②]岂能卖。

水寒潭见心，木落山露骨。始信天无涯，万里不隔物。
脱衣挂扶桑，引手探月窟。不负仁义心，区区五十一。

草绿露沾衣，草衰风切肌。物情非作异，人意强生疑。
岐动杨朱泣，丝添墨子悲。知之何太晚，徒自泪淋漓。

万里晴天外，一片霜上月。长松挺青葱，群卉入消歇。
有齿日益衰，有发日益脱。获罪固已多，此心难屑屑。

---

① “早”，《四部丛刊》本、《四库》本作“草”。
② “爱憎”，《四库》本作“富贵”。

草枯山川贫，木落天地瘦。土口风大行，云罅日微漏。
既往不复追，未来尚可救。余事不忍言，言之必成咎。

饮酒不甚多，数杯醺心颜。未醺不可止，既醺劝亦难。
谁云万物广，岂出天地关。谁云万事广，岂出人情间。

和陕令张师柔石柱村诗

君为陕县令，我实康公孙。始祖有遗烈，托君访其存。
夫君有诗来，题云石柱村。石柱之始立，于古无所根。
就勒分陕铭，惟唐人之言。既历年所多，首尾无完文。
难以从考正，将焉求其源。我患读书寡，知识无过人。
经书史传外，不能破群昏。从长卿公羊，宜自陕而分。
从君陈毕命，宜成周而云。二者兼取之，于义自或尊。
分政东西郊，可以陕洛论。此说如近之，庶几缓纷纭。
甘棠之蔽芾，石柱之青[1]新。当时之盛事，予不得而亲。
二南之正化，二公之清芬，千载之美谈，予可得而闻。
弃经而任传，儒者固不尊。作诗以明之，驰此庸报君。

放　言[2]

既得希夷乐，曾无宠辱惊。泥空终是著，齐物到头争。
忽忽闲拈笔，时时自写名。谁能苦真性，情外更生情。

---

① “青”，《四库》本作“清”。
② 《四部丛刊》本、《四库》本将此诗置于本卷《贺人致政》后。

伊川击壤集卷之四

天津新居成谢府尹王君贶尚书 嘉祐七年

嘉祐壬寅岁，新巢始僝功。仍分道德里，更近帝王宫。
槛仰端门峻，轩迎两观雄。窗虚响瀍涧，台迥瞰伊嵩。
好景尤难得，昌辰岂易逢？无才济天下，有分乐年丰。
水竹腹心里，莺花渊薮中。老莱欢不已，靖[①]节与何穷。
啸傲陪真侣，经营贺府公。丹诚徒自写，匪报是恩隆。

新春吟

多病筋骸五十二，新春犹得共衔杯。践形有说常希孟，乐内无功可比回。
燕去燕来徒自苦，花开花谢漫相催。此心不为人休戚，二十年来已若灰。

有客吟

伊嵩有客欲无言，进退由来尽俟天。好静未能忘水石，乐闲非为学神仙。
休嗟紫陌难为客，且喜清风不用钱。枉尺直寻何必较，此心都大不求全。

小圃逢春

随分亭栏亦弄妍，不妨闲傍酒垆边。夜檐静透花间月，昼户寒生竹外烟[②]。
事到悟来全偶尔，天教闲去岂徒然。壶中日月长多少，烂占风光十二年。

① “靖”，原作“静”，据《四库》本改。
② 此句《四库》本作“书户晴生竹外烟”。

暮春吟

春来小圃弄群芳，谁为贫居富贵乡？门外柳阴浮翠润，阶前花影溜红光。
梁间新燕未调舌，天末归鸿已著行。自问心源何所有，答云疏懒味偏长。

惜芳菲

细筭人间千万事，皆输花底共开颜。芳菲大率一春内，烂漫都无十日间。
亦恐忧愁为龃龉，更防风雨作艰难。莫教此后成遗恨，把火樽前尚可攀。

答人见寄

鬓毛不患渐成霜，有托琴书子一双。既乏长才康盛世，无如高枕卧南窗。
明知筋力难为强，犹说云山未树降。多谢故人相爱甚，辙鱼幸免困西江。

弄　笔

年行五十二，老去复何忧？事贵照至底，话难言到头。
上有明天子，下有贤诸侯。饱食高眠外，自余无所求。

问人丐酒

百病筋骸一老身，白头今日愧因循。虽无紫诏还朝速，却有清山入梦频。
风月满天谁是主，林泉遍地岂无人。市沽酒味难醇美，长负襟怀一片春。

答　客

人间相识几无数，相识虽多未必知。望我实多全为道，知予浅处却因诗。
升沉休问百年事，今古都归一局棋。乘马须求似骐骥，奈何骐骥未来时。

悟人一言

百虑谋犹拙，一言迷自开。世间无大事，天下有雄才。
惟恐人难得，宁忧道未恢。忌心都去尽，何复病尘埃？

谢人惠笔

爱重寄文房，殷勤谢远将。兔毫刚且健，筠管直而长。
静录新诗稿，闲抄旧药方。自余无所用，足以养锋铓。

书事吟

天地有常理，日月无遁形。饱食高眠外，率是皆虚名。
虽乏伊吕才，不失尧舜氓。何须身作相，然后为太平。

双头莲

汉室婵娟双姊妹，天台缥缈两神仙。当时尽有风流过，谪向人间作瑞莲。

答人书意

仲尼言正性，子舆言践形。二者能自得，殆不为虚生。
所交若以道，所感而以诚。虽三军在前，而莫得之凌。

答人书言

无位立事难，逢时建功易。求全自有毁，举大须略细。
去恶虑伤恩，存恶忧害义。徒有仁者心，殊无仁者意。

答人言

卿相一岁俸，寒儒一生费。人爵固不同，天爵何尝匮。
不有霜与雪，安知松与桂。虽无官自高，岂无道自贵。

与人话旧

耳目所闻见，且言三十春。才更十次闰，已换一番人。
圮族绮纨故，朱门车马新。从来皆偶尔，何者谓功勋。

闲 吟

忽忽闲拈笔，时时乐性灵。何尝无对景，未始便忘情。
句会飘然得，诗因偶尔成。天机难状处，一点自分明。

闲坐吟

当年计过之，今日事难随。天命不我佑，云山聊自怡。
无何缘淡薄，遂得造希夷。却欲嗤真宰，劳劳应不知。

天津闲步

天子旧神州，葱葱气象浮。园林闲近水，殿阁远横秋。
浪雪暑犹在，桥虹晴不收。人间无事日，此地好淹留。

天津幽居

予客洛城里，况复在天津。日近先知晓，天低易得春。
时光优化国，景物厚幽人。自可辞轩冕，闲中老此身。

天津水声

洛水近吾庐，潺湲到枕虚。湍惊九秋后，波急五更初。
细为轻风背，豪因骤雨余。幽人有兹乐，何必待笙竽。

不 寝

闲坐更已深，就寝夜尚永。辗转不成寐，却把前事省。
奠枕时昏昏，拥衿还耿耿。西窗明月中，数叶芭蕉影。

天宫小阁

夏日到天宫，凭栏望莫穷。古人用心远，天子建都雄。
楼观深云里，山川暮霭中。行人漫来往，此意有谁同。

听　琴

琴宜入夜听，别起一般情。才觉哀猿绝，还闻离凤鸣。
青山无限好，白发不须惊。会取坐忘意，方知太古心。

天津感事二十六首

云轻日淡天津暮，风急林疏洛水秋。独步独吟人莫会，时时鸥鹭下汀洲。

宠辱事多今不见，兴亡时去止堪哀。请观今日长安道，抵暮行人犹往来。

凤楼深处锁云烟，一锁云烟又百年。痛惜汾阴西祀后，翠华辜负上阳天。

谁引长河贯洛城，銮舆东去此为轻。洪涛不服天津束，日夜奔腾作怒声。

阳乌西去水东流，今古推移几度秋。四面远山长敛黛，不知终日为谁愁。

忙忙负乘两何殊，往复由来出此途。争似不才闲坐处，平时云水绕衣裾。

人言垂钓辩浮沉，辩着浮沉用意深。吾耻不为知害性，等闲轻动望鱼心。

自古别都多隙地，参天乔木乱昏鸦。荒垣坏堵人耕处，半是前朝卿相家。

凤凰楼观冷横秋，桥下长波入海流。千百年来旧朝市，几番人向此经由？

轮蹄交错未尝停，去若相追来若争。料得中心无别事，苟非干利即干名。

烟树尽归秋色里，人家常在水声中。数行旅雁斜飞去，一簇楼台峭倚空。

渌水悠悠际碧天，平芜更与远山连。白头老叟心无事，闲凭栏干看洛川。

去年桥上凭栏人，今岁桥边骑马身。桥上桥边不知数，于今但记十三春。

堤边草色长芊芊，陌上行人自往还。渌水欲净不得净，春风未放柳条闲。

水流任急境[①]常静，花落虽频意自闲。不似世人忙里老，生平未始得开颜。

溪边闲坐眼慵开，波射长堤势欲摧。多少水禽文彩好，几番飞去又飞来。

名利从来本任才，行人不用苦相猜。壶中日月长多少，闲步天津看往来。

---

① “境”，一作“景”。

地势东南一概倾，水流何日得安平？天津更在急流处，无限高深并此声。

三千里外名荒服，一百年来号太平。争似洛川无事客，何须列土始为荣？

绕堤杨柳轻风里，隔水楼台细雨中。酒放半醺重九后，此时情味更无穷。

著身静处观人事，放意闲中炼物情。去尽风波存止水，世间何事不能平。

隋唐而下贵公卿，近世风波走利名。借问天津桥下水，当时湍激作何声。

前朝无限贵公卿，后世徒能记姓名。唯此天津桥下水，古今都作一般声。

云无一缕干明月，桥有千寻卧渌波。料得人间无此景，中秋对月兴如何。

郏鄏城中同德友，凤凰楼下会中秋。芳樽倒尽人归去，月色波光战未休。

了生始可言常事，知性方能议大猷。只此长川无昼夜，为谁驱逼向东流？

诚明吟

孔子生知非假习，孟轲先觉亦须修。诚明本属吾家事，自是今人好外求。

绳水吟

有水善平难善直，唯绳能直不能平。如将绳水合为一，世上何忧事不明？

辛酸吟

辛酸既不为中味，商徵如何是正音？举世未能分曲直，使谁为主主心平。

言默吟

当默用言言是垢，当言任默默为尘。当言当默都无任，尘垢何由得到身。

闲居述事

一点天真都不耗，千钟人禄是难来。太平自庆无他事，有酒时时三五杯。

竹雨侵人气自凉，南窗睡起望潇湘。茅檐滴沥无休歇，却忆当初宿夜航。

初晴月向松间出，盛暑风从水面来。已比他人多数倍，况能时复举樽罍。

堂上慈亲八十余，阶前儿女笑相呼。旨甘取足随丰俭，此乐人间更有无?

清欢少有虚三日，剧饮未尝过五分。相见心中无别事，不评兴废只论文。

花木四时分景致，经书千卷号生涯。有人若问闲居处，道德坊中第一家。

天宫小阁纳凉

小阁凭虚看洛城，满川云物拱神京。风从万岁山头至，多少烟岚并此清。

小阁于吾有大功，清凉冠绝洛城中。自惭虚薄诚多幸，襟袖长涵万里风。

小阁清风岂易当，一般情味若羲皇。洛阳有客不知姓，二十年来享此凉。

天宫幽居即事

人苦天津远，来须特特来。闲余知道泰，静久觉神开。
悟《易》观棋局，谈《诗》捻酒杯。世情千万状，都不与装怀。

游龙门

江天无少异，幽鸟下晴沙。路去山形断，川回渡口斜。
龛岩千万空[①]，店舍两三家。清景四时好，都城况不赊。

重游洛川

买石尚饶云，买山当从水。云可致无心，水能为鉴止。
性以无心明，情由鉴止已。二者不可失，出彼而入此。

川上观鱼

天气冷涵秋，川长鱼正游。谁知能避网，犹恐误吞钩。
已绝登门望，曾无点额忧。因思濠上乐，旷达是庄周。

---

① “空”，《四部丛刊》本、《四库》本作“穴”。

伊川击壤集卷之五

后园即事三首 嘉祐八年

太平身老复何忧，景爱家园自在游。几树绿杨阴乍合，数声幽鸟语方休。
竹侵旧径高低迸，水满春渠左右流。借问主人何以乐？答云殊不异封侯。

天养疏慵自有方，洛城分得水云乡。不闻世上风波险，但见壶中日月长。
一局闲棋留野客，数杯醇酒面修篁。物情悟了都无事，未觉颜渊已坐忘。

年来得疾号诗狂，每度诗狂必命觞。乐道襟怀忘检束，任真言语省思量。
宾朋款密过从久，云水优闲兴味长。始信渊明深意在，此窗当日比羲皇。

观棋长吟

院静春深昼掩扉，竹间闲看客争棋。披罗神鬼聚胸臆，措置山河入范围。
局合龙蛇成阵斗，劫残鸿雁破行飞。杀多项羽坑秦卒，败剧苻坚畏晋师。
座上戈铤尝击搏，面前冰炭旋更移。死生共抵两家事，胜负都由一著时。
当路断无相假借，对人须且强推辞。腹心受害诚堪惧，唇齿生忧尚可医。
善用中伤为得策，阴行狡狯谓知机。请观今日长安道，易地何尝不有之。

秋日登崇德阁二首

无限英[①]贤抑壮图，登临不用起长吁。山川千古战争后，冠剑百年零落余。
浪把功名为己任，那知富贵岂人谟。丹青曲尽世间妙，写得凭栏意思无？

一百年来号太平，当初仍患不丁宁。京都尚有汉唐气，宫阙犹虚霸土形。
烟外乱峰才隐约，霜余红树半凋零。樽中有酒难成醉，旋被西风吹又醒。

① “英”，《四部丛刊》本、《四库》本作“高”。

秋日饮后晚归

水竹园林秋更好，忍把芳樽容易倒。重阳已过菊方开，情多不学年光老。
阴云不动杨柳低，风递轻寒生暮早。无涯逸兴不可收，马蹄慢踏天街草。

寄陕守祖择之舍人

记得相逢否，当时在海东。别离千里外，倏忽十年中。
迹异名尤异，心同齿更同。终期再清会，文酒乐无穷。

哭张元伯职方

近年老辈频凋落，使我中心又恻然。洛社挂冠高卧者，唯君清澈如神仙。
昔者①与君论少长，今日与君争后先。把酒酹君君必知，为君洒泪西风前。

哭张师柔长官

生平志在立功名，谁谓才难与命争。绝笔有诗形雅意，盖棺无地尽交情。
胸中时事何由展，天下人才不复评。魂若有知宜自慰，子孙大可振家声。

和登封裴寺丞翰见寄 治平三年

陋巷箪瓢世所传，予何人斯②耻萧然。既知富贵须由命，难把升沉更问天。
静默有功成野性，骞骧无路学时贤。纷华出入金门者，应笑溪翁治石田。

何事吟寄三城富相公

何事教人用意深，出尘些子索沉吟。施为欲似千钧弩，磨砺当如百炼金。
钓水误持生杀柄，著棋闲动战争心。一杯酒美聊康济，林下时时或自斟。

---

① “者”，《四部丛刊》本、《四库》本作“日”。
② “斯”，原作“则”，据《四库》本改。

代书寄友人

当年有志高天下，尝读前书笑谢安。岂谓此身甘老朽，尚无闲地可盘桓。
棋逢敌手才堪著，琴少知音不愿弹。非止不才能退默，古贤长恨得时难。

访姚辅周郎中月陂西园

相忆不可遏，西街来访时。交横过沟水，隙曲绕蔬畦。
树偃低头避，筇高换手持。朋游相得甚，何乐更如之。

依韵谢登封刘李裴三君见约游山

诸公见约往嵩前，重走新诗各一篇。摆落尘埃非敢后，访寻云水奈输先。
三阳宫近丛幽石，万岁峰高幂紫烟。多少胜游俱未到，愿陪仙躅共攀缘。

登嵩顶

九州环绕若棋枰，万岁嵩高看太平。四海有人能统御，中原何复有交争。
长忧眼见奸雄辈，且愿身为尧舜氓。五十三年芜没事，如今方喜看春耕。

登封县宇观少室

天地始融结，此山已高极。群峰拥旌幢，巨石罗剑戟。
日出崖先红，雨余岚更碧。安知无神仙，其间久遁迹。

山中寄登封令

初离县日谋经宿，既到山中未忍回。公宇若无民事决，愿携茶器上山来。

归洛寄郑州祖择之龙图

恩深骨髓谓慈亲，义重丘山是故人。归过嵩阳旧游地，白云收得薜萝身。

和祖龙图见寄

吾家职分是云山，不见云山不解颜。游兴亦难拘日限，梦魂都不到人间。
烟岚欲极无涯乐，轩冕何尝有暂闲。洛社交朋屡思约，几时曾得略跻攀。

缘饰吟

缘饰了时称好手，作为成处似[1]真家。须防冷眼人观觑，傀儡都无帐幕遮。

自况三首

名利场中难著脚，林泉路上早回头。不然半百残躯体，正被风波汩未休。

满天风月为官守，遍地云山是事权。唯我敢开无意口，对人高道不妨言。

每恨性昏闻道晚，长惭智短适时难。人生三万六千日，二万日来身却闲。

偶　书

纷纷议论出多门，安得真儒号缙绅。名教一宗长有主，中原万里岂无人。
皇王帝伯时虽异，礼乐诗书道自新。观古事多今可见，不知何者谓经纶。

代书寄商洛令陈成伯

此去替[2]期犹半岁，商山穷僻少医名。感伤多后气防滞成伯悼亡，暑湿偏时疾易生。
圣智不能无蹇剥，贤才方善处哀荣。斯言至浅理非浅，少补英豪一二明。

治平丁未仲秋游伊洛二川，六日晚出洛城西门，宿奉亲僧舍，听张道人弹琴

向晚驱车出上阳，初程便宿水云乡。更闻数弄神仙曲，始信壶中日月长。

---

① “似”，《四部丛刊》本、《四库》本作“是”。
② “替”，《四库》本作“暂”。

七日溯洛夜宿延秋庄上

八月延秋禾熟天，农家富贵在丰年。一箪鸡黍一瓢酒，谁羡王公食万钱。

八日渡洛登南山观喷玉泉会寿安县张赵尹三君同游

渡洛南观喷玉泉，千峰万峰遥相连。中间一道长如雪，飞入寒潭不记年。

九日登寿安县锦屏山下宿邑中

烟岚一簇特崔嵬，到此令人心自灰。上有神仙不知姓，洞门闲倚白云开。
并辔西游叠石溪①，断崖环合与云齐。飞泉亦有留人意，肯负他年向此栖。

十日西过永济桥 唐桥名

十日西行过永济，时时细雨湿衫衣。多情会得山神意，犹恐行人欠翠微。

过宜阳城二首

六国区区共事秦，疲于奔命尚难亲。如何杀尽半天下，岂是关东没一人。

当日宜阳号别都，奈何韩国特区区。子房不得宣遗恨，博浪沙中中副车。

十一日福昌县会雨

云势移峰缓，泉声出竹迟。此时无限意，唯有翠禽知。

依韵和寿安尹尉有寄

不向红尘浪着鞭，殊无才业合时贤。本酬壮志都无效，欲住青山却有缘。
翠竹阴中开缥帙，白云堆里揖飞泉。锦屏正与南溪对，他日从游子子传。

① 叠石溪在寿安县南五六里。

十二日同福昌令王赞善游龙潭 潭在南山，去县十五里

二潭冷浸崖根黑，数峰高入云衢碧。游人屏气不敢言，长恐雷霆奋于侧。

水边静坐天将暮，犹自盘桓未成去。马上回头更一观，云烟已隔无重数。

十三日游上寺 在县北及黄涧 在县西

能休尘境为真境，未了僧家是俗家。不向此中寻洞府，更于何处觅藏花。

堪嗟五伯争周烬，可笑三分拾汉余。何似不才闲处坐，平时云水绕衣裾。

十四日留题福昌县宇之东轩

洛川秋入景尤佳，微雨初过径路斜。水竹洞中藏县宇，烟岚坞里住人家。
霜余红间千重叶，天外晴排数缕霞。溪浅溪深清潋滟，峰高峰下碧查牙。
鸟因择木飞还远，云为无心去更赊。盖世功名多龃龉，出群才业足咨嗟。
浮生日月仍须惜，半老筋骸莫强夸。就此岩边宜筑室，乐吾真乐乐无涯。

十五日别福昌因有所感

连昌宫废昌河在，事去时移语浪传。下有荒祠难问处，古槐枝秃竹参天。

是夕宿至锦屏山下

寻常看月亦婵娟，不似今宵特地圆。疑是素娥纾宿憾，相逢为在锦屏前。

十六日依韵酬福昌令有寄

道义相欢岂易亲，古称难处是知人。文章不结市朝士，荣辱非关云水身。
话入精详皆物理，言无形迹尽天真。他时洛社过从辈，图牒中添又一邻。

十七日锦屏山下谢城中张孙二君惠茶

山似挼蓝波似染，游心一向难拘检。仍携二友所分茶，每到烟岚深处点。

寿安县晚望

休叹浮生荣与辱，且听终日水潺潺。遥穿暝霭孤鸿去，横截野烟双鹭还。
佳树①排青岩下圃，好峰环翠县前山。报言名利差轻者，少辍光阴到此间。

十八日逾牵羊坂南达伊川坟上

三尺荒坟百尺山，生身慈爱在其间。此情至死不能尽，日暮徘徊又且还。

思程氏父子兄弟因以寄之

年年时节近中秋，佳水佳山烂漫游。此际归期为君促，伊川不得久迟留。

气候如当日，山川似旧时。独来还独往，此意有谁知？

十九日归洛城路游龙门

伊川往复过龙山，每过龙山意且闲。莫道移人不由境，可堪深著利名间。

无烦物象弄精神，世态何尝不喜新。唯有前墀好风月，清光依旧属闲人。

留题龙门

融结成来不记秋，断崖苍壁锁烟愁。中分洪造夏王力，横截大山伊水流。
八节滩声长在耳，一川风景尽归楼。行人莫动凭栏兴，无限英雄浪白头。

谁将长剑斩长蛟，斩断长蛟剑复韬。爪尾蜿蜒凝华岳，角牙狞恶结嵩高。
骨伤两处崭苍壁，血出东流汹巨涛。此物犹难保身首，为言谗口莫嗷嗷。

龙门石楼看伊川

数朝从款走烟霞，纵意凭栏看物华。百尺楼台通鸟道，一川烟水属僧家。
直须心逸方为乐，始信官荣未足夸。此景得游无事日，也宜知幸福无涯。

---

① “佳树”，又作“老木”。

二十日到城中见交旧

年年此际走烟岚，人亦何尝谓我贪。归见交亲话清胜，且无防患在三缄。

二十二日晚步天津次日有诗

溪翁昨晚步天津，步到天津伫立频。洛水只闻煎去棹，西风唯解促行人。
山川惨淡笼寒雨，楼观参差锁暮云。此景分明谁会得，欲霜时候雁来宾。

二十五日依韵和左藏吴传正寺丞见赠

上阳光景好看书，非象之中有坦途。良月引归芳草渡，快风飞过洞庭湖。
不因赤水时时往，焉有黄芽日日娱？莫道天津便无事，也须闲处著工夫。
来诗云：从此天津南畔景，不教都属邵尧夫。故有是句。

二十九日依韵和洛阳陆刚叔主簿见赠

一霎萧萧晚雨余，凤凰楼下偶驱车。郄诜片玉知能挹①，乐广青天幸未疏。
相阔夏秋闻甚事，可亲灯火读何书。恨无束帛嘉程子，徒自悁悁返弊②庐。

① “挹”，《四库》本作“忆”。
② “弊”，《四库》本作“敝”。

伊川击壤集卷之六

代书寄剑州普安令周士彦屯田

作官休用叹奚为，未有升高不自卑。君子屈伸方为道，吾儒进退贵从宜。
即今彭泽归何地，他日东门去未迟。痛恨伊嵩景无限，一名佳处重求资。

二蜀至三吴，中间万里余。去年方北望，今岁复西驱。
剑阁离天日，秦川限帝都。临风相忆处，能饮一杯无。

又一绝

正当老辈过从日，况值高秋摇落天。一把黄花一樽酒，故人西去又经年。

和赵充德[①]秘丞见赠

人言人事危冠冕，吾爱吾生远市朝。野面不堪趋魏阙，闲身唯称访杨寥。
殊无纪律诗千首，富有云山酒一瓢。预借[②]轩车又东去，自兹风月恐难招。

和王不疑郎中见赠

二十年来住洛都，眼前人事任纷如。形同草木何胜野，心类钟彝不啻虚。
已沐仁风深骨髓，更惊诗思剧琼琚。庄周休道亏名实，自是无才悦众狙。

和魏教授见赠

清世文章日月悬，无才唯幸乐丰年。游山太室更少室，看水伊川又洛川。
古有孟轲难语觉，时无颜子易为贤。读书每到天根处，长惧诸公问极玄。

---

① “德”，《四部丛刊》本、《四库》本作“道”。
② “借”，原作“惜”，据《四部丛刊》本、《四库》本改。

和吴冲卿省副见赠

非有非无是祖乡，都来相去一毫芒。人人可到我未到，物物不妨谁与妨。
失即肝脾为楚越，得之藜藿是膏粱。一言千古难知处，妙用仍须看吕梁。

和孙传师秘教见赠

天津南畔是吾庐，时荷夫君枉乘车。始为退来忘检束，却因闲久长空疏。
与其功业逋青史，孰若云山负素书。一片丹诚最难状，庶几长得类舟虚。

依韵和陈成伯著作长寿雪会

琼苑群花一夜新，瑶台十二玉为尘。城中竹叶涌增价，坐上杨花盛学春。
时会梁园皆墨客，谁思姑射有神人。余粮岂止千仓望，盈尺仍须莫厌频。

依韵和陈成伯著作史馆园会上作

竹绕长松松绕亭，令人到此骨毛清。梅梢带雪微微拆，水脉连冰湱湱鸣。
残腊岁华无奈感，半醺襟韵不胜情。谁怜相国名空在，吾道如何必可行。

和夔峡张宪白帝城怀古

不愤曹公跨许昌，苟非梁益莫争王。三分区宇风雷恶，横截西南气势强。
行客往来闲指点，史官褒贬浪文章。后人未识兴亡意，请看江心旧战场。

闲适吟 熙宁元年

为士幸而居盛世，住家况复在中都。虚名浮利非我有，渌水青山何处无。
选胜直宜寻美景，命俦须是择吾徒。乐闲本属闲人事，又与偷闲事更殊。

六尺眼前安乐身，四时争忍负佳辰。温凉气候二八月，道义宾朋三五人。
量力杯盘随草具，开怀语笑任天真。劝君似此清闲事，虽老何须更厌频。

莫将真气助忧伤，愤死英豪世更长。陌上虽多马跳跃，天边亦有凤翱翔。
三千宾客磨圭角，百二山河拥剑铓。等是一场春梦过，自余恶足更悲凉。

南窗睡起望春山，山在霏霰烟霭间。千里难逃两眼净，百年未见一人闲。
情如落絮无高下，心似游丝自往还。又恐幽禽知此意，故来枝上语绵蛮。

谁将造化属东风，一属东风事莫穷。残腊也宜先作策，新正其那便要功。
柳梢借暖浑摇软，梅萼偷春半露红。安得向时情意在，轻衫撩乱少年中。

桃李吟

桃李因风花满枝，因风桃李却离披。惨舒相继不离手，忧喜两般都在眉。
泰到盛时须入蛊，否当极处却成随。今人休爱古人好，只为今人生较迟。

伤心行

不知何铁打成针，一打成针只刺心。料得人心不过寸，刺时须刺十分深。

伤二舍弟无疾而化

手足情深不可忘，割心犹未比其伤。急难畴昔尔相济，终鲜如今我遂当。
韡韡棣开无并萼，邕邕雁去破初行。自兹明月清风夜，萧索东篱看断肠。二弟殡东篱下，后得渠《重九诗》云：“衣如当月白，花似昔年黄。拟问东篱事，东篱事渺茫。”语类谶。

肠断东篱何所寻，东篱从此事沉沉。差肩行处皆成往，吊影伤时无似今。
清泪已干情莫极，黄泉未到恨非深。不知何日能消[1]尽，三十二年雍睦心。

又一首

兄既名雍弟名睦，弟兄雍睦情何足。居常出入留一人，奉亲教子如其欲。
慈父享年七十九，四人稚子常相逐。其间同戏彩衣时，堂上愉愉欢可掬。
慈父前年忽倾逝，尔弟今年命还促。独予奉母引四子，日对几筵相向哭。
不知肠有几千尺，不知泪有几千斛。断尽滴尽无奈何，向日恩光焉可赎。

又一绝

手足恩情重，埙篪欢乐长。要知能忘处，坟草两荒凉。

---

① “消”，《四部丛刊》本、《四库》本作“销”。

听杜鹃思亡弟

尝忆去年初夏时，与尔同听杜鹃啼。杜鹃今年又复至，还是去年初夏时。
禽鸟亦知人意切，一声未绝一声悲。肠随此声既已断，魂逐此禽何处飞。

书亡弟殡所

后乎吾来，先乎吾往。当往之初，殊不相让。

南园南晚步思亡弟

南园之南草如茵，迎风晚步清无尘。不得与尔同欢欣，又疑天上有飞云。
一片世间来作人，飘来飘去殊无因。

自 悯

天无私覆古今同，手足情多骤一空。五七年来并家难，六十岁许更头风。
常情不免顺世俗，私计固难专仆童。安得仙人旧查[①]在，伊川云水乐无穷。

戊申自贻

虽老仍思鼓缶歌，庶几都未丧天和。明夷用晦止于是，无妄生灾终奈何。
似箭光阴头上去，如麻人事眼前过。中间若不自为计，所损其来又更多。

代书寄北海幕赵充道太博 熙宁二年

自从终鲜罢吟哦，聊为临风一浩歌。别易会难情不已，登高远望兴如何？
百年可惜时无再，千里相思事更多。今日樽罍真北海，况君雅量几人过。

依韵和王不疑少卿见赠

不把忧愁累物华，光阴过眼疾如车。以平为乐忝知分，待足求安恐未涯。
食罢有时寻蕙圃，睡余无事访僧家。天津风月胜他处，长是思君共煮茶。

---

① “查”，《四库》本作“槎”。

仁者吟

仁者难寻思有常，平居慎勿恃无伤。争先径路机关恶，近后语言滋味长。
爽口物多须作疾，快心事过必为殃。与其病后能求药，不若病前能自防。

东轩消梅初开劝客酒二首

为爱消梅胜早梅，数枝先发日徘徊。若教岭表腊前尽，安有洛阳正后开。
香逐暖风初出谷，艳随芳酒正浮醅。佳宾会取东君意，莫负乘春此际来。

春色融融满洛城，莫辞行乐慰平生。深思贤友开眉笑，重惜梅花照眼明。
况是山翁差好事，可怜芳酒最多情。此时不向樽前醉，更向何事醉太平。

清风长吟

宇宙中和气，清泠无比方。与时蠲疾病，为岁造丰穰。
起自青苹末，来从翠树傍。得逢明月夜，便入故人乡。
密叶摇重幄，殷花舞靓妆。两三声迥笛，千万缕垂杨。
细度丝桐韵，深传兰蕙香。楼台临远水，轩槛近修篁。
盛夏驱烦暑，初晴送晚凉。轻披绿荷芰，缓透薄衣裳。
浪走翩翻[1]袂，波生潋滟觞。闲愁难著莫，幽思易飞扬。
快若乘天马，醒如沃蔗浆。面前游阆苑，坐上泛潇湘。
不可将钱买，焉能用斗量？依凭全藉德，收贮岂须仓。
无患兼并取，宁忧寇盗攘。以兹为乐事，未始有忧伤。

垂柳长吟

垂柳有两种，有长有短垂。唯兹长一种，偏与静相宜。
院宇深春后，亭台晚景时。不胜烟幂幂，无奈日迟迟。
霡霂雨初过，清泠风乍吹。章台街左右，华表柱东西。
起眼出墙树，拂头当路枝。翩翻绿罗带，缥缈缕金衣。
荡飏飘晴絮，缤纷舞暖丝。丝牵寸肠断，絮入万家飞。
婀娜王恭韵，婆娑赵后姿。修妍张绪少，柔软沈侯羸。

---

① “翩翻”，《四部丛刊》本、《四库》本作“翻翩”，下同。

濯濯青拖地，毵毵翠绕池。般添花灼灼，引惹草萋萋。
郁郁笼山馆，疏疏映酒旗。赠人人自泣，驻马马还嘶。
影里咿哑去，阴中轧辘归。凄凉装暝霭，淡薄挂斜晖。
懊恼轻攀折，忧愁重别离。早衰缘傍道，先茂为临溪。
楼外蝉才噪，桥边莺又啼。生憎遮望眼，死恨学妆眉。
远客莫知数，长条曾系谁？经霜尽憔悴，来岁却依依。

落花长吟

以酒战花秾，花秾酒更浓。花能十日尽，酒未百壶空。
尚喜装衣袂，犹怜坠酒钟。多情唯粉蝶，薄幸是游蜂。
减却墙头艳，添为径畔红。飘零深院宇，点缀静帘栊[1]。
又恐随流水，仍忧嫁远风。水流犹委曲，风远便西东。
狼籍残春后，离披晚照中。亭台虽有主，轩骑断无踪。
剑去拥妃子，兵来围石崇。马嵬方恋恋，金谷正匆匆。
曹植辞休切，襄王梦已终。谬称寻洛浦，浪说数巫峰。
燕诉冤还在，莺传信莫通。苔钱如可买，柳线自能缝。
怅望尤真宰，凄凉殢化工。放教成烂漫，不使略从容。
命扫心争忍，言收计遂穷。异香销骨髓，绝色死英雄。
任诧回天力，饶矜盖世功。奈何时既往，到了事难重。
开谢形相戾，兴衰理一同。天机之浅者，未始免忡忡。

芳草长吟

芳草更休生，芳樽更不倾。草如生不已，樽岂便能停？
雨后闲池阁，春深小院庭。是时帘半卷，此际酒初醒。
密密嫩方布，茸茸绿已成。送回残照淡，引起晓寒轻。
静衬花村薄，闲装竹坞清。溪边微水浸，原上未春耕。
莫遣香车辗，休教细马行。藉余无限意，望久不胜情。
台迥眉初敛，楼危眼乍明。低低暮云碧，隐隐远山青。
翠接鸳鸯浦，萋连杨柳汀。江潭夜帆落，海渚晚舟横。
戍垒角一弄，牧童笛数声。沙头双鹭下，渡口乱鸿惊。
蓊郁出征地，芊绵奉使程。远披来往路，遍绕短长亭。
苒苒秦皇墓，离离汉帝城。荒凉故铜雀，破碎旧金陵。

---

[1] “栊”，《四库丛书》本、《四库》本作“笼”。

雾锁前朝事，烟昏后世名。枯犹藏狡兔，腐亦化流萤。
纵划奚由尽，才烧又却荣。徒能蔽京观，仍愿且升平。

春水长吟

春在水自渌，春归渌遂休。清非不逮渌，春奈胜于秋。
渌向阳中得，清于冷上求。加于清一等，用是渌为优。
薄薄冰初泮，微微雨乍收。渺弥新岛屿，潋滟旧汀洲。
荷芰低犹卷，菰蒲嫩已抽。蘋蘩虽渐出，藻荇未全稠。
日暖鸳鸯浴，烟晴翡翠游。波平跃双鲤，风静戏群鸥。
西蜀遨争举，东瓯禊竞修。武陵花再识，汉曲佩还投。
台下溶溶过，堤边漫漫流。槛前才泚泚，天外更悠悠。
泛滥情怀恶，潺湲意思幽。远山遮不断一作住，别浦去难留。
二月溪桥畔，三吴野渡头。依前横两桨，特地送孤舟。
画手方停笔，骚人正倚楼。长江飞絮外，只是动离愁。

花月长吟

少年贪读两行书，人世乐事都如愚。而今却欲释前憾，奈何意气难如初。
每逢花开与月圆，一般情态还何如。当此之际无诗酒，情亦愿死不愿苏。
花逢皓月精神好，月见奇花光彩舒。人与花月合为一，但觉此身游蕊珠。
又恐月为云阻隔，又恐花为风破除。若无诗酒重收管，过此又却成轻辜。
可收幸有长诗篇，可管幸有清酒壶。诗篇酒壶时一讲，长如花月相招呼。
有花无月愁花老，有月无花恨月孤。月恨只凭诗告诉，花愁全仰酒支梧。
月恨花愁无一点，始知诗酒有功夫。些儿林下闲疏散，做得风流罪过无。

同府尹李给事游上清宫

洛城二月春摇荡，桃李盛开如步障。高花下花红相连，垂杨更出高花上。
闲陪大尹出都门，邙阜真宫共寻访。不见翠华西幸时，临风尽日独惆怅。

乞笛竹栽于李少保宅

浪种闲花占地生，未尝容易暂留情。奈何苦爱凌霜节一作物，况是犹存镂管名。
待风至时当有实，学龙吟处岂无声。幽人愿乞数枝种，得自君家又更荣。

思山吟

看即青山与白云，寻思没量大功勋。未知乐处缘何事，岂止饥时会茹荤。
千首拙诗难著惣，一樽芳醑别涵春。壶中日月长多少，能老红尘几辈人。

只恐身闲心未闲，心闲何必住云山。果然得乎情性上，更肯埋头利害间。
动止未尝防忌讳，语言何复著机关。不图为乐至于此，天马无踪自往还。

恨月吟

我侬非是惜黄金，自是嫦娥爱负心。初未上时犹露滴，恰才圆处便天阴。
栏干倚了还重倚，芳酒斟回又再斟。安得深闺与收管，奈何前后误人深。

愁花吟

三千宫女衣宫袍，望幸心同各自娇。初似绽时犹淡薄，半来开处特妖娆。
檀心未吐香先发，露粉既垂魂已销。对此芳樽多少意，看看风雨骋粗豪。

和张子望洛城观花①

造化从来不负人，万般红紫见天真。满城车马空撩乱，未必逢春便得春。

落花短吟

满园桃李正离披，更被狂风非意吹。长是忧愁初谢处，却须思念未开时。
奈何红艳易消歇，不似青阴少改移。九十日春都去尽，樽前安忍更颦眉。

芳草短吟

花间水畔绿如茵，兴废曾经汉与秦。占了山川无限地，愁伤今古几何人。
严霜杀尽还逢雨，野火烧残又遇春。不那②路傍多此物，农家长是费耕耘。

① 《四库》本于此诗前有张峪《观洛城花呈先生》诗。
② “那”，《四库》本作“奈”。

垂柳短吟

临溪拂水正依依，更被狂风来往吹。薄暮不胜烟幂幂，深春无奈日迟迟。
谁家缥缈青罗帔，何处蹁跹金缕衣？犹恐离人肠未断，满天仍著乱花飞。

春水短吟

雪消冰泮渌盈沟，翡翠鸳鸯得志秋。长恨远山遮不断，又疑别浦去难留。
绕堤杨柳轻轻拂，近岸新蒲细细抽。满眼烟波杳无际，三吴特地送孤舟。

清风短吟

清风兴况未全衰，岂谓天心便弃遗？长具斋庄缘读《易》，每惭疏散为吟《诗》。
人间好景皆输眼，世上闲愁不到眉。生长太平无事日，又还身老太平时。

暮春寄李审言龙图

年年长是怕春深，每到春深病不任。伤酒情怀因小会，养花天气为轻阴。
岁华易革向来事，节物难回老去心。唯有前轩堪静坐，临风想望旧知音。

初夏闲吟

绿杨深处啭流莺，莺语犹能喜太平。人享永年非不幸，天生珍物岂无情。
牡丹谢后紫樱熟，芍药开时班笋生。林下一般闲富贵，何尝更肯让公卿。

代书答开封府推官姚辅周郎中

世态其如与愿违，必须言进是无知。遍将底事闲思处，不若西街极论时。
设有奇才能动世，奈何双鬓已如丝。天边新月从来细，不为人间爱画眉。来书云：“愿先生自爱，恐不容久居林下矣。”

伊川击壤集卷之七

代书寄濠倅张都官

多惭吾亦未知音，天乐虽闻不许寻。惠子相时情自好，庄生游处意能深。闲来略记一春事，老去难忘千里心。洛社交朋每相见，为吾因掉白头吟。

诏三下答乡人不起之意

生平不作皱眉事，天下应无切齿人。断送落花安用雨，装添旧物岂须春。幸逢尧舜为真主，且放巢由作外臣。六十病夫宜揣分，监司无用苦开陈。

和王安之少卿韵

却恐乡人未甚知，相知深后又何疑。贫时与禄是可受，老后得官难更为。自有林泉安素志，况无才业动丹墀。荀杨若守吾儒分，免被韩文议小疵。

依韵和刘职方见赠

造物工夫意自深，从吾所乐是山林。少因多病不干禄，老为无才难动心。花月静时行水际，蕙风香处卧松阴。闲窗一觉从容睡，愿当封侯与赐金。

代书谢王胜之学士寄莱石茶酒器

东山有石若琼玖，匠者追琢可盛酒。君子得之惜不用，殷勤远寄林下叟。林叟从来用瓦盏，惊惶不敢擎上手。重诫儿童无损伤，缄藏复以待贤友。未知贤友何时归，男子功名未成就。朝廷先从忧者言，方今莫如二虏丑。

汉之六郡限辽西，唐之八州隔山后。自余瓜[1]沙甘与凉，中原久而不能有。
奈何更饵以金帛，重困吾民犹掣肘。若非堂上出奇兵，安得阃外拉余朽？
直可逐去此腥膻，西出玉门北逾口。城下狐狸既不存，路上豺狼自无走。
太阳烜赫耀天衢，氛妖接变匿尘垢。功成不肯受上赏，印解黄金大如斗。
乞洛辞君出国门，归鞍暖拂天街柳。千官如壁遮道留，仰面弄鞭不回首。
乡人夹路迎大尹，醉拥旌幢锦光溜。下车拜墓还政余，不访公门访亲旧。
始知此器用有时，吾当为君献眉寿。

崇德阁下答诸公不语禅

浩浩长空走日轮，何烦苦苦辨根尘。鹏程万里非由驾，鹤筭三千别有春。
铅锡点金终属假，丹青画马妄求真。请观风急天寒夜，谁是当门定脚人。

天宫小阁倚栏

六尺残躯病复羸，况堪日日更添衰。满怀可惜精明处，一语未能分付时。
沙里有金然索拣，石中韫玉奈何疑。此情牢落西风暮，倚遍栏干人不知。

代书寄华山云台观武道士

太华中峰五千仞，下有大道人往还。当时马上一回首，十载梦魂犹过关。
生平爱山山未足，由此看尽天下山。求如华山是难得，使人消得一生闲。

代书寄长安幕张文通

无学又无谟，胸中一向虚。枯肠忻[2]饮酒，病眼怕看书。
洛浦轻风里，天津小雨余。故人千里隔，相望意何如。

和人闻韩魏公出镇永兴过洛

佐命三朝为太宰，名垂千古好元功。栽培桃李满天下，出入风涛半海中。
虎帐夜寒心益壮，凤池波暖位犹空。君王鼎盛子仪在，万里河湟不足攻。

① “瓜”，原作“甘”，据《四库》本改。
② “忻”，《四库》本作“欢”。

代书寄白波张景真辇运

秋入山河气象雄，不堪闲望老年中。金兰契重思无限，手足情多感未终。
半局残棋销白昼，一簪华发乱西风。唯君父子相知久，松桂心同色更同。

代书寄鄞江知县张太博

长忆当年扫弊庐，弟兄同受策名初。一生不记寻常事，千里犹通咫尺书。
风月遥知四明好，江山况是九秋余。片帆未得闲飞去，徒见严君问起居。

先 几 吟

先几能识是吾侪，慎勿轻为世俗咍。把似众中呈丑拙，争如静里且诙谐。
奇花万状皆输眼，明月一轮长入怀。似此光阴岂虚过，也知快活作人来。

秋暮西轩

绕栏种菊一齐芳，户牖轩窗总是香。得意不能无兴咏，乐时况复遇丰穰。
深秋景物随宜好，向老筋骸粗且康。饮罢何妨更登眺，烂霞堆里有斜阳。

天津闲步

洛阳城里任西东，二十年来放尽慵。故旧人多时款曲，京都国大体雍容。
池平有类江湖上，林静或如山谷中。不必奇功盖天下，闲居之乐自无穷。

寄和长安张强二机宜

二公诗美过连城，欲报才非祢正平。本谓柏舟终不遇，却惊华衮重为荣。
岷峨雨后方知峭，风月霜余始见清。前有古人称寡和，阳春白雪岂虚名。

代书答淮南宪张司封

缘木求鱼固不能，缘鱼求炙恐能行。与其病后求良药，不若醉时辞大觥。
芝草无根休用种，蟠桃有实岂难生。荷君见爱情非浅，一芥还同一芥荣。

偶得吟

集大成人不肯模，却行何异弃金车。便言天下无难事，岂信人间有丈夫。
天意顺时为善计，人情安处是良图。天人之际只些子，过此还同隔五湖。

代书寄友人

一别光阴二纪余，岁华如箭止堪吁。东西契阔久经难，前后殷勤两得书。
故国山川皆梦寐，旧家人物半丘墟。何时重讲当时事，笑对西风坼酒壶。

风吹木叶吟 熙宁三年

风吹木叶不吹根，慎勿将根苦自陈。天子旧都闲好住，圣人余事冗休论。
长年国里神仙侣，安乐窝中富贵人。万水千山行已遍，归来认得自家身。

闲行吟

长忆当年扫弊庐，未尝三径草荒芜。欲为天下屠龙手，肯读人间非圣书。
否泰悟来知进退，乾坤见了识亲疏。自从会得环中意，闲气胸中一点无。

投吴走越觅青天，殊不知天在眼前。开眼见时犹有病，举头寻处更无缘。
颜渊正在如愚日，孟子方当不动年。安得功夫游宝肆，爱人珠贝重忧钱。

买卜稽疑是买疑，病深何药可能医？梦中说梦重重妄，床上安床叠叠非。
列子御风徒一本作犹有待，夸父逐日岂无疲？劳多未有收功处，踏尽人间闲路岐。

对花饮

人言物外有烟霞，物外烟霞岂足夸？若用较量为乐事，但无忧挠是仙家。
百年光景留难住，十日芳菲去莫遮。对酒有花非负酒，对花无酒是亏花。

春尽后园闲步

绿树成荫日，黄莺对语时。小渠初潋滟，新竹正参差。
倚杖闲吟久，携童引步迟。好风知我意，故故向人吹。

代书寄吴传正寺丞

敦笃情怀世所稀，昔年今日事难追。雪霜未始寒无甚，松桂何尝色暂移。
洛邑士人虽我信，天津风月只君知。梦魂不悟东都远，依旧过从似旧时。

洛下园池

洛下园池不闭门，洞天休用别寻春。纵游只却输闲客，遍入何尝问主人。
更小亭栏花自好，尽荒台榭景才真。虚名误了无涯事，未必虚名总到身。

梦过城东谒洛阳尉杨应之

夜来清梦过城东，溪水分流径路通。全似乘查①上天汉，但无严子验行踪。

代书寄前洛阳簿陆刚叔秘校

洛城官满振衣裾，尘土何由浼远途。道在幸逢清日月，眼明应见旧江湖。
知行知止唯贤者，能屈能伸是丈夫。归去何妨趁残水，三吴还似向时无。

答人乞碧芦

草有可嘉者，莫将萧艾俦。扶疏全类竹，苍翠特宜秋。
风雨声初入，江湖思莫收。无功济天下，藉此一淹留。

逍遥吟

吾道本来平，人多不肯行。得心无厚味，失脚有深坑。
若未通天地，焉能了死生。向其间一事，须是自诚明。

人生忧不足，足外更何求？吾生虽未足，亦也却无忧。
天和将酒养，真乐用诗勾。不信年光会，催人早白头。

夜入安乐窝，晨兴饮太和。穷神知道泰，养素得天多。
日月任催荡，山川徒琢磨。欲求为此者，到了是谁何。

---

① “查”，《四库》本作“槎”。

何事感人深，求之无处寻。两仪长在手，万化不关心。
石里时藏玉，砂中屡得金。分明难理会，须索入沉吟。

偶得吟

相去一毛间，千山复万山。虽能忘寝食，未肯去机关。
不是责人备，奈何开口难。天心况非远，既远遂无还。

每度过东邻

每度过东邻，东邻愈觉勤。既来长自愧，相见只如亲。
饮食皆随好，儿童亦自忻。吾乡有是乐，何必更求仁。

每度过东街

每度过东街，东街怨暮来。只知闲说话，那觉太开怀。
我有千般乐，人无一点猜。半醺欢喜酒，未晚未成回。

君子与人交

君子与人交，未始无惊惕。小人与人交，未始无差忒。
只此真喜欢，也宜重爱惜。他年云水疏，亦恐难寻觅。

唯天有二气

唯天有二气，一阴而一阳。阴差①产蛇蝎，阳和生鸾凰。
安得蛇蝎死，不为人之殃。安得凤凰生，长为国之祥。

无客回天意

无客回天意，有人资盗粮。日中屡见斗，六月时降霜。
有书不暇读，有食不暇尝。食况不盈缶，书空堆满床。

恶死而好生，古今之常情。人心可生事，天下自无兵。
草木尚咸若，山川岂不宁。胡为无击壤，饮酒乐升平。

① “差”，《四部丛刊》本、《四库》本作“毒”。

放小鱼

纤鲜[①]不足留，此失一生休。放尔江湖去，宽渠鼎镬游。
更宜深避网，慎勿误吞钩。天下多庖者，无令落庶羞。

依韵和田大卿见赠

日日步家园，清风不著钱。城中得野景，竹下弄飞泉。
自顾无嗟若，何妨养浩然。却惭天下士，语道未忘筌。

乞笛竹

洛人好种花，唯我好种竹。所好虽不同，其心亦自足。
花止十日红，竹能经岁绿。俱沾雨露恩，独无霜雪辱。

依韵和王不疑少卿招饮

经难忆浮丘，吾乡足胜游。风前惊白发，雨后喜新秋。
仕宦情虽薄，登临兴未休。人间浪忧事，都不到心头。

再和王不疑少卿见赠

乍凉天气好，何处不堪游。鸿雁来宾日，鹰鹯得志秋。
忘形终夕乐，失脚一生休。多少江湖上，舟船未到头。

依韵和三王少卿同过弊[②]庐 安之、不疑、中美

洛中诗有社，马上句如神。白首交情重，黄花节物新。
见过心可荷，知愧道非淳。寂寞西风里，身闲半古人。

---

① “鲜”，《四部丛刊》本、《四库》本作“鳞”。
② “弊”，《四部丛刊》本、《四库》本作“敝”。

代书寄南阳太守吕献可谏议

一别星霜二纪中，升沉音问不相通。林间谈笑须归我，天下安危宜系公。
万乘几前尝蹇谔，百花洲上略从容。不知月白风清夜，能忆伊川旧钓翁。

寄吴传正寺丞

天津风月一何孤，似我经秋相忆无。每仗晴波寄声去，不知曾得到东都。

寄前洛阳簿陆刚叔秘校

洛阳官满归吴会，男子雄图志未伸。若到江山最佳处，举杯无惜望天津。

依韵和淮南宪张司封

庭梧叶半黄，篱菊初受霜。向晚意不快，把酒西南望平声。
望君不见君，但见鸿南翔。正欲思寄书，自成书数行。

重阳前一日作

近来多病不堪言，长欲醺醺带醉眠。新酒乍逢重九日，好花初接小春天。
自知命薄临头上，不愿事多来眼前。唯有天津横落照，水声仍是旧潺湲。

重九日登石阁三首

人情见了多，世态谙来久。事过忧噬脐，物伤防掣肘。
水浊更澄滤，衣尘须抖擞。必欲论主衡，何人为好手。

事出一时间，时过事莫还。当时深可爱，过后不堪看。
夏去休言暑，冬来始讲寒。人能知此理，忧患自难干。

今岁重阳日，凭栏气候迟。云烟虽已淡，林木未全衰。
天地开怀处，山川快眼时。栏干空倚遍，此意有谁知。

依韵答友人

百万貔貅动塞尘，朝廷委寄不轻人。胡儿生事虽然浅，国士尽忠须是纯。
陇上悲歌应愤惋，林间酣饮但酸辛。欲陈一句好言语，只恐相知未甚真。

偶见吟

富贵多傲人，人情有时移。道德不傲人，人情久益归。
道德有常理，富贵无定期。蒿莱霜至萎，松柏雪更滋。

世上多附炎，炎歇人自去。君子善处约，约久情自固。
炎歇势不回，情固人不去。路人或如亲，亲人却如路。

心迹贵相亲，相亲善恶分。世间须有物，天下岂无人。
既见熏莸臭，当思玉石焚。如何得时态，长似洛阳春。

无题吟

昔日不炼物，尝为物所误。今日不炼人，又为人所怒。
物误亦可辩，人怒难往诉。我对人称过，人亦为我恕。

无酒吟

自从新法行，尝苦樽无酒。每有宾朋至，尽日闲相守。
必欲丐于人，交亲自无有。必欲典衣买，焉能得长久。

读陶渊明归去来

归去来兮任我真，事虽成往意能新。何尝不遇如斯世，其那难逢似此人。
近暮特嗟时翳翳，向荣还喜木欣欣。可怜六百余年外，复有闲人继后尘。

伊川击壤集卷之八

访南园张氏昆仲因而留宿

中秋天气随宜好，来访南园会隐家张氏园名。贪饮不知归去晚，水精宫里宿烟霞。

和王安之少卿同游龙门

生平有癖好寻幽，一岁龙山四五游。或往或还都不计，盖无荣利可稽留。
数朝从款看伊流，夜卜香山宿石楼。会有凉风开远意，更和烟雨弄高秋。

归城中再用前韵

乘兴龙山访尽幽，恰如人在画图游。恨无美酒酬佳景，正欲留时不得留。

又一首

初秋微雨造轻寒，倚遍东岑阁上栏。不谓是时烟霭里，松斋人作画图看。松斋，安之弟所居，在水西。

和人留题张相公庵

做了三公更引年，人间福德合居先。结茅未尽忘君处，正在嵩高万岁前。

代书寄程正叔

严亲出守剑门西，色养欢深世表仪。唐相规模今历历，蜀民遨乐旧熙熙。
海棠洲畔停桡处，金雁桥边立马时。料得预忧天下计，不忘君者更为谁。

岁暮自贻

当年志意欲横秋，今日思之重可羞。事到强图皆屑屑，道非真得尽悠悠。
静中照物精[①]难隐，老后看书味转优。谈尘从容对宾客，荐章重叠误公侯。
已蒙贤杰开青眼，不顾妻孥怨白头。谷口郑真焉敢望，寿陵余子若为谋。
鼎间龙虎忘看守，棋上山河废讲求。一枕晴窗睡初觉，数声幽鸟语方休。
林泉好处将诗买，风月佳时用酒酬。三百六旬如去箭，肯教襟抱落闲愁。

欢喜吟 熙宁四年

行年六十一，筋骸未甚老。已为两世人，便化岂为夭。
况且粗康强，又复无忧挠。如何不喜欢，佳辰自不少。

寄李景真太博

花前静榻闲眠处，竹下明窗独坐时。着甚语言名字泰，林间自有翠禽知。

感事吟

蛇头蝎尾不相同，毒杀人多始是功。风月四时无限好，莫将闲事挠胸中。

寄亳州秦伯镇兵部

三川地正得中阳，气入奇葩亦自王。善识好花人不远，好花无吝十分芳。

人事纷纷积有年，何烦颦蹙向花前。万般计较头须白，饶了胸中不坦然。

无限有情风月间，好将醇酒发酡颜。奈何人自生疑阻，利害嫌轻更设关。

虽贫无害日高眠，人不堪忧我自便。锻炼物情时得意，新诗还有百来篇。

天心复处是无心，心到无时无处寻。若谓无心便无事，水中何故却生金？

酒涵花影满卮红，泻入天和胸臆中。最爱一般情味好，半醺时与太初同。

---

① “精”，《四部丛刊》本、《四库》本作“情”。

别寄一首

许大秦皇定九州，九州才定却归刘。他人莫谩夸精彩，徒自区区撰白头。

思故人

芳酒一樽虽甚满，故人千里奈思何。柳掩池阁条偏细，花近檐楹香更多。

谢王平甫教授赏花处惠茶仍和元韵[1]

太学先生善识花，得花精处却因茶。万红香里烹余后，分送天津第一家。

南园赏花

三月初三花正开，闲同亲旧上春台。寻常不醉此时醉，更醉犹能举大杯。

花前把酒花前醉，醉把花枝仍自歌。花见白头人莫笑，白头人见好花多。

独赏牡丹

赏花全易识花难，善识花人独倚栏。雨露功中观造化，神仙品里定容颜。
寻常止可言时尚，奇绝方名出世间。赋分也须知不浅，筭来消得一生闲。

问春

三月春归留不住，春归春意难分付。凡言归者必归家，为问春家在何处。

春归必竟归何处，无限春冤都未诉。欲托流莺问所因，子规又叫不如去。

春来愁去只因花，春去愁来翻殢酒。长恨愁多酒力微，为春成病花知否。

安乐窝中自贻

物如善得终为美，事到巧图安有公。不作风波于世上，自无冰炭到胸中。
灾殃秋叶霜前坠，富贵春华雨后红。造化分明人莫会，枯荣消得几何功。

---

① 《四部丛刊》本、《四库》本作《和王平甫教授赏花处惠茶韵》。

花前劝酒

春在对花饮，春归花亦残。对花不饮酒，欢意遂阑珊。
酒向花前饮，花宜醉后看。花前不饮酒，终负一年欢。

书皇极经世后

朴散人道立，法始乎牺皇。岁月易迁革，书传难考详。
二帝启禅让，三王正纪纲。五伯仗形胜，七国争强良。
两汉骧龙凤，三分走虎狼。西晋擅风流，群凶来北荒。
东晋事清芬，传馨宋齐梁。逮陈不足筭，江表成悲伤。
后魏乘晋弊，扫除几小康。迁洛未甚久，旋闻东西将。
北齐举爝火，后周驰星光。隋能一统之，驾福于巨唐。
五代如传舍，天下徒扰攘。不有真主出，何由奠中央。
一万里区宇，四千年兴亡。五百主肇位，七十国开疆。
或混同六合，或控制一方。或创业先后，或垂祚短长。
或奋于将坠，或夺于已昌。或灾兴无妄，或福会不祥。
或患生藩屏，或难起萧墙。或病由唇齿，或疾亟膏肓。
谈笑萌事端，酒食开战场。情欲之一发，利害之相戕。
剧力恣吞噬，无涯罹祸殃。山川才表里，丘垄又荒凉。
荆棘除难尽，芝兰种未芳。龙蛇走平地，玉石粹昆岗。
善设称周孔，能齐是老庄。奈何言已病，安得意都忘。

履道会饮

众人之所乐，所乐唯嚣尘。吾友之所乐，所乐唯清芬。
清芬无鼓吹，直与太古邻。太古者靡他，和气常絪缊。
里闬旧情好，有才复有文。过从一日乐，十月生阳春。
洛阳古神州，周公尝缕陈。四时寒暑正，四方道里均。
代不乏英俊，号为多缙绅。至于花与木，天下莫敢伦。
而逢此之景，而当此之辰。而能开口笑，而世有几人。
清衷贯金石，剧谈惊鬼神。天地为一指，富贵如浮云。
明时缓康济，白昼闲经纶。莫如陪欢伯，又复对此君。
商於六百里，黄金四万斤。不能买兹乐，自余恶足论。

接篱倒戴时，蟾蜍生海垠。小车倒载[1]时，山翁归天津。

思郑州陈知默因感其化去不得一识面

美物须绝代，异人须不世。造化生得成，谅亦非容易。
旷世耳可闻，同时目能视。陈子同时人，奈何闻诸耳。

谢城南张氏四兄弟冒雪载肴酒见过

久旱几逾冬，川守祈未得。雁行联镳来，佳雪遽盈尺。
酒面生红光，客心喜何极。半夜离天津，天津陡岑寂。

大寒吟

旧雪未及消，新雪又拥户。阶前冻银床，檐头冰去声钟乳。
清日无光辉，烈风正号怒。人口各有舌，言语不能吐。

和李审言龙图大雪

万树琼花一夜开，都和天地色皑皑。素娥腰细舞将彻，白玉堂深曲又催。
瓮牖书生方挟策，沙场甲士正衔枚。幽人骨瘦欲清损，赖有时时酒一杯。

小车行

喜醉岂无千日酒，惜春还有四时花。小车行处人欢喜，满洛城中都似家。

依韵和浙宪任度支

宧[2]路寻知已得真，可堪轻负洛城春。江湖相望三千里，休使乡朋想望频。

和宋都官乞梅 熙宁五年

小园虽有四般梅，不似江南迎腊开。长恨东君少风韵，先时未肯放春来。

---

① “载”，原作“戴”，据《四部丛刊》本改。
② “宧”，《四部丛刊》本、《四库》本作“官”。

东轩黄红二梅正开坐上书呈友人

一年一度见双梅，能见双梅几度开？人寿百年今六十，休论闲事且衔杯。

和任比部忆梅

痛惜[1]梅开易得残，既残憔悴不堪看。年年长被清香误，争似闲栽竹数竿。

初春吟[2]

花木四时分景致，经书千卷号生涯。有人若问闲居处，道德坊中第一家。

垂　柳

门前垂柳正依依，更被东风来往吹。忘了自家今已老，却疑自是少年时。

至灵吟

至灵之谓人，至贵之谓君。明则有日月，幽则有鬼神。

人鬼吟

既不能事人，又焉能事鬼。人鬼虽不同，其理何尝异。

生平与人交

生平与人交，未始有甘坏。己亦无负人，人亦无我害。

知识吟

目见之为识，耳闻之谓知。奈何知与识，天下亦常稀。

---

① “惜”，《四部丛刊》本、《四库》本作“忆”。

② 此诗《道藏》本无，据《四部丛刊》本补。

偶书吟

风林无静柯，风池无静波。林池既不静，禽鱼当如何。

思患吟

仆奴凌主人，夷狄犯中国。自古知不平，无由能绝得。

寄三城王宣徽二首

林下居虽陋，花前饮却频。世间无事乐，都恐属闲人。

路上尘方坌，壶中花正开。何须头尽白，然后赋归来。

仁圣吟

尽道之谓圣，如天之谓仁。如何仁与圣，天下莫敢论。

和邢和叔学士见别

世路如何若大东，相逢不待语言通。观君自比诸葛亮，顾我殊非黄石公。
讲道污隆无巨细，语时兴替有初终。出人才业尤须惜，慎勿轻为西晋风。

击壤吟

人言别有洞中仙，洞里神仙恐妄传。若俟灵丹须九转，必求朱顶更千年。
长年国里花千树，安乐窝中乐满悬。有乐有花仍有酒，却疑身是洞中仙。

春去吟

好物足艰难，都来数日间。既为风搅扰，又被雨摧残。
富贵醉初醒，神仙梦乍还。游人不知止，依旧倚朱栏。

南园花竹

花行竹径紧相挨，每日须行四五回。因把花行侵竹种，且图竹径对花开。
花香远远随衣袂，竹影重重上酒杯。谁道山翁少温润，这般红翠却长偎。

再答王宣徽

自有吾儒乐，人多不肯循。以禅为乐事，又起一重尘。

又

大达诚无碍，人人自有家。假花犹入念，何者谓真花？

苍苍吟寄答曹州李审言龙图

一般颜色正苍苍，今古人曾望又作叫断肠。日往月来无少异，阳舒阴惨不相妨。
迅雷震后山川裂，甘露零时草木香。幽暗岩崖生鬼魅，清平郊野见鸾凰。
千花烂为三春雨，万木凋因一夜霜。此意分明难理会，直须贤者入消详。

林下五吟

真工造化岂容私，拙者为谋亦甚微。安乐窝深初起后，太和汤酽半醺时。
长年国里篮舁往，永熟乡中杖策归。身似升平无一事，数茎髭白任风吹。

老年躯体索温存，安乐窝中别有春。万事去心闲偃仰，四肢由我任舒伸。
庭花盛处凉铺簟，檐雪飞时软布裀。谁道山翁拙于用，也能康济自家身。

有物轻醇号太和，半醺中最得春多。灵丹换骨还如否，白日升天得似磨。
尽快意时仍起舞，到忘言处只讴歌。宾朋莫怪无拘检，真乐攻心不奈何。

相招相劝饮流霞，鬓乱秋霜发乱华。所记莫非前甲子，凡经多是老官家。
共夸今日重孙过，更说当时旧事呀。言语丁宁有情味，后生无笑太周遮。

生来未始事田畴，无岁无时长有秋。随分杯盘俱是乐，等闲池馆便成游。
风花雪月千金子，水竹云山万户侯。欲俟河清人寿几，两眉能着几多愁？

安乐窝中自讼吟

不向红尘浪着鞭，唯求寡过尚无缘。虚更蘧瑗知非日，谬历宣尼读易年。发到白时难受彩，心归通后更何言。至阳之气方为玉，犹恐钻磨未甚坚。

和君实端明花庵二首

不用丹楹刻桷为，重重自有翠阴垂。后人继取天真意，种莳增华非所宜。

庵后庵前尽植花，花开番次四时好。主人事简常燕休，不信岁华能撰[1]老。

① “撰”，《四库》本作“换”。

伊川击壤集卷之九

六十二吟

行年六十二康强，况复身居永熟乡。美景良辰非易得，浅斟低唱又何妨。
无涯岁月难拘管，有限筋骸莫毁伤。多少英豪弄才智，大曾经过恶思量。

林下局事吟

闲人亦也有官守，官守一身四事有。一事承晓露看花，一事迎晚风观柳。
一事对皓月吟诗，一事留佳宾饮酒。从事于兹二十年，欲求同列谁能否？

依韵和吴传正寺丞见寄

五十年来读旧书，世间应笑我迂疏。因思偶女忘今古，遂悟轮人致疾徐。
道业未醇诚可病，生涯虽薄敢言虚。时和受赐已多矣，安有胸中不晏如。

延福坊李太博乞园池诗

宣威十九次高牙，弈叶功臣旧将家。清世辞荣归里第，白头行乐过年华。
杯盈香醑浮春水，曲度新声出靓花。如此园池如此寿，儿孙满眼庆无涯。

金 玉 吟

良金美玉信难偕，好物其来最受埋。盗跖免兵非积善，仲尼无土反成猜。
中孚既若须为信又作能成信，无妄因何却有灾。莫若致之为外事，心源可乐是昭回。

夏日南园

夏木无重数，森阴翠樾低。相呼百禽语，太半是黄鹂。

谢宁寺丞惠希夷樽

仙掌峰峦峭不收，希夷陈图南也去后遂无俦。能斟时事高抬手，善酌人情略拨头。
画虎不成心尚在，悲麟无应泪横流。悟来不必多言语，赢得清闲第一筹。

和君实端明花庵独坐

静坐养天和，其来所得多。耽耽同又作殊厦宇，密密引藤萝。
忘去贵臣度，能容野客过。系时休戚重，终不道如何。

依韵和宋都官惠棕拂子

洛邑从来号别都，能容无状久安居。众蚊多少成雷处，一拂何由议扫除。

同王胜之学士转运赏西园芍药

此物扬州素所闻，今于洛汭特称珍。雅知国色善移物，更著天香暗结人。
欲殿群芳仍占夏，得专奇品不须春。日斜立马将归去，再倚朱栏看一巡。

戏谢富相公惠班笋三首

名园不放过鸦飞，相国如今遂请时。鼎食从来称富贵，更和花笋一兼之。

承将大笋来相诧，小圃其如都不生。虽向性情曾著力，奈何今日未能平。

应物功夫出世间，岂容人可强跻攀。我侬自是不知量，培塿须求比泰山。

答李希淳屯田

逢时虽出欲胡为，其那天资知识微。弊性止堪同蠖屈，薄才安敢望鹏飞。
长因访旧欢无极，每为寻幽暮不归。花爱半开承露看，奈何花上露沾衣。

苔　钱

一雨一番新，非关鼓铸频。纵多难赠客，便失不猜人。
遍地未为富，满阶那济贫。买愁须有为，酤酒断无因。

散处如筹计，重时似索陈。不能赒己急，何暇更赒亲。

种谷吟

农家种谷时，种禾不种莠。奈何禾未荣，而见莠先茂。
莠若不诛锄，禾亦未成就。又况雨霈时，沾及恩一溜。

和君实端明见赠

曾不见谤谤，城中类远郊。虽无千里马，却有一枝巢。
月出云山背，风来松竹梢。颓然何所得，岂复避人嘲。

秋　夜

浮云一消散，星斗粲[①]长天。碧蘚坠丹果，清香生白莲。
体凉犹衣葛，耳静已无蝉。坐久群动息，秋空唯寂然。

平日游园常策筇杖秋来发箧复出貂褥二物皆景仁所贶睹物思人斐然成诗

筇杖携已久，貂褥展犹新。渐染岷山雪，拂除京国尘。
危扶醉归路，稳称病来身。赖此斋中物，时如见故人。

云

晴空碧于水，那得片云飞。映日成丹凤，随风变白衣。
去来皆绝迹，隐显两忘机。天理谁能测，终然何所归。

闲　来

闲来观万物，在处可逍遥。鱼为贪钩得，蛾因赴火焦。
碧梧饥鸑鷟，白粒饱鷦鷯。带索谁家子，行歌复采樵。

① “粲”，《四库》本作“灿”。

花庵多牵牛清晨始开日出已瘁花虽甚美而不能留赏

望远云凝岫，妆余黛散钿。缥囊承晓露，翠盖拂秋烟。
向慕非葵比，凋零在槿先。才供少顷玩，空废日高眠。

和秋夜

久畏夏暑日，喜逢秋夜天。急雨过修竹，凉风摇晚莲。
岂谓败莎蛩，能继衰柳蝉。安得九皋禽，清唳一洒然。

和貂褥筇杖二物皆范景仁所惠

君子亦保物，保故不保新。筇生蜀部石，貂走阴山尘。
善扶巇崄路，能暖瘦羸身。行坐不可舍，常如睹斯人。

和　云

万里幕四垂，一片云自飞。只知根抱石，不为天为衣。
既来曾无心，却去宁有机。未能作霖雨，安用帝乡归。

和闲来

以身观万物，万物理非遥。马为乘多瘦，龟因灼苦焦。
能言谢鹦鹉，易饱过鹪鹩。伊洛好烟水，愿同渔与樵。

和花庵上牵牛花

叶闹深如幄，花繁翠似钿。瀼瀼泠[1]晓露，幂幂蔽晴烟。
谢既成番次，开仍有后先。主人凝伫苦，长是废朝眠。

① “泠”，《四部丛刊》本、《四库》本作“零”。

寄三城旧友卫比部二绝

虽老未龙钟，篱边菊满丛。乍凉天气好，里闬正过从。

景好身还健，天晴路又干。小车芳草软又作稳，处处是清欢。

秋日[①]登石阁

初晴僧阁一凭栏，风物凄凉八月间。欲尽上层尝脚力，更于高处看人寰。
秋深天气随宜好，老后心怀只爱闲。为报远山休敛黛，这般情意久阑珊。

和李审言龙图行次龙门见寄

万里秋光入坐明，交情预喜笑相迎。菊花未服重阳过，如待君来泛巨觥。

风 月 吟

凉风无限清，良月无限明。清明不我舍，长能成欢情。
终朝三褫辱，昼日三接荣。荣辱不我预，何复能有惊。

赠富公

天下系休戚，世间谁拟伦？三朝为宰相，四水作闲人。
照破万古事，收归一点真。不知缘底事，见我却殷勤。

弄 笔 吟

人生所贵有精神，既有精神却不淳。弄假像真终是假，将勤补拙总输勤。
因饥得饱饱犹病，为病求安安未真。人误圣人人不少，圣人无误世间人。

招司马君实游夏圃

雨霁景自好，秋深天未寒。可能乘兴否，夏圃一盘桓？

① 《道藏》本、《四部丛刊》本作“日”，《四库》本作“霁”。

秋日雨霁闲望

水冷云疏霜意早，岁华虽晚黄花好。饶教四面远山围，奈何一片秋光老。
上天生物固无私，圣人余事人难晓。陈言生活不须矜，自是中才皆可了。

四小吟简陈季常

八月小春天，小花开且殷。晚来经小雨，遂使小车闲。

乐乐吟

吾常好乐乐，所乐无害义。乐天四时好，乐地百物备。
乐人有美行，乐已能乐事。此数乐之外，更乐微微醉。

诫子吟

善恶无他在所存，小人君子此中分。改图不害为君子，迷复终归作小人。
良药有功方利病，白珪无玷始称珍。欲成令器须追琢，过失如何不就新？

闻少华崩

变化无踪倏忽间，力回天地不为难。若教舒[①]展巨灵手，岂止轩腾少华山。
六社居民皆覆没，九泉磐石尽飞翻。刍荛一句能收采，尧舜之时自可攀。

自古吟

自古大圣人，犹以为难事。而况后世人，岂复便能至。
求之不胜难，得之至容易。千人万人心，一人之心是。

代书寄祖龙图

三十年交旧，相逢各白头。海壖曾共饮，洛社又同游。
脱屣风波地，开怀松桂秋。两眉从此后，应不着闲愁。

① “舒”，《四部丛刊》本、《四库》本作“施”。

寒夜吟

天加一上寒，我添一重被。不出既往言，不为已甚事。
责己重以周，与人不求备。唯是大圣人，能立无过地。

知幸吟

鸡职在司辰，犬职在守御。二者皆有功，一归于报主。

我饥亦享食，我寒亦受衣。如何无纤毫，功德补于时。

趋　向

舍我灵龟，观我朵颐。背义从利，人无远思。

贲于丘园，束帛戋戋。既能图大，小在其间。

不可知吟

犁牛生骍角，老蚌产明珠。人虽欲勿用，山川其舍诸。
事固不可知，物亦难其拘。一归于臆度，义失乎精粗。

事急吟

旱极望雨意，病危思药心。人人当此际，不待劝而深。

知人吟

事到急时观态度，人于危处露肝脾。深心厚貌平时可，慎勿便言容易知。

言语吟

一言便喜处，千言益怒时。既因言语合，却为言语离。

思患吟

缘饰近虚襟，虚襟后患深。疗饥当用食，救旱必须霖。

人生一世吟

前有亿万年，后有亿万世。中间一百年，做得几何事。

又况人之寿，几人能百岁。如何不喜欢，强自生憔悴。

谢人惠石笋

谁将天柱峰，快刀割一半。泉漱痕微渍①，云抱色犹见。
权门不能移，富室不能转。则予何人哉，当阎君之献。

奉和十月二十四日初见雪呈相国元老

壬子初逢雪，未多仍却晴。人间都变白，林下不胜清。
寒士痛遭恐，穷民恶着惊。杯觞限新法，何故便能倾。

和相国元老

崇台未经庆，瑞雪下云端。虽地尽成白，而天不甚寒。
有年丰可待，盈尺润难干。畎亩无忘处，追踪击壤欢。

天津看雪代简谢蒋秀才还诗卷

清洛接天去，寒云贴地飞。人于桥上立，诗向雪中归。

安乐窝中看雪

同云漠漠雪霏霏，安乐窝中卧看时。初讶后园罗玉树，却惊平地琛瑶池。
未逢寒食梨花谢，不待春风柳絮飞。酒放半醺帘半卷，此情无使外人知。

---

① “渍”，《四部丛刊》本、《四库》本作“清”。

满目是瑶琚，贫家遂富如。许观非许卖，宜惨不宜舒。
醇酿装醺后，重衾造暖余。肯于人世上，造一作还险较锱铢。

答富韩公见示正旦四绝 熙宁六年

正旦四篇诗，缘忻七十期。请观唐故事，未放晋公归。

和君实端明

养道自安恬，霜毛一任添。且无官责咎，幸免世猜嫌。
蓬户能安分，藜羹固不餍。一般偏好处，曝背向前檐。

安乐窝中四长吟

安乐窝中快活人，闲来四物幸相亲。一篇诗逸收花月，一部书严惊鬼神。
一炷香清冲宇泰，一樽酒美湛天真。太平自庆何多也，唯愿君王寿万春。

安乐窝中诗一编

安乐窝中诗一编，自歌自咏自怡然。陶镕水石闲勋业，铨择风花静事权。
意去乍乘千里马，兴来初上九重天。忺[①]时更改三两字，醉后吟哦五七篇。
直恐心通雪外月，又疑身是洞中仙。银河汹涌翻晴浪，玉树查牙生紫烟。
万物有情皆可状，百骸无病不能蠲。命题滥被神相助，得句谬为人所传。
肯让贵家常奏乐，宁惭富室剩收钱。若条此过知何限，因甚台官独未言。

安乐窝中一部书

安乐窝中一部书，号云皇极意何如。春秋礼乐能遗则，父子君臣可废乎？
浩浩羲轩开辟后，巍巍尧舜协和初。炎炎汤武干戈外，恟恟桓文弓剑余。
日月星辰高照耀，皇王帝伯音霸大铺舒。几千百主出规制，数亿万年成楷模。
治久便忧强跋扈，患深仍念恶驱除。才堪命世有时有，智可济时无世无。
既往尽归闲指点，未来须俟被支梧。不知造化谁为主，生得许多奇丈夫。

① “忺”，《四库》本作“欢”。

安乐窝中一炷香

安乐窝中一炷香，凌晨焚意岂寻常。祸如许免人须谄，福若待求天可量。
且异缁黄徼庙貌，又殊儿女裛衣裳。中孚起信宁烦祷，无妄生灾未易禳。
虚室清泠都是白，灵台莹静别生光。观风御寇心方醉，对景一作境颜渊坐正忘。
赤水有珠涵造化，泥丸无物隔青苍。生为男子仍身健，时遇昌辰更岁穰。
日月照临功自大，君臣庇荫效何长。非又作不徒闻道至于此，金玉谁家不满堂。

安乐窝中酒一樽

安乐窝中酒一樽，非唯养气又颐真。频频到口微成醉，拍拍满怀都是春。
何异君臣初际会，又同天地乍絪缊。醺酣情味难名状，酝酿工夫莫指陈。
斟有浅深存燮理，饮无多少寄经纶。凤凰楼下逍遥客，郏鄏城中自在人。
高阁望时花似锦，小车行处草如茵。卷舒万世兴亡手，出入千重云水身。
雨后静观山意思，风前闲看月精神。这般事业权衡别，振古英雄一本作豪恐未闻。

谢富相公见示新诗一轴

通衢选地半松筠，元老辞荣向盛辰。多种好花观物体，每斟醇酒发天真。
清朝将相当年事，碧洞神仙今日身。更出新诗二十首，其间字字敌阳春。

文章天下称公器，诗在文章更不疏。到性始知真气味，入神方见妙工①夫。
闲将岁月观消长，静把乾坤照有无。辞比离骚更温润，离骚其奈少宽舒。

安乐窝中好打乖吟

安乐窝中好打乖，打乖年纪合挨排。重寒盛暑多闭户，轻暖初凉时出街。
风月煎催亲笔砚，莺花引惹傍樽罍。问君何故能如此，只被才能养不才。

和君实端明登石阁

平地虽然远，那知物物新。危楼一百尺，别有万般春。

---

① “工”，《四部丛刊》本、《四库》本作“功”。

和君实端明副酒之什

洛阳花木满城开，更送东都双榼来。遂使闲人转狂乱，奈何红日又西颓。

对花吟

春在花争好，春归花遂残。好花留不住，好客会亦难。
酒既对花饮，花宜把酒看。如何更斟满，乃尽此时欢。

依韵寄成都李希淳屯田

思君君未还，君恋蜀中官。白首虽知倦，清衷宜自宽。
花时难得会，蚕市易成欢。莫叹归休晚，生涯苦未完。

代书寄广信李遵度承制

蓟北更千里，汉唐为极边。奈何今境土，不复旧山川。
虎帐兵家重，雕弓嗣子传。他年勒功处，无使后燕然。

自和打乖吟

安乐窝中好打乖，自知元没出人才。老年多病不服药，少日壮心都已灰。
庭草划除终未尽，槛花抬举尚难开。轻风吹动半醺酒，此乐直从天外来。

伊川击壤集卷之十

年老逢春十三首

年老逢春春莫猜，老年方自少年回。人情少悦酒不解，天气却寒花未开。
堤外有风斜送柳，墙阴经雨半生苔。去年波水东流去，旧渌奈何新又来。

年老逢春春正妍，春妍况在禁烟前。才寒却暖养花日，行去声雨便晴消酒天。
进退樽罍宜有主，栽培桃李岂无权。清谈已是欢情极，更把狂诗当管弦。

年老逢春雨乍晴，雨晴况复近清明。天低宫殿初长日，风暖园林未啭莺。
花似锦时高阁望，草如茵处小车行。东君见赐何多也，又复人间久太平。

年老逢春莫厌春，住家况复在天津。既将水竹为生计，须与风花作主人。
故宅废功除瓦砾，新畦加意种兰薰。未知去此闲田地，何地更能容此身？

年老逢春始识春，春妍都恐属闲身。能知青帝工夫大，肯逐后生撩乱频。
酒趁嫩醅尝格韵，花承晓露看精神。大凡尤物难分付，造化从来不负人。

年老逢春春意多，波光谁染柳谁搓[①]。池亭正好爱不彻，草木向荣情奈何。
便把樽罍通意思，须防风雨害清和。千红万翠中间里，似我闲人更有么？

年老逢春春莫厌，春工慎勿致猜嫌。红芳若得眼前过，白发任从头上添。
雨后艳花零泪颗，风余新月露眉尖。轻醇酒面斟来凸，举盏长忧不易拈。

年老逢春春莫悭，春悭不当世艰难。四时只有三春好，一岁都无十日闲。
酒盏不烦人诉免，花枝须念雨摧残。却愁千片飘零后，多少金能买此欢。

年老逢春莫厌频，更频能见几回春。须将酒盏强留客，却恐花枝解笑人。
世态不堪新间旧，物情难免假疑真。谁云梁燕多言语，此个深冤都未伸。

年老逢春兴未收，愿春慈造少迟留。既称好事愁花老，须与多情秉烛游。

① “槎”，《四库》本作“拖”。

酒里功劳闲汗马，诗中罪过静风流。东君不奈人嘲戏，僝僽花枝恶未休。

年老逢春莫惜狂，惜狂无那兴难当。园林恰到恶①明媚，风雨便多闲中伤。
花等半开宜速赏，酒闻才熟便先尝。大都美物天长惜，非是吾侪曲主张。

年老逢春春不任，不任缘被老来侵。一身老去恶足惜，满眼春归何处寻？
红日坠时风更急，落花流处水仍深。流莺不悟芳菲歇，犹向枝头送好音。

年老逢春认破春，破春不用苦伤神。身心自有安存地，草木焉能媚惑人。
此日荣为他日瘁，今年陈是去年新。世间忧喜常相逐，多少酒能平得君？

和司马君实崇德久待不至

君家梁上年时燕，过社今年尚未回。请罚误君凝伫久，万花深处小车来。

天启夫君八斗才，野人中路必须回。神仙一句难忘处，花外小车犹未来。

别两绝

楼外花多碍小车，难忘有德见思多。欲凭桃李为之谢，桃李无言争奈何。

赏花高阁上，负约罪难回。若许将诗赎，何时不可陪。

春日登石阁

满洛城中将相家，广栽桃李作生涯。年年二月凭高处，不见人家只见花。

六十三吟

行年六十有三岁，齿发虽衰志未衰。耻把精神虚作弄，肯将才力妄施为。
愁闻刮骨声音切，闷见吹毛智数卑。珍重至人尝有语，落便宜是得便宜。陈希夷先生尝有是言。

① “恶”，《四库》本作“恁”。

感事吟

古人不见面，止可观其心。其心固无他，而多顾义深。
今人不见心，止可观其面。其面顾[1]无他，而多顾利浅。
顾义则利人，顾利则害民。利人与害民，而卒反其身。
其身幸而免，亦须殃子孙。

偶书

天生万物，各遂其一。唯人最灵，万物能并。
芝兰芬芳，麒麟凤凰。此类之人，鲜有不臧。
狼毒野葛，枭鸩蛇蝎。此类之人，鲜有不蘖。
臧唯思安，孽唯思残。日夜无息，相代于前。
天无私覆，地无私载。俱能含养，始知广大。

偶得吟

蛙蜢泥中走，凤凰云外飞。云泥相去远，自是难相知。

太和汤吟

二味相和就瓮头，一般收口效偏优。同斟只却因无事，独酌何尝为有愁。
才沃便从真宰辟，半醺仍约伏牺游。人间尽爱醉时好，未到醉时谁肯休。

洗竹

岁寒松柏共经秋，丛挫无端蔽翳稠。遍地冗枝都与去，倚天高干一齐留。
应龙吟后声能效，仪凤来时功可收。未说其他为用处，此般风格最难俦。

天意吟

天意无他只自然，自然之外更无天。不欺谁怕居暗室，绝利须求在一源。
未吃力时犹有说，到收功处更何言。圣人能事人难继，无价明珠正在渊。

① 《四库》本作“固”。

代书戏祖龙图

祖兄同甲中[①]，二十七日长。无怨可低眉，有欢能抵掌。交情日更深，道义久相尚。但欠书丹人，黄金八百两。择之葬其亲也，书志用予名姓。

把　酒

把酒嘱儿男，吾今六十三。处身虽未至，讲道固无惭。世上荣都谢，林间乐尚贪。语其贪一也，且免世猜嫌。

对　花 熙宁七年

花枝照酒卮，把酒嘱花枝。酒尽钱能买，花残药不医。人无先酩酊，花莫便离披。慢慢对花饮，况春能几时。

四道吟

天道有消长，地道有险夷。人道有兴废，物道有盛衰。兴废不同世，盛衰不同时。奈何人当之，许多喜与悲。

林下吟

林下一般奇，俗人那得知。乍圆明月夜，才放好花枝。美酒未斟满，佳宾莫放归。世间优我辈，幸有这些儿。

春　阴

日日是春阴，春阴又复沉。养花虽有力，爱月岂无心。月满方能看，花开始可吟。奈何花与月，殊不谅人深。

花好难久观，月好难久看。花能五七日，月止十二圆。圆时仍龃龉，开处足摧残。风雨寻常事，人心何不安。

---

① “中”，《四部丛刊》本、《四库》本作“申”。

嘱花吟

把酒嘱花枝，花枝亦要知。花无十日盛，人有百年期。
据此销魂处，宁思中酒时。若非诗断割，难解一生迷。

懒起吟

半记不记梦觉后，似愁无愁情倦时。拥衾侧卧未忺[①]起，帘外落花撩乱飞。

感事吟

君子小人正相反，上智下愚诚不移。野葛根非连灵芝，奈何生与天地齐。

三　惑

老而不歇是一惑，安而不乐是二惑。闲而不清是三惑，三者之惑自戕贼。

四　喜

一喜长年为寿域，二喜丰年为乐国。三喜清闲为福德，四喜安康为福力。

何如吟

立身须作真男子，临事无为浅丈夫。料得人生皆素定，空多计较竟何如。

问春吟

自古言花须说莺，莺花本合一时行。因何花谢莺才至，浪得莺花相与名。
辄欲问春春不应，私于蜂蝶有何情。流莺不伏春辜负，啼了千声又万声。

---

① “忺”，《四库》本作“欢”。

楼上寄友人

有客常轻平地春，夫[1]春不得不云云。能安陋巷无如我，既上高楼还忆君。
满眼云林都是绿，万花烟瓦[2]半来新。凭栏须是心无事，谁是凭栏无事人。

所失吟

所失弥多所得微，中间嬴得一歔欷。人荣人悴乃常理，花谢花开何足追。
偶尔相逢却相别，乍然同喜又同悲。只消照破都无事，何必区区更辩为。

插花吟

头上花枝照酒卮，酒卮中有好花枝。身经两世太平日，眼见四朝全盛时。
况复筋骸粗康健，那堪时节正芳菲。酒涵花影红光溜，争忍花前不醉归？

闲居吟

闲居须是洛中居，天下闲居皆莫如。文物四方贤俊地，山川千古帝王都。
绝奇花畔持芳醑，最软草间移小车。只有尧夫负亲旧，交亲殊不负尧夫。

依韵和张子坚太博

八载相逢恨未平，如何别酒又还倾。虽惭坦率珠多颣，却识清和玉有声。
处世当为天下士，赏花须是洛阳城。也知今古真男子，造化工夫不易生。

还鞠十二著作见示共城诗卷

写象丹青未易偕，丹青难写象情怀。览君十首诗三遍，胜我再游乡一回。
故国不知新想望，家山如见旧崔嵬。功名时事人休问，只有两行清泪揩。

---

① “夫”，《四库》本作“失”。
② “万花烟瓦”，《四部丛刊》本、《四库》本作“万家辉舞”。

乐物吟

日月星辰天之明，耳目口鼻人之灵。皇王帝伯音霸由之生，天意不远人之情。

飞走草木类既别，士农工商品自成。安得岁丰时长平，乐与万物同其荣。

喜春吟

春至已将诗探伺，春归更用酒追寻。酒因春至春归饮，诗为花开花谢吟。
花谢花开诗屡作，春归春至酒频斟。情多不是强年少，和气冲心何可任。

暮春吟

多情潘佑羡杨花，出入千家复万家。少日壮心都失去，老年新事不知他。
诗中罪过人多恕，酒里功劳我自夸。犹有一般牢落处，交亲太半在天涯。

和王中美大卿致政二首

等候人间七十年，便如平子赋归田。知时所得诚多矣，养志其谁曰不然。
况有林泉情悦乐，却无官守事拘牵。小车近日曾驰谒，正值夫君春昼眠。

自古有才思奋飞，夫君何故独知时。平生怀抱未少屈，盛世挂冠良得宜。
入格柳挼①风细细，压春花笑日迟迟。传呼震地门前过，更不令人问是谁。

和北京王郎中见访留诗

车从赏春来北京，耿君先期已驰情。此时殒霜奈何重，今岁花开徒有声。
既辱佳章仍坠刺，宁无累句代通名。天之才美应自惜，料得不为时虚生。

喜乐吟

生身有五乐，居洛有五喜。人多轻习常，殊不以为事。
吾才无所长，吾识无所纪。其心之泰然，奈何能了此。一乐生中国，二乐为男子，三乐为士人，四乐见太平，五乐闻道义。一喜多善人，二喜多好事，三喜多美物，四喜多佳景，五喜多大体。

① “挼”，《四库》本作“拖”。

欢喜吟

欢喜又欢喜，喜欢更喜欢。吉士为我友，好景为我观。
美酒为我饮，美食为我餐。此身生长老，尽在太平间。

天道吟

天道不难知，人情未易窥。虽闻有语处，更看作为时。
隐几功夫大，挥戈事业卑。春秋赖乘兴，出用小车儿。

一[①]室吟

一室可容身，四时长有春。何尝无美酒，未始绝佳宾。
洞里赏花者，君实也，宅中有洞。天边泛月人。君贶也，宅中有楼。
相逢应有语，笑我太因循。

依韵和君实端明洛滨独步

冠盖纷纷塞九衢，声名相轧在前呼。独君都不将为事，始信人间有丈夫。

风背河声近亦微，斜阳淡泊隔云衣。一双白鹭来烟外，将下沙头双却飞。

雨后天津独步

洛阳宫殿锁晴烟，唐汉以来书可传。多少升沉都不见，空余四面旧山川。

春　色

去岁春归留不住，今年春色来何处。洛阳处处是桃源，小车渐转东街去。

太平吟

天下太平日，人生安乐时。更逢花烂漫，争忍不开眉。

① 《四部丛刊》本、《四库》本无“一”字。

禁烟留题锦屏山下四首

满川桃李弄芳妍，不忍[1]重为风所残。忍使一年春遂去，尽凭高处与盘桓。

寒食风烟锦嵴下，凭高把酒兴何如。满川桃李方妍媚，不忍重为风波除。

无涯桃李待清明，经岁方能开得成。不念化工曾着力，狂风何故苦相凌。

春半花开百万般，东风近日恶摧残。可怜桃李性温厚，吹尽都无一句言。

两岁锦嵴之游不克见郑令因以寄之

岁岁群芳正烂开，锦嵴山下赏春来。两年不得陪仙躅，洞里仙人出未回。

东轩前添色牡丹一株开二十四枝成二绝呈诸公

牡丹一株开绝伦，二十四枝娇娥颦。天下唯洛十分春，邵家独得七八分。

牡丹一株开绝奇，二十四枝娇娥围。满洛城人都不知，邵家独占春风时。

花时阻雨不出

三月洛城春半时，秋千未拆杨花飞。小车不出闲春泥，乱红翻处流莺啼。

安乐窝中吟

安乐窝中职分修，分修之外更何求。满天下士情能接，遍洛阳园身可游。
行己当行诚尽处，看人莫看力生头。因思平地春言语，使我尝登百尺楼。司马君实有诗云："始知平地上，看不尽青春。"

安乐窝中事事无，唯存一卷伏牺书。倦时就枕不必睡，忺[2]后携筇任所趋。
准备点茶收露水，堤防合药种鱼苏。苟非先圣开蒙吝，几作人间浅丈夫。

安乐窝中弄旧编，旧编将绝又重联。灯前烛下三千日，水畔花间二十年。
有主山河难占籍，无争风月任收权。闲吟闲咏人休问，此个工夫世不传。

---

① "忍"，《四库》本作"任"。
② "忺"，《四库》本作"欢"。

安乐窝中万户侯，良辰美景忍虚休。已曾得于春深日，更欲放怀[1]年老头。
晓露重时花满槛，暖醅浮处酒盈瓯。圣人吃紧[2]些儿事，又省工夫又省忧。

安乐窝中春梦回，略无尘事可装[3]怀。轻风一霎座中过，远乐数声[4]天外来。
日影转时从仗屦，花阴交处傍樽罍。人间未若吾乡好，又况吾乡多美才。

安乐窝中春不亏，山翁出入小车儿。水边平转绿杨岸，花外就移芳草堤。
明快眼看三月景，康强身历四朝时。凤凰楼下天津畔，仰面迎风倒载归。

安乐窝中三月期，老来才会惜芳菲。自知一赏有分付，谁让万金无孑遗。
美酒饮教微醉后，好花看到半开时。这般意思难名状，只恐人间都未知。

安乐窝中春暮时，闭门慵坐客来稀。萧萧微雨竹间霁，嘒嘒翠禽花上飞。
好景尽将诗记录，欢情须用酒维持。自余身外无穷事，皆可掉头称不知。

安乐窝中甚不贫，中间有榻可容身。儒风一变至于道，和气四时长若春。
日月作明明主日，人言成信信由人。唯人与日不相远，过此何尝更语真。

安乐窝中设不安，略行汤剂自能痊。居常无病不服药，就使有灾宜俟天。
理到昧时须索讲，情于尽处更何言。自余虚费闲思虑，都可易之为昼眠。

安乐窝中春欲归，春归忍赋送春诗。虽然春老难牵复，却有初夏能就移。
饮酒莫教成酩酊，赏花慎勿至离披。人能知得此般事，焉有闲愁到两眉。又云：“安乐窝中三月期，老年才会惜芳菲，酒防酩酊须生病，花恐离披遂便飞。饮酒莫教成酩酊，赏花慎勿至离披。离披酩酊恶滋味，不作欢欣只作悲。”

生为男子偶昌辰，安乐窝中富贵身。大字写诗夸壮健，小杯饮酒惜轻醇。
山川澄净初经雨，草木暄妍正遇春。造化工夫精妙处，都宜分付与闲人。

安乐窝中虽不拘，不拘终不失吾儒。轻醇酒用小盏饮，豪壮诗将大字书。
花木暄妍春雨后，山川澄净九秋余。闲中意思长多少，无奈人间一丈夫。

食梨

愿君莫爱金花梨，愿君须爱红消梨。金花红消两般味，一般颜色如胭脂。
红消食之甘如饴，金花食之先颦眉。似此误人事不少，未食之前宜辩之。

---

① “放怀”，《四部丛刊》本、《四库》本作“披衣”。
② “吃紧”，《四部丛刊》本、《四库》本作“喜得”。
③ “装”，《四部丛刊》本作“中”。
④ “远乐数声”，《四部丛刊》本作“安乐窝中”、《四库》本作“此乐直从”。

依韵答王安之少卿

叠巘如屏四面开，可堪虚使乱云堆。已曾同赏花无限，须约共游山几回。
未老秋光诗拥笔，乍凉天气酒盈杯。轻风早是得人喜，更向芰荷深处来。

伊川击壤集卷之十一

上巳观花思友人

上巳观花花意秾，今年正与昔年同。当时同赏知何处，把酒犹能对远风。

戏呈王郎中

近年好花人轻之，东君恶怒人不知。直与增价一百倍，满洛城春都买归。
一株二十有四枝，枝枝皆有倾城姿。又恐冷地狂风吹，盛时都与籍入诗。予家有牡丹一株，名曰添色红，开二十有四枝。

流莺吟

迁乔固有之，出谷未多时。正嫩簧为舌，初新金作衣。
替花言灼灼，代柳说依依。柳外晚犹啭，花前晓又啼。
啼多因雨过，啭少为春归。莫遣行人听，行人路正迷。

善赏花吟

人不善赏花，只爱花之貌。人或善赏花，只爱花之妙。
花貌在颜色，颜色人可效。花妙在精神，精神人莫造。

善饮酒吟

人不善饮酒，唯喜饮之多。人或善饮酒，唯喜饮之和。
饮多成酩酊，酩酊身遂痾。饮和成醺酣，醺酣颜遂酡。

省事吟

虑少梦自少，言稀过亦稀。帘垂知日永，柳静觉风微。
但见花开谢，不闻人是非。何须寻洞府，度岁也应迟。

一春吟

一春九十日，风雨占几半。花好不成观，心狂未能按。

举世吟

举世自纷纷，谁为无事人。吾生独何幸，卧看洛阳春。

春水吟

春水渌成波，成波无奈何。难将染他物，止可染轻罗。

春雨吟

春雨细如丝，如丝霡霂时。如何一霶霈，万物尽熙熙。

可惜吟

可惜熙熙一片春，未[1]多时节觅无因。眼前园苑知何限，只见莺啼不见人。

簪花吟

簪花犹且强年少，诉酒固非佯小心。花好酒嘉情更好，奈何明日病还深。

春去吟

春去休惊晚，夏来还喜初。残芳虽有在，得似绿阴无。

① “未”，《四部丛刊》本、《四库》本作“不”。

和大尹李君锡龙图留别诗

多情大尹辞春去，正是群芳烂漫时。自古英豪重恩意，群芳慎勿便离披。

答李希淳屯田三首

去岁尝蒙远寄诗，当时已叹友朋希。如今存者殆非半，不纵欢游待几时。

竹间水际情怀好，月下风前意思多。洛社过从无事日，非吾数辈更谁何。

胸中日月时舒惨，笔下风云旋合离。老去无成尚如此，不知成后更何为。

笺年老逢春诗

年老逢春春莫疑，（笺云：物理窥开后，人情照破时。且无形可见，只有意能知。）
老年才会惜芳菲。（笺云：一岁正荣处，三春特盛时。是花堪爱惜，况见好花枝。）
自知一赏有分付，（笺云：群卉争妍处，奇花独异时。东君深意思，亦恐要人知。）
谁让千[1]金无孑遗。（笺云：白日偏催处，黄金欲尽时。侈心都用了，始得一开眉。）
美酒饮教微醉后，（笺云：瓮头喷液处，盏面起花时。有客来相访，通名曰伏牺。）
好花放[2]到半开时。（笺云：风轻如笑处，露重似啼时。只向笑啼处，浓香惹满衣。）
这般意思难名状，（笺云：阴阳初感处，天地未分时。言语既难到，丹青何处施。）
只恐人间都未知。（笺云：酒到醺酣处，花当烂漫时。醺酣归酩酊，烂漫入离披。）

谢彦国相公和诗用醉和风雨夜深归

道堂闲话尽多时，尘外杯觞不浪飞。初上小车人已静，醉和风雨夜深归。

谢君实端明用只将花卉记冬春

有时自问自家身，莫是羲皇已上人。日往月来都不记，只将花卉记冬春。

---

① “千”，《四部丛刊》本、《四库》本作“万”。
② “放”，《四部丛刊》本、《四库》本作“看”。

谢君贶宣徽用少微今已应星文

一字诗中义未分，少微今已应星文。闲人早是无凭据，更与闲人开后门。

谢安之少卿用始知安是道梯阶

窝名安乐直堪咍，臂痛头风接续来。恰见安之便安乐，始知安是道梯阶。

谢开叔司封用无事无求得最多

客问人间事若何，尧夫对曰不知他。居林之下行林下，无事无求得最多。

谢伯淳察院用先生不是打乖人

经伦事业须才者，燮理工夫有巨臣。安乐窝中闲偃仰，焉知不是打乖人。

自谢用此乐直从天外来

得自苦时终入苦，来从哀处卒归哀。既非哀乐中间得，此乐直从天外来。

别谢彦国相公三首

和诗韩国老，见比以宣尼。引彼返鲁事，指予来西畿。又作迁洛时。
日星功共大，麋鹿分同微。华衮承褒借，将何答所知。

仲尼天纵自诚明，造化工夫发得成。见比当初归鲁事，尧夫才业若为情。

尝走狂诗到座前，座前仍是洞中仙。无涯风月供才思，清润何人敢比肩。

别谢君实端明

曹王八斗才，今日为余催。锦绣佳章里，芝兰秀句开。
烦痾熠躯体，溽暑烁楼台。宜把君诗讽，清风当自来。

大字吟

诗成半醉正陶陶，更用如椽大笔抄。尽得意时仍放手，到凝情处略濡毫。
鲁阳却日功犹浅，宗悫乘风志未高。写出太平难状意，任他天下颂功劳。

教子吟

为人能了自家身，千万人中有一人。虽用知如未知说，在乎行与不行分。
该通始谓才中秀，杰出方名席上珍。善恶一何相去远，也由资性也由勤。

臂痛吟

先[①]苦头风已病躯，新添臂痛又何如。无妨把盏只妨拜，虽废梳头未废书。
不向医方求效验，唯将谈笑且消除。大凡物老须生病，人老何由不病乎？

世上吟

世上偷闲始得闲，我生长在不忙间。光阴有限同归老，风月无涯可慰颜。
坐卧绕身唯水竹，登临满目但云山。醉眠只就花阴下，转破花阴梦始还。

逸书吟

丹山谁道凤为巢，笔下吾能见九苞。逸句得时如虎变，大篇成处若神交。
千端蜀锦新番样，万树春华暖弄梢。天马无踪周八极，但临风月镫相敲。

旋风吟二首

安有太平人不平，人心平处固无争。棋中机械不愿看，琴里语言时喜听。
少日挂心唯帝典，老年留意只牺经。自知别得收功处，松桂隆冬始见青。

松桂隆冬始见青，蒿莱盛夏亦能荣。光阴去后绳难系，利害在前人必争。
万事莫于疑处动，一身常向吉中行。人心相去无多远，安有太平人不平。

---

① “先”，《四库》本作“老”。

又二首

近日衰躯有病侵，如何医药不求寻。轩前密叶自成幄，砌下黄花空散金。
闲看蜜蜂收蜜意，静观巢燕累巢心。非关天下知音少，自是尧夫不善琴。

自是尧夫不善琴，非关天下少知音。老年难做少年事，年少不知年老心。
将养精神便静坐，调停意思喜清吟。如何医药不寻访，近日衰躯有病侵。

头风吟

近日头风不奈何，未妨谈笑与高歌。人才相去不甚远，事体所争能许多。
闭目面前都是暗，开怀天外更无他。若由智数经营得，大有英雄善揣摩。

答客吟

说者从来太过乎，道须能卷又能舒。人间好事不常有，天下奇才何处无。
年近纵心唯策杖，诗逢得意便操觚。快心亦恐诗拘束，更把狂诗大字书。

老去吟

老去无成不入时，中年养病只吟诗。因乘意思要舒放，肯把语言生事治。
世上闲愁都一致，人间何务更能为。携筇晚步天津畔，为报沙鸥慎勿飞。

行年六十有三岁，二十五年居洛阳。林静城中得山景，池平坐上见江乡。
赏花长被杯盘苦，爱月屡为风露伤。看了太平无限好，此身老去又何妨。

依韵和王安之判监少卿

人行一善已为优，何况夫君百行修。曩日慈闱贪眷恋，多年宦[1]路不追求。
官才少列孤[2]清德，职异上庠尊白头。洛社逾时阻相见，许多欢意却还休。

---

① “宦”，《四部丛刊》本、《四库》本作“官”。
② “孤”，《四部丛刊》本、《四库》本作“辜”。

晓事吟

晓物情人为晓事，知时态者号知人。知人失后却成害，晓事过时还不淳。

鲜欢吟

生不争名与争利，夫君何故鲜欢意。以道自重固有之，非理相干是无谓。
白日升天恐虚传，金貂换酒何曾醉。谁云忧挠大于山，亦是人间常式事。

病起吟

病作因循一月前，岂期为苦稍淹延。朝昏饮食是难进，躯体虚羸不可言。
既劝佳宾持酒盏，更将大笔写诗篇。始知心者气之帅，心快沉痾自释然。

半醉吟

半醉上车儿，车儿稳碾归。轻风迎面处，翠柳拂头时。
意若兼三事，情如拥九麾。这般闲富贵，料得没人知。

半醉小车行，世间无此荣。凉风迎面细，垂柳拂头轻。
意若兼三事，情如拥万兵。这般闲富贵，料得没人争。

览照吟

凌晨览照见皤然，自喜皤然一叟仙。慷慨敢开天下口，分明高道世间言。
虽然天下本无事，不奈世间长有贤。自问此身何所用，此身唯称老林泉。

人寿吟

人寿百年间，其间多少难。予今六十三，何止于一半。
骨瘦固非清，发白岂谓算。便化不为夭，况且粗康健。

年老吟[①]

身老太平间，身闲心更闲。非贵亦非贱，不饥兼不寒。
有宾须置酒，无日不开颜。第一条平路，何人伴往还。

古琴吟

长随书与棋，贫亦久藏之。碧玉琢为轸，黄金拍作徽。
典多因待客，弹少为求知。近日僮奴恶，须防煮鹤时。

求信吟

始则求人信，有知有不知。既而求自信，人或多知之。
今我不求信，何人更起疑。无可无不可，安往不熙熙。

蝎蛇吟

蛇毒远于生，蝎毒近于死。蛇蝎虽不同，其毒固无异。
蛇以首中人，蝎以尾用事。奈何天地间，畏首又畏尾。

自在吟

心不过一寸，两手何拘拘。身不过数尺，两足何区区。
何人不饮酒，何人不读书。奈何天地间，自在独尧夫。

心安吟

心安身自安，身安室自宽。心与身俱安，何事能相干。
谁谓一身小，其安若泰山。谁谓一室小，宽如天地间。

① “年老吟”，《四部丛刊》本作“年平吟”、《四库》本作“太平吟”。

论诗吟

何故谓之诗，诗者言其志。既用言成章，遂道心中事。
不止炼其辞，抑亦炼其意。炼辞得奇句，炼意得余味。

为善吟

人之为善事，善事义当为。金石犹能动，鬼神其可欺。
事须安义命，言必道肝脾。莫问身之外，人知与不知。

即事吟

事到患来频，何由得任真。就新须果敢，从善莫因循。
盗亦自有道，人而或不仁。义缘无定体，安处是行身。

偶得吟

日为万象精，人为万物灵。万象与万物，由天然后生。
言由人而信，月由日而明。由人与由日，何尝不太平。

静坐吟

人生固有命，物生固有定。岂谓人最灵，不如物正性。
或闻阴有鬼，善能致人死。致死设有由，死外何所求。
又况人之命，系天不系他。阴鬼设有灵，独且奈天何。

静乐吟

和气四时均，何时不是春。都将无事乐，变作有形身。
静把诗评物，闲将理告人。虽然无鼓吹，此乐世难伦。

男子吟

欲作一男子，须了四般事。财能使人贪，色能使人嗜。
名能使人矜，势能使人倚。四患既都去，岂在尘埃里。

望　雨

盛夏久不雨，满天下愁苦。安得一片云，救取人间否。

久旱偶成雨，方喜慰愁苦。虽能敛尘土，不能救禾黍。

思义吟

小人固无知，唯以利为视。君子固不欺，见得还思义。

思义不顾死，见利或忘生。二者之所起，平之与不平。

金帛吟

金帛一种物，所用固不常。聘则谓之币，赆则谓之将。
贸则谓之货，积则谓之藏。赂则谓之贿，窃则谓之赃。

盗伯吟

盗伯窥财物，其心不虑他。取时唯恐少，败后只缘多。

盗伯窥财物，其心只虑添。安得取时贪，却似败时嫌。

待物吟

待物莫如诚，诚真天下行。物情无远近，天道自分明。
义理宜须顾，才能不用矜。世间闲缘饰，到了是虚名。

唐虞吟

天下目为目，谓之明四目。天下耳为耳，谓之达四聪。
前旒与黈纩，所贵无近情，无为无不为，知此非虚生。

曝书吟

虫蠹书害少，人蠹书害多。虫蠹曝已去，人蠹当如何。

两犯吟

这般事业人难继，此个工夫世莫传。窥牖知天乃常事，不窥牖见是知天。

悯　旱

正要雨时须不雨，已成灾处更成灾。如何百谷欲焦烂，遍地只存蒿与莱。

无事吟

人间万事若磨持，丛入枯荣利害机。只有一般无对处，都如天地未分时。

阁上招友人

清风正蔼如，小阁枕通衢。不欲久独擅，能来同享无？

忆梦吟

心足而家贫，体疏而情亲。开襟知骨瘦，发语见天真。

大笔吟

诗成大字书，意快有谁如。巨浪银山立，风樯百尺余。

酒喜小杯饮，诗忺大字书。不知人世上，此乐更谁如。

自庆吟

俗阜知君德，时和见帝功。况吾生长老，俱在太平中。

伊川击壤集卷之十二

心耳吟[①]

意亦心所至，言须耳所闻。谁云天地外，别有好乾坤。

梦　中[②]

梦里常言梦，谁知觉后思。不知今亦梦，更说梦中时。

日　中[③]

日中为噬嗑，交易是寻常。彼各不相识，何复更思量。

月到梧桐上吟

月到梧桐上，风来杨柳边。院深人复静，此景共谁言。

步月吟

林罅天尤碧，风余月更明。人间无事日，得向此中行。

偶得吟

人间事有难区处，人间事有难安堵。有一丈夫不知名，静中只见闲挥麈。

① 《道藏》本无此诗。据《四部丛刊》本补。
② 《四部丛刊》本、《四库》本作“梦中吟”。
③ 《四部丛刊》本、《四库》本作“日中吟”。

答人吟

林下闲言语，何须更问为。自知无纪律，安得谓之诗。

寄曹州李审言龙图

向日所云是，如今却是非。安知今日是，不起后来疑。

向日所云我，如今却是伊。不知今日我，又是后来谁。

清夜吟

月到天心处，风来水面时。一般清意味，料得少人知。

思圣吟

不逢圣人时，不见圣人面。圣人言可闻，圣人心可见。

君子吟

君子存大体，小人常无心。于人不求备，受恩唯恐深。

安分吟

安分身无辱，知几心自闲。虽居人世上，却是出人间。

感事吟

四海三江与五湖，只通舟楫不通车。往来无限平安[①]者，岂是都由香一炉。

登石阁吟

一般情意恶难羁，长怕登高望远时。今日凭栏异常日，几回将下又迟迟。

① “平安”，《四部丛刊》本、《四库》本作“安平”。

忆昔吟

忆昔初书大字时，学人饮酒与吟诗。苟非益友推金石，四十五年成一非。

可必吟

可必人间唯善事，不由天地只由衷。莫嫌效远因而止，更勉其来更有功。

恍惚吟

恍惚阴阳初变化，氤氲天地乍回旋。中间些子好光景，安得工夫入语言。

谢君实端明诗

人说昆仑多美玉，世传沧海有明珠。世传人说恐无据，今我家藏乃不虚。

好勇吟

好勇能过我，当仁岂让师。勇须仁以济，仁必勇为资。

莫如吟

亲莫如父子，远莫如蛮夷。蛮夷和亦至，父子失须离。

仁莫如父子，义莫如君臣。二者尚有失，自余恶足论。

君臣守以义，父子守以仁。义失为敌国，仁失为路人。

里闬吟

里闬闲过从，太平之盛事。吾乡多吉人，况与他乡异。

太平之盛事，天下之美才。人间无事日，都向洛中来。

思友吟

欲见心无已，久违情奈何。云烟难咫尺，不得屡相过。

忠信吟

忠信于人最有情，平居非是鬼神轻。何须只在江湖上，患难切身然后行。

代简答张淳秘校

老年前事怕追思，更见曾悲先德诗。却有断章聊自慰，如今冡嗣弱于谁。

代简谢尹处初先生

乐国久容人避乖，非窝何以状清怀。则予岂敢窥高躅，天险能升不用阶。

代简谢王茂直惠酒及川笺

白羊玉屑诚佳物，臂痛头风正苦时。酒放半醺诗思动，窝中何用更呼医。

寄寿安令簿尉诸君

锦屏山下好安栖，花月风烟未改移。闻说近来长袖过，林前立马尽多时。

知识吟①

曾见方言识，曾闻始谓知。奈何知与识，天下亦常稀。

人情吟

古事参今事，今人乃古人。只应情未浃，情浃自相亲。

因何吟

梅因何而酸，盐因何而咸。荼因何而苦，荠因何而甘。

① 《道藏》本无此诗，据《四库本》补。

天听吟

天听寂无音，苍苍何处寻。非高亦非远，都只在人心。

白头吟

五福虽难备，三殇却不逢。太平无事日，得作白头翁。

天意吟

人能言语自能窥，天意无言人莫欺。莫道无言便无事，殆非流俗所能知。

谢寿安县惠神林山牒

西南有山高崔嵬，乱峰围绕如蓬莱。中间有地可容止[1]，泉甘木茂无尘埃。
诸君之意一何厚，协谋判给如风雷。天津八月水波定，便可乘查[2]观一回。

依韵和王安之少卿见戏安之非是弃尧夫吟

安之殊不弃尧夫，亦恐傍人有厚诬。开叔当初言得罪，希淳在后说无辜。
诮[3]然情意都如旧，划地杯盘又见呼。始信岁寒心未替，安之殊不弃尧夫。

小车吟

自从三度绝韦编，不读书来十二年。大整子中消白日，小车儿上看青天。
闲为水竹云山主，静得风花雪月权。俯仰之间俱是乐，任他人道似神仙。

晚步吟

晚步上阳堤，手携筇竹枝。静随芳草去，闲逐野云归。
月出松梢处，风来蘋末时。林间此光景，能有几人知。

---

① “止”，《四部丛刊》本、《四库》本作“足”。
② “查”，《四库》本作“槎”。
③ “诮”，《四库》本作“消”。

接花吟

物为万民生，人为万物灵。人非物不活，物待人而兴。
男女天所生，夫妻人所成。天人相与外，率是皆虚名。

答任开叔郎中昆仲相访

竹影战棋罢，闲思安乐窝。旷时称不见，联辔幸相过。
宠莫兼金比，褒逾华衮多。从来有诗癖，使我遂成魔。

小春天

八[①]月小春天，如人强少年。偷生诚有谓，却老固无缘。
既有神仙术，能回草木妍。安知太平日，不得似尧天。

深秋吟

终岁都无事，四时长有花。小车乘兴去，所到便如家。

中秋吟

中秋光景好，况复月团圆[②]。大抵众所爱，奈何兼独难。
天晴仍客好，酒美更身安。四者若阙一，不能成此欢。

同程郎中父子月陂上闲步吟

草软沙平风细溜，云轻日淡柳低捼[③]。狂言不记道何事，剧饮未尝如此杯。
景好只知闲信步，朋欢那觉太开怀。必期快作赏心事，却恐赏心难便来。

秋望吟

草色连云色，山光接水光。危楼一百尺，旅雁两三行。

① “八”，《四库》本作“十”。
② “圆”原作“团”，据《四部丛刊》本、《四库》本改。
③ “捼”，《四库》本作“萎”。

闲适吟

春看洛城花，秋玩天津月。夏披嵩岑风，冬赏龙山雪。

观陈希夷先生真及墨迹

未见希夷真，未见希夷迹。止闻希夷名，希夷心未识。

及见希夷迹，又见希夷真。始知今与古，天下长有人。

希夷真可观，希夷墨可传。希夷心一片，不可得而言。

答君实端明游寿安神林

占得忧栖一片山，都离尘土利名间。四时分定所游处，不为移文便往还。

杏香花

客说何①州事，经营杳未涯。讶予独无语，贪嗅杏香花。

天津晚步

芝盖久稀疏，暮云空块北。千年旧都城，一片闲宫阙。
禁籞尚连延，觚棱犹巀嶭。桥势横雌霓，堤形偃初月。
瀍涧岸已深，汉唐时既歇。危亭独坐人，浪把兴亡阅。

欢喜吟

日往月来，终则有始。半行天上，半行地底。
照临之间，不忧则喜。予何人哉，欢喜不已。

① “何”，《四部丛刊》本、《四库》本作“河”。

自作真赞

松桂操行，莺花文才。江山气度，风月情怀。
借尔面貌，假尔形骸。弄丸余暇，闲往闲来。丸谓太极。

奢侈吟

侈不可极，奢不可穷。极则有祸，穷则有凶。

多多吟

天下居常，害多于利。乱多于治，忧多于喜。
奈何人生，不能免此。奈何予生，皆为外事。

畏爱吟

人有正性，事事皆齐。人无正性，事事皆隳。
失于用恩，以非为是。失于用威，以是为非。
恩威既失，畏爱何知。不知畏爱，何用恩威。
喜怒不节，鲜不至斯。妇人男子，宜用戒之。

秋　阁[①]

秋阁一凭栏，人心何悄然。乾坤今岁月，唐汉旧山川。
淡泊霜前日，萧疏雨后天。丹青空妙手，此意有谁传。

浮生吟

浮生晓露边，且喜又添年。动悔须有悔，求全未必全。
处人心上事，道物性中言。寰宇虽然广，其谁曰不然。

---

① 《四部丛刊》本、《四库》本作“秋阁吟”。

力外吟

以少为多，以无为有。力外周旋，不能长久。

谢傅钦之学士见访

长莫长于天，大莫大于地。天地尚有极，自余安足计。
世态非一朝，人情止于是。以至立殊功，无非借巨势。
适会在其间，慎勿强生事。虽严似雪霜，无改如松桂。
方惜久离阔，却喜由道义。相别二十年，犹能记憔悴。

赏雪吟

一片两片雪纷纷，三杯五杯酒醺醺。此时情状不可论，直疑天地才絪缊。

答傅钦之

钦之谓我曰：诗欲[①]多吟，不如少吟；诗欲少吟，不如不吟。
我谓钦之曰：亦不多吟，亦不少吟；亦不不吟，亦不必吟。
芝兰在室，不能无臭；金石振地，不能无声。
恶则哀之，哀而不伤；善则乐之，乐而不淫。

月陂闲步

因随芳草行来远，为爱清波归去迟。独步独吟仍独坐，初凉天气未寒时。

仲尼吟

仲尼生鲁在吾先，去圣千余五百年。今日谁能知此道，当时人自比于天。
皇王帝伯中原主，父子君臣万世权。河不出图吾已矣，修经意思岂徒然。

① “欲”，《四部丛刊》本、《四库》本作“似”。

谢圆益上人惠诗一卷

览公诗十首，起我意何多。似药驱疑疾，如茶涤睡魔。
月当松皎洁，山隔水嵯峨。明日如无事，天津可再过。

自述二首

传[①]者堪名席上珍，都缘当日得师真。是知佚我无如老，惟喜放怀长似春。
得志当为天下事，退居聊作水云身。胸中一点分明处，不负高天不负人。

陆海卧龙收爪甲，辽天老鹤戢毛衣。难攀骐骥日千里，易足鷦鷯巢一枝。
最好朋侪同放适，尽[②]高台榭与登跻。云山胜处追寻遍，似我清闲更有谁。

答会计杜孝锡寺丞见赠

四方多善人，予善未毫分。有意空求志，无功漫爱君。
闲行观止水，静坐看归云。老向太平里，朝廷正右文。

---

① “传”,《四部丛刊》本、《四库》本作“何”。
② “尽”,《四部丛刊》本、《四库》本作“博”。

伊川击壤集卷之十三

天津弊居蒙诸公共为成买作诗以谢

重谢诸公为买园，买园城里占林泉。七千来步平流水，二十余家争出钱。
嘉祐卜居终是僦，熙宁受券遂能专。凤凰楼下新闲客，道德坊中旧散仙。
洛浦清风朝满袖，嵩岑皓月夜盈轩。接篱倒戴芰荷畔，谈麈轻摇杨柳边。
陌彻铜驼花烂漫，堤连金谷草芊绵。青春未老尚可出，红日已高犹自眠。
洞号长生宜有主，窝名安乐岂无权。敢于世上明开眼，会向人间别看天。
尽送光阴归酒盏，都移造化入诗篇。也知此片好田地，消得尧夫笔似椽。

同诸友城南张园赏梅十首 二首和长水李令子真韵

东风一夜拆梅枝，舞蝶游蜂都不知。插了满头仍渍酒，任他人道拙于时。

折来嗅了依前嗅，重惜清香难久留。多谢主人情意切，未残仍许客重游。

清香冷艳偏多处，猛雨狂风未有前。赏意正浓红日坠，如何既去遂经年。

红日坠时情更切，玉山颓处兴还深。攀条时拣繁枝折，不插满头孤[①]此心。

梅台赏罢意何如，归插梅花登小车。陌上行人应见笑，风情不薄是尧夫。

酒中渍后香尤烈，笛里吹来韵更清。此韵此香来处好，此时消得一凝情。

春早梅花正烂开，生平不饮亦衔杯。城南尽日高台上，恰似江南去一回。

梅花四种或黄红，颜色不同香颇同。更远也须重一到，看看随水又随风。

五岭虽多何足观，三川纵少须重去。台边况有数千[②]株，仍在名园最深处。

---

① “孤”，《四部丛刊》本、《四库》本作“辜”。
② “千”，《四部丛刊》本、《四库》本作“十”。

人间好物尤宜惜，天下奇才非易得。他日相逢他处时，始知此会重难觅。

答　人[①]

谁道闲人无事权，事权唯只是诗篇。四时雪月风花景，都与收来入近篇。

初春洛城梅开时，赏梅更吟梅花诗。梅花虽开难远寄，唯寄梅诗伸所思。

依韵和君实端明惠酒

春风吹雪乱飘摇，林下如何更寂寥。霜窗威棱正难犯，小人当贶是难消。

谢寿安簿寄锦屏山下所失剪刀

江夏尚能悲坠屦，少原唯解泣遗簪。一刀所失安足系，不那久经人用心。

谢君实端明惠山蔬八品

八品山蔬尽药萌，何山采得各标名。山翁惊受霜台贶，即命山妻亲自烹。

谢君实端明惠牡丹

霜台何处得奇葩，分送天津小隐家。初讶山妻忽惊走，寻常只惯插葵花。

谢判府王宣徽惠酒

自得花枝向远邻，只忧轻负一番春。无何宠贶酒双榼，少室山人遂不贫。

和君实端明洛阳看花

洛阳最得中和气，一草一木皆入看。饮水也须无限乐，况能时复举杯盘。

洛阳花木夸天下，吾辈游胜庶士游。重念东君分付意，忍于佳处不迟留。

洛阳交友皆奇杰，递赏名园只似家。却笑孟郊穷不惯，一日看尽长安花。

南园一色栽桃李，春到且图花早开。多谢主人情意厚，天津客不等闲来。

---

① “答人”，《四库》本作“答人吟”。

和君实端明送酒

大凡人意易为骄，双榼何如水一瓢。亦恐孟光心渐侈，自兹微厌紫芝苗。

暮春吟

林下居常睡起迟，那堪车马近来稀。春深昼永帘垂地，庭院无风花自飞。

依韵和镇戎倅龚章屯田

十五年前初见君，见君情意便如亲。虽然林下无他事，不那心间思故人。
万物比之论至底，丹诚到了总输真。过从洛社胜诸处，何日能来共卜邻。

安乐窝铭

安莫安于王政平，乐莫乐于年谷登。王政不平年不登，窝中何由得康宁。

愁恨吟

城里住烟霞，天津小隐家。经书为事业，水竹是生涯。
恨为云遮月，愁因风损花。恨愁花月外，何暇更知他。

悲喜吟

吴起初辞魏，张仪乍入秦。西河蒙惠久，南楚受欺频。

善恶吟

君子学道则务本，小人见利则忘生。务本则非理不动，见利则非贿不行。

所学吟

人之所学，本学人事。人事不修，无学何异。

君子行

何者为君子，君子固可修。是知君子途，使人从之游。
与义不与利，记恩不记仇。扬善不扬[1]恶，主喜不主忧。

思省吟

仲尼再思，曾子三省。予何人哉，敢忘修整。

梁燕吟

物情谁道尔无知，秋去春来不失期。今岁新雏又成就，去时宁不重依依。

邹田二忌

邹田二忌不相能，买卜之言恶足明。利害伤真至于此，姓田人去恨难平。

孙庞二将

孙膑伏兵称有法，庞涓钻火一何愚。兵家诡诈尽如此，利害今人自不殊。

一言感人

为女不嫁，为士不官。齐人一言，田子辞焉。

四公子吟

时去三王，事归五霸。七雄既争，四子乃诧。
孟尝居先，信陵居亚。平原居中，春申居下。

① “扬”，原作“惕”，据《四部丛刊》本、《四库》本改。

淳于髡酒谏

赐酒于君，饮不知味。执法在前，恐惧无既。当此之时，一斗而醉。
宗族满堂，既孝且悌。尊卑以亲，少长以齿。当此之时，二斗而醉。
宾之初筵，跄跄济济。献酬百拜，升降有礼。当此之时，三斗而醉。
里闬过从，如兄如弟。时和岁丰，情怀欢喜。当此之时，五斗而醉。
朋友往还，讲道求义。乐事赏心，登山临水。当此之时，八斗而醉。
男女杂坐，杯觞不记。灯烛明灭，衣冠倾圮。当此之时，[illegible]石而醉。

东海有大鱼

东海有大鱼，网罟无能近。砀然一失水，蝼蚁得而困。

土木偶人

土木偶人，慎无相笑。天将大雨，止可相吊。

辩谤吟

田单功盖国，貂勃语回君。谤者古来有，犹能杀九人。

三皇吟

三皇之世正熙熙，乌鹊之巢俯可窥。当日一般情味切，初春天气早晨时。

五　帝

五帝之时似日中，声明文物正融融。古今世盛无如此，过此其来便不同。

三　王

三王之世正如秋，权重权轻事有由。深谷为陵岸为谷，陵迁谷变不知休。

五　伯

五伯之时正似冬，虽然三代莫同风。当初管晏权轻重，父子君臣尚且宗。

七　国

七国纵横事可明，苏张得路信非平。当初天下如何尔，市井之人为正卿。

扫地吟

管晏治时犹有体，苏张用处更无名。三皇五帝从何出，扫地中原俟太平。

天人吟

牺轩尧舜虽难复，汤武桓文尚可循。事既不同时又异，也由天道也由人。

利害吟

兔犬俱毙，蚌鹬相持。田渔老父，坐而利之。

时　吟

骐骥壮时，千里莫追。及其衰也，驽马先之。
时与事会，谈笑指挥。时移事去，虽死奚为。

二说吟

治不变俗，教不易民。甘龙之说，亦或可循。
常人习俗，学者溺闻。商鞅之说，异乎所云。

言行吟

言不失行，行不失义。自天佑之，吉无不利。
言与仁背，行与义乖。天且不佑，人能行哉。
有商君者，贼义残仁。为法自弊，车分其身。
始知行义修仁者，便是延年益寿人。

治乱吟

财利为先，笔舌用事。饥馑相仍，盗贼蜂起。
孝悌为先，日月长久。时和岁丰，延年益寿。

太平吟

老者得其养，幼者得其仰。劳者得其饷，死者得其葬。

商君吟

商鞅得君持法处，赵良终日正言时。当其命令炎如火，车裂如何都不知。

能怀天下心

能怀天下心，肯了人间事。岂止求于今，求古亦未易。

始皇吟

并吞天下九千日，一统寰中十五年。坑血未干高祖至，骊山丘垄已萧然。

有妄吟

作伪少阴德，饰非多隐情。人心虽暧昧，天道自分明。手足既皆露，语言安足凭。

乾坤吟

用九见群龙，首能出庶物。用六利永贞，因乾以为利。
四象以九成，遂为三十六。四象以六成，遂成二十四。
如何九与六，能尽人间事？

皇极经世一元吟

天地如盖轸，覆载何高极。日月如磨蚁，往来无休息。
上下之岁年，其数难窥测。且以一元言，其理尚可识。
一十有二万，九千余六百，中间三千年，迄今之陈迹。
治乱与废兴，着见于方策。吾能一贯之，皆如身所历。

应龙吟

龙者阳类，与时相须。首出庶物，同游六虚。
能潜能见，能吸能呼。能大能小，能有能无。

何处是仙乡

何处是仙乡，仙乡不离房。眼前无冗长，心下有清凉。
静处乾坤大，闲中日月长。若能安得分，都胜别思量。

谢宋推官惠白牛

毛如霜雪眼如朱，耳角方齐三尺余。状异不将耕旷土，性驯宜用驾安车。
水边牧处龙能扰，月下牵时兔可驱。从此洛阳图帧上，丹青人更着工夫。

依韵和王安之少卿六老诗仍见率成七

六老皤然鬓似霜，纵心年至又非狂。园池共选①何妨胜，樽俎相欢未始忙。
杖屦烂游千载运，衣巾浓惹万花香。过从见率添成七，况复秋来亦渐凉。

六老相陪卿与郎，闲曹饶却不清狂。过从无事易成乐，职局向人难道忙。
烟柳嫩垂低更绿，露桃红裛暖仍香。乘春醉卧花阴下，恰到花阴别是凉。

六翁谁让少年场，老不羞人任意狂。同向静中观物动，共于闲处看人忙。
天心月满蟾蜍动，水面风微菡萏香。肯信人间有忧事，新醅正熟景初凉。

六人相聚会时康，著甚来由不放狂。遍地园林同己有，满天风月助诗忙。

---

① “选”，《四部丛刊》本、《四库》本作“避”。

文章高摘汉唐艳，骚雅浓熏李杜香。水际竹边闲适处，更无尘事只清凉。

六客同游一醉乡，又非流俗所言狂。追游共喜清平久，唱和争寻警①策忙。
荐酒月陂林果熟，发茶金谷井泉香。千年松下麈谈麈，襟袖无风亦自凉。

见率野人成七老，野人唯解野疏狂。编排每日清吟苦，趁办递年闲适忙。
夏末喜尝新酒味，春初爱嗅早梅香。问君何故须如此，不奈心头一点凉。

林下狂歌不帖腔，帖腔安得谓之狂。小车行处莺花闹，大笔落时神鬼忙。
门掩柴荆阛阓远，墙开瓮牖薜萝香。一般天下难寻物，洛浦清风拂面凉。

依韵和张静之少卿惠文房三物

文房三物品皆精，报谢愁无秀句成。欲状升平在歌颂，奈何才不逮升平。

依韵和王安之少卿谢富相公诗

宠辱见多恶足惊，出尘还喜自诚明。闲中气象乾坤大，静处光阴宇宙清。
素业经纶无少愧，全功天地不虚生。野人何幸逢昌运，一百余年天下平。

安乐窝前蒲柳吟

安乐窝前小江曲，新蒲细柳年年绿。眼前随分好光阴，谁道人生多不足。

瓮 牖 吟

瓮破已甘弃，言收用有方。用时须借口，照处便安床。
不假轩窗力，能回日月光。清平卧其下，自可比羲皇。

人生长有两般愁

人生长有两般愁，愁死愁生未易休。或向利中穷力取，或于名上尽心求。
多思唯恐晚得手，未老已闻先白头。我有何功居彼上，其间攘②臂独无忧。

---

① “警”，《四部丛刊》本、《四库》本作“惊”。
② “攘”，《四部丛刊》本、《四库》本作“掉”。

自　咏

天下更无双，无知无所长。年颜李文爽，风度贺知章。
静坐多茶饮，闲行或道装。傍人休用笑，安乐是吾乡。

中秋月

一年一度中秋夜，十度中秋九度阴。求满直须当夜半，要明仍候到天心。
无云照处情非浅，不睡观时意更深。徒爱古人诗句好，何堪千里共如今。

小车吟

春暖秋凉兼景好，年丰身健更时和。如茵草上轻轻辗，似锦花间慢慢拖。

昼　梦

梦里到乡关，乡关二十年。依稀新国土，隐约旧山川。
身已烟霞外，人家道路边。觉来犹在目，一饷但萧然。

晚步洛河滩

晚步洛河滩，河滩石万般。青黄有长短，大小或方圆。
考彼多无数，求其用实难。琅玕在何处，止可使人叹。

和李文思早秋五首

一雨洗觚棱，三川气象清。林风传颢气，木叶送商声。
匆匆莲生的，看看菊吐英。太平时里老，何以报虚生？

径小新经雨，庭幽遍有苔。风前闲意思，阶下静徘徊。
不分筋骸老，难甘岁月催。时时藉芳草，赖有酒同杯。

王金秋已至，烁石景方阑。直养能希孟，闲居肯让潘。
竹间风叶叶①，松罅月团团。洛社多贤友，人人可共欢。

① “叶叶”，《四部丛刊》本、《四库》本作“喈喈”。

池畔拖垂柳，栏边笑晚花。败荷倾弊盖，老桧露枯槎。
岁暮惊时态，年高惜物华。东陵风未替，解忆故园瓜。

日脚云微淡，林梢叶渐黄。可堪须变色，彻了为侵霜。
酒到难成醉，风来易得凉。老年何所欲，唯愿且平康。

尧夫何所有

尧夫何所有，一色得天和。夏住长生洞，冬居安乐窝。
莺花供放适，风月助吟哦。窃料人间乐，无如我最多。

长忆乍能言

长忆乍能言，朝游父母前。方行初下膝，既老遂华颜。
在昔四五岁，于今六十年。却看儿女戏，又喜又潸然。

答友人

何者名为善处身，非为①能武又能文。可行可止存诸己，或是或非系在人。
遍数古来贤所得，历观天下事须真。吉凶悔吝生乎动，刚毅木讷近于仁。
易地皆然休计较，不言而信省开陈。虽居蛮貊亦行矣，无患乡闾情未亲。

独坐吟

天告自丁宁，人多不肯听。四时皆有景，万物岂无情。
祸福眼前事，是非身后名。谁能事闲气，浪与世人争。

又

天意自分明，人多不肯行。莺花春乍暖，风月雨初晴。
静坐澄思虑，闲吟乐性情。谁能事闲气，浪与世人争。

① “为”，《四部丛刊》本、《四库》本作“惟”。

意未萌于心

意未萌于心，言未出诸口。神莫得而窥，人莫得而咎。
君子贵慎独，上不愧屋漏。人神亦吾心，口自处其后。

自适吟

郏鄏城中，凤凰楼下。风月庭除，莺花台榭。
时和岁丰，闲行静坐。朋好身安，清吟雅话。

老翁吟

皤然一老翁，凡百事皆慵。旧物不尽记，故人难得逢。
幽花浑在雾，残梦半随风。只且愿天下，时和与岁丰。

铁如意吟

此物铁为之，何尝肯妄持。长随大蹩子，永伴小车儿。
击碎珊瑚处，敲残牙齿时。谁能学此辈，才始入鞭笞。

道装吟

道家仪用此衣巾，只拜星辰不拜人。何故尧夫须用拜，安知人不是星辰。

道家仪用此巾衣，师外曾闻更拜谁。何故尧夫须用拜，安知人不是吾师。

安车麈尾道衣装，里闬过从乃是常。闻说洞天多似此，吾乡殊不异仙乡。

如知道只在人心，造化工夫自可寻。若说衣巾便为道，尧夫何者敢披襟。

四者吟

目时然后视，耳时然后听。口时然后言，身时然后行。
前不见厚禄，后不见重兵。唯其义所在，安知利与名。

偶得吟

壮岁苦奔驰，随分受官职。所得唯锱铢，所丧无纪极。
今日度一朝，明日过一夕。不免如路人，区区被劳役。

四事吟

会有四不赴，时有四不出。公会、生会、广会、醵会；大寒、大暑、大风、大雨。无贵亦无贱，无固亦无必。
里闬闲过从，身安心自逸。如此三十年，幸逢太平日。

伊川击壤集卷之十四

偶　书

美食无使餍，餍则不能受。善人无使倦，倦则不能久。

官小拜人喜，官高拜人耻。官职自外来，中心何若此。

才高命寡，耻居人下。若不固穷，非知道者。
贤德之人，所居之处，如芝如兰，使人爱慕。
凶恶之人，所居之处，如虎如狼，使人怕怖。
妻强夫殃，奴强主殃，臣强君殃。
尾大于身，冰坚于霜。辩[①]之不早，国破家亡。

王胜之谏议见惠文房四宝内有巨砚尤佳因以谢之

铜雀或常闻，未尝闻金雀。始愧林下人，识物不甚博。
金雀出何所，必出自灵岳。剪断白云根，分破苍岑角。
既为之巨砚，遂登于纶阁。水贮见温润，墨发知瀺濯。
窗下喜鉴开，案前惊月落。见赠何殷勤，欲报须和璞。
胡为不且留，洪化用斟酌。胡为不且留，贤人用选擢。
胡为不且留，奸人用诛削。胡为不且留，生灵用安泊。
则予何人哉，拜贶徒惊矍。须是笔如椽，方能无厚怍。

再用晴窗气暖墨花春谢王胜之谏议惠金雀砚

砚名金雀世难伦，用报惭无天下珍。国士有诗偏雅处，晴窗气暖墨花春。

① “辩”，《四库》本作“辨”。

题范忠献公真

范邵居洛阳，希夷居华山。陈邵为逸人，忠献为显官。
邵在范之后，陈在范之前。三人貌相类，两人名相连。

观 物 吟

时有代谢，物有枯荣。人有衰盛，事有废兴。

对 花 吟

美酒岂无留客饮，好花犹解向人开。多情不忍阻花意，未醉何须辞满杯。

义 利 吟

意不若义，义不若利。利之使人，能忘生死。
利不若义，义不若意。意之使人，能动天地。

代简谢朱殿直赠长韵诗

殷勤见赠用长篇，里闬过从积有年。岁事报成还报始，春华相次又暄妍。

试　笔

心在人躯号太阳，能于事上发辉光。如何皎日照八表，得似灵台高一方。
家用平康贫不害，身无疾病瘦何妨。高吟大笑洛城里，看尽人间手脚忙。

试　砚

富贵傲人人未信，还知富贵去如何。常观静处光阴好，亦恐闲时思虑多。
日出自然天不暗，风来安得水无波。世间大有平田地，因甚须由捷径过。

问调鼎

请将调鼎问于君，调鼎工夫敢预闻。只有盐梅难尽善，岂无姜桂助为辛。
和羹必欲须求美，众口如何便得均。慎勿轻言天下事，伊周殊不是庸人。

读古诗

闲读古人诗，因看古人意。古今时虽殊，其意固无异。
喜怒与哀乐，贫贱与富贵。惜哉情何物，使人能如是。

蠹书鱼

形状类于鱼，其心好蠹书。居常游箧笥，未始在江湖。
为害千般有，言烹一物无。年年当盛夏，曒了却如初。

岁俭吟

岁俭心非俭，家贫道不贫。谁知天地内，别有好乾坤。

极 论

下有黄泉上有天，人人许住百来年。还知虚过死万遍，都似不曾生一般。
要识明珠须巨海，如求良玉必名山。先能了尽世间事，然后方言出世间。

求鉴吟

人无鉴流水，当求鉴止水。流水无定形，止水有定体。
人无鉴于水，当求鉴于人。水鉴见人貌，人鉴见人神。

学佛吟

饱食丰衣不易过，日长时节奈愁何。求名少日投宣圣，怕死老年亲释迦。
妄欲断缘缘愈重，徼求去病病还多。长江一片长如练，幸自无风又起波。

霜露吟

天地有润泽，其降也瀼瀼。暖则为湛露，寒则为繁霜。
为露万物悦，为霜万物伤。二物本一气，恩威何昭彰。

天命吟

可委者命，可凭者天。人无率尔，事不偶然。

性　情[①]

践形治性，践迹治情。贤人践迹，圣人践形。

心迹吟

圣人了心，贤人了迹。了心无穷，了迹无极。

观物吟[②]

物不两盛，事难独行。荣瘁迭起，贤愚并行。

思虑吟

思虑未起，鬼神莫知。不由乎我，更由乎谁。

代书答朝中旧友

少日治文章，亦曾观国光。山林虽不返，畎亩未尝忘。
麋鹿宁无志，鹓鸿自有行。还知今日事，大故索思量。

---

① 《四部丛刊》本、《四库》本作“性情吟”。
② 原作“观物”，据《四部丛刊》本、《四库》本改。

冬不出吟

冬非不欲出，欲出苦日短。年老恐话长，天寒怕归晚。
山翁头有风，乡友情非浅。必欲相招延，春光况不远。

观　物

地以静而方，天以动而圆。既正方圆体，还明动静权。
静久必成润，动极遂成然。润则水体具，然则火用全。
水体以器受，火用以薪传。体在天地后，用起天地先。

家国吟

邪正异心，家国同体。邪能败亡，正能兴起。

邪正吟

贤人好正，奸人好邪。好邪则竞，好正则和。

义利吟

君子尚义，小人尚利。尚利则乱，尚义则治。

天时吟

人作者事，天命者时。时来易失，事去难追。

恩义吟

恩深者亲，义重者君。恩义两得，始谓之人。

闲步吟

何者谓知音，知音难漫寻。既无师旷耳，安有伯牙琴。
虽逼桑榆景，宁忘松桂心。独行月堤上，一步一高吟。

坐右吟

万化[1]备于身，直须资养深。因何为宝鉴，只被用精金。
酒少如茶饮，诗多似史吟。颜渊方内乐，天下事难任。

感雪吟

旨酒佳肴与管弦，通宵鼎沸乐丰年。侯门深处还知否，百万流民在露天。

六十五岁新正自贻 熙宁八年

予家洛城里，况在天津畔。行年六十五，当宋之盛旦。
南园临通衢，北圃仰双观。虽然在京国，却如处山涧。
清泉篆沟渠，茂木绣霄汉。凉风竹下来，皓月松间见。
面前有芝兰，目下无冰炭。坐上有余欢，胸中无交战。
冬夏既不出，炎凉徒自变。荣辱既不入，富贵徒自炫。
恶闻人之恶，乐道人之善。不行何趑趄，勿药何瞑眩。
谁谓金石坚，其心亦能断。谁谓鬼神灵，其诚亦能贯。

小车六言吟

昔人乘车是常，今见乘车仓皇。既有前车戒慎，岂无覆辙竞庄。
将出必用茶饮，欲登先须道装。轸边更挂诗帙，辕畔仍悬酒缸。
轮缓为移芳草，盖低因碍垂杨。水际尤宜稳审，花间更要安详。
朝出频经履道，晚归屡过平康。春重纵观明媚，秋深饫看丰穰。
五凤楼前月色，天津桥上风凉。金谷园中流水，魏王堤外修篁。
静处光阴最好，闲中气味偏长。所经莫不意得，所见无非情忘。
或见农人拥耒，或见蚕女求桑。或见蘼芜遍野，或见蒺藜满墙。
或见荆棘茂密，或见芝兰芬芳。或见鸡豚狗彘，或见雕鹗鸾凰。
恶者既不见害，善者固无相伤。华岳三峰岌嶪，黄陂万顷汪洋。
不为虚作男子，无负闲居洛阳。天地精英多得，尧夫老去何妨。

---

① “化”，《四部丛刊》本作“花”、《四库》本作“物”。

安乐吟

安乐先生，不显姓氏。垂三十年，居洛之涘。风月情怀，江湖性气。色斯其举，翔而后至。无贱无贫，无富无贵。无将无迎，无拘无忌。窘未尝忧，饮不至醉。收天下春，归之肝肺。盆池资吟，瓮牖荐睡。小车赏心，大笔快志。或戴接篱，或着半臂。或坐林间，或行水际。乐见善人，乐闻善事。乐道善言，乐行善意。闻人之恶，若负芒刺。闻人之善，如佩兰蕙。不佞禅伯，不谀方士。不出户庭，直际天地。三军莫凌，万钟莫致。为快活人，六十五岁。

瓮牖吟

有客无知，唯知自守。自守无他，唯求寡咎。有屋数间，有田数亩。用盆为池，以瓮为牖。墙高于肩，室大于斗。布被暖余，藜羹饱后。气吐胸中，充塞宇宙。笔落人间，晖映琼玖。人能知止，以退为茂。我自不出，何退之有。心无妄思，足无妄走。人无妄交，物无妄受。炎炎论之，甘处其陋。绰绰言之，无出其右。牺轩之书，未尝去手。尧舜之谈，未尝虚口。当中和天，同乐易友。吟自在诗，饮欢喜酒。百年升平，不为不偶。七十康强，不为不寿。

盆池吟

有客无知，唯知不为。不为无他，唯求不欺。我有人是，人无我非。因开瓮牖，遂凿盆池。都邑地贵，江湖景奇。能游泽国，不下堂基。帘外青草，轩前黄陂。壶中月落，鉴里云飞。既有荷芰，岂无凫茨。既有蝌蚪，岂无蛟螭。亦或清浅，亦或渺弥。亦或渌净。亦或涟漪。风起蘋藻，凉生袖衣。林宗何在，范蠡何归。密雪霏霏，轻冰披披。垂柳依依，细雨微微。可以观止，可以忘机。可以照物，可以看时。不乐乎我，更乐乎谁。吾于是日，再见伏羲。

小车吟

有客无知，唯知有家。有家能归，其归非遐。灵台莹静，天壤披葩。书用大笔，出乘小车。身为男子，生于中华。又居洛阳，为幸何多。天地中央，帝王真宅。汉唐遗烈，气象自佳。圣贤区宇，士人渊薮。仁义场圃，闻见无涯。里巷相切，亲朋相过。人疑日驭，我谓星查。或游金谷，或泛月波。或经履道，或过铜驼。进退云水，舒卷烟霞。揄扬风月，拾帖莺花。性喜饮酒，饮喜微酡。饮未微酡，口先吟哦。吟哦不足，遂及浩歌。浩歌不足，无可奈何。

大笔吟

有客无知，为性太质。不忮不求，无固无必。足蹑天根，手探月窟。所得之怀，尽赋于笔。意远情融，气和神逸。酒放微醺，绡铺半匹。如风之卒，如云之勃。如电之欻，如雨之密。或住或还，或没或出。涤荡氛埃，廓开天日。鸾凤翱翔，龙蛇盘屈。春葩暄妍，秋山崒屼。三千簪裾，俯循儒术。百万貔貅，仰听军律。松桂成林，芝兰满室。蜀锦初翻，朝霞乍拂。白璧一双，黄金百镒。羲之来求，牧之来乞。物外神交，人间事毕。观者析酲，收之愈疾。

伊川击壤集卷之十五

观易吟

一物其来有一身，一身还有一乾坤。能知万物备于我，肯把三才别立根。
天向一中分体用 又云造化，人于心上起经纶。
天人焉有两般义 又云事，道不虚行只在人。

观书吟

吁嗟四代帝王权，尽入区区一旧编。或让或争三万里，相因相革二千年。
唐虞事业谁能继，汤武工夫世莫传。时既不同人又异，仲尼恶得不潸然。

观诗吟

爱君难得似当时，曲尽人情莫若诗。无雅岂明王教化，有风方识国兴衰。
知音未若吴公子，润色曾经鲁仲尼。三百五篇天下事，后人谁敢更讥非。

观春秋吟

堂堂王室寄空名，天下无时不战争。灭国伐人唯恐后，寻盟报役未尝宁。
晋齐命令炎如火，文武资基冷似冰。唯有感麟心一片，万年千载若丹青。

观三皇吟

许大乾坤自我宣，乾坤之外复何言。初分大道非常道，才有先天未后天。
作法极微难看迹，收功最久不知年。若教世上论勋业，料得更无人在前。

观五帝吟

进退肯将天下让，著何言语状雍容。衣裳垂处威仪盛，玉帛修时意思恭。
物物尽能循至理，人人自愿立殊功。当时何故得如此，只被声明类日中。

观三王吟

一片中原万里余，殆非孱德所宜居。夏商正朔犹能布，汤武干戈未便驱。
泽火有名方受革，水天无应不成需。善能[①]又云观仁义为心者，肯作人间浅丈夫。

观五伯吟

刻意尊名名愈亏，人人奔命不胜疲。生灵剑戟林中活，公道货财心里归。
虽则饩羊能爱礼，奈何鸣凤未来仪。东周五百[②]余年内，叹息唯闻一仲尼。

观七国吟

当其末路尚纵横，仁义之言固不听。肯谓破齐存即墨，能胜坑赵尽长平。
清晨见鬼未为怪，白日杀人奚足惊。加以苏张掉三寸，扼喉其势不俱生。

观嬴秦吟

轰轰七国正争筹，利害相磨未便休。比至一雄心底定，其如四海血横流。
三千宾客方成梦，百二山河又变秋。谩说罢侯能置守，赵高元不是封侯。

观两汉吟

秦破河山旧战场，岂期民复见耕桑。九千来里开封域，四百余年号帝王。
剥丧既而遭莽卓，经营殊不念高光。当时文物如斯盛，城复何由更在隍。

---

① “善能又云观”，《四部丛刊》本、《四库》本作“详知又云请观”。
② “百”，原作“伯”，据《四部丛刊》本、《四库》本改。

观三国吟

桓桓鼎峙震雷音，绝唱高踪没处寻。萧鼓一方情未畅，弓刀万里力难任。
论兵很①石宁无意，饮马黄河徒有心。虽曰天时亦人事，谁知虑外失良金。

观西晋吟

承平未必便无忧，安若忘危非善谋。题品人材凭雅诮，雌黄时事用风流。
有刀难剖公闾腹，无木可枭元海头。祸在夕阳亭一句，上东门啸浪悠悠。

观十六国吟

溥天之下号寰区，大禹曾经治水余。衣到弊时多虮虱，瓜当烂后足虫蛆。
龙章本不资狂寇，象魏何尝荐乱胡。尼父有言堪味处，当时欠一管夷吾。

观南北朝吟

方其天下分南北，聘使何尝绝往还。偏霸尚存前典宪，小康犹带旧腥膻。
洛阳雅望称崔浩，江表奇才服谢安。二百四年能并辔，谩将夷虏互为言。

观隋朝吟

始谋当日已非臧，又更相承或自戕。蝼蚁人民贪土地，泥沙金帛悦姬姜。
征辽意思縻荒服，泛汴情怀厌未央。三十六年都扫地，不然天下未归唐。

观有唐吟

天生神武奠中央，不尔群凶未易攘。贞观若无风凛凛，开元安有气扬扬。
凭高始见山河壮，入夏方知日月长。三百年间能混一，事虽成往道弥光。

---

① “很”，《四部丛刊》本、《四库》本作“狠”。

观五代吟

自从唐季坠皇纲，天下生灵被扰攘。社稷安危悬卒伍，朝廷轻重系藩方。深冬寒木固不脱，未旦小星犹有光。五十三年更五姓，始知除扫待真王。

观盛化吟

纷纷五代乱离间，一旦云开复见天。草木百年新雨露，车书万里旧山川。寻常巷陌犹簪绂，取次园亭亦管弦。人老太平春未老，莺花无害日高眠。

吾曹养拙赖明时，为幸居多宁不知。天下英才中遁迹，人间好景处开眉。生来只惯见丰稔，老去未尝经乱离。五事历将前代举，帝尧而下固无之。

一事，革命之日市不易肆；二事，克服天下在即位后；三事，未尝杀一无罪；四事，百年方四叶；五事，百年无腹心患。

喜老吟

几何能得鬓如丝，安用区区镊白髭。在世上官虽不做，出人间事却能知。待天春暖秋凉日，是我东游西泛时。多少宽平好田地，山翁方始会开眉。

瞻礼孔子吟

执卷何人不读书，能知性者又何如。工居天下语言内，妙出世间绳墨余。陶冶有无天事业，权衡治乱帝工夫。大哉赞易修经意，料得生民以后无。

还圆益上人诗卷

鉼锡相从更一巾，一巾曾拂十州尘。心通佛性久无碍，口道儒言殊不陈。吴越江山前日事，伊嵩风月此时身。闲行闲坐松阴下，应恃眼明长笑人。

天人吟

知尽人情天岂异，未知何啻隔天地。少时气锐未更谙，不信人间有难事。知尽人情与天意，合而言之安有二。能推己心达人心，天下何忧不能治。

锦岼春吟

锦岼山下有家园，每岁家园过禁烟。早是三春天气好，那堪百里主人贤。
同于一派水边饮，醉向万株花底眠。明日归鞍遂东指，上阳风景更暄妍。

乐春吟

四时唯爱春，春更爱春分。有暖温存物，无寒着莫人。
好花方蓓蕾，美酒正轻醇。安乐窝中客，如何不半醺。

观物吟四首

日月无异明，昼夜有异体。人鬼无异情，生死有异理。
既未能知生，又焉能知死。既未能事人，又焉能事鬼。

莺蝉体既分，安用苦云云。气盛有余力，声销无异闻。
时来由自己，势去属他人。莫作①伤心事，伤心不益身。

古今情一也，能处又何难。识事事非易，知人人所艰。
多疑亏任用，轻信失防闲。尧舜其犹病，何尝无大奸。

人之耳所闻，不若目亲照。耳闻有异同，目照无多少。
并弃耳目官，专用口舌较。不成天下功，止成天下笑。

人贵有精神吟

人贵有精神，精神反不醇。有精神而醇，为第一等人。
不醇无义理，是非随怒喜。怒以是为非，喜以非为是。
怒是善人疏，喜非小人比。败国与亡家，鲜有不由此。
娶妻娶柔和，嫁夫嫁才美。安得正妇人，作配真男子。

① “作”，《四库》本作“非”。

义利吟

贲于丘园，束帛戋戋。义既在前，利在其间。
舍尔灵龟，观我朵颐。义既失之，利何能为。
尚义必让，君子道长。尚利必争，小人道行。

小车初出吟

物外洞天三十六，都疑布在洛阳中。小车春暖秋凉日，一日止能移一宫。

府尹王宣徽席上作

留都三判主人翁，大第名园冠洛中。又喜一年春入手，万花香照酒卮红。
纷纷又过一年春，牢落情怀酒漫醇。满眼暄妍都去尽，樽前唯忆旧交亲。

春暮答人吟

相违经岁意何如，漫说为邻德不孤。咫尺洛阳春已尽，过从能忆旧时无。

天津闲乐吟

名园相倚洛阳春，巷陌无尘罗绮新。何处青楼隔桃李，乐声时复到天津。

春暮吟

有意杨花空学雪，无情榆荚漫堆钱。穷愁不服春辜负，酒病依还似去年。

自问二首

因甚年来可作诗，奈何人老又春归。流莺不忍花离披，啼到黄昏犹自啼。

年来因甚可吟诗，桃李无言莺有辞。啼到黄昏犹自啼，奈何人老又春归。

和成都俞公达运使见寄

前年车从过天津，花底当时把酒频。此日锦城花烂漫，何尝更忆洛阳春。

吴越吟二首

乙未阖庐凌楚岁，戊辰勾践破吴时。正[①]如当日乘虚事，三十四年人不知。

夫差丁未曾囚越，勾践戊辰还灭吴。二十二年时反复，一如当日却乘虚。

属事吟

鹪鹩分寄一枝巢，不信甘言便易骄。当力尚难超北海，去威何足动鸿毛。
愿将情意分明谢，肯把恩光取次烧。天宠居多为幸久，春花无奈正夭饶。

兴亡吟

孙陈李三人，亡国体相似。虽然少有文，何复语英气。
曹刘孙三人，兴国体相似。虽然小有才，何复语命世。

文武吟

既为文士，必有武备。文武之道，皆吾家事。

善恶吟

瞽鲧有子，尧舜无嗣。余庆余殃，何故如是。
尧舜无子，瞽鲧有嗣。福善祸淫，何故如此。

责己吟

不为十分人，不责十分事。既为十分人，须责十分是。

无疾吟

无疾之安，无灾之福。举天下人，不为之足。

---

① “正”，原作“屈”，据《四部丛刊》本、《四库》本改。

四者吟

财色名势，为世所亲。四者不动，然后见人。

恩怨吟

人之常情，无重于死。恩感人心，死犹有喜。
怨结人心，死犹未已。恩怨之深，使人如此。

秦川吟二首

当时马上过秦川，倏忽于今二十年。因见夫君话家住，依稀记得旧风烟。

秦川两汉帝王区，今日关东作帝都。多少圣贤存旧史，夕阳唯只见荒芜。

和绛守王仲贤郎中

为郎得绛分铜虎，见寄诗中非浪夸。地土尚传唐草木，山川犹起晋云霞。
园池富有吟供笔，风俗淳无讼到衙。太守下车民受赐，一心殊不负官家。

日月吟

月明星自稀，日出月亦微。既有少正卯，岂无孔仲尼。

水旱吟

尧水九年，汤旱七载。调燮之功，此时安在。
九年洪水，七年大旱。非尧与汤，民死过半。

老去吟

使吾却十岁，亦可少集事。奈何天地间，日无再中理。
吾今六十六，衰老何可拟。志逮力不逮，人共知之矣。

人事吟

索炼无如事，难知莫若人。人情随手别，事体到头均。

不同吟

求者不得，辞者不能。二者相去，其远几程。

贪义吟

贪人之恶，其过莫大。贪人之善，是亦为罪。

月新吟

月新与月残，形状两相似。奈何人之情，初见自欢喜。

和内乡李师甫长官见寄

虽未似神仙，能逃暑与寒。何尝无水竹，未始离林峦。
道不同新学，才难动要官。时和岁丰后，亦自有余欢。

岁丰时又康，为邑在南阳。不废吏民事，得游云水乡。
春输桃李艳，风荐蕙兰香。太守兼贤杰，且无奔走忙。

内乡天春亭

内乡有园名天春，春时桃李如彩云。邑民携觞连帟幕，或歌或舞何欢欣。
县尹中间意自若，直谓前世无古人。牡丹百品红与紫，华而不实徒纷纭。

内乡兼隐亭

兼隐诧来书，于时特起予。民淳无讼听，县僻类山居。
簿领杯盘外，官联谈笑余。不知当此际，傍邑更谁如。

李少卿见招代往吟

洛城春去会仙才，春去还惊夏却来。微雨过牡丹初谢，轻风动芍药才开。绿杨阴里拥樽罍，身健时康好放怀。

病酒吟

年年当此际，酒病掩柴扉。早是人多感，那堪春又归。
花残蝴蝶乱，昼永子规啼。安得如前日，和风初扇微。

争让吟

有让岂无争，无沿安有革。争让起于心，沿革生于迹。
羲轩让以道，尧舜让以德。汤武争以功，桓文争以力。

谢王谏议见思吟

西斋前后半松筠，万虑澄余始见真。不谓天光明净处，又能时忆旧交亲。

依韵和任司封见寄吟

王侯贵盛不胜言，图画中山得一观。不似夫君行坐看，贪嵩又更爱天坛。

高楼百尺破危空，天淡云闲看帝功。更上一层情未快，思君不见见乔嵩。

辞麾来此住云霄，闻健登临肯惮劳。紫陌事多都不见，家山围绕是嵩高。

伊川击壤集卷之十六

答人吟

筋骸得似当年否，气血能如旧日无。却喜一般增长处，樽前谈笑有工夫。

岁寒吟

松柏入冬看，方能见岁寒。声须风里听，色更云中观。

依韵谢任司封寄逍遥枕吟

夫君惠我逍遥枕，恐我逍遥迹未超。形体逍遥终未至，更和[1]魂梦与逍遥。

齐郑吟

子产何尝辞郑小，晏婴殊不愿齐衰。二贤生若得其地，才业当为王者师。

代书寄吕库部

周王八骏走天涯，争似君家四宝奇。郑洛风烟虽咫尺，恨无由往一观之。

和王安之少卿雨后

焦劳九夏余，一雨物皆苏。蛙鼓不足听，蚊雷未易驱。
非唯仰岁给，抑亦了官输。林下闲游客，何妨尽自愉。

---

① “和”，《四库》本作“知”。

和和承制见赠

自度无能处世间，经冬经夏掩柴关。青云路稳无功上，翠竹丛疏有分闲。
犹许艳花酬素志，更将佳酒发酡颜。年来老态非常甚，长惧英才未易攀。

清和吟

清而不和，隘而多鄙。和而不清，慢而鲜礼。
既和且清，义无定体。时行则行，时止则止。

异同吟

俊快伤灭裂，厚重伤滞泥。趋造随所尚，不免有同异。
异己必为非，同己必为是。是非战异同，终身不知意。

即事吟

生求媚于人，死求媚于鬼。媚人幸富贵，媚鬼免罪戾。
生死虽殊途，人鬼岂异理。哀哉过用心，妄意何时已。

观物吟

耳目聪明男子身，洪钧赋予不为贫。因探月窟方知物，未蹑天根岂识人。

乾遇巽时观月窟，地逢雷处看天根。天根月窟闲来往，三十六宫都是春。

淳厚之人少秀慧，秀慧之人少审谛。安得淳厚又秀慧，与之共话人间事。

对酒吟

有酒时时泛一瓯，年将七十待何求。齿衰婚嫁尚未了，岁旱田园才薄收。
客去有时闲拱手，日高无事静梳头。霜毛不止装诗景，更可因而入画休。

秋怀吟

一番春了未多时，云外征鸿又报归。节物眼前来若此，岁华头上去如斯。
当年志意虽然在，今日筋骸宁不衰。赖有寸心常自喜，圣人难处却能知。

和王安之少卿秋游

春夏而来可作诗，虽然可作待何为。屡空滥得同颜子，历物固难如惠施。
风月情怀无奈处，云山意思不胜时。一官一咏聊酬唱，敢讵安之与静之。张少卿湍字静之。

和王安之同赴府尹王宣徽洛社秋会

后房深出会亲宾，乐按新声妙入神。红烛盛时翻翠袖，画桡停处占青蘋。
早年金殿旧游客，此日凤池将去人。宅冠名都号蜗隐，邵尧夫敢作西邻。

负河阳河清济源三处之约以诗愧谢之 韩持国、傅钦之、杜天经

秋霖积久泥正滑，念念何日天开晴。亲朋延望固已甚，衰躯怯寒难远行。
一程相去虽不远，两次讲行终未成。二事交战乎胸中，隐几愁坐无由平。

依韵和王安之少卿秋约吟

升沉恶足论，事体到头均。一片蓬蒿地，千年云水身。
收成时正好，寒暖气初匀。自此过从乐，诸公莫厌频。

长子伯温失解以诗示之

儒家所尚者，行义与文章。用舍何尝定，枯荣未易量。
干[①]求须黾勉，得失是寻常。外物不可必，其言味甚长。

① “干”，据《四部丛刊》本、《四库》本原作“便”。

岁暮自贻吟

天道无常春，地道无常珍。须禀中和气，方生粹美人。
良田多黍稌，薄地足荆榛。樗栎蓬蒿类，止[1]能充恶薪。
既为万物灵，须有万物粹。既无万物灵，徒分万物类。
欲出至珍言，须有至珍意。欲彰至美名，须作至美事。
济时为美事，悟主为珍意。奈何此二者，我独无一与。

君子饮酒吟

父慈子孝，兄友弟恭。家给人足，时和岁丰。
筋骸康健，里闬过从。君子饮酒，其乐无穷。

读张子房传吟

汉室开基第一功，善哉能始又能终。直疑后日赤松子，便是当年黄石公。
用舍随时无分限，行藏在我有穷通。古人已死不复见，痛惜今人少此风。

观物吟二首 熙宁九年

柳性至柔软，一年长丈余。虽然易得荣，奈何易得枯。

百谷仰膏雨，极枯变极荣。安得此甘泽，聊且振群生。

治乱吟五首

乱多于治，害多于利，悲多于喜，恶多于美。一阴一阳，奈何如此。

中原一片闲田地，曾生三皇与五帝。三皇五帝子孙多，或贱或贫或富贵。

精义入神以致用，利用出入之谓神。神无方而易无体，藏诸用而显诸仁。

火能胜水，火不胜水，其火遂灭。水能从火，水不从火，其水不热。
夫能制妻，夫不制妻，其妻遂绝。妻能从夫，妻不从夫，其妻必孽。

---

① “止”原作“正”，据《四部丛刊》本、《四库》本改。

天能生而不能养，地能养而不能生。火能烹而不能沃，水能沃而不能烹。
天地尚犹无全功，水火何由有全能。得用二者交相养，反为二者交相凌。

三十年吟

比三十年前，今日为艰难。比三十年后，今日为安闲。
治久人思乱，乱久人思安。安得千年鹤，乘去游仙山。

有病吟

身之有病，当求药医。药之非良，其身必亏。
国之有病，当求人医。人之非良，其国必危。
事之未急，当速改为。事之既急，虽悔难追。

对花吟

今年花似昔年开，今日人开昔日怀。烦恼全无半掐子，喜欢常有百来车。
光阴已过意未过，齿发虽颓志未颓。人问尧夫曾出否，答云方自洞天回[①]。

自 述

春暖秋凉人半醉，安车麈尾闲从事。虽无大德及生灵，且与太平装景致。

去事吟

君子去事，民有余祥。小人去事，民有余殃。

策杖吟

策杖南园或北园，春来尤足慰衰年。初晴天气上元后，乍暖风光寒食前。
池岸微微妆嫩草，林梢薄薄罩轻烟。东君此际情何厚，非象之中正造妍。

---

① “回”，原作“来”，据《四部丛刊》本、《四库》本改。

不愿吟

不愿朝廷命官职，不愿朝廷赐粟帛。唯愿朝廷省徭役，庶几天下少安息。

量力吟

量力动时无悔吝，随宜乐处省营为。须求骐骥方乘马，亦恐终身无马骑。

戏答友人吟

邵尧夫者是何人，岁岁春秋来谒君。车小半年行一转余春秋一出，非如骏马走香尘。

偶得吟

皋陶遇舜，伊尹逢汤。武丁得傅，文王获姜。
齐知管仲，汉识张良。诸葛开蜀，玄龄启唐。

观事吟

一岁之事勤在春，一日之事勤在晨。一生之事勤在少，一端之事勤[1]在新。

观物吟

利轻则义重，利重则义轻。利不能胜义，自然多至诚。
义不能胜利，自然多忿争。

金玉吟

圣在人中出，心从行上修。金于沙里得，玉向石中求。

---

① “勤”字，《四部丛刊》本、《四库》本均作“慎”。

风霜吟

见风而靡者草也，见霜而殒者亦草也。见风而鸣者松也，见霜而凌者亦松也。见风而靡，见霜而伤，焉能为有，焉能为亡。

上下吟

自下观上，无限富贵。自上观下，无限贱贫。
自心观物，何物能一。自物观心，何心不均。

吾庐吟

吾庐虽小粗容身，且免轻为僦舍人。大有世人无屋住，向人檐下索温存。

瀍河上观杏花回

瀍河东看杏花开，花外天津暮却回。更把杏花头上插，图人知道看花来。

娶妻吟

人之娶妻，容德威仪。倘或生子，不皋则夔。

好事吟

好事固难将力取，贤人须是着心求。浮生日月无多子，时过千休复万休。

不再吟

春无再至，花无再开。人无再少，时无再来。

毛头吟

谁剪毛头谢陆沉，生灵肌骨不胜侵。人间自有回天力，林下空多忧国心。
日过中时忧未艾，月几望处患仍深。军中儒服吾家事，诸葛武侯何处寻。

忧国心深为爱君，爱君须更重于身。口中讲得未必是，手里做成方始真。
妄意动时难照物，俗情私处莫知人。厚诬天下凶之甚，多少英才在下尘。

六得吟

眼能识得，耳能听得。口能道得，手能做得。身能行得，心能放得。
六者尽与，天地同德。① 饮食起居，出处语默。不止省心，又更省力。

盛衰吟

势盛举头方偃蹇，气衰旋踵却嗟吁。厚诬天下称贤者，天下何尝可厚诬。

富贵吟

大舜与人同好恶，以人从欲得安乎。能知富贵寻常事，富贵能骄非丈夫。

无妄吟

耳无妄听，目无妄顾。口无妄言，心无妄虑。
四者不妄，圣贤之具。予何人哉，敢不希慕。

善恶吟

人善不趋，己恶不除。谓之知道，不亦难乎。

春日园中吟

春暖游园乃是常，域中殊不异仙乡。竹间日日同真侣，水畔时时泛羽觞。
雨后鸟声移树啭，风前花气触人香。林间富贵一般乐，更纵其来更不妨。

解字吟

人言为信，日月为明。止戈为武，羔美为羹。

① 《四部丛刊》本、《四库》本作“六者尽能，与天同德”。

感事吟

芝兰种不荣，荆棘剪不去。二者无奈何，徘徊岁将暮。

穷达吟

穷不能卷，达不能舒。谓之知道，不亦难乎。

宇宙吟

宇宙在乎手，万物在乎身。绵绵而若存，用之岂有勤。

久旱吟

久旱望雨，久雨思晴。天之常道，人之常情。

成性吟

成性存存，用志不分。又何患乎，不到古人。

路径吟

面前路径无令窄，路经窄时无过客。过客无时路径荒，人间大率多荆棘。

大人吟

天道远，人道迩。尽人情，合天理。

先天吟示邢和叔

一片先天号太虚，当其无事见真腴。胸中美物肯自炫，天下英才致厚诬。理顺是言皆可放，义安何地不能居。直从宇泰①收功后，始信人间有丈夫。

① “宇泰”，《四库》本作“太宇”。

感事吟

为善大宜量力分，知机都在近人情。人情尽后疑难入，力分量时事自平。
理顺面前皆道路，义乖门外是榛荆[①]。何人肯认此言语，此语分明人不听。

浩歌吟

何者谓知机，唯神能造微。行藏全在我，用舍系于时。
每恨知人晚，常忧见事迟。与天为一体，然后识宣尼。

利名吟

利名都不到胸中，由此胸中气自冲。既爱且憎皆是病，灵台何日得从容。

凭高吟

谁将酷烈千般毒，变作恩光一派深。惆怅先民不复见，更凭高处尽沉吟。

意尽吟

意尽于物，言尽于诚。矫情镇物，非我所能。

又浩歌吟二首

忧愁与喜欢，相去一毛间。治乱不同体，山川无两般。
笛声方远听，草木正遥看。何处危楼上，斜阳人凭栏。

嘉善既难投，先生宜罢休。履霜犹可救，灭木更何求。
兽困重来日，鸿飞远去秋。民饥须是食，食外尽悠悠。

① “榛荆”，《四库》本作“荆榛”。

温良吟

君子温良当责备，小人情伪又须知[①]。因惊世上机关恶，遂觉壶中日月迟[②]。

君子吟

君子与义，小人与利。与义日兴，与利日废。
君子尚德，小人尚力。尚德树恩，尚力树敌。
君子作福，小人作威。作福福至，作威祸随。
君子乐善，小人乐恶。乐恶恶至，乐善善归。
君子好誉，小人好毁。好毁人怒，好誉人喜。
君子思兴，小人思坏。思兴召祥，思坏召怪。
君子好与，小人好求。好与多喜，好求多忧。
君子好生，小人好杀。好生道行，好杀道绝。

先天吟

先天天弗违，后天奉天时。弗违无时亏，奉时有时疲。

爽口吟

爽口之物少茹，爽心之行少虑。爽意之言少语，爽身之事少做。

至诚吟

不多求故得，不离[③]学故明。欲得心常明，无过用至诚。

书事吟

它山有石能攻玉，玉未全成老已催。有限光阴随事去，无涯衰朽逐人来。
陶镕情性诗千首，燮理筋骸酒一杯。六十六年无事日，心源方始似昭回。

---

① “知”，《四库》本作“防”。
② “迟”，《四库》本作“长”。
③ “离”字，《四部丛刊》本、《四库》本作“杂”。

答宁秀才求诗吟

林下闲言语，何须要许多。几乎三百首，足以备吟哦。

诗酒吟

圣人难处口能宣，何止千年与万年。心静始能知白日，眼明方会看青天。
鬼神情状将诗写，造化工夫用酒传。传写不干诗酒事，若无诗酒又难言。

白头吟

何人有不白，我白不因愁。只被人多欲，其如我不忧。
不忧缘不动，多欲为多求。年老人常事，如何不白头。

知音吟[①]

仲尼始可言无意，孟子方能不动心。莫向山中寻白玉，但于身上觅黄金。
山中白玉有时得，身上黄金无处寻。我辈何人敢称会，安知世上无知音。

---

① 《四部丛刊》本、《四库》本此诗在本卷内《观事吟》与《观物吟》之间。

伊川击壤集卷之十七

人物吟

人破须至护，物破须至补。补护既已多，卒归于败露。
人有人之情，物有物之理。人物类不同，情理安有异。

偶得吟

林间无事可装怀，昼睡功劳酒一杯。残梦不能全省记，半随风雨过东街。

观物吟

一气才分，两仪已备。圆者为天，方者为地。
变化生成，动植类起。人在其间，最灵最贵。

战国吟

七国之时尚战争，威强知诈一齐行。廉颇白起善用兵，苏秦张仪善纵横。
朝为布衣暮公卿，昨日鼎食今鼎烹。范雎谢相何心情，蔡泽入秦何依凭。
始皇奋袂天下宁，二世乞为氓不能。三千宾客愤未平，百二山河汉已兴。
所存旧物唯空名，残阳衰草山川形。都似一场春梦过，自余恶足语威狞。

感事吟

切玉如泥剑不虚，谁知世上有昆吾。能言未是真男子，善处方名大丈夫。
士老林泉诚所愿，民填沟壑谅何辜。然非我事我心恻，珍重羲皇一卷书。

又五首[①]

万物有精英，人为万物灵。必先详其体，然后论人情。
气静形安乐，心闲身太平。伊耆治天下，不出此名生。

用药似交兵，兵交岂有宁。求安安未得，去病病还生。
汤剂未全补，甘肥又却争。何由能寿考，瑞应老人星。

万物道为枢，其来类自殊。性虽无厚薄，理亦有精粗。
未若人为盛，还知物有余。我生于此日，幸免作庸夫。

曾闻不若见，曾见不如经。既用心经过，何烦口说行。
改诗知化笔，醒酒识和羹。料得人间事，无由出此情。

前有亿万年，后有亿万世。中间有寿人，未过百来岁。
出口无善言，行身无善事。徒有人之身，殊无人之贵。

履道吟[②]

何代无人振德辉，众贤今日会西畿。太平文物风流事，更胜元和全盛时。

见义吟

见善必为，不见则已。量力而动，力尽而止。

观物吟

如鸾如凤，意思安详。所生之人，非忠则良。
如鼠如雀，意思惊躩。所生之人，不凶则恶。

王公吟

王公大人，天下具瞻。轻流传[③]习，重损威严。

---

① 《四库》本无此三字标题。
② 《四部丛刊》本、《四库》本作“履道留题吟”。
③ “传”，《四库》本作“薄”。

此尚未了，彼安能兼。非为失道，又复起贪。
顶戴儒冠，心存象教。本图心宁，复使心闹。
譬如生子，当求克肖。不教义方，教之窃盗。

自咏吟

老去无成齿发衰，年将七十待何为。居常无病不服药，间或有怀犹作诗。
引水更怜鱼并至，折花仍喜蝶相随。平生积学无他效，只得胸中恶[①]坦夷。

观物吟

画工状物，经月经年。轩鉴照物，立写于前。
鉴之为明，犹或未精。工出人手，平与不平。
天下之平，莫若于水。止能照表，不能照里。
表里洞照，其唯圣人。察言观行，罔或不真。
尽物之性，去己之情。有德之人，而必有言。
能言之人，未必能行。

能寐吟

大惊不寐，大忧不寐，大伤不寐，大病不寐，大喜不寐。
大安能寐。何故不寐，湛于有累。何故能寐，行于无事。

鹧鸪吟二首

人间重者是黄金，谁道黄金无处寻。不着闲辞文雅意，更将何事悦良心。
远山四面供清润，幽鸟千般送好音。无限春光都去尽，请君听唱鹧鸪吟。

翠竹丛深啼鹧鸪，鹧鸪声更胜提壶。江南江北常相逐，春后春前多自呼。
迁客销魂惊梦寐，征人零泪湿衣裾。愁中闻处肠先断，似此伤怀禁得无。

先天吟

若问先天一字无，后天方要着工夫。拔山盖世称才力，到此分毫强得乎一作无。

① “恶”，《四库》本作“恁”。

自乐吟

麟凤何尝不在郊，太平消得苦譊譊。才闻善事心先喜，每见奇书手自抄。
一瓦清泉来竹下，两竿红日上松梢。窝中睡起窝前坐，安得闲辞解客嘲。

民情吟

民情既乐，和气为祥。民情既忧，戾气为殃。
祥为雨露，天下丰穰。殃为水旱，天下凶荒。

牡丹吟

牡丹花品冠群芳，况是其间更有王。四色变而成百色，百般颜色百般香。

代书吟

金须百炼始知精，水鉴何如人鉴明。不弃既能存故旧，久要焉敢忘平生。
经纶事体当言用，道义襟怀只论诚。草木面前何止万，岁寒松桂独青青。

病浅吟

病浅之时人不疑，病深之后药难医。劳谦所以有终吉，迷复何尝无大亏。
物我中间难着发，天人相去①岂容丝。能知古乐犹今乐，省了譊譊多少辞。

借出诗

诗狂书更逸，近岁不胜多。大半落天下，未还安乐窝。

无苦吟

平生无苦吟，书翰不求深。行笔因调性，成诗为写心。
诗扬心造化，笔发性园林。所乐乐吾乐，乐而安有淫。

① “去”原作“吉”字，据《四部丛刊》本、《四库》本改。

万物吟

万物备于身，乾坤不负人。时光嗟荏苒，事体落因循。
既感青春老，还惊白发新。胸中若无有，未免作埃尘一云走埃尘。

月窟吟

月窟与天根，中间来往频。所居皆绰绰，何往不申申。
投足自有定，满怀都是春。若无诗与酒，又似太亏人。

大象吟

大象自中虚，中虚真不渝。施为心事业，应对口工夫。
伎量千般有，忧愁一点无。人能知此理，胜读五车书。

百病吟

百病起于情，情轻病亦轻。可能无系累，却是有依凭。
秋月千山静，春华万木荣。若论真事业，人力莫经营。

小车吟

春暖未苦热，秋凉未甚寒。小车随意出，所到即成欢。

击壤吟

击壤三千首，行窝十二家①。乐天为事业，养志是生涯。
出入将如意，过从用小车。人能知此乐，何必待纷华。

① “十二家”字，《四部丛刊》本、《四库》本作“二十家”。

留题水北杨郎中园亭二首

买宅从来重见山，见山今直几何钱。奇峰环列远隔水，乔木俯临微带烟。行路客疑经[①]洞府，凭栏人恐是神仙。长忧暗入丹青手，写向鲛绡天下传。

洛下谁家不买居，买居还得似君无。风光一片非尘世，景物四时真画图。后圃花奇真[②]阆苑，前轩峰好类蓬壶。人生能向此中老，亦是世间豪丈夫。

秋尽吟

数日之间秋遂尽，百思无以慰蹉跎。园林正好爱不彻，草木已黄情奈何。虽老筋骸行尚健，尽高台榭望仍多。终朝把酒未成醉，又欲临风一浩歌。

不肖吟

不肖之人，志在游荡。身在屋下，心在屋上。
不肖之子，志在浮夸。身尚不保，焉能保家。

君子吟

君子之去，亦如其来。小人之来，亦如其去。
既有恩情，且无怨怒。既有憎嫌，且无思慕。

小人吟

小人无节，弃本逐末。喜思其与，怒思其夺。

把手吟

富贵把手，贫贱掣肘。贫贱把手，富贵掣肘。
金石之交，死且不朽。市井之交，自难长久。

---

① “经”字，《四部丛刊》本、《四库》本作“惊”。
② “真”字，《四部丛刊》本、《四库》本作“同”。

大易吟

天地定位，否泰反类。山泽通气，损咸见义。
雷风相薄，恒益起意。水火相射，既济未济。
四象相交，成十六事。八卦相荡，为六十四。

罢吟吟

久欲罢吟诗，还惊意忽奇。坐中知物体，言外到天机。
得句不胜易，成篇岂忍遗。安知千万载，后世无宣尼。

黄金吟

身上有黄金，人无走陆沉。求时未必见，得处不因寻。
辩捷非通物，涵容是了心。会弹无弦琴，然后能知音。

鹧鸪吟

事体一番新，才新又却陈。新陈非利物，义理不由人。
岁月休惊晚，莺花续报春。余樽幸无恙，宜唱鹧鸪频。

闲中吟

闲中气味长，长处是仙乡。富有林泉乐，清无市井忙。
烂游千圣奥，醉拥万花香。莫作伤心事，伤心易断肠。

闲中气味真，真处是天民。富有林泉乐，清无市井尘。
烂游千圣奥，醉拥万花春。莫作伤心事，伤心愁杀人。

闲中气味全，全处是天仙。富有林泉乐，清无市井喧。
烂观千圣奥，醉拥万花妍。莫作伤心事，伤心事好旋。

苍苍吟

人人共戴天，我戴岂徒然。须识天人理，方知造化权。
功名归酒盏，器业入诗篇。料得闲中乐，无如我得全①。

团团吟

如鉴又如钩，回旋莫记秋。难穷天上理，易白世间头。
团处人人喜，亏时物物愁。有生无不喘，何必待吴牛。

代书吟

见别一年余，岁残相忆初。重烦君款密，远寄我空疏。
衰朽百端有，忧愁一点无。闲吟四十字，聊用答来书。

失诗吟

胸中风雨吼，笔下龙蛇走。前后落人间，三千有余首。

不去吟

行年六十六，不去两般事。用诗赠真宰，以酒劝象帝。
面未发酡颜，心先动和气。俯仰天地间，自知无所愧。

经世吟

羲轩尧舜，汤武桓文。皇王帝伯，父子君臣。
四者之道，理限于秦。降及两汉，又历三分。
东西俶扰，南北纷纭。五胡十姓，天纪几棼。
非唐不济，非宋不存。千世万世，中原有人。

① “全”字，《四部丛刊》本、《四库》本作“闲”。

知人吟

君子知人出于知，小人知人出于私。
出于知，则同乎理者谓之是，异乎理者谓之非。
出于私，则同乎己者谓之是，异乎己者谓之非。

言行吟

能言未是难，行得始为艰。须是真男子，方能无厚颜。

光阴吟

三百六旬有六日，光阴过眼如奔轮。周而复始未尝息，安得四时长似春。

举酒吟

闲与宾朋饮酒杯，杯中长似有花开。清谈才向口中出，和气已从心上来。
物外意非由象得，坐间春不自天回。施之天下能如此，天下何忧不放怀。

酒少吟

此物近来贫，时时得数斤。如荼辜老杇，似药负交亲。
未饮先忧尽，虽斟不敢频。何由同九日，长有白衣人。

观棋绝句

未去交争意，难忘黑白心。一条无敌路，彻了没人寻。

未去交争意，难忘黑白情。一条平稳路，痛惜没人行。

老去吟

老去无成鬓已斑，纵心年几合轻闲。如何得意云山外，更欲游心诗酒间。
大字写诗酬素志，小杯斟酒发酡颜。春雷惊起千年蛰，笔下苍龙自往还。

乱石吟

天津多乱石，石里闲寻觅。全玉固难求，似玉亦难得。
徒有碌碌青，亦有磷磷白。奈无清越声，亦①无温润色。

未有吟

未有一分功，先立十分敌。所得无分毫，所丧无纪极。

未有一分让，先有十分争。所丧者实事，所得者虚名。

诫子吟

至宝明珠非有类，全珍良玉自无瑕。为珠为玉尚如此，何况为人多过差。

有过不能改，知贤不肯亲。虽生人世上，未得谓之人。

周孔不足法，轲雄不足师。还同弃常膳，除是适蛮夷。

乾坤吟②

意亦心所至，言须耳所闻。谁去天地外，别有好乾坤。

道不远于人，乾坤只在身。谁能天地外，别去觅乾坤。

胡越吟

胡越同心日，夫妻反目时。人间无大小，得失在须斯。

善处吟

善处忧难作，能持事自修。腹心无外物，蛮貊亦怀柔。

---

① “亦”字，《四部丛刊》本、《四库》本作“更”。
② 《道藏》本无此诗，据《四库》本补。

百年吟

百年嗟荏苒，千里痛萧条。忍逐东流水，无期任所飘。

岁杪吟

一日去一日，一年添一年。饶教成大器，其那已华颠。
志意虽依旧，聪明不及前。若非心有得，亦恐学神仙。

观棋小吟

谁言博弈尚优游，利害相磨未始休。初得手时宜顾望，合行权处莫迟留。
二年乃正三监罪，七日能尸两观囚。天下太平无一事，南阳高卧更何求。

又借出诗

安乐窝中乐，娲皇笙万攒。自从闲借出，客到遂无欢。

和王规甫司勋见赠

何止千年与万年，岁寒松桂独依然。若无杨子天人学，安有庄生内外篇。
已约月陂寻白石，更期金谷弄清泉。谁云影论纷纭甚，一任山巅复起巅。

答友人劝酒吟

人人谁不愿封侯，及至封侯未肯休。大得却须防大失，多忧元只为多求。
规模焉敢比才士，度量自知非饮流。少日何由能强此，况今年老雪堆头。

伊川击壤集卷之十八

冬至吟

何者谓之几，天根理极微。今年初尽处，明日未来时。
此际易得意，其间难下辞。人能知此意，何事不能知。

杯盘吟

林下杯盘大寂寥，寂寥长愿似今朝。君看击鼓撞钟者，势去宾朋不易招。

欢喜吟

扬善不扬恶，记恩不记仇。人人自欢喜，何患少交游。

善人吟

良如金玉，重如丘山。仪如鸾凤，气如芝兰。

议论吟

事苟非，自有异。事苟是，安有二。

推诚吟

天虽不语人能语，心可欺时天可欺。天人相去不相远，只在人心人不知。
人心先天天弗违，人身后天奉天时。身心相去不相远，只在人诚人不推。

尧夫吟

尧夫吟天下拙，来无时去无节。如山川行不彻，如江河流不竭。如芝兰香不歇，如箫韶声不绝。也有花也有雪，也有风也有月。又温柔又峻烈，又风流又激切。

意外吟

事出意外，人难智求。自非妄动，恶用多愁。
既有误中，宁无暗投。能知此说，天下何忧。

当断吟

断以决疑，疑不可缓。当断不断，反受其乱。

忧梦吟

至人无梦，圣人无忧。梦为多想，忧为多求。
忧既不作，梦来何由。能知此说，此外何修。

人情吟

人达人情，无寡无广。天下之事，如指诸掌。

人事吟

人无取次，事莫因循。因循失事，取次坏人。
人无率尔，事贵丁宁。率尔近薄，丁宁近诚。

师资吟

未知道义，寻人为师。既知道义，人来为资。
寻师未易，为资实难。指南向道，非去非还。
师人则耻，人师则喜。喜耻皆非，我独无是。
好为人师，与耻何异。

天人吟

天学修心，人学修身。身安心乐，乃见天人。
天之与人，相去不远。不知者多，知之者鲜。
身主于人，心主于天。心既不乐，身何由安。

乐毅吟

乐毅事燕时，其心有深旨。破齐七十城，迎刃不遗矢。
岂留即墨莒，却与燕有二。欲使燕遂王，天下自齐始。
岂意志未申，昭王一旦死。惠王固不知，使人代其位。
强燕自此衰，何复能振起。自古君与臣，际会非容易。
重惜千万年，英雄为流涕。

十分吟

所谓十分人，须有十分真。非谓能写字，非谓能为文。
非为①眉目秀，非谓衣裳新。欲行人世上，直须先了身。
所谓十分人，须有十分事。事苟不十分，终是未完备。
事父尽其心，事兄尽其意。事君尽其忠，事师尽其义。
人寿百来年，其过岂容易。虽然瞬息间，其间多少事。
号为能了事，必先能了身。身苟未能了，何暇能了人。

生日吟 祥符辛亥十二月二十五日

辛亥年辛丑月，甲子日甲戌辰。日辰同甲，年月同辛。吾于此际，生而为人。

诫子吟

鸡能警旦，马能代行。犬能守御，牛能力耕。
人禀天地，万物之灵。妒贤嫉能，不如不生。

---

① “为”字，《四部丛刊》本、《四库》本作“谓”。

有常吟

天地有常理，日月有常明。四时有常序，鬼神有常灵。
圣人有常德，小人无常情。

岁暮吟

世上纷华都不见，眼前唯见读书尊。百千难过尚惊惕，三十岁前尤苦辛。
少日只知艰险事，老年方识太平身。家风幸有儿孙继，足以无心伴白云。

春天吟

一片春天在眼前，眼前须识好春天。春秋冬夏能无累，雪月风花都一连。
能用真腴为事业，岂防他物害暄妍。我生其幸何多也，安有闲愁到耳边。

庶几吟

以圣责人，固未完备。以人望人，自有余地。
责人无难，受责非易。其殆庶几，犹望颜子。

人物吟

人盛必有衰，物生须有死。既见身前人，乃知身后事。
身前人能兴，身后事岂废。兴废先言人，然后语天地。

诧嗟吟

昨日炙手，今日张罗。人间常事，何诧何嗟。

左衽吟①

自古御戎无上策，唯凭仁义是中原。王师问罪固能道，天子蒙尘争忍言。
二晋乱亡成茂草，三君屈辱落陈编。公闾延广何人也，始信兴邦亦一言。

① 《四库》本作“防边吟”，诗中文字有改动，不具列。

教劝吟

若圣与仁吾岂敢，空言犹足慰虚生。明开教劝用常道，永使子孙持善名。
此日贻谟情未显，他时受赐事非轻。庶几此意流天下，天下何由不太平。

不善吟

悲哉不善人，禀此凶戾德。非唯①败人家，又能败人国。

多事吟

多事招忧，多疑招闷。多与招吝，多取招损。

处身吟

君子处身，宁人负己，己无负人。
小人处事，宁己负人，无人负己。

观性吟

千万年之人，千万年之事，千万年之情，千万年之理，唯学之所能，坐而烂观尔。

观物吟

居暗观明，居静观动。居简观繁，居轻观重。
所居者寡，所观者众。匪居匪观，众寡何用。

答和吴传正赞善二首 并寄高阳王十三机宜

洛阳城里一愚夫，十许年来不读书。老去情怀难状处，淡烟寒月映松疏。

乐静岂无病，好闲终有心。争如自得者，与世善浮沉。

① “唯”字原作“为”，据《四部丛刊》本、《四库》本改。

是非吟

是短非长，好丹非素。一生区区，未免爱恶。
爱恶不去，何由是非。爱恶既去，是非何为。

洗心吟

人多求洗身，殊不求洗心。洗身去尘垢，洗心去邪淫。
尘垢用水洗，邪淫非能淋。必欲去心垢，须弹无弦琴。

见物吟

见物即讴吟，何尝曾用意。闲将篋笥诗，静看人间事。

力穑吟

春时耕种，夏时耘耨。秋时收治，冬时用受。
雨露不愆，既苗既秀。水旱为灾，尚罹其咎。

六十六岁吟

六十有六岁，畅然持酒杯。少无他得志，老有此开怀。
往往英心动，时时秀句来。尚收三百首，自谓敌琼瓌。

宽猛吟

宽则民慢，猛则民残。宽猛相济，其民自安。

小道吟

艺虽小道，事亦系人。苟不造微，焉能入神。

得失吟

人有贤愚，事无巨细。得不艰难，失必容易。

薰莸吟

善恶之间，薰莸可究。近熏必香，近莸必臭。

好恶吟

恶死好生，去害就利。天下之人，其情无异。

岁暮吟

此情人不知，亦尝叹迟暮。虽则叹迟暮，奈何难分付。

此情人不知，亦尝叹迟久。虽则叹迟久，奈何人不受。

安分吟

轻得易失，多谋少成。德无尽利，善无近名。

由听吟

由听而失，以听为宾。而今而后，何复信人。

诗画吟

画笔善状物，长于运丹青。丹青入巧思，万物无遁形。
诗画善状物，长于运丹诚。丹诚入秀句，万物无遁情。
诗者人之志，言者心之声。志因言以发，声因律而成。
多识于鸟兽，岂止毛与翎。多识于草木，岂止枝与茎。
不有风雅颂，何由知功名。不有赋比兴，何由知废兴。
观朝廷盛事，壮社稷威灵。有汤武缔构，无幽厉欹倾。
知得之艰难，肯失之骄矜。去巨蠹奸邪，进不世贤能。
摘[1]阴阳粹美，索天地精英。籍江山清润，揭日月光荣。
收之为民极，著之为国经。播之于金石，奏之于大庭。

① “摘”字，《四部丛刊》本、《四库》本作“择”。

感之以人心，告之以神明。人神之胥悦，此所谓和羹。
既有虞舜歌，岂无皋陶赓。既有仲尼删，岂无季札听。
必欲乐天下，舍诗安足凭。得吾之绪余，自可致升平。

诗史吟

史笔善记事，长于炫其文。文胜则实丧，徒增①口云云。
诗史善记事，长于造其真。真胜则华去，非如目纷纷。
天下非一事，天下非一人，天下非一物，天下非一身。
皇王帝伯时，其人长如存。百千万亿年，其事长如新。
可以辩庶政，可以齐黎民。可以述祖考，可以训子孙。
可以尊万乘，可以严三军。可以进讽谏，可以扬功勋。
可以移风俗，可以厚人伦。可以美教化，可以和疏亲。
可以正夫妇，可以明君臣。可以赞天地，可以感鬼神。
规人何切切，诲人何谆谆。送人何恋恋，赠人何勤勤。
无岁无嘉节，无月无嘉辰。无时无嘉景，无日无嘉宾。
樽中有美禄，坐上无妖氛。胸中有美物，心上无埃尘。
忍不用大笔，书字如车轮。三千有余首，布为天下春。

演绎吟

万事入沉吟，其来味更深。虽然曾过眼，须是更经心。
过眼未尽见，经心肯尽寻。尽寻能得见，方始是真金。

何者是真金，真金入骨沉。饱曾经锻炼，足得不沉吟。
到手何须眼，行身敢放心。放心然后乐，天下有知音。

何者谓知音，知音只在心。肝脾无效验，钟鼓漫搜寻。
既若能开物，何须更鼓琴。来仪非为凤，只是感人深。

何者谓来仪，来仪意不低。有身皆衎衎，无物不熙熙。
一国若一物，四方犹四肢。巍巍乎尧舜，何得而名之。

① “增”字，《四部丛刊》本、《四库》本作“憎”。

史画吟

史笔善记事，画笔善状物。状物与记事，二者各得一。
诗史善记意，诗画善状情。状情与记意，二者皆能精。
状情不状物，记意不记事。形容出造化，想象成天地。
体用自此分，鬼神无敢异。诗者岂于此，史画而已矣。

好胜吟

人无好胜，事无过求。好胜多辱，过求多忧。
忧辱并至，道德弗游。不止人患，身亦是仇。

治心吟

心亲于身，身亲于人。不能治心，焉能治身。不能治身，焉能治人。

吾庐吟

吾亦爱吾庐，吾庐似野居。性随天共淡，身与世俱疏。
遍地长芳草，满床堆乱书。自从无事后，更不着工夫。

人灵吟

天地生万物，其间人最灵。既为人之灵，须有人之情。若无人之情，徒有人之形。

过眼吟

纷纷过眼不须惊，利害相磨卒未平。伎俩虽多无实效，聪明到了是虚名。
温凉寒热四时事，甘苦辛酸万物情。除却此心皆外物，此心犹恐未全醒 一作未惺惺。

灾来吟

灾自外来，犹可消除。灾自内来，何由支梧。天人之间，内外察诸。

内外吟

目耳鼻口，人之户牖。心胆脾肾，人之中溜。
内若能守，外自不受。内若无守，外何能久。

名利吟

重之以名，见人之情。厚之以利，见人之意。
情意内也，内重则外轻。名利外也，内贱则外贵。

名实吟

内无是实，外有是名，小人故矜。
外无是名，内有是实，君子何失。

性情吟

君子任性，小人任情。任性则近，任情则远。

丁宁吟

人无忽略，事贵丁宁。忽略近薄，丁宁近诚。

疑信吟

人无轻信，事无多疑。轻信招衅，多疑招离。

治乱吟

君子小人，亦常相半。时止时行，或治或乱。

有时吟

龙不冬跃，萤能夜飞。小人君子，而皆有时。

忠厚吟

小人斯须，君子长久。斯须倾邪，长久忠厚。

穷冬吟

十二月将终，还惊岁律穷。藏冰方北陆，解冻未东风。
草昧徒寻绿，花梢强觅红。探春春不见，元只在胸中。

知非吟

今日已前事，知非心可凭。虚言安足道，实行又何矜。
无药医衰老，有诗歌圣明。纵然时饮酒，未肯学刘伶。

冬至吟

冬至子之半，天心无改移。一阳初起处，万物未生时。
玄酒味方淡，大音声正希。此言如不信，更请问庖牺。

头白吟

头白已多时，况能垂白髭。不如犹甚幸，窃此未全衰。
润屋虽无镪，承家却有儿。敢言贫净洁，似我亦应稀。

谈诗吟

诗者人之志，非诗志莫传。人和心尽见，天与意相连。
论物生新句，评文起雅言。兴来如宿构，未始用雕镌。

绳水吟

水能平而不能直，绳能直而不能平。安得绳水为人情，而使天下都无争。

刑名吟

君子多近名，小人多近刑。善恶有异同，一归于任情。

阴阳吟

阳行一，阴行二。一主天，二主地。
天行六，地行四。四主形，六主气。

人事吟

人有去就，事无低昂。迹有疏密，人无较量。能此四者，自然久长。

内外吟

衣冠严整，谓之外修。行义纯洁，谓之内修。内外俱修，何人不求。

衣冠不整，谓之外惰。行义不修，谓之内惰。内外俱惰，呵人不唾。

盛衰吟

克肖子孙，振起家门。不肖子孙，破败家门。猗嗟子孙，盛衰之根。

死生吟

学仙欲不死，学佛欲再生。再生与不死，二者人果能?
设使人果能，方始入于情。赏哉林下人，不为人所惜。
哀哉公与卿，重为人所惑。

生日吟

三万五千日，伊子享此身。当时才作物，此际始为人。
久负阴阳力，终亏父母恩。一杯为寿酒，床下列儿孙。

时事吟

时之来兮，其势可乘。时之去兮，其事[①]遂生。
前日之事兮，今日不行。今日之事兮，后来必更。
时久则患生，事久则弊生。弊患相仍，人何以宁。

不知吟

比知阴阳，不知天地。不知人情，不知物理。强为人师，宁不自愧。

水火吟

水火得其御，交而成既济。水火失其御，焚溺可立至。
不止水与火，万事尽如此。只知用水火，不知水火义。

中原吟

中原之师，仁义为主。仁义既无，四夷来侮。

喜饮吟

尧夫喜饮酒，饮酒喜全真。不喜成酩酊，只喜成微醺。
微醺景何似，襟怀如初春。初春景何似，天地才氤氲。
不知身是人，不知人是身。只知身与人，与天都未分。

所感吟

人生无定准，事体有多端。客宦危疑处，家书子细看。
既[②]曾忧险阻，方信喜平安。男子平生事，须于痛[③]定观。

---

① “事”字，《四部丛刊》本、《四库》本作“势”。
② “既”字，《四库》本作“可”。
③ “痛”字，《四库》本作“论”。

行止吟

时止则须止，时行则可行。时行与时止，人力莫经营。

太平吟

太平时世园亭内，丰稔岁年村落间。情味一般难状处，风烟草木尽闲闲。

探春吟

草色依稀绿，花梢隐约红。一般难道说，如醉在心中。

不出吟

冬夏远难出，止行南北园。如逢好风景，亦可至三天。西行至天街，二百步。北行至天津，三百步。东行至天官，四百步。

伊川击壤集卷之十九

不善吟

不良之人，禀气非正。蛇蝎其情，豺狼其性。
至良之人，禀气清明。金玉其性，芝兰其情。

不同吟

君子之人，与己非比。闻善则乐，见贤则喜。
小人之人，与己非恶。闻善则憎，见贤则怒。

得失吟

时难得而易失，心虽悔而何追。不知老之已至，不知志与愿违。

痛矣吟

痛矣时难得，悲哉道未传。今年年已尽，明日是明年。

岁除

半百已华颠，如今更皓然。自知为士子，人讶学神仙。
风月难忘酒，云山不着钱。行年六十六，明日又添年。

笔兴吟 熙宁十年

窗晴气和暖，酒美手柔软。兴逸情撩乱，笔落春花烂。

影论吟

性在体内，影在形外。性往体随，形行影会。
体性不存，形影安在。影外之言，曾何足怪。

忧喜吟

大喜与大忧，二者莫能寐。二者若能寐，何忧事不治。

窥开吟

物理窥开后，人情照破时。一身都是我，瘦了又还肥。

物理窥开后，人情照破时。能将函谷塞，只用一丸泥。

物理窥开后，人情照破时。正如携宝剑，切玉过如泥。

物理窥开后，人情照破时。渴多逢美酒，病后遇良医。

物理窥开后，人情照破时。能将一个字，善解百年迷。

物理窥开后，人情照破时。情中明事体，理外见天机。

物理窥开后，人情照破时。可嗟兼可唾，堪鄙又堪嗤。

物理窥开后，人情照破初。不堪将劝诫，止可与嗟吁。

物理窥开后，人情照破前。止堪令执笔，不可使持权。

物理窥开后，人情照破休。止堪初看望，不可久延留。

物理窥开后，人情照破时。欲知花烂漫，须是叶离披。

物理窥开后，人情照破时。有权能处置，更狡待何为。

物理窥开后，人情照破间。敢言天下事，到手又何难。

喜饮吟

平生喜饮酒，饮酒喜轻醇。不喜大段醉，只便微带醺。
融怡如再少，和煦似初春。亦恐难名状，两仪仍未分。

贵贱吟

系自我者，可以力行。系自人者，难乎力争。
贵为万乘，亦莫之矜。贱为匹夫，亦莫之凌。

措处吟

在未定之时，当难处之地。方事之危疑，见人之措置。

费力吟

事无巨细，人有得失。得之小心，失之费力。

不老吟

人无不老理，日有再中时。不老必无也，再中应有之。

代书寄陈章屯田

执别而来二十春，忽飞书意一何勤。四方岂是少贤士，千里犹能思故人。
世态见多知可否，物情谙久识疏亲。我今老去甘衰朽，无补明时卧洛滨。

长短吟

君子喜淳诚，小人喜欺罔。淳诚岁时长，欺罔日月短。

迷悟吟

君子改过，小人饰非。改过终悟，饰非终迷。终悟福至，终迷祸归。

正性吟

未生之前，不知其然。既生之后，乃知有天。
有天而来，正物之性。君子践形，小人轻命。

幽明吟

明有日月，幽有鬼神。日月照物，鬼神依人。
明由物显，幽由人陈。人物不作，幽明何分。

无靦吟

事曾经见，物曾持炼。天地之间，俯仰无靦。

事体吟

语言须中节，义理贵从宜。可革仍三就，当行必再思。

自余吟

身生天地后，心在天地前。天地自我出，自余何足言。

四可吟

可勉者行，可信者言。可委者命，可托者天。

四不可吟

言不可妄，行不可隳。命不可忽，天不可违。

赁屋吟

屋新人喜居，屋弊人思去。主若善修完，何时不能住。

小人吟

小人无耻，重利轻死。不畏人诛，岂顾物议。

览照吟

其骨爽，其神清。其禄薄，其福轻。

有病吟

一身如一国，有病当求医。病愈药便止[1]，节宣良得宜。

二月吟

林下无故知，唯知二月期。酒尝新熟后，花赏半开时。
只有醺酣趣，殊无烂漫悲。谁能将此景，长贮在心脾。

三月吟

满城尽日行春去，言会行春还有数。真宰何尝不发生，游人其那无凭据。
梨花着雨漫成啼，柳絮因风争肯住。一片清明好意多，奈何意好难分付。

一等吟

欲出第一等言，须有第一等意。欲为第一等人，须作第一等事。

万物吟

成败须归命，兴衰各有时。小人纵多欲，真宰岂容私。
只此浪喜欢，便成空惨凄。请观春去后，游者更为谁。

洛阳春吟

四方景好无如洛，一岁花奇莫若春。景好花奇精妙处，又能分付与闲人。

洛阳人惯见奇葩，桃李花开未当花。须是牡丹花盛发，满城方始乐无涯。

桃李花开人不窥，花时须是牡丹时。牡丹花发酒增价，夜半游人犹未归。

---

① “止”原作“正”，据《四部丛刊》本、《四库》本改。

光阴不肯略从容，九十日春还又空。多少落花无着莫，半随流水半随风。

春归花谢日初长，燕语莺啼各自忙。何故游人断来往，绿阴殊不减红芳。

十日好花都去尽，可怜青帝用功深。游人莫便无凭据，未必红芳胜绿阴。

春归毕竟归何处，无限春冤都未诉。欲托流莺问所因，子规又叫不如去。

用尽四时周一岁，唯春能见好花开。十千买酒未为贵，既去红芳岂再来。

自贻吟

六十有七岁，生为世上人。四方中正地，万物备全身。天外更无乐，胸中别有春。

落花吟

万紫千红处处飞，满川桃李漫成蹊。狂风猛雨日将暮，舞榭歌台人乍稀。
水上漂浮安有定，径边狼籍更无依。流莺不用多言语，到了一番春已归。

暮春吟

花开春正好，花谢春还暮。不意子规禽，犹能道归去。

春来蝴蝶乱，春去子规啼。安得如前日，和风初扇时。

禽不通人情，唯知春已暮。亦或叫提壶，亦或叫归去。

泉布吟

名为泉布者，无足走人间。善发难言口，能开不笑颜。
偿逋小续命，赒急大还丹。唯有商山老，非干买得闲。

牡丹吟

一般颜色一般香，香是天香色异常。真宰工夫精妙处，非容人意可思量。

和凤翔横渠张子厚学士 亡后篇

秦句[1]山河半域中，精英孕育古今同。古来贤杰知多少，何代无人振素风。

自处吟

尧夫自处道如何，满洛阳城都似家。不德于人焉敢异，至诚从物更无他。
眼前只见罗天爵，头上谁知换岁华。何止春归与春在，胸中长有四时花。

为人吟

为人须是与人群，不与人群不尽人。大舜与人焉有异，帝尧亲族亦推伦。
人心龃龉一身病，事体和谐四海春。心在四支心是主，四支又复远于身。

先天吟

先天事业有谁为，为者如何告者谁。若谓先天言可告，君臣父子外何归。
眼前伎俩人皆晓，心上工夫世莫知。天地与身皆易地，己身殊不异庖牺。

中和吟

性亦故无他，须是识中和。心上语言少，人间事体多。
如霖回久旱，似药起沉疴。一物尚不了，其如万物何。

四贤吟

彦国之言铺陈，晦叔之言简当，君实之言优游，伯淳之言调又作条畅。
四贤洛阳之观[2]望，是以在人之上。有宋熙宁之间，大为一时之壮。

---

① “句”字，《四部丛刊》本、《四库》本作“甸”。
② “观”字，《四部丛刊》本、《四库》本作“名”。

年老吟

岁华头上不能惊，唯有交亲眼更明。皓皓月常因坐看，深深酒不为愁倾。苟于心上无先觉，却似人间小后生。欲约何人为伴侣，江湖泛去一舟轻。

天地吟

天人之际岂容针，至理何烦远去寻。凶焰炽时焚更烈，恩波流处浸还深。长征戍卒思归意，久旱苍生望雨心。祸福转来如反掌，可能中夜不沉吟。

至论吟

民于万物已称珍，圣向民中更出群。介石不疑何尽日，知几何患未如神。若无刚果难成善，既有精明又贵纯。祸福兆时皆有渐，不由天地不由人。

人玉吟

玉不自珍人与珍，人珍何谢玉之纯。然如粹美始终一，更看清光表里真。韬韫有名初在石，琢磨成器却须人。古人已死不复见，被褐之言不谬云。

诈者吟

诈者固疑人，天下尽行诈。不信天下人，其间无真话。

饮酒吟

时时醇酒饮些些，颐养天和以代茶。无雨将成大凶岁，负城非有好生涯。身居畎亩须忧国，事委儿男①尚恤家。人问老来何长进，鉴中添得鬓边华。

乐物吟

物有声色气味，人有耳目口鼻。万物于人一身，反观莫不全备。

① “儿男”字，《四部丛刊》本、《四库》本作“男儿”。

和王安之小园五题

小园新葺不离家，高就岗头底就窊。洛邑地疑偏得胜，天津人至又非赊。宜将阆苑同时语，莫共桃源一道夸，闻说一轩多种药，只应犹欠紫河车。

野　轩

一轩名野非尘境，嵩少烟岑送好风。日月岁时都属己，更于何处觅壶中。

污　亭

许由为计未为深，洗耳何如不动心。到此洒然如世外，何尝更有事来侵。

药　轩

山里药多人不识，夫君移植更标名。果能医得人间病，红紫何妨好近楹。

晚晖亭

高亭新建碍烟霞，莫景能留是可嘉。最近赏春来往路，游人应问是谁家。

观物吟

水雨霖，火雨露。土雨濛，石雨雹。
水风凉，火风热。土风和，石风冽。
水云黑，火云赤。土云黄，石云白。
水雷霎，火雷虩。土雷连，石雷霹。

昼　睡

昼睡工夫未易偕，羲皇以上合安排。心间无事饱食后，园里有时闲步回。未午庭柯莺屡啭，已残花径客稀来。请观世上多愁者，枕簟虽凉无此怀。

进退吟

进退两途皆曰宾，何烦坐上苦云云。低眉坐处当周物，掉臂行时莫顾人。
齿发既衰非少日，林泉能老是长春。行于无事人知否，宠辱何由得到身。

为客吟

忽忆南秦为客日，洛阳东望隔秦川。云山去此二千里，岁月于今十九年。
柳色得非新婀娜，江声应是旧潺湲。衰躯设使能重往，畴昔情怀奈杳然。

忽忆东朐为客日，壮心初见水云乡。岛夷居处邻荒服，潮水来时杂海商。
卧看苍溟围大块，坐观红日出扶桑。虚生虚死人何限，男子之称不易当。

忽忆东吴为客日，当年意气乐从游。登山未始等闲辍，饮酒何尝容易休。
万柄荷香经楚甸，一帆风软过扬州。追思何异邯郸梦，瞬息光阴三十秋。

忽忆太原为客日，经秋纵酒未成归。远山近水都成恨，高阁斜阳尽是悲。
年少不禁花到眼，情多唯只泪沾衣。如今老向洛城里，更没这般愁到眉。

摄生吟

握固如婴儿，作气如壮士。二者非自然，皆出不容易。
心为身之主，志者气之帅。沉珠于深渊，养自己天地。

病中吟

尧夫三月病，忧损洛阳人。非止交朋意，都如骨肉亲。
荐医心恳切，求药意殷勤。安得如前日，登门谢此恩。

重病吟

安乐五十年，一旦感重疾。仍在盛夏中，伏枕几百日。
砭灸与药饵，百疗效无一。以命听于天，于心何所失。

天人吟

天生此身人力寄，人力尽兮天数至。天人相去不毫芒，若有毫芒却成二。

疾革吟

有命更危亦不死，无命极医亦无效。唯将以命听于天，此外谁能闲计较。

听天吟

上天生我，上天死我。一听于天，有何不可。

得一吟

天自得一天无既，我一自天而后至。唯天与一无两般，我亦何尝与天异。

答客问病

世上重黄金，伊予独喜吟。死生都一致，利害漫相寻。
汤剂功非浅，膏肓疾已深。然而犹灼艾，用慰友朋心。

病亟吟

生于太平世，长于太平世。老于太平世，死于太平世。
客问年几何，六十有七岁。俯仰天地间，浩然无所愧。

伊川击壤集卷之二十

首尾吟 一百三十五首

尧夫非是爱吟诗，为见圣贤兴有时。日月星辰尧则了，江河淮济禹平之。
皇王帝伯经褒贬，雪月风花未品题。岂谓古人无阙典，尧夫非是爱吟诗。

尧夫非是爱吟诗，安乐窝中坐看时。一气旋回无少息，两仪覆焘①未尝私。
四时更革互为主，百物新陈争效奇。享了许多家乐事，尧夫非是爱吟诗。

尧夫非是爱吟诗，安乐窝中得意时。志快不须求事显，书成当自有人知。
林泉且作酬心物，风月聊充藉手资。多少宽平好田地，尧夫非是爱吟诗。

尧夫非是爱吟诗，安乐窝中半醉时。因月因花因兴咏，代书代简代行移。
池中既有双鱼跃，天际宁无一雁飞。无限交亲在南北，尧夫非是爱吟诗。

尧夫非是爱吟诗，诗是尧夫可爱时。宝鉴造形难着发，鸾刀迎刃岂容丝。
风埃若不来侵路，尘土何由得上衣。欲论诚明是难事，尧夫非是爱吟诗。

尧夫非是爱吟诗，为见兴衰各有时。天地全功须发露，朝廷盛美在施为。
便都默默奈何见，若不云云那得知。事在目前人不虑，尧夫非是爱吟诗。

尧夫非是爱吟诗，诗是尧夫不寐时。咀茹兰熏宜有主，恢张风雅更为谁。
三千来首收清月，二十余年撚白髭。了却许多闲职分，尧夫非是爱吟诗。

尧夫非是爱吟诗，诗到忘言是尽时。虽则借言通要妙，又须从物见几微。
羹因不和方知淡，乐为无声始识希。多少风花待除改，尧夫非是爱吟诗。

尧夫非是爱吟诗，虽老精神未耗时。水竹清闲先据了，莺花富贵又兼之。
梧桐月向怀中照，杨柳风来面上吹。被有许多闲捧拥，尧夫非是爱吟诗。

尧夫非是爱吟诗，诗是天津伫立时。有意水声千古在，无情山色四边围。

① “焘”字，《四部丛刊》本、《四库》本作“帱”。

孤鸿远入晴烟去，双鹭斜穿禁柳飞。景物不妨闲自适，尧夫非是爱吟诗。

尧夫非是爱吟诗，诗是天津再住时。积翠莺花供秀润，上阳风月助新奇。
凤凰楼观云中看，道德园林枕上窥。不负太平吟笑事，尧夫非是爱吟诗。

尧夫非是爱吟诗，诗是尧夫渐老时。每用风骚观物体，却因言语漏天机。
林间车马自稀到，尘外杯觞不浪飞。六十一年无事客，尧夫非是爱吟诗。

尧夫非是爱吟诗，诗是尧夫忠恕时。无限物情闲处见，诸般药性病来知。
暗于成事事必败，失在知人人必欺。家国与身同一体，尧夫非是爱吟诗。

尧夫非是爱吟诗，诗是尧夫默识时。初有意时如父子，到无情处类蛮夷。
眼前成败尚不见，天下安危那得知。始信知人是难事，尧夫非是爱吟诗。

尧夫非是爱吟诗，诗是尧夫知幸时。日未出前朝象帝，天才春处谒庖牺。
三杯五杯自劝酒，一局两局无争棋。韶濩不知何似乐，尧夫非是爱吟诗。

尧夫非是爱吟诗，诗是尧夫自励时。适道全由就师学，出尘须是禀天资。
好贤只恐知人晚，乐善唯忧见事迟。多谢友朋常见教，尧夫非是爱吟诗。

尧夫非是爱吟诗，诗是尧夫得意时。正得意时尝起舞，到麾毫处辄能飞。
南溟万里鹏初举，辽海千年鹤乍归。岂止一诗而已矣，尧夫非是爱吟诗。

尧夫非是爱吟诗，诗是尧夫可叹时。固有命焉刚不信，是无天也果能欺。
才高正被聪明使，身贵方为利害移。无计奈何春又老，尧夫非是爱吟诗。

尧夫非是爱吟诗，诗是尧夫笔逸时。苍海有神搜鲸鲵，陆沉无水藏蛟螭。
岌岦五千仞华岳，汪洋十万顷黄陂。都与收来入近题，尧夫非是爱吟诗。

尧夫非是爱吟诗，诗是尧夫出入时。春初暖兮日迟迟，秋初凉兮云微微。
轻风动垂柳依依，细雨过芳草萋萋。林下小车游未归，尧夫非是爱吟诗。

尧夫非是爱吟诗，诗是尧夫试砚时。玉未琢前犹索辩，金经煅后更何疑。
当时掉臂人皆笑，今日摇头谁不知。天外凤凰飞处别，尧夫非是爱吟诗。

尧夫非是爱吟诗，诗是尧夫试笔时。以至死生都处了，自余荣辱可知之。
适居堂上行堂上，或在水湄言水湄。不止省心兼省力，尧夫非是爱吟诗。

尧夫非是爱吟诗，诗是尧夫试墨时。十室邑中须有信，三人行处岂无师。
谋谟不讲还疏略，思虑伤多又忸怩。机会失时寻不得，尧夫非是爱吟诗。

尧夫非是爱吟诗，诗是尧夫语道时。天听虽高只些子，人情相去没多儿。

无声无臭尽休也，不忮不求还得之。虽有丹青亦难①状，尧夫非是爱吟诗。

尧夫非是爱吟诗，诗是尧夫语物时。物盛物衰随气候，人荣人瘁逐推移。天边新月有时待，水上落花何处追。皆是世间常事耳，尧夫非是爱吟诗。

尧夫非是爱吟诗，诗是尧夫语事时。天若可升非待劝，神如无验不须祈。人当堂上易施设，事过面前难改移。势盛势衰非一日，尧夫非是爱吟诗。

尧夫非是爱吟诗，诗是尧夫登阁时。往事千年徒渺漭，斜阳一片漫光辉。伊川洛川水似线，太室少室锋②如锥。争者从来是闲气，尧夫非是爱吟诗。

尧夫非是爱吟诗，诗是尧夫隐几时。尺寸光阴须爱惜，分毫头角莫矜驰。酒因劝客小盏饮，句到惊人大字麾。无人何尝不自得，尧夫非是爱吟诗。

尧夫非是爱吟诗，诗是尧夫咏史时。旷古第成千觉梦，中原都入一枰棋。唐虞玉帛烟光紫，汤武干戈草色萋。观古事多今可见，尧夫非是爱吟诗。

尧夫非是爱吟诗，诗是尧夫对酒时。处世虽无一分善，行身误有四方知。大凡观物须生意，既若成章必见辞。诗者志之所之也，尧夫非是爱吟诗。

尧夫非是爱吟诗，诗是尧夫可叹时。固有命焉刚不信，是无天也果能欺。才高正被聪明使，身贵方为利害移。无计奈何春又老，尧夫非是爱吟诗。

尧夫非是爱吟诗，诗是尧夫半老时。肥遁虽无润屋物，劳谦却有克家儿。筋骸幸且粗康健，谈笑不妨闲滑稽。六十二年无事客，尧夫非是爱吟诗。

尧夫非是爱吟诗，诗是尧夫自笑时。闲散何尝远人事，语言时复泄天机。至微勋业有难立，尽大功名或易为。成败一归思虑外，尧夫非是爱吟诗。

尧夫非是爱吟诗，诗是尧夫让仆时。止会摇头道又错，奈何转脚复为非。此图为家效功力，更却与物生瑕疵。失在知人不无过，尧夫非是爱吟诗。

尧夫非是爱吟诗，诗是尧夫可叹时。大器晚成当自重，小人难养又何疑。既无一日九迁则，安有终朝三褫之。若向槿花求远到，尧夫非是爱吟诗。

尧夫非是爱吟诗，诗是尧夫乐事时。慷慨丈夫无后悔，分明男子有前知。在寻常时观执守，当仓卒处看施为。善事没身而已矣，尧夫非是爱吟诗。

尧夫非是爱吟诗，诗是尧夫自喜时。名在士人当盛世，生于中国作男儿。良辰美景忍虚废，骤雨飘风无定期。过此焉能事追悔，尧夫非是爱吟诗。

---

① “亦难”，《四库》本作“难得”。

② “锋”字，《四部丛刊》本、《四库》本作“峰”。

尧夫非是爱吟诗，诗是尧夫喜老时。好话说时常愈疾，善人逢处每忘机。
此心是物难为动，其志唯天然后知。诗是尧夫分付处，尧夫非是爱吟诗。

尧夫非是爱吟诗，诗是尧夫赞仲尼。大事既去止可叹，皇纲已坠如何追。
由兹春秋无义战，所以定哀多微辞。绝笔获麟之一句，尧夫非是爱吟诗。

尧夫非是爱吟诗，诗是尧夫自在时。何处不行芳草地，谁家不望小车儿。
花枝好处安详折，酒盏满时撋就持。闲气虚名都忘了，尧夫非是爱吟诗。

尧夫非是爱吟诗，诗是尧夫自负时。暖日才从桃李过，凉风又向芰荷吹。
月华正似金波溜，雪片还如柳絮飞。此乐太平然后见，尧夫非是爱吟诗。

尧夫非是爱吟诗，诗是尧夫自得时。风露清时收翠润，山川秀处摘新奇。
揄扬物性多存体，拂掠人情薄用辞。遗味正宜涵泳处，尧夫非是爱吟诗。

尧夫非是爱吟诗，诗是尧夫默坐时。天意教闲须有谓，人心刚动似无知。
烟轻柳叶眉闲皱，雾重花枝泪静垂。应恨尧夫无一语，尧夫非是爱吟诗。

尧夫非是爱吟诗，诗是尧夫晚望时。恰见花开便花谢，才闻春至又春归。
流莺啼处春犹在，杜宇来时花已飞。春至花开春去谢，尧夫非是爱吟诗。

尧夫非是爱吟诗，诗是尧夫春出时。一点两点小雨过，三声五声流莺啼。
杯深似锦花间醉，车稳如茵草上归。更在太平无事日，尧夫非是爱吟诗。

尧夫非是爱吟诗，诗是尧夫入夏时。醪酒竹间留客饮，清风水畔向人吹。
婵娟月色满轩槛，菡萏花香盈袖衣。乐莫乐于无事乐，尧夫非是爱吟诗。

尧夫非是爱吟诗，诗是尧夫秋出时。楼上清风犹足喜，水边芳草未全衰。
才凉便可停新酒，薄暮初能着夹衣。都没人间浪忧事，尧夫非是爱吟诗。

尧夫非是爱吟诗，诗是尧夫自喜时。不用虚名矜智数，且无闲气扰心脾。
酒佳蓦地泛一斝，花好有时簪两枝。更纵无人讶狂怪，尧夫非是爱吟诗。

尧夫非是爱吟诗，诗是尧夫确论时。若以后时为失计，必将先手作知几。
三千宾客成何梦，百二山河付阿谁。弄巧既多翻作拙，尧夫非是爱吟诗。

尧夫非是爱吟诗，诗是尧夫会计时。进退云山为主判，陶镕水竹是兼司。
莺花旧管三千首，风月初收二百题。岁暮又须行考课，尧夫非是爱吟诗。

尧夫非是爱吟诗，诗是尧夫觉老时。不动已求如孟子，无言又欲学宣尼。
能知同道道亦得，始信先天天弗违。六十三年无事客，尧夫非是爱吟诗。

尧夫非是爱吟诗，诗是尧夫赞易时。火在内而刑寡妻，风行外而令庶黎。

老成人为福之基，呆孺子为祸之梯。此理昭然多不知，尧夫非是爱吟诗。

尧夫非是爱吟诗，诗是尧夫记所思。少日过从都是梦，老年光景只如飞。
快心事固难强觅，到手物如何不为。欲俟河清人寿几，尧夫非是爱吟诗。

尧夫非是爱吟诗，诗是尧夫重惜时。万里焦劳无所诉，九重深邃莫能知。
二年斯得诚为晚，七日言诛未是迟。本固邦宁王道在，尧夫非是爱吟诗。

尧夫非是爱吟诗，诗是尧夫仿佛时。写字吟诗为润色，通经达道是镃基。
经纶亦可为余事，性命方能尽所为。可谓一生男子事，尧夫非是爱吟诗。

尧夫非是爱吟诗，诗是尧夫拍手时。此路清闲都属我，这般欢喜更饶谁。
将何势力为凭藉，著甚言辞与指挥。迁怒饰非何更有，尧夫非是爱吟诗。

尧夫非是爱吟诗，诗是尧夫试手时。善死自明非不死，有知谁道胜无知。
杨朱眼泪惟[1]能泣，宋玉心胸只解悲。为报西风漫相侮，尧夫非是爱吟诗。

尧夫非是爱吟诗，诗是尧夫忆昔时。天下只知才可处，人间不信事难为。
眼观秋水斜阳远，泪洒西风黄叶飞。此意如今都去尽，尧夫非是爱吟诗。

尧夫非是爱吟诗，诗是尧夫相度时。合放手时须放手，得开眉处且开眉。
狂情多见好人喜，弊[2]性少为他物移。只恨一般言不到，尧夫非是爱吟诗。

尧夫非是爱吟诗，诗是尧夫乐物时。天地精英都已得，鬼神情状又能知。
陶真义[3]向辞中见，借论言从意外移。始信诗能通造化，尧夫非是爱吟诗。

尧夫非是爱吟诗，诗是尧夫不乐时。明月恰圆还却缺，好花才盛又成衰。
返魂丹向何人用，续命汤于甚处施。天听虽高只些子，尧夫非是爱吟诗。

尧夫非是爱吟诗，诗是尧夫春尽时。有意落花犹去住，无情流水任东西。
莺传信处音声切，燕诉冤时言语低。似此误人事多少，尧夫非是爱吟诗。

尧夫非是爱吟诗，诗是天津秋尽时。见惯不惊新物盛，话长难说故人稀。
云疏烟淡山仍远，露冷天高草已衰。赖有余樽自斟酌，尧夫非是爱吟诗。

尧夫非是爱吟诗，诗是尧夫代记时。官职固难称太史，文章却欲学宣尼。
能归岂谢陶元亮，善听何惭钟子期。德若不孤吾道在，尧夫非是爱吟诗。

尧夫非是爱吟诗，诗是尧夫旷望时。一片园林拥京国，几层楼观犯云霓。

---

① “惟”原作“谁”，据《四部丛刊》本、《四库》本改。
② “弊”字，《四库》本作“僻”。
③ “义”字，《四部丛刊》本、《四库》本作“意”。

朝昏天气屡变易，今古人情旋合离。欲问远山唯敛黛，尧夫非是爱吟诗。

尧夫非是爱吟诗，诗是闲观蔬圃时。暖地春初才郁郁，宿根秋末却披披。
韭葱蒜薤青遮垄，蓣芋姜蘘绿满畦。时到皆能弄精彩，尧夫非是爱吟诗。

尧夫非是爱吟诗，诗是尧夫穷理时。语爱何尝过父子，讲和曾未若夫妻。
恩多意思翻成恨，欢极情怀却似悲。何事人间不如此，尧夫非是爱吟诗。

尧夫非是爱吟诗，诗是尧夫重惜时。西晋浮夸时可叹，南梁崇尚事堪悲。
仲尼岂欲轻辞鲁，孟子何尝便去齐。仪凤不来人老去，尧夫非是爱吟诗。

尧夫非是爱吟诗，诗是尧夫自足时。开口笑多无若我，同心言少更为谁。
田园管勾凭诸子，樽俎安排仰老妻。不信人间有忧事，尧夫非是爱吟诗。

尧夫非是爱吟诗，诗是尧夫独酌时。一盏两盏至三盏，五题七题或十题。
只知人事是太古，不信我身非伏羲。为幸居多宜自乐，尧夫非是爱吟诗。

尧夫非是爱吟诗，诗是尧夫切虑时。千世万世所遭遇，圣人贤人曾施为。
当初何故尽有说，在后可能都没辞。事既不同时又异，尧夫非是爱吟诗。

尧夫非是爱吟诗，诗是尧夫强少时。筇杖藜杖到手拄，南园北园随意之。
酒醺不怕暖生面，花好尽教香惹衣。六十四年无事客，尧夫非是爱吟诗。

尧夫非是爱吟诗，诗是尧夫自顾时。若有意时非语话，都无情处是肝脾。
方将忧已到未到，何暇责人知不知。因喜圣贤用心远，尧夫非是爱吟诗。

尧夫非是爱吟诗，诗是尧夫自得时。已把乐为心事业，更将安作道枢机。
未来身上休思念，既入手中须指挥。迎刃何烦多顾虑，尧夫非是爱吟诗。

尧夫非是爱吟诗，诗是尧夫鉴诫时。意浅不知多则惑，心灵须识动之微。
行凶既有人诛戮，心善岂无天保持。读易不唯明祸福，尧夫非是爱吟诗。

尧夫非是爱吟诗，诗是尧夫赞易时。八卦小成皆有主，三才大备略无遗。
阴阳消长既未已，动静吉凶那不知。为见至神功效远，尧夫非是爱吟诗。

尧夫非是爱吟诗，诗是尧夫赞易时。大道备人皆有谓，上天生物固无私。
虽知同道道亦得，未若先天天弗违。过此圣人犹不语，尧夫非是爱吟诗。

尧夫非是爱吟诗，诗是尧夫十月时。寒日无光天色远，阴云不动柳丝垂。
园林叶尽鸟未散，道路风多人更稀。满目时光口难道，尧夫非是爱吟诗。

尧夫非是爱吟诗，诗是尧夫可爱时。已着意时仍着意，未加辞处与加辞。
物皆有理我何者，天且不言人代之。代了天工无限说，尧夫非是爱吟诗。

尧夫非是爱吟诗，诗是尧夫不着棋。大智大谋难妄设，小机小数肯轻为。泥沙用处宁无惜，蝼蚁驱时忍便[①]窥。天下也宜留一路，尧夫非是爱吟诗。

尧夫非是爱吟诗，诗是尧夫欢喜时。欢喜焉能便休得，语言须且略形之。胸中所有事既说，天下固无人致疑。更不防闲寻罅漏，尧夫非是爱吟诗。

尧夫非是爱吟诗，诗是尧夫先见时。直在胸中贫亦乐，屈于人下贵奚为。谁何药可医无病，多少金能买不疑。迟老更逢春未[②]老，尧夫非是爱吟诗。

尧夫非是爱吟诗，诗是尧夫不忍时。戾气中人为疾病，和风养物号清微。世情非利莫能动，士节待穷然后知。尚口乃穷非我事，尧夫非是爱吟诗。

尧夫非是爱吟诗，诗是尧夫恨月时。见说天长在甚处，照教人老待奚为。婵娟东面才如鉴，屈曲西边却似眉。由此遂多悲与喜，尧夫非是爱吟诗。

尧夫非是爱吟诗，诗是尧夫爱月时。松上见时偏皎洁，怀中照处特光辉。何如亭午更休转，不奈才圆又却亏。青女素娥应有恨，尧夫非是爱吟诗。

尧夫非是爱吟诗，诗是尧夫中夜时。拥被不眠还辗转，披衣却坐忽寻思。死生有命尚能处，道德由人那[③]不知。须是安之以无事，尧夫非是爱吟诗。

尧夫非是爱吟诗，诗是尧夫访友时。青眼主人偶不在，白头老叟还空归。几家大第横斜照，一片残春啼子规。独往独来还独坐，尧夫非是爱吟诗。

尧夫非是爱吟诗，诗是尧夫信脚时。高祖宅前花似锦，魏王堤畔柳如丝。因闲看水行来远，就便游园归去迟。每遇好风还眷眷，尧夫非是爱吟诗。

尧夫非是爱吟诗，诗是尧夫忖度时。先见固能无后悔，至诚方始有前知。己之欲处人须欲，心可欺时天可欺。只被世人难易地，尧夫非是爱吟诗。

尧夫非是爱吟诗，诗是尧夫麾[④]麈时。每见宾朋须款曲，更和言语不思维。方将与物同休戚，何暇共人争是非。天地与人同一体，尧夫非是爱吟诗。

尧夫非是爱吟诗，诗是尧夫恣纵时。在世上官虽不做，出人间事却能知。待天春暖秋凉日，是我东游西泛时。道在眼前人不见[⑤]，尧夫非是爱吟诗。

尧夫非是爱吟诗，诗是尧夫服老时。简尺每称林下士，过从或着道家衣。

---

① “便”字，《四部丛刊》本、《四库》本作“更”。
② “未”字，《四部丛刊》本、《四库》本作“不”。
③ “那”字，《四部丛刊》本、《四库》本作“却”。
④ “麾”字，《四部丛刊》本、《四库》本作“挥”。
⑤ 此句，《四部丛刊》本、《四库》本作“多少宽平好田地”。

须将贤杰同星汉，直把身心比鹿麋。六十五年无事客，尧夫非是爱吟诗。

尧夫非是爱吟诗，诗是尧夫睡觉时。梦后旧欢初仿佛，酒醒前事略依稀。任经生死心无异，虽隔江湖路不迷。因向此中观至理，尧夫非是爱吟诗。

尧夫非是爱吟诗，诗是尧夫注思时。事少全由心易[①]足，病多休道药难医。情当少日须思老，志在安时莫忘危。天道分明人自昧，尧夫非是爱吟诗。

尧夫非是爱吟诗，诗是尧夫行己时。政在我时心必尽，事关人处力难为。人如负我我何预，我若辜人人有词。就责莫如躬自厚，尧夫非是爱吟诗。

尧夫非是爱吟诗，诗是尧夫自省时。义若不为无勇也，幸如有过必知之。面前地恶犹能扫，心上田荒何所欺。从谏如流是难事，尧夫非是爱吟诗。

尧夫非是爱吟诗，诗是尧夫尽性时。若圣与仁虽不敢，乐天知命又何疑。恢恢志意方闲暇，绰绰情怀正坦夷。心逸日休难状处，尧夫非是爱吟诗。

尧夫非是爱吟诗，诗是尧夫用畜时。史籍始终明治乱，经书表里见安危。庖牺可作三才主，孔子当为万世师。不止前言与往行，尧夫非是爱吟诗。

尧夫非是爱吟诗，诗是尧夫出入时。草软沙平月陂下，云轻日淡上阳西。花深柳暗铜驼陌，风暖莺娇金谷堤。尽是尧夫行乐处，尧夫非是爱吟诗。

尧夫非是爱吟诗，诗是春秋后语时。七国纵横如破的，九州吞吐若抨棋。君臣自作逋逃主，将相无非市井儿。篆入草书犹不误，尧夫非是爱吟诗。

尧夫非是爱吟诗，诗是尧夫晚步时。信意遂过高祖宅，因行更上魏王堤。设如终久全无托，何似当初都不知。料得鬼神知此意，尧夫非是爱吟诗。

尧夫非是爱吟诗，诗是尧夫处困时。事体极时观道妙，人情尽处看天机。孝慈亲和未必见，松柏岁寒然后知。匪石未闻心可转，尧夫非是爱吟诗。

尧夫非是爱吟诗，诗是尧夫处否时。信道而行安有悔，乐天之外更何疑。受疑始见周公旦，经厄方明孔仲尼。大圣大神犹不免，尧夫非是爱吟诗。

尧夫非是爱吟诗，诗是尧夫无奈时。眼下见荣还见辱，心中疑是又疑非。上阳宫殿空遗堵，金谷园林但落晖。天若有言人可问，尧夫非是爱吟诗。

尧夫非是爱吟诗，诗是尧夫掷笔时。事体顺时为物理，人情安处是天机。坚如金石犹能动，灵若鬼神何可欺。此外更无言语道，尧夫非是爱吟诗。

---

① "易"字，《四部丛刊》本、《四库》本作"意"。

尧夫非是爱吟诗，诗是尧夫自诧时。许大天时犹可测，些儿人事岂难知。昆冈美玉人谁[1]识，沧海明珠世莫窥。由是尧夫聊自诧，尧夫非是爱吟诗。

尧夫非是爱吟诗，诗是尧夫慎独时。人寿百年无以过，心游万仞待何为。为谋须求心无愧，作事莫幸人不知。诚尽鬼神犹且惧，尧夫非是爱吟诗。

尧夫非是爱吟诗，诗是尧夫慎与时。初作事时分可否，始亲人处定安危。殊乡忠信同思善，异世奸邪共喜私。岂待较量然后见，尧夫非是爱吟诗。

尧夫非是爱吟诗，诗是尧夫乐事时。天道亏盈如橐籥，圣人言语似蓍龟。光阴去后绳难系，筋力衰时药不医。莫把闲愁伴残照，尧夫非是爱吟诗。

尧夫非是爱吟诗，诗是尧夫重惜时。争向伪时须便信，奈何真处却生疑。既称有客告曾子，岂为无人毁仲尼。父子君臣独未免，尧夫非是爱吟诗。

尧夫非是爱吟诗，诗是尧夫掩卷时。时过犹能用归妹，物伤长惧入明夷。夏商盛日何由见，唐汉衰年争忍思。畎亩不忘天下处，尧夫非是爱吟诗。

尧夫非是爱吟诗，诗是尧夫爱物时。晓事情怀须洒落，出尘言语必新奇。山川秀拔宁无孕，天地精英自有归。粹气始能生粹物，尧夫非是爱吟诗。

尧夫非是爱吟诗，诗是尧夫默识时。日月既来还却往，园林才盛又成衰。登山高下虽然见，临水浅深那不知。世上高深事无限，尧夫非是爱吟诗。

尧夫非是爱吟诗，诗是尧夫自试时。事体待谙然得信，人情非久莫能知。同沾雨露蒿莱质，独出雪霜松柏姿。见惯不如身历过，尧夫非是爱吟诗。

尧夫非是爱吟诗，诗是尧夫可叹时。只被人间多用诈，遂令天下尽生疑。樽前一云唐虞揖让三杯酒，坐上一云汤武交争一局棋。小大不同而已矣，尧夫非是爱吟诗。

尧夫非是爱吟诗，诗是尧夫凭式时。乱法奈何非独古，措刑安得见于兹。当时既有少正卯，今日宁无孔仲尼。时世不同人一也，尧夫非是爱吟诗。

尧夫非是爱吟诗，诗是尧夫自信时。必欲全然无后悔，直须晓了有前知。言忠能尽己所有，事善任他人致疑。外物从来自难必，尧夫非是爱吟诗。

尧夫非是爱吟诗，诗是尧夫毋必时。或让或争时既往，相因相革事难齐。羲轩尧舜前规矩，汤武桓文旧范围。一笔写成还抹了，尧夫非是爱吟诗。

---

① “谁”字，《四部丛刊》本、《四库》本作“难”。

尧夫非是爱吟诗，客问[1]尧夫何所为。睡思动时亲瓮牖，幽情发处旁盆池。寻芳更用小车去，得句仍将大笔麾。余事不妨闲润色，尧夫非是爱吟诗。

尧夫非是爱吟诗，诗是尧夫诧老时。金玉过从旧朋友，糟糠欢喜老夫妻。瓦烧酒盏连酩饮，纸画棋盘就地围。六十六年无事客，尧夫非是爱吟诗。

尧夫非是爱吟诗，诗是尧夫乐静时。药里君臣慵点对，琴中文武倦更移。鼎间龙虎忘看守，棋上山河废指挥。亦恐因而害天性，尧夫非是爱吟诗。

尧夫非是爱吟诗，诗是尧夫谈笑时。国士待人能尽意，山翁道我会开眉。盏随酒量徐徐饮，榻逐花阴旋旋移。此乐再寻非易得，尧夫非是爱吟诗。

尧夫非是爱吟诗，诗是尧夫惊骇时。暮雨朝云才半日，春华秋叶未多时。即今世态已堪叹，过此人情更可知。一暑一寒何太急，尧夫非是爱吟诗。

尧夫非是爱吟诗，诗是尧夫自诧时。事少事多都在己，人忧人喜更由谁。壶中日月明长在，洞里乾坤春不归。谁道光阴如过隙，尧夫非是爱吟诗。

尧夫非是爱吟诗，诗是尧夫疏散时。早起[2]小诗无捡束，那堪大字更狂迷。既贪李杜精神好，又爱欧王格韵奇。余事不妨闲戏弄，尧夫非是爱吟诗。

尧夫非是爱吟诗，诗是尧夫语事时。举动苟能循义理，辩明安用致言辞。艰难图处费心力，容易来时省指挥。欲盖而彰事多矣，尧夫非是爱吟诗。

尧夫非是爱吟诗，诗是尧夫得意时。物向物中观要妙，人于人上看几微。物中要妙眼前见，人上几微心里知。且是有金无处买，尧夫非是爱吟诗。

尧夫非是爱吟诗，诗是尧夫不强时。事到强为须涉迹，人能知止是先机。面前自有好田地，天下岂无平路岐。省力事多人不做，尧夫非是爱吟诗。

尧夫非是爱吟诗，诗是尧夫得意时。这意着何言语道，此情唯用喜欢追。仙家气象闲中见，真宰工夫静处知。不必深山更深处，尧夫非是爱吟诗。

尧夫非是爱吟诗，诗是尧夫喜老时。明着衣冠为士子，高谈仁义作男儿。敢于世上明开眼，肯向人间浪皱眉。六十七年无事客，尧夫非是爱吟诗。

尧夫非是爱吟诗，诗是尧夫难老时。齿暮乍逢新岁月，眼明初见旧亲知。欢情此去未伏减，饮量近来差觉低。六十七年无事客，尧夫非是爱吟诗。

---

① “客问”字，《四部丛刊》本、《四库》本作“诗是”。
② “起”字，《四部丛刊》本、《四库》本作“是”。

尧夫非是爱吟诗，诗是尧夫慎动时。枉道干名名亦失，佛[1]民从欲欲还隳。号为贤者能从善，名曰小人须[2]饰非。大佞似忠非易辩，尧夫非是爱吟诗。

尧夫非是爱吟诗，诗是尧夫有激时。留在胸中防作恨，发于词上恐成疵。芝兰见处须收采，金玉逢时莫弃遗。到此尧夫常自贺，尧夫非是爱吟诗。

尧夫非是爱吟诗，诗是尧夫有愧时。空受半来天下拜，却无些子自家为。心能尽处我自慰，力不周时人亦知。只恨一般言未得，尧夫非是爱吟诗。

尧夫非是爱吟诗，诗是尧夫诧剑时。当锻炼时分劲挺[3]，到磨砻处发光辉。长蛇封豕休撩乱，狡兔妖狐莫陆离。此器养来年岁久，尧夫非是爱吟诗。

---

① “佛”字，《四部丛刊》本、《四库》本作“拂”。
② “须”字，《四部丛刊》本、《四库》本作“能”。
③ “挺”字，《四部丛刊》本、《四库》本作“节”。

伊川击壤集外诗[①]

过比干墓

精诚皦[②]于日，发出为忠辞。方寸已尽破，独夫犹不知。
高坟临大道，老木无柔枝。千古存遗像，翻为谄子嗤。

自遣

读书忘岁月，人竞笑蹉跎。但得甘旨[③]足，宁辞辛苦多。
龙泉去铓刃，蜗角亦风波。知我为亲老，不知将谓何。

共城十吟[④]

予家有园数十亩，皆桃李梨杏之类，在卫之西郊。自始营十余载矣，未尝熟观花之开，属以男子之常事也。去年冬会病归自京师，至今年春始偶花之繁茂，复悼身之穷处，故有《春郊诗》一什。虽不合于雅焉，抑亦导于情耳。庆历丁亥岁。

其一曰春郊闲居

居处虽近郭，不欲登城市。尽日客不来，至夜门犹闭。
院静春正浓，窗闲昼复寐。谁知藜藿中，自有诗书味。

其二曰春郊闲步

病起复惊春，携筇看野新。水边逢钓者，垄上见耕人。
访彼形容苦，酬予家业贫。自惭功济力，未得遂生民。

其三曰春郊芳草

春风必有刀，离肠被君断。春风既无刀，芳草何人剪。
肠断不复接，草剪益还生。谁人有芳酒，为我高歌倾。

---

① 《道藏》本无《伊川击壤集外诗》，据《四部丛刊》本补。
② “皦”字，《四库》本作“皎”。
③ “旨”原作“百”，据《四库》本改。
④ 《四库》本作“共城十吟小序”。

其四曰春郊花开

桃李正芬敷，花繁覆弊①庐。乱香寻密牖，碎影下前除。
静绕昼眠后，轻攀春醉余。纵然观尽日，谁敢罪狂疏。

其五曰春郊寒食

郭外花亦繁，不谓繁华失。幸非在郭中，不见繁华物。
不寒不暖天，半阴半晴日。花外秋千鸣，月隔秋千出。

其六曰春郊晚望

风暖哢鸣禽，天低薄薄阴。烟容凝垄曲，雨意弄河心。
柳隔高城远，花藏旧县深。独怜身卧病，犹许后春寻。

其七曰春郊雨中

九野散漫漫，连昏鸟道间。坐中迷远树，门外失前山。
袯襫耕夫喜，帡幪居者闲。骚人正凝黯，天际意初还。

其八曰春郊雨后

雨歇荡余春，天光露太真。茵铺芳草软，锦濯烂花新。
风触莺簧健，烟舒柳带匀。如何当此景，闲卧度昌辰。

其九曰春郊旧酒

花开风雨后，忍病欲消磨。未是疏狂极，其如困顿何。
梁间新燕乱，天外去鸿多。总是灰心事，冥焉昼午过。

其十曰春郊花落

春暮多风雨，离披满后园。晓余残片拥，晴外乱红翻。
香径难留裛，娇心绝弄繁。成蹊是桃李，狼籍尚无言。

寄杨轩

淇水清且泚，泉源发吾地。流到君家时，尽是思君意。

---

① “弊”字，《四库》本作“敝”。

前 定 数

康节《前定数序》

先翁康节夫子，学探《连山》《龟藏》《周易》之赜，心游葛天之妙、羲黄之上。三十六宫，在方册者，即在其方寸者也。尝撰《经世》一书，语其大也，天地之运、古今之变，不能外；又作《易数》一书，天根月窟，闲相来往，元会运世，递相兄弟，其自然乎？自昔者谁为之？有数焉，苟数焉？则大块间事，高高下下有千万也，形形色色变千万也，一数之自然而然，诿之适然，畴之其可；语其小也，一民物贵贱寿夭之所以然不能遗。则《经世》者固与《易》相表里，而《易数》者，又与《经世》相经纬。先翁作是书，不为无言，盖以栖人间世而为人，阳埏阴殖，天戴地履，其生也有自来，虽蕴尧舜君民之学，非尧舜君民之命。诿曰：其出有间，为谁其竟之？先翁深于《易》者也，此所以不任有数焉。绍兴二十六年十一月既望，嗣孙博拜手敬书。

邵雍序

心好命又好，富贵常暖饱；心好命不好，天地也相保；
命好心不好，衣禄折寿早；命心都不好，饥寒直到老。
闲时检点平生事，静坐思量日所为；
但把寸心行正道，自然天地不相亏。
要知前世因，今生受者是；要知后世因，今生积者是。
陈希夷预定生限隐奥、贵贱消息。
天干年月见背根，阴阳无论一般论；
时师若遇斯文诀，造化玄机度与人。

检数起例

假如六甲生人，见甲子时，则于甲甲内取子时；或六乙生人，见甲子时，则于乙甲内寻子时。余皆仿此。男女 甲甲 甲乙 甲丙 甲丁 甲戊 甲己 甲庚 甲辛 甲壬 甲癸 乙甲 乙乙 乙丙 乙丁 乙戊 乙己 乙庚 乙辛 乙壬 乙癸 丙甲 丙乙 丙丙 丙丁 丙戊 丙己 丙庚 丙辛 丙壬 丙癸 丁甲 丁乙 丁丙 丁丁 丁戊 丁己 丁庚 丁辛 丁壬 丁癸 戊甲 戊乙 戊丙 戊丁 戊戊 戊己 戊庚 戊辛 戊壬 戊癸 己甲 己乙 己丙 己丁 己戊 己己 己庚 己辛 己壬 己癸 庚甲 庚乙 庚丙 庚丁 庚戊 庚己 庚庚 庚辛 庚壬 庚癸 辛甲 辛乙 辛丙 辛丁 辛戊 辛己 辛庚 辛辛 辛壬 辛癸 壬甲 壬乙 壬丙 壬丁 壬戊 壬己 壬庚 壬辛 壬壬 壬癸 癸甲 癸乙 癸丙 癸丁 癸戊 癸己 癸庚 癸辛 癸壬 癸癸。易衍东方朔书。

伊川击壤集卷之二十一

甲甲：名水上浮萍格

长天忽震雷霆响，凛凛帷中独有威。惊散雁鸿飞塞远，狂风飘散落花枝。
山南山北乡关阔，家住潇湘东复西。借问百年堪结子，一条球棒引孩儿。

（中）

箭遇弓方举，乘云富贵家。黄金因水发，见卯始生涯。

（末）

智略虽高未得荣，此身淹屈且藏形。中末幸得身方显，才见平生志气新。

男命《前定易数》：震

子

重围虎豹跳身躯，一去前程脱旧危。贵客相逢无不泰，利名直许有相宜。
雁行飞散重山远，花树重开傍槛垂。堪笑此生人事定，却于危处立镃基。

寅

震雷百里起威声，云密南郊雨未晴。德润浸苏群物秀，清余开发百花声。
江边孤雁应添恨，月下愁琴不忍听。晚节回头在何处，江山迢递水云清。

辰

立计固非承祖荫，经营生计自成人。孤身立处终归晚，黄菊开时不在春。
孤雁浦边鸣失侣，芳花槛畔发重新。莫疑鸡犬灾须遁，直把身心待卯寅。

午

得道莫论人有志，遇时须假贵人携。狐疑俗事前生理，悦怿身心日后提。
花落旧枝存果少，雁飞空塞各东西。金鸡玉兔如消衅，迤逦腾身步玉墀。

申

长嗟旧处事如何，摆脱尘缘待贵过。愁绪始知消遣得，利名方见又蹉跎。
庭花莫使先成果，群雁分飞侣不和。大抵镃基理如是，老来福分复喽罗。

戌

孤处旧家非我计，更谋新业始无忧。交情杜绝皆非侣，冗虑多端辛未休。
过雁逆风群已散，花开着雨谢还羞。浮云暗度天边月，羊虎光辉复故楼。

女命《前定易数》：乾

子

幽闺跳出千重网，一去前程脱旧危。大贵相扶终得地，良人入晚必相宜。
窗前兀坐如游梦，幕里施威倚我儿。驰驿屯身虽遂志，却于危处立根基。

寅

独成独立莫蹉跎，须问前程日日过。堪叹平身多险[①]峻，唯言果结不成多。
虎犬势前成子后，鼠猪时至福相磨。不妨稳步登楼望，梦里成仙意若何。

辰

幸遇身离险，时当福禄随。鼠鸡终不失，虎兔脱灾危。
良客来相问，宜还早及时。重山一跃出，稳守凤凰池。

午

身事心谋两不同，六亲姑舅各西东。良人逐虎来岩上，骥子随羊入野中。
幽闺稳享千般禄，绿幕相思九里翁。平生衣饭随时足，莫向山前一个公。

申

福禄相随不致亏，门荣户显共相持。一生自有男儿志，立马无由淑女施。
贵客来寻终自早，贤人成立必当时。重重险难因风扫，过去无危享寿眉。

戌

离失身多险，逢羊渐渐衰。中年方得稳，终虑是和非。
骐骥难同倚，鸳鸯各自飞。若何前定事，除非望月归。

甲乙：名雁孤昌福格

群群雁入沙汀网，雨过鸳鸯逐阵飞。纵有海风吹不断，也须先首自相离。
鼠头有口君须发，牛首张弓不待时。满树花残遗一果，权衡身称马头奇。

（中）

寿命齐松柏，天龄不待时。网鱼须透水，平地立云梯。

（末）

金光宝鉴本分明，埋没中年暗昧伸。今遇贵人重拂拭，利名称意遂心情。

---

① “险”原作“崄”。下同。

男命《前定易数》：恒

丑

青云去路亦非遥，自有知音把手招。阳至寒灰吹律管，何疑人事困箪瓢。
去飞云外秋孤雁，落尽庭花艳冶桃。猴兔安荣聊可许，未应长叹过良宵。

卯

生涯立向天涯畔，身计如何巧计多。劳得愁怀肠断续，前途名利又蹉跎。
篱边重结花难实，天际孤飞雁若何。萧索残秋甚时节，又兼霜折半枝荷。

巳

脱危省慎能消衅，争奈人心未肯休。直待此心成逸乐，较其分定莫刚求。
桃李一家何处是，渭泾双派不同流。利名未必能为福，才得斯人卧土丘。

未

出身幽意伴酸辛，老至愁多道见迍。事事可堪求上客，利途穷处遇通津。
花枝雨洗新红换，雁阵风飞哀怨频。牛兔过时方息虑，鼠蛇行处越人伦。

酉

潇潇江上雁儿飞，借问潇湘景不知。山远水深沙岸绕，伤怀足蹇路岐危。
鸳鸯两只分飞早，世事一生如乱丝。莫谓东阳多瘦损，思量君子亦如斯。

亥

成身自有人推荐，生计因兹立异功。节志不教成鄙吝，长怀何足叹途穷。
鸳鸯飞逐双翻浪，鸿雁升空叫①暮风。吉兆依稀来入梦，骑蛇乘鼠入仙宫。

女命《前定易数》：遘

丑

幽恨终难决，平生无所有。操持虽得意，节我伤情厚。
败破防寅巳，团乐见申酉。春色三分艳，空到溪边柳。

卯

借问寅初年少时，开颜欢笑意多疑。亲眷萧疏伤目断，心怀闷闷事难知。
双双鸿雁随风去，对对鸳鸯带雨飞。且看鼠羊成立后，桃花烂漫必当时。

巳

命蹇时多滞，夫和必见违。沉疴为幼积，迤逦问良医。
何日天边雁，先求雪里狸。贵人来借问，安乐得何时。

① “叫”，原作“吅”。下同。

未

因祸方成福，逢危必见亨。木边人借力，荣合过平生。

配偶自天得，荣华在丙庚。不须烦与冗，我禄胜前程。

酉

粉郎别后路滔滔，鸿雁来时信息牢。欲问故园当日事，东风依旧笑红桃。

前程自有荣华福，此日先虞蹇滞遭。一去鼠牛无一事，亦知步步上楼高。

亥

平步蓬莱客，何劳陇上人。一心能作善，万事必精神。

阆苑堪游赏，名园且问津。不知名与利，贵客拂红尘。

甲丙：名老松茂盛格

遥遥千里见波涛，独有心机志气高。故国岂无根叶在，争名图利逢萧条。

青山雁侣双双远，岁寒松柏枝枝青。君今莫问荣枯事，晚景终为富贵豪。

（中）

淹留岁月为功名，役志劳心叹谩然。求名求利奈多阻，幸然拙处遇成全。

（末）

着意求谋事莫猜，二心三意却和谐。成身事美羊蛇会，满身终计乐幽哉。

男命《前定易数》：丰

子

生事纷纷吉事迟，拟将心胆待成时。息心许汝归羊首，荣计教君问虎儿。

三雁高飞分远处，两枝花发傍疏篱。一条去路应无险，遇贵相邀至玉墀。

寅

天禄何年称所为，虎头羊首遇良知。馨香力势回天意，荣达身名播世奇。

有雁必分四五只，逢花应折两三枝。利名既足身先退，莫使翻成笑得悲。

辰

出身孤苦事堪嗟，自向危楼立旧家。一轴文章荣赤鼠，两重名利耀青蛇。

目断分飞天外雁，情伤飘落槛前花。料想此君仙骨薄，休将心胆跨灵槎。

午

半明半暗云中月，重失重成立事人。乐取利名归虎尾，破除忧虑履龙鳞。

一行鸣雁悲深夜，两树芳花发晚春。至老心身闲未得，桃源归路已荆榛。

申

却将生计立危楼，始得开颜又变愁。大抵利名才入手，几多闲恼白于头。

一声消息鸿悲夜，半树馨花香落秋。借问斯人基业处，空遗江水绕堤流。

戌

莫嗟人事乏梯媒，且把愁怀恋酒杯。示子直须探虎穴，令君坦步上高台。
孤鸿别队云中去，花朵妖娆雨里开。回首乡关魂梦断，一帆风送入蓬莱。

女命《前定易数》：遯

子

立计若能遗母早，成家必定异常人。孤踪方保归终老，黄菊开时不见春。
良人立定蒲花岸，俊子须攀桂月津。莫怪犬羊灾自挠，且修阴骘待寅中。

寅

使尽心机巧，权谋胜大儒。利名宜有得，亲厚却成疏。
槛畔人来晚，帘前果自无。欲知前去路，有吉莫相孚。

辰

却将生计立危楼，犹更开颜望水流。示子且须探虎穴，宜家未白少年头。
良人去路应年险，遇贵终须免旧愁。叹息平生无活计，不如寻善遇时休。

午

虎立山前欲渡江，江边风急势难降。鼠牛不脱灾和祸，羊虎方逢福自祥。
且问良人归甚处，不知才子在何乡。举头仰望平生地，兀坐寒闺对夕阳。

申

天禄须知羊虎逢，秋去冬来杀气通。借问安身何处好，待于申岁意方融。
雁字分飞从远汉，燕巢不失顺来风。鼠蛇重是天门秀，定着虚名立大功。

戌

平生立计胜名儒，校定今朝事已疏。成家许汝三重立，把性难移寸胆虚。
帘幕半垂风自入，闺房未卷月相须。叶底扶疏从果绽，羊蛇同队赴仙车。

甲丁：名花落花开格

败成成败未为祥，性格从来热肺肠。只为平生艰阻重，几回无事惹灾殃。
离居离祖妻强对，泰来否极事难量。如交此限龙蛇地，卓立根基话更长。

（中）

窠巢倾覆有灾迍，谨慎求祈免讼庭。若遇马行千里外，方然吉庆喜临门。

（末）

凡事忒惺惺，诸亲气不平。一生多过虑，独自更忧荣。
性直冰清洁，心如镜样明。芙蓉映秋水，明月送归程。

男命《前定易数》：豫

丑

亲朋连故旧，见面得心稀。他日当名异，如今计是非。
汀头孤雁远，槛外落花飞。意在逍遥外，淹留未肯归。

卯

水生春沼鱼知乐，花发秋林果却衰。假使利名非我计，深惭过咎是为谁。
江山万里思归雁，世事百年如乱丝。莫道芙蓉枝袅娜，前程霜雪与伊危。

巳

巨舟泛处钓灵鳌，又遇东风趁晚潮。浪稳波平如雅意，天开云薄露仙桥。
雁飞江上一行远，花放庭前几朵娇。莫使斯人愧荣宠，凤凰楼上解吹箫。

未

久滞起嗟吁，时危屈壮图。交情知己少，守分志无渝。
雁过江山远，花开风雨殂。几多财利事，足意老江湖。

酉

有志辜财术，无情不定居。门庭还冷落，亲旧自萧疏。
雁过孤飞远，花开根地虚。生涯且依倚，老计必胜初。

亥

堪言出处不胜哀，名俟东流滚滚来。幸得身心无疑虑，莫将怀抱又徘徊。
飞鸿二只侣还失，枯树一枝花再①开。柳绿桃红无限好，不堪烟雨锁春台。

女命《前定易数》：丰

丑

青目两相顾，多知立性聪。只缘逢败禄，难保少年翁。
富贵终须立，空帏且守踪。六孤皆克陷，到老略兴隆。

卯

幽闺寂寞几多年，作事须还强占先。使令人怨多招失，何况机深百事前。
有疾方能安我命，无灾兼主不安然。良客远来相顾问，资财终自胜于前。

巳

井内安身不自由，早离父母免悲忧。勤劳且问羊和犬，安乐须求鸡与猴。
玉殿高宾相顾盼②，金阶俊子自来求。福禄两全终不失，利名辐辏不须愁。

---

① “再”为“再”字俗体。
② “盼”，“盼”字异体。

未

红帏绿幕静安身，立柄施权荣到老。但将意气近清高，自有声名须贵早。
子息生缘来此顺，夫宫福寿双齐保。若得庚申都脱离，不须碌碌多烦恼。

酉

一身孤迹立多辛，更有惊忧过几春。若不勤劳防自己，后来财禄旺他门。
为人俊巧心难测，作事操持性自新。上方不怕无归客，久后须遭[1]大贵人。

亥

祸去福来必自由，幽帏稳守几春秋。鼠兔必逢佳客问，羊猴终有上宾求。
鸳鸯泛水离凭托，骐骥乘云恐有忧。若问前程荣遇处，年中到喜老年愁。

甲戌：名鱼跳龙门格

渔父归庄利禄名，旗横随后诏宣城。年来塞外思乡国，游水中心逐浪平。
生计必从前定立，运时应待百年荣。天边孤雁高飞处，花落岩前月满庭。

（中）

富贵功名得路时，马羊消息遇天墀。庭前幸有弓和箭，只恐伤人不用之。

（末）

惆怅利名何太晚，机谋费尽身心懒。清风忽起入幽窗[2]，惊起从前贪睡眼。

男命《前定易数》：小过

子

朗朗高怀未称情，韬光密密奔前程。如临羊马群中日，却喜门阑旺气清。
一阵雁儿飞几只，两枝花朵艳多馨。枯荣亘古寻常事，不必攒眉作叹声。

寅

家声如未济，只得且潜鳞。时临羊虎地，立取利名身。
雁字休言侣，花枝别有春。几多愁喜事，成业在重云。

辰

身处逍遥地，心归富贵乡。得时须跨马，全意待骑羊。
有雁亲孤只，低花栽两场。更深幽显路，别有好思量。

午

拟欲隐高名，殷勤赴诏征。片心如野马，轻禄似浮云。
生计从空立，利名羊马成。天边雁飞阵，花朵若为情。

---

① “遭”，原作“遭”字。下同。
② “窗”，原作“窓”字。下同。

申

渔父归庄拟遁名，旌旗随后诏归城。将军塞外思乡国，游子心中逐水萍。飞雁必随风势去，芳花又逐雨飘轻。骑羊跨马真消息，更有光华蓦地成。

戌

危途生计自操持，高洁身名待遇时。伫俟马羊消息近，几多名利后希奇。空中鸿雁飞三只，水际鸳鸯浴晚池。庭前幸有弓和箭，却好乘机冄[①]用之。

女命《前定易数》：否

子

金钟玉鼎欲施权，肝胆操持物又坚。槛畔鹊声鸣报喜，闺中蝶梦事无全。料知心事如云卷，自得枝头映日鲜。鼠羊终遇良人望，福禄双全享百年。

寅

生计从前处世难，成家许汝涉重山。亲疏我薄谁怜念，情少恩深忆故颜。蝴蝶满园双舞去，娇莺高柳独绵蛮。堪叹一生无活计，不防深守绣帏间。

辰

箕帚堂前不失时，要君主领过东篱。羊犬相逢须遇泰，虎牛深计自分离。双双乳燕声何怨，对对娇莺语自悲。晚年福至强初景，方见吹嘘享福基。

午

画堂银烛影荧煌，贵客融和宴玉觞。佳人举目微微笑，老妇施权隐隐强。前程自有归身日，立计无疑福自昌。龙头蛇尾终须在，名利兼全待俊良。

申

重山重水立身危，孤害双亲定别离。早托良人归计后，终修善事得儿持。正恨根基如叶薄，堪嗟孤失咲[②]梅枝。若有东风来拂处，依然荣显守镃基。

戌

前生修得在时今，尽好常持吉善心。福到命和通大道，身疑性辨浅和深。莫令破失招孤克，须守心田祸不侵。羊牛才近终无损，依然富贵屋藏金。

甲己：名鹤飞伤箭格

凤凰池上钓连鳌，风卷长沙逐浪涛。雁过碧天群失队，违亲背祖奋身高。花开雨打枝头损，果结风吹实不牢。北畔是家南畔立，晚年须遇贵人豪。

（中）

遇犬添头翼，逢牛角半刀。马头春色里，箭射碧天高。

---

① “冄”，为“再”字俗体，下同。

② “咲”，为“笑”字异体。

（未）

急浪孤舟起水高，莫疑根脚不坚牢。安荣莫谓何来晚，财帛丰隆志气豪。

男命《前定易数》：豫

丑

家居北畔立南边，身欲孤飞被累牵。堪恨年来长似醉，争如往日事连绵。
夕阳雁过归飞急，晓雨催花坠色鲜。好笑利名将入手，不期分定祸因缘。

卯

生事太烦难，纷拿心未关。利名频得失，新旧渐阑珊。
去雁分难并，异花开复悭。归身何处好，旅[①]寄两重山。

巳

韶华九十日，媚景大逡巡。花绽风和雨，枝荣秋复春。
晓寒莺啭懒，霜重雁声频。鸡兔殊光色，中年迈等伦。

未

尘土埋贤士，闾阎[②]长小人。自知身分定，何必叹酸辛。
空雁群飞去，芳花谩发新。隐居云外道，浊富不胜贫。

酉

有财有识难荣显，图利图名谩使能。欲把生涯依托过，料知人意未堪凭。
桃花飘散愁空结，旅[③]雁空飞恨旧增。落魄精神羁不得，不如高隐伴闲僧。

亥

区区祖道因身续，挺挺生涯独自存。财利去时非可险，家缘成处亦因勤。
残花片片飞篱落，去雁嗈嗈叫暮曛。但谓此中真有意，争如庭下乱纷纷。

女命《前定易数》：豫

丑

防身有厄免灾危，望中羊鸡早出篱。且向前程修善果，方知命里享耆颐。
果缀高枝风欲撼，兰芳晚节雨频滋。不怕雪霜来冻折，时来稳守立镃基。

卯

年来只好修心守，且莫离家问别庐。直待鼠羊时到日，不妨衣禄赋夫车。
院落纷纷黄叶坠，波间隐隐绿萍敷。试问当来能称意，始知今日且成居。

---

① “旅”，疑为“旅”之俗字。
② “阎”，原作“阎”。
③ “旅”，原作“旅”。

巳

云散收残雨，湖舟惧恶风。生涯多险难，好事未从容。
月桂香传久，霜枝果结红。平生有瑕玷，龙马始成功。

未

黄金屋上霜堆积，不解平生意向迷。叠叠忧煎空度日，纷纷苦计守幽闺。
良人一去无消息，果实重收各自违。借问东君何日在，安心稳守鼠和鸡。

酉

几番忧去又忧来，绣幕低垂好事回。且把身心待鸡鼠，自然立计脱尘埃。
东君来问枝头果，旧客相寻眼自开。堪笑世间平日事，不知龙兔惹浮灾。

亥

欲上危楼去，难登梯自斜。劝双常守节，遇发立生涯。
一果来相引，全家福步赊。马牛当此景，蜂蝶报新衙。

甲庚：名逢花泛水格

女嫁男婚寡与鳏，心灵机巧性居闲。江边雁伴飞南北，百岁荣华醉梦间。
绕树落花存果少，可怜香径蝶蜂还。路遥千里知音绝，限遇猴狼必称颜。

（中）

顺水行舟遇鼠安，船头人把钓鱼竿。庚辛自虑多危险，壬癸儿童更好看。

（末）

福禄新添减旧忧，命逢贵禄不须愁。门庭瑞气腾腾起，从此无灾过百秋。

男命《前定易数》：归妹

子

莫问尘寰事，烟萝自好居。泛舟逢异宝，执钓得鳌鱼。
心慕重山喜，眼观双雁飞。庚辛身遇险，壬癸又欢娱。

寅

得禄在中年，重山更可迁。利名休虑薄，福禄却双全。
雁侣声空闹，华开色不坚。庚辛须遇险，壬癸喜依然。

辰

雅量自操持，机谋用有余。尘埃多恼虑，潇洒称幽居。
鸿雁声何远，鸳鸯喜必疏。虽然逢险道，过后复欢娱。

午

身安须弃祖，空地发镃基。异岁才逢贵，高怀始得时。
有雁天边阔，求偶意宜迟。获利须壬癸，庚辛却险危。

申

意恋重山好，身安志未通。利名随处立，生计遂时丰。
天际飞鸿雁，庭前堕卉丛。身逢金鼠险，财向水窠浓。

戌

蔚蔚胸中滞，逢龙始展眉。利名壬癸地，基业险中为。
莫为鳞鸿远，还须花朵稀。重山堪驻足，仿佛事希奇。

女命《前定易数》观

子

翻身跳出千里网，辗转家资必定无。命里迍邅何日免，更逢亲眷破还孤。
良人远望情难近，贵客相寻意暂图。若得芝兰新挺秀，不妨安享得相扶。

寅

虎穴安身虽遇险，龙窠出入必无危。名权自有终身立，财立翻成在祸施。
果在梅稍危处结，客来帘畔解新疑。成立必须勤苦得，比和依旧立镃基。

辰

此身未可托高人，且向时中守本真。若要衣财求未得，奈何灾厄不离尘。
前程终有升腾路，破败多伤怙恃身。若至鼠牛方得意，福回付命渐精神。

午

伤亲克己有何因，大败从来不可陈。早出元基方倚靠，晚离祖业许重姻。
有子不从衰老债，虚心且自祝天真。欲到荣华平稳地，垂帘下幕待寅申。

申

天赋荣华出世间，且求安静奉慈颜。黄金户内迎仙子，白玉堂前忆鲁班。
垂幕试妆红粉面，掩扉任掠绿云鬟。贵人忽自擎拳哭，不觉迎来出汉关。

戌

青云有路步天衢，素手随行志气虚。一阵香风来引接，两重吉耗播前途。
佳客空中琴自绝，贵人深处酒相呼。龙蛇出穴登云阁，终身稳稳享安居。

甲辛：名福孤孤财格

金乌明处蟾蜍黑，云影长空心默默。高峰驻足望家山，杜鹃怨思乡关急。
到处花开我未开，我花开便君先摘。百年杖上半青黄，可惜三春桃李色。

（中）

猛虎开颜啸，逢蛇笑告天。猴儿逢犬逐，遇丑是丰年。

（末）

禄健身强是福基，命逢得运运逢时。休嗟龃龉多迍蹇，目下风光自有奇。

男命《前定易数》：大壮

丑

花开岂负青春色，细雨奚伤气自氛。人事天时定相得，交知亲旧未堪闻。
眼前莺燕伤春老，目底鸿飞又失群。堪笑碧桃枝又谢，外边结果寄留君。

卯

危危立计似春冰，劳苦身心怯利名。志气谩高人事薄，交情虽厚有何荣。
花开雨压枝稍重，雁过风飘羽翼轻。欲把鸣琴寻大曲，偶然弦断不成声。

巳

宝鉴团团拂旧瑕，尘消方始应清华。须知力出高人手，赖得身成福有涯。
鸿雁离群归远塞，鸳鸯分队卧汀沙。大都甘味只如此，虚口何须食瓠瓜。

未

贵人执箭立云程，稳意非常禄渐成。何恨祖家怜寂寞，可凭人事有峥嵘。
雁飞天外一行远，花发庭前满树馨。牛犬头边非横起，蛇鸡足下立功名。

酉

方圆曲直从绳墨，器用功成藉斧斤。立业必须成大过，将行还许斫为轮。
孤鸿影落沉秋水，花木情娇笑倚春。莫说中间人去处，生涯大半坠迷津。

亥

鼷口蛇心岂可猜，蜗名蝇利不须哀。亨途奋发艰难脱，天意相同喜禄来。
旅雁横斜沙际远，家花零落野花开。鸡猴得脱重重难，迤逦腾光达上台。

女命《前定易数》：大壮

丑

否极泰来终不失，只缘亲眷难凭觅。甘心仁义自悠然，守己性情多朴直。
鼠头财食可昌隆，蛇尾终身自当立。衰时不动前程事，若遇良人荣井邑。

卯

拂柳步高楼，守节有机谋。立身终大贵，处志遇公侯。
衰景虽获福，利旺永无忧。平生愆[1]涉远，宴乐值新秋。

巳

花貌俨然尊，形神必自端。立身终自在，量度性怀宽。
鼠兔多啾唧，猪羊有乐欢。贵人高着眼，到老也须安。

---

① “愆”，原作“僁”。

未

坐守危岩上，休生志气高。设能兴变日，也被横灾遭[1]。
孤直尤多福，欺心害莫逃。纵然亲贵客，终是不坚牢。

酉

远望秦楼上，笙歌鼎沸中。低垂红绣幕，迤逦贵人逢。
欢笑如新洽，团栾向目融。前程终不失，稳步玉堂中。

亥

破禄重重有，前程立计难。在牛尘渐脱，为马祸相关。
虽有身微福，深虞命里悭。满凭龙虎日，终得送来还。

甲壬：名深山虎困格

春来芳草依依绿，雪散纷纷见枯竹。空中群雁各东西，伤情独向滩边宿。
雨里桃花风里烛，平生到此心未足。树头花发两三枝，一朵枝头红似玉。

（中）

陆地行舟水未来，何须劳力用机谋。逢牛渐渐登云阁，骑马骑牛大路开。

（末）

萍迹生涯莫怨天，只缘禄马被相牵。功名喜遂胸襟志，方得佳声旺晚年。

男命《前定易数》：解

子

成身志气通霄汉，何自徒劳得丧分。堪恨亲知非我有，莫问名利若何论。
雁行空有分飞远，花树虽芳果不存。始向危楼觅长计，天涯一梦断人魂。

寅

论来天禄虚名分，料想尘劳屈壮图。立事苟非人计巧，为君争奈命多孤。
新鸿天际飞三只，老树庭前果一株。来往区区身未稳，推身实许问头颅。

辰

器业轩昂播异时，从来蛊蠹漫猜疑。升仙自有高人荐，处事新成少旧知。
雁阵分飞沙塞远，花开再[2]绽槛前垂。云霄幸遇归程路，好向空门问所为。

午

春花虽艳易零落，奇果难成秋上枝。问着利名荣未实，向言牛虎始为奇。
鸳鸯铺翅情何极，群雁高飞侣欲离。正好清音歌一曲，离人何事笑成悲。

---

① “遭”，疑为“遭”字俗体，下同。
② “再”，原文为“冄”。

申

碧天云散月重明，击鼓鸣琴遇识听。曲变调高情慷慨，愁高遣闷意凄清。
鸳鸯两两飞来往，鸿雁双双别队鸣。流水高山方得趣，偶遭弦断不成声。

戌

言行相逢志不宁，成家初计甚竛竮。亲疏交绝知无是，望福趋时意未醒。
两两鸳鸯背飞去，双双鸿雁别群鸣。莫嫌因熟情多困，时有清风入户庭。

女命《前定易数》：剥

子

望断行人事转虚，相逢陌上却成疏。当初许我平生计，及到终时不似初。
鸳鸯对对游新水，蛱蝶双双入故庐。且问前程安乐日，寅申自有贵人呼。

寅

受宠还思辱，安居合虑危。三冬能守度，百岁永无亏。
贵客来相接，良人问好时。若兴忠与信，曾得免疏离。

辰

先时招悔后时凶，振动乘新得始终。莺燕来时花烂漫，鸳鸯游处喜从容。
从前自有非常福，今日何知客自东。一阵香风归故里，双双依旧又相逢。

午

立计平生多险难，操志终须冠出伦。成家许汝依君立，享福还他傍子孙。
绣阁坐时防外挠，朱帘低卷露微身。前程虽有收成计，修善方逊[①]横祸迍。

申

怅望家何远，生涯半未成。天时定相得，亲旧是非荣。
果结枝头熟，荷衣画里荣。把琴寻旧曲，弦断不成声。

戌

宝鉴久横陈，时时拂乱尘。有若韦彬产，许汝立前程。
莫道家难守，还应福自新。羊牛才蹇脱，依旧发精神。

甲癸：名香花稀实格

年光迅速催人老，风过潇湘春又秋。雁过碧天沙塞远，雨残花败果难收。
知君颇得高人用，喜慰安然禄自攸。欲问平生何处好，南迁京国渡扬州。

（中）

苦处须逢乐，身安虑险危。犬头人箭发，成遇虎生威。

---

① “逊”，“逃”字俗体。

（未）

金埋土里石藏玉，至今未有人能识。蓦然一日遇良工，去却沙泥金玉出。

男命《前定易数》：小过

丑

处世劳烦莫叹嗟，成身有路实非赊。犬羊群里空施设，虎兔年中悦可加。
声远不须寻侣雁，命招一果缀残花。随时且乐无烦恼，重水重山度岁华。

卯

时光虽迅速，兴废亦逡巡。已立根基大，荣归喜气新。
鸳鸯来往薄，鸿雁不成群。度脱蛇羊事，雍容乐几春。

巳

生来未得仁人荐，才到中年百事奇。涯绪必须逢虎犬，成身终是见羊儿。
空中雁叫声何远，槛外花敷果亦稀。不若寄身居物外，终教名誉自光辉。

未

莫便言他势力微，终身洁已且观时。羊犬途中消息好，虎蛇窟里自光辉。
雁声寂寂归天末，花朵菲菲逐雨衰。若要此生无嵲屼，碧云深处可相依。

酉

渐渐年交泰，方欣脱苦辛。虎羊名利立，鸡犬事犹新。
鸿雁多中少，鸳鸯薄处亲。云山深处好，方始乐长春。

亥

年光迅速催人老，风物萧条春又秋。雁叫碧空沙塞远，花残春苑两枝头。
知君苦处须逢乐，到底身高事始优。欲问平生何处好，南迁京阙度扬州。

女命《前定易数》：解

丑

新出桃园早，花开槛外容。有人徒自顾，遇客远相逢。
蹇滞当羊鼠，亨通恰犬龙。前程归计立，终久寿仁风。

卯

险峻当楼阁，帘风摇撼中。凝情图独步，进退使心空。
美貌令人惜，朱光整粉容。禄贵无遇贵，枉费几时工。

巳

费弛前生足，今朝不在疑。坚心当积善，守节立操持。
雁落西山去，鱼游曲沼迟。幸逢新日暖，方得享良时。

未

折拌由天不在人，福在须臾不离身。马牛走后方为吉，羊犬当时事必新。
一莺语切前程话，双蝶飞来陌上尘。拂拭风前当面立，东西贵客冠新巾。

酉

欲问前程心里事，奈何节我且如常。性刚意别谁相问，志捍机深且自狂。
孤山不立良家子，远水难逢破业娘。不然归去深闺里，及早师尼直殿堂。

亥

金钱满地没人行，直待云山深处藏。且问因何凝望久，止缘年分有余殃。
鼠牛方许荣华地，鸡犬相逢福禄场。名利两全无比并，不妨稳步上高堂。

乙甲：名透水红莲格

日月齐天不并明，一身孤节最高清。空中雁阵东西阔，南北鸳鸯逐水盟。
遇禄有羊须上马，利名终不负前程。草头带水人相引，此命方宜向晚耕。

（中）

生计从来未遇时，平生手足自分离。龙蛇变在江湖外，虎到深山彻上飞。

（末）

生计从来未委泥，早年兄弟见分离。龙蛇若遇还通泰，虎上高山意便奇。

男命《前定易数》：益

子

未遇春功变化时，潜身虽待上天时。一声雷动重云布，万里滂沱①润雨施。
惊散雁行归远塞，分飞鸳侣入栖迟。台星照处光辉渥，朱履相邀玩②玉墀。

寅

荣耀春华千里光，挺身忽尔遇仙乡。常年须滞危中道，日后推迁福再③扬。
芦苇风吹孤鸿雁，芰荷雨散两鸳鸯。老来慎静防忧虑，恰觅山居理药囊。

辰

凋丧宗亲道自兴，岂为险难独无成。大来小往散中得，年过时通自必宁。
花朵正荣防雨谢，孤鸿将起失群惊。始能跨入安闲地，又见风残灭尽灯。

午

存名立节为终始，好事来时道自通。不待知音千里箭，自然生计两重功。
花开灼灼半衰雨，雁叫嗈嗈各逐风。劳得此生踪迹倦，始知松柏岁寒中。

---

① “滂沱”原文为“霶霔”。
② “玩”原文为“翫”。
③ “再”原文为“再”。

申

筑岩钓渭待天时，久负斯文未合宜。遇鼠却教青眼顾，逢羊方见赤心知。
鲜花槛外开还谢，鸿雁天边叫侣悲。莫讶老时多缩手，神光重照旧屏帏。

戌

别祖疏亲作义人，年来旧计却成新。何须苦苦思危险，自是巍巍越等伦。
零花一枝花再结，分飞两雁意难驯。利名终恐成高地，翻作危危横祸迍。

女命《前定易数》：剥

子

平生志气何时立，直遇龙蛇方有禄。须凭良匠来琢磨，方成自有奇昆玉。
雨洗红芳心自苦，霜摧白发色难续。劝君须是身修善，时至何疑有翻覆。

寅

是非窟里岂能伸，刚决机谋事未成。莫怪初年多不利，须知他日禄来迎。
空中贵客声何远，幕里奇花香气清。身心且守安闲地，龙马宜生福庆荣。

辰

施力劳心有许难，如将拙蠢处人寰。脱逢鼠兔回身看，便是平生得意间。
枝上果成风屡撼，闺中心静月长闲。唯到龙蛇高着眼，有子从君取次攀。

午

心计未宁定，身危碎事萦。虎羊逢贵客，猴兔振家声。
清风吹异果，明月不关情。若问前程事，安心有后荣。

申

守节在孤帏，难辛未遇时。成家须虎尾，安乐问羊儿。
玉貌虽寥落，良人不讶迟。更能多积善，方始得便宜。

戌

料其祸福应难测，须守身心莫自悲。玉貌不期多寂寞，恩情未许到头宜。
空闺寂寂花容削，虚室迢迢空泪垂。往来经过休闲语，终竟安心作一尼。

伊川击壤集卷之二十二

乙乙：名孤舟近岸格

遇贵还须得意时，平生刚志与松齐。登山履险云山远，绿树逢春发旧枝。
鸿雁过溪双远影，百岁荣华见一儿。更问双蛇平地起，牛羊两路必登梯。

（中）

雪落纷纷三十九，天晴日上双蛇走。长空路远雁飞桥，劝君休饮花前酒。

（末）

高堂巨室此时荣，命分应当遇福星。
人口咸安财进益，乖争帖息处平宁。

男命《前定易数》：巽

丑

区区荆棘路中寻，祸尔前途忽遇金。莫谓因循人久处，终忧事结祸重侵。
绕树晚芳花异色，遥天孤只雁离群。吾亲凋衮①天然耳，终久移巢就别林。

卯

重山叠叠冝②君去，旧计纷纷汝莫为。鹿去鹿来人自虑，家成家破合知时。
雁行一半分飞去，花树双枝带果稀。白鼠乌鸡多不利，尔时生计自分篪。

巳

苦劳心胆营生计，生计年来年上费。费时还自有成时，船遇鼠猴方得济。
一声雁叫断肠空，两朵花红当碧砌。莫问前程短与长，不觉中途自倾逝。

未

伤情弃业自纷纷，分定教君别处存。鼠走鼠行人必喜，龙吟鸡唱祸临门。
春庭牢落花重吐，秋塞萧条雁失群。借问何时惊浪息，暮天晴月水无痕。

---

① “衮”，疑为“丧”字俗体。
② “冝”，疑为“宜”字俗体。

酉

蒿叶森森艾叶昌，内中理没异兰香。上林春苑闻君态，艾削蒿除是汝芳。
雁飞月夜悲声急，鸳戏春塘羽翼长。玉兔金鸡应得失，斯人不复到东堂。

亥

平生志气齐云汉，纵使身荣又若何。百事纷纭空鼠过，几般灾害入蛇窠。
庭前两朵花应吐，塞上孤飞雁不多。为语斯人寻计路，柴门半掩傍云萝。

女命《前定易数》：晋

丑

堪叹前程事，多因病蹇离。有家家必破，作事事非宜。
客路难相问，乘家欲泪垂。许多前后事，且托一孤儿。

卯

立身还见两家荣，莫折枯枝不遇春。安危事势如翻掌，生计因缘似日新。
音信难凭云外客，恳[1]情还向月中人。巫山寂寂空云雨，寅未指出陇头云。

巳

有诚守节为终始，好事来时进自通。不待远乘千里箭，自然生计两成功。
云外良人高拂手，闺中玉女自舒容。若逢兔马成人后，坚心且守岁寒中。

未

孤失幽闺守，安身外立家。江山重淡薄，风月自光华。
懊恨云中客，乖离雨下瓜。孙阳青眼拂，重整旧生涯。

酉

天意无私曲，人心自不同。情浓多反覆，家计不成中。
山外声方寄，仙人信又逢。晚年荣合处，卜宅立高峰。

亥

久滞方苏变，云横月被遮。交情少知己，守节必成家。
小善宜先作，恳多岂可夸。若逢佳客后，老计岂能赊。

乙丙：名花发瓶中格

日月交光色渐明，重楼天大两重明。天边雁叫芦花远，池沼鸳鸯忆出群。
生来未发应无马，名利成时待虎年。借问桃花成几果，雨中风送一残灯。

（中）

意去谋前事，心犹有旧图。寅中宜省息，丑未入亨衢。

---

① “恳”，为“恩”字异体，下同。

（未）

命中五行多反履，贵禄相扶始为福。一朝恩沛自天来，方许平生心颇足。

男命《前定易数》：家人

子

玉堂有路去何难，异日乘轩到故关。马上遥看风景别，意中犹在水云闲。
飞鸿只只寻孤友，花朵枝枝结果悭。宝鼎虽安防折足，避逃天难鼠鸡间。

寅

家道年来渐见隆，衣冠革变越先宗。马蛇头上君须发，猴鼠途中祸必重。
漂泊旅鸿归塞远，凋疏庭树谩花红。横舟独倚沉孤月，凄惨愁肠万事空。

辰

旧巢倾覆终难理，新业仍将逐旋营。料想忧愁须遣去，终知名利晚方成。
庭花且看双成果，塞雁堪伤一阵鸣。更遇紫衣施二箭，终教人事立成名。

午

阴会阳生吉自分，莫疑玉石事俱焚。前程顾眄凭青目，生计浮游似彩云。
雁过横斜天际远，花枝疏放槛前芬。但看灾祸上中事，此外非君可得门。

申

尘意酣酣醉不醒，清风猴鼠豁幽情。蓬莱梦觉虚名事，南海舟行顺水程。
望远天涯飞雁急，回看江岸野花荣。与君说着来生事，尘俗区区老怨声。

戌

孤苦何须叹命迍，都缘分定不由人。将来必得亨衢道，此去身须脱冗尘。
孤雁皆飞千里远，旁花再绽一枝春。晚年必使身心乐，堪笑生涯两处新。

女命《前定易数》：离

子

孤处成家非久计，更谋外邑始无忧。恩情杜绝皆非是，勤苦多端卒未休。
若得安时须自慎，才当荣处合包羞。到头晚景仍安泰，羊虎光辉复故楼。

寅

论来福禄自虚名，命里相逢未脱尘。守性即非非计巧，开花还见木重新。
江上万里期归客，玉貌娇羞自遇人。莫道迍邅无显日，安心遇兔越精神。

辰

莫问尘劳事，财多祸必侵。平生宜独立，身事却关心。
燕语新梁巧，莺啼乔木新。任人嗤冷淡，得趣乐天真。

午

禄重身须异，名荣有贵人。身居安享地，命显脱凡尘。
粉态如荷吐，娇眉似柳颦。逍遥有真乐，修种积前因。

申

身幼孤遗又有惊，却因险处得成身。可怜淡薄幽闺内，每叹勤劳未脱尘。
更兼狼藉遭风雨，红粉虽多貌不匀。晚景休夸有奇特，只缘命里苦多迍。

戌

此身立在高峰畔，望看平波水自清。忽跳几阵金鳞现，惊起孤飞紫燕鸣。
时来当脱凡尘外，必得安然见太平。若欲春风回暖日，直须马首福相迎。

乙丁：名燕语尽梁格

你亲非我我非亲，家外荣身隔故人。兴废想应前分定，利名还要待终人。
高峰顶上离群雁，渭水河边钓锦鳞。借问花残莺舌老，禁烟春色柳青青。

（中）

身就山前鹿，心欢妻子奇。骑牛如逐虎，逢兔乐安居。

（末）

造化镃基出众伦，峥嵘举止弄精神。前程忽遇佳期节，到此丰隆有别情。

男命《前定易数》：观

丑

荣家家外立，兴废事须知。幽意高难剖，成身必有时。
雁声空呖呖，花朵绽菲菲。弃鼎无轮具，方知奇处奇。

卯

凭鹿难逢鹿，无危身自危。亲知终隔涉，动止易猜疑。
雁过秋天阔，花开春景迟。如何问名利，才得祸微亏。

巳

功名豹变遂君猷，必解前生心上愁。料想此来微至着，莫将向去直为钩。
汀洲雁起留沙迹，院落春归舞絮球。佳致回头看未尽，徘徊移步上朱楼。

未

相逢气味呼他姓，未决行藏且待时。才得鼠猴方显贵，果成斯计也真奇。
高峰顶上离群雁，小径丛中落叶枝。借问此身荣业事，半成半失半何为。

酉

客疏亲少苦身心，纵有才能未出尘。财利从前狂计觅，是非终始有来因。
雁飞江上悲孤月，花谢庭前怨暮春。拟看晚年成器业，白头依旧两眉颦。

亥

利名消息期何晚，不用将心向早求。凡事定招非与是，亲交常见义为仇。
不堪江上鸿悲月，唯恨园中花委秋。谓语此身安稳处，定当生计向田畴。

女命《前定易数》：恒

丑

夜月遇云开，情怀喜俊才。娇羞终得地，荣合信奇哉。
阵阵家传馥，双双鱼动腮。若逢余难脱，好笑福重来。

卯

天然分定是良因，守节成家自立身。若问前程荣遇日，必来寅地脱灾迍。
东君有意来相问，故主施恩改贵新。万事终须重整顿，春浓花苑别精神。

巳

干蛊有奇功，离乡别祖宗。性怀多异志，亨泰甲寅中。
有客情何远，梅开雪压红。生涯欲共乐，把酒问山童。

未

庚鹿含书至，传闻玉殿声。粉腮逢丽日，美貌显奇星。
举步登云稳，乘梯指月明。欲知荣显处，蹑足入蓬瀛。

酉

早晚尘凡里，须逢逐步人。望风名利就，对月性情新。
得果经霜圃，攀槐傍水滨。风心疑虑尽，笑语自殷勤。

亥

玉堂有路终须去，异日相期入故庐。马上郎君回首顾，樽前笑语不为虚。
桂堂匪远香盈袖，结子当仍显旧闾。宝鼎自安何足虑，终须温饱乐安居。

乙戊：名夫子穿珠格

松篁出谷鹤离巢，飞过青山上树梢。莫恨不成终岁事，盖缘枝叶未相抛。
空中群雁相离别，池沼鸳鸯颈不交。有树有花终结子，中末成名显富豪。

（中）

龙鬬[1]波翻雪，山藏虎有威。一逢猪与犬，平地起风雷。

（末）

废兴自古当如此，却叹年来不称心。得过危桥遇平地，方许春风送好音。

---

① “鬬”，为“斗”字异体。

男命《前定易数》：渐

子

论其基业必从低，自有高人赐玉梯。只为此来名利显，岂知身后寿难齐。
芳花再[①]放庭前树，孤雁离群沙上栖。莫使逆他天道用，无情江水背流西。

寅

前程有路向青天，沙里淘金志必坚。如遇鼠猴好施业，必于鼠尾定荣迁。
两行去雁翻朝雨，一朵梨花敛晚烟。既得锦标来入手，好归觅取钓鱼船。

辰

立业孤无辅，纷拏[②]事不宁。只因财得破，方见满还倾。
二雁东西远，双花枝果荣。不如寻物外，云散水流清。

午

平生志气高难测，且把生涯傍贵人。名利乍成还乍破，心留尘外不离尘。
沙汀雁起双飞失，庭下花开两树春。犬马行时人在难，网中飞鸟鼎中鳞。

申

乌云飘散月辉华，举事营生渐有涯。时入鼠头人自吉，运临猴上我成家。
双飞鸿雁离秋渚，一对鸳鸯卧暖沙。借问仙乡何日到，蓬瀛渡处泛灵槎。

戌

独成独立苦蹉跎，才遇荣时福又过。堪笑地虚花自盛，谁言枝结果无多。
鸿孤别队花飞雨，鸳侣同来舞绿波。驰骤此身虽遂志，天涯一梦事如何。

女命《前定易数》：大有

子

灯前说尽平生事，由如一梦入园游。早知幽室孤遗失，宜向朱扉静过休。
活计专修心下业，前程须待苦中求。桂子传香轻拂鼻，须逢明月向中秋。

寅

枯枝发达遇春时，纵见狂风自不衰。示汝前程当遇禄，还他依旧享镃基。
良人对槛相吩咐，奇果来传我是儿。玉堂级级宜高步，拱听欢声捧玉卮。

辰

我有平生志气高，幽闺不惹祸煎熬。亲疏族远随龙走，福至身尊自鼠牢。
问我利名荣贵事，还须遇主是英豪。一生立事多奇怪，出离家乡始可褒。

---

① “再”，为“再”字异体。
② “拏”，为“拿”字异体。

午

满酌金杯酒，花开二月春。鹿随羊入岭，虎逐雁归云。
乳燕当檐语，良驹傍水驯。不管金钗坠，笑倩问东君。

申

孤苦多端事有亏，清闲心地反生疑。守帏终免多非厄，侍奉支持度险危。
欲问前程何日立，宜当寅马贵人提。且敛玉容收粉泪，断如晚景享安颐。

戌

春到山林景物新，秀闺风景自精神。亲疏孤薄当勤早，苦厄灾危必离身。
平生只喜情怀善，晚景当须福禄匀。但问虎牛终大吉，安心乐意守高人。

乙己：名暴雨雷震格

重台遥望仰天高，风卷长沙起浪涛。莫问平生荣与辱，身成上马指龙毛。
潇湘雁过离踪迹，吴越相持奋气豪。由恨此生根叶好，不坚牢处也坚牢。

（中）

心欲奔前程，怀疑不敢行。马逢前暮景，方始觉通亨。

（末）

造化机谋善用筹，风波重整钓鳌钩。紫衣贵客垂青目，享福优游到白头。

男命《前定易数》：观

丑

一身孤苦困蒿蓬，两处成家始见功。望断岭云桑梓远，回观流水恨何穷。
林深花朵泣衰雨，塞远新鸿叫暮风。得意秋江光景别，沙渊寒月渐朦胧。

卯

新园春色又无功，旧树枝头叶已空。设遇荣花将结果，须遭疾雨与狂风。
迟迟无绪雁声急，寂寂伤情琴韵穷。决定生涯多反复，孤舟烟浪各西东。

巳

好事多离折，无心却有功。前来多暗昧，向后定穷通。
雁去空群队，花枝不合丛。问他家住处，生计两高峰。

未

云中鸿雁群飞去，独尔离群立远沙。欲去留连情不足，翱翔相引宿蒹葭。
湖山莫羡多光景，生计须知旺异家。到底居尘多患虑，岂知休足寄云霞。

酉

平生要作威名福，毕竟终身未可夸。福去祸来终不错，凶销吉至始成家。
空中呖呖飞鸿雁，槛外纷纷艳冶花。山际云横头已白，那堪又是夕阳斜。

亥

寒尽阴衰事可愁，只观春色不知秋。料知万事皆前定，决定声名向后优。
空里双双归雁远，槛前朵朵落花柔。前程却也多明处，回首蟾光下北楼。

女命《前定易数》：恒

丑

孤厄脱蒿蓬，成家有定踪。时来无败失，立计必亨通。
果缀危枝表，身安绿幕中。兔羊宜遇贵，福至脱灾凶。

卯

守静居家吉，奢华许有盈。贵人观损益，玉树屡枯荣。
绝命多凶险，愁心带疾明。欲从千里客，晓景许安宁。

巳

志气冲天立，身心两不由。虽然孤苦脱，终不免忧愁。
末主当寻木，危枝缀果柔。朱容收粉泪，荣显步高楼。

未

早离祖亲乡，前程必自亨。侍君当显著，改井定相生。
月照罗帷静，风飘绣幕轻。安然无一事，榆景许康宁。

酉

破杀重重带，相欺身未安。须当三向立，方得一心宽。
燕语呢喃巧，鱼游急水滩。可怜孤苦厄，终老蹙眉端。

亥

背祖孤亲立，双眉每暗颦。侍人方免厄，守节必生迍。
三果当风缀，双鱼跃水滨。问君前路事，当显在寅申。

乙庚：名游蜂暄翅格

玉殿金门到不难，一心重度两重山。空中雁叫飞二只，一岁儿童一日闲。
鹿在远乡归故里，箭随风月过云间。谁知性恋逍遥外，争奈身闲心未闲。

（中）

秉志刚柔足，权机出众情。资财荣白首，必主有功名。

（末）

阴人相爱有成功，前来迍蹇一时通。名利两全身渐大，因他借力必丰隆。

男命《前定易数》：中孚

子

天将财禄与斯人，先使身心历甚辛。推倒日轮当兔尾，得成新业见猴唇。
一双鸿雁飞鸣夜，两树芳花笑倚春。泛泛五湖舟自稳，陶朱相引作比邻。

寅

斯人事业孰能知，拟到蛇猴始发辉。吉禄自兹成远大，仁人因此更投机。
一双鸿雁天边别，二只鸳鸯池畔飞。休道月轮常皎皎，无情云物有相遗。

辰

丧亲失计泪偷垂，为告斯人莫怨咨。名利再成凶险地，生涯须是贵成持。
落花一树重开发，鸿雁两行相别离。三炼炉金方见宝，要为成器假钳锤。

午

心事何人细得知，收来放去费尘机。兔来入得山前鹿，猴会方开眼上眉。
一半雁行何寂寞，重荣花艳想芳菲。林间风月真潇洒，付与斯人作计为。

申

贵人与我通消息，准拟鼠猴方见功。开发几多濡滞事，成时一段旧家风。
鸳鸯情美重交颈，鸿雁群疏两不容。堪谓平生有坚志，青松不断雪霜中。

戌

超越祖宗成独立，追思新旧可悲伤。云程坦坦天门路，举步悠悠名利昌。
鸿雁群飞终独只，鸳鸯双舞意何长。飘零莫恨秋风动，落蕊枝头缀旧香。

女命《前定易数》：节

子

偏亲疏我爱疏亲，生计虽难必未贫。情性每招非与是，身心常被喜中嗔。
东家缭绕思难合，秋圃离披果不新。好在身闲心守节，鼠头出穴必精神。

寅

平生有用如无足，及欲成家是破家。月过中秋圆又缺，枯枝新发未抽芽。
临景鸳鸯服别浦，长波鱼阵跳平沙。前程消息君须记，重乐重荣结苦瓜。

辰

龙楼凤阁壮皇州，却许斯人入里游。池没碧莲呈越样，沼深曲水是风流。
鲜果经霜多秀实，鸳鸯戏水自沉浮。且问平生安乐处，贵人须更渡扁舟。

午

古镜重开匣，殷勤拂薄尘。幽闺频照顾，知物不知心。
果缀窗前实，鱼游月下沉。前程艰苦事，脱却别调音。

申

休将情性苦搜求，使尽心机未肯休。本来晚景终须吉，到老时来不自由。
漪波鱼阵空跳跃，名园莺语自优游。欲问前程何处事，当老生计立高秋。

戌

生计萧条独立家，一身还见两交加。几多更变因风散，却把身心伴月斜。
鱼水相逢秋色去，鸳鸯堪笑也成赊。鼠猴时至终须吉，惭愧荣华富我家。

乙辛：名鹤弄青云格

明珠海底隐寒光，用意成时却有伤。孤雁叫天离塞远，双龙吟雨更苍忙①。
田中祖业更新主，境外荣身立旧庄。借问百年成甚事，枝头花果一双双。

（中）

龙卧看时起，人眼得渐醒。晚年成命禄，卓立在公卿。

（末）

天霄云开白昼长，拔茅连茹总亨光。数逢中气身荣显，蛇化为龙入贵乡。

男命《前定易数》：小畜

丑

鹰扬志气心肠狡，恃势喧轰逞刚爪。终见雄飞伤羽毛，堪羡此身闲暖饱。
雁因雨急别群飞，花遇风和舒艳巧。行乐东园春未浅，回首报道归身早。

卯

岭云出岫本无心，月放清光特地阴。立业此时多损益，人情平日觉浮沉。
关山叫雁添愁恨，园苑莺啼空好音。借问前程荣计路，云泉去处好相寻。

巳

借问成身身未成，待身成处在寅申。斯时意向方舒畅，此日生涯立计新。
天际雁飞空有侣，槛前花发易为春。中间脱得翻身祸，再整凶人作吉人。

未

劳机营业人多失，本是还非亲又离。猴子到家财始聚，鼠儿入户贵相随。
花枝槛畔果成少，鸿雁天边各自飞。梅上一声羌管别，莫将牧笛等闲吹。

酉

使尽心谋费尽机，成家消息未当时。情怀春去村花落，魂断秋残旅雁悲。
命在中年财盛有，身当早岁苦无依。想君有意如无意，月落西楼叫子规。

① “忙”，疑作“茫”误。

亥

匣藏宝镜有埃尘，拂拭重新藉主人。对面直须分美恶，成模镕铸有辛勤。
江天雁阵悲明月，水槛花枝怨暮春。借问桃源人去处，回头牛马路荆榛。

女命《前定易数》：夬

丑

守己绣帏中，前从立性聪。宜离亲出侧，早向少年翁。
富贵终须显，儿童立大功。前程不须问，马首必昌隆。

卯

分定在天理，兴衰时自还。罗裙风阵卷，青髻雨声残。
点点珠铺额，重重苦被潺。身心何所待，直至虎来安。

巳

孤害在姑娘，重移别异乡。身多逢苦厄，性别岂非良。
奇子来相遇，良人福至昌。晚年安立计，不失鼠和羊。

未

美貌娇容逞，罗帷守桂香。一身终稳立，晚福自荣昌。
莺对窗前语，琴调月下商。前程无一事，云散月重光。

酉

疑心未决未知机，枉用身心苦设施。临水渡头逢险处，推心度己立镃基。
迁移井邑方为吉，改换门闾不必宜。何况贵人相顾后，鼠牛依旧有施为。

戌

节义非常事立新，恩深积行守吾身。欲爱不思无我子，情怀和穆有恩人。
雨湿孤灯光不透，月来绣幕影侵君。喜吉重重相映处，不妨福禄两俱真。

乙壬：名花发阳台格

密云不雨空雷响，闪电流光震不威。雁叫空中飞去急，岁寒松柏绿依依。
能将心胆分南北，解用刚刀断是非。满树花开存一果，更随掣电耀光辉。

（中）

胆志合天心，狂风摆树林。乙辛蛇马丑，财赋水中寻。

（末）

平生劳碌许多般，几度求安未得安。金水高人来助力，满山风月称君颜。

男命《前定易数》：涣

子

分定在时君莫叹，命当滞处不须呵。弓开箭发何忧戾，名立功成莫厌多。
雁阵高飞群半失，花枝低放色难和。前头虽有贵人力，鸡兔须防祸折磨。

寅

桂林一片昆山玉，预告斯人成晚禄。鹿在兔傍知不知，贵立蛇边足未足。
嗌嗌鸣雁天际飞，菲菲花木槛前簇。定汝高名不要多，巨舟漂泊归南北。

辰

自古高人耕钓来，何忧吾道困尘埃。鼠猴时至忧心释，风月相辉恨眼开。
鸿雁秋天声淅呖，鸳鸯春沼意徘徊。前程必定终无险，心火从前冷似灰。

午

天地阳来群物生，纤芽才植得敷荣。思量人计几时泰，拟向鼠羊成利名。
借问飞鸿群已失，待看鸳侣独多情。布衣粝食君之分，才要盈余寿必倾。

申

豹变功名在鼠猴，因人助力事方周。兆①源终得青云路，凤阁须逢旧侣游。
群雁排空难自得，芳花盈槛态何愁。老时幸得归田里，倚杖登临甑十洲。

戌

猴鼠年中方睡觉，困眼因兹识贵人。抛弃旧时沉说省，得换新业计重成。
嘹呖雁声悲自远，芳菲花树落成尘。此身一人安闲地，岁久还知老树春。

女命《前定易数》：泰

子

心事如丝搅，难分世上儿。只凭清直性，终自强开眉。
朱户低云汉，高人对论基。眼高舒特着，各各觅便宜。

寅

将身翻作男儿志，志巧心灵被外欺。设使千般奇异巧，不免一身灾过危。
娇容半笑心头口，美貌含羞目上眉。晚来厄退须逢吉，却主良人共运持。

辰

开颜望见碧山青，危路迢迢十里程。飞雁侵大声自远，游鱼跃水影无形。
心思自有安身地，口语难言有唤声。虽然福至当牛尾，也被无端灾不宁。

① “兆”，“桃”字之异体。

午

云散日重辉，时来灾不危。安心守幽室，立性享镃基。
贵客来相问，良人岂自私。羊头当有显，必自捧金卮。

申

随守心田立，平生能运机。形容宜鼠变，福禄在羊施。
绣幕当轩卷，朱扉露日辉。此时终有吉，坐定免颦眉。

戌

几年淹滞绣帏中，今朝蓦地问仙翁。福来祸去当此际，时亨厄退喜无凶。
生来有恶无如小，立事恩深自不同。但问虎儿归径后，再整朱唇与粉容。

乙癸：名青松无土格

根基祖业多翻覆，独奋刚强若松竹。兄弟朝露见阳和，日到中天云雾触。

（中）

文畔财当手，声名与众殊。欲知身贵禄，须是学文书。

（末）

重山有路不须忧，命蹇时迍目下愁。中岁渐能成大事，休将志气等闲谋。

男命《前定易数》：渐

丑

欲立生涯计未成，登危涉险苦奔腾。禄在兔窠犹未是，贵当猴首却堪凭。
孤飞塞雁还空去，重结庭花晚果荣。试问终身几多事，许将甚业见胡僧。

卯

着意多谋少见功，欲求成立鼠羊中。臈①梅枝绽偎霜雪，玉蕊花开阻雨风。
鸿雁双双飞上下，鸳鸯两两各西东。生涯莫叹多翻覆，必见移家三两重。

巳

立志从来暗复明，思量计策几时成。逢猴遇得高人荐，见鼠方知百事荣。
二只鸳鸯飞上下，一双鸿雁已悲鸣。前程事势君知否，飒飒西风叶满庭。

未

孤子成身几许难，成来失去意阑珊。寒沙淘后金方见，去路行过险复安。
天外高飞双雁远，槛前摇落一枝残。尘中只作虚名客，物外留心任饱餐。

酉

分定于天不在尘，恰如枯木再逢春。鼠头必使忧心息，龙尾方知喜绝纯。
鸿雁一行分散去，鸳鸯两只逐飞驯。教君得志须防失，休被时人笑破唇。

① “臈”，“腊”之异体。

亥

厌身欲向险中迁，何事区区怨命淹。春入枯枝花自放，人当荣处福须便。
一双鸿雁空飞远，两只鸳鸯颈渐联。一段灾殃在何处，马牛相见有何言。

女命《前定易数》：既济

丑

镜里仙人问我因，有口无言心暗陈。高楼着眼来相顾，拂袖殷勤待故人。
鸳鸯两两游波面，鸿雁双双逐海津。虎鸡一至无疑处，对镜思情笑语频。

卯

生涯煎苦不逢时，如理新丝上旧机。贵人远望含微笑，良骥荣华显绿扉。
燕子呢喃归故里，鱼儿队队跃芳池。前程改鼠当逢虎，不虑灾殃守绣帏。

巳

孤遗早弃两重亲，立志施心向去人。若变故居终有失，不如侍奉整朱唇。
重山重水寻云雁，一喜一悲脱两裙。好把身心思进退，依垂绣幕养精神。

未

一点英容不可轻，机谋作事解蝉形。绣幕低偎能守志，朱颜不改旧时名。
芳心难测情怀耐，绿鬓轻梳蝉翼明。楼前贵客频开眼，拍手相邀自在行。

酉

福至宜修善，成身免再迁。乘龙遇险水，跃马上遥天。
晚景安闲趣，生涯不苦煎。六旬休用问，兀守待天然。

亥

还须行上待兔鸡，莫使心斜乱性迷。重重山水双鸿去，颗颗桃枝缀叶低。
侍奉留心终不失，生涯守节出云泥。居尘终自还成败，早见东君向日西。

丙甲：名开花结实格

赤脚堂前履玉墀，莲花出水不沾泥。天然定注安闲福，富贵奔驰事业迟。
远雁分飞烟水阔，鸳鸯戏水各分离。君家若问平生事，向道登云自有梯。

（中）

积善延君寿，行慈遇子孙。得逢猪合处，孤禄贵门庭。

（末）

劳心用力险于前，云海头边一叶船。衣禄贵人来助力，拂开云雾见青天。

男命《前定易数》：噬嗑

子

名利终未然，成身自奋拳。勤劳忘昔日，烜赫胜常年。
雁过天边远，琴调月下弦。吉凶君莫虑，人事盍由天。

寅

几年辛苦得幽闲，不觉心宽转见难。得路暮年长稳步，荣时犹未解愁颜。
长空雁度声将远，骤雨花开色半残。借问君家何处是，遥观云锁两重山。

辰

凡知灾福有来由，莫谓身荣利尽求。空自花繁唯木盛，不禁风雨岂经秋。
雁声嘹呖归南塞，燕语呢喃过别楼。泛泛舟人何处去，空遗青草乱汀洲。

午

堪叹初来事，身潜道未通。马前名不着，鼠子业须隆。
有雁非吾友，逢花谢嫩红。儿童双富日，鼓吹尽堂中。

申

用尽机谋事，言清行岂乎。利深时有害，亲厚却成疏。
地僻花应薄，天寒雁自孤。欲知前去路，半吉半危途。

戌

兀兀前途远，飘飘意气多。施为终见显，立业必相和。
鸿雁悲霜冷，鸳鸯浴水波。欲知堪笑处，莺夺燕儿窠。

女命《前定易数》：鼎

子

阴雨蔽日落长空，黑气交加不见踪。恰似行人迷却路，从今孤失虑灾凶。
早脱尘埃从吉土，终须福至遇王公。叶遮奇果高张眼，依然荣遇坐堂中。

寅

恍惚从来反复深，为人性快事难明。前程终有无涯福，异日频沾有竟名。
千里传书乘一箭，一人嘱咐守长庚。龙虎来时当改旧，留心立计福非轻。

辰

投胎误了平生事，欲逞英雄恨女身。娇羞厌滴檐前雨，艳冶徒沾屋内尘。
几时能守登云客，此世终成带色人。且问时今安乐处，福至须当子亥申。

午

不行虚伪少灾迍，谨守孤帏福转新。得适良人时节至，如期荣合不闲身。
远观绿水因何阔，遥望青山又更真。当时非是元初意，因业深牵作此人。

申

堪言出处不胜衰，守在东家又北来。自苦身心无定日，漫将情性尽徘徊。
孤子孤亲还又失，重婚重适主衰灾。若问安和在何日，直途明月照秋台。

戌

得意岂论人有意，遇时终有贵提携。孤冠世事无端的，整顿身心自倚栖。
夫伍正嫌春色暮，意宫仍向日光西。金鸡玉兔如无迭，终自差身步玉梯。

丙乙：名鹤独卓群格

火石随波至，秋空见一轮。雁横烟塞远，花落尌①头春。
守洞岩前鹤，游山岭畔云。儿童何日在，一子送归程。

（中）

鹿走穿花过，弓张一寸机。皇都春色里，须到凤凰池。

（末）

劳心劳力尚虚声，几度根枯几度荣。得遇紫衣人借禄，桑榆始可问前程。

男命《前定易数》：鼎

丑

牛角安刀灾蹇空，何须苦叹旧家风。心忙不得傍人荐，利禄无心自见功。
烟塞雁横群失侣，春庭花放半青红。几多吉事因凶致，终久因人吉道通。

卯

破鼎重修器复成，云开皎月几番明。其间碎事来还去，身后成名必自荣。
岭畔声声鸿雁远，槛前朵朵好花红。功名若也抽身早，免被浮云没几程。

巳

纷拿尘事多虚意，言志相违或是非。池中别队鸳求侣，岭畔鸿雁各自飞。
兀兀前程遇知己，纷纷冗计自光辉。大抵三春如一梦，江头寂寂柳依依。

未

凡事知几不陷危，思量应是好新为。东南如有仁人荐，西北还知祸害亏。
鸣雁起飞沙浦远，繁花开处被风吹。休嗟孤失疏亲侣，且喜中年得意时。

酉

退居无计进无媒，操意落然心自灰。未识生涯长若是，犹宜名利去还来。
雁鸿过处鸣沙塞，花朵重开艳古台。最好寻幽上山寺，免教流落险途灾。

① “尌”，为“树”之异体。

亥

立业成身贵早圆，天衢有路自超然。幽情何必伸嘘叹，芳意休疑俗事牵。
摇落庭花双结果，孤飞塞雁两高悬。羊头鼠尾如逢得，便好归乘范蠡船。

女命《前定易数》：复

丑

欲上危楼去，丹梯跨水边。登高疑险峻，漂泊谩忧煎。
晚岁家何在，前程福未坚。幽闺宜有难，鼠尾却安然。

卯

万物遇春风，东君亦不同。自知根本固，不惧祸灾冲。
凤阁卷无极，龙楼乐自通。荣华从此得，回首意冲冲。

巳

展眼向前行，黄金满地生。高人相向事，女福自须亨。
空有无名报，终归守土耕。良驹称自得，平地忽轩轰。

未

内亲丧又新，惆怅命中迍。劳神更劳力，操意又操心。
骑马随山鹿，乘牛逐野禽。鹿行禽又散，侧耳听声音。

酉

心箭暗中施，千般百计危。前程皆未定，人事若支持。
骨肉却分散，心怀又若衰。老来人又娶，花发遇残枝。

亥

险路是生涯，朱唇口带霞。前程谁借力，入众岂堪夸。
灯下牵红缕，窗前望野花。觉来无一事，惊起事堪嗟。

丙丙：寂静守常格

从生身在垂杨下，恰正乘阴志不闲。过雁碧空波照影，林中老虎待归山。
青山陌上花应发，九夏园中果半残。事击只缘人竟究，争如身在白云间。

（中）

遇虎乘舟险，逢猪忌犬来。见牛枷上立，鼠至望天开。

（末）

每到忧中方有救，几回花谢又逢春。造物晚年成吉遂，峥嵘气象志舒伸。

男命《前定易数》：离

子

独上危楼计渐隆，风清雪散月当空。斯人始觉幽情爽，几度萧条叹计穷。

处处春来花自折，飘飘风送雁西东。脱身得跨青云路，争奈人缘路不中。

寅

雕鹗飞鸣燕雀惊，人兴事业所知深。从前隐昧难明事，始见光辉吉福临。

远塞雁飞群队失，高楼燕语有新音。利名未足君之意，云水相知去客心。

辰

生来本是他乡客，及早成身别处圆。水远山危空怅望，忧消利聚觉心宽。

花枝照眼还应结，鸿雁腾飞书未传。犬尾兔头身有险，马来方出火中莲。

午

天日当空影不斜，乱云何处起相遮。清清无语因明失，黯黯伤情起暗嗟。

江上寂风吹去雁，窗前疏雨湿梨花。蛇猴得处镃基变，鼠兔群中虎退牙。

申

依依柳外晓莺声，把捉生涯取次登。莫讶利名成就晚，定当财禄渐升腾。

双双鸿雁远千里，只只鸳鸯带两情。蛇鼠群中逢吉禄，兔鸡途里困飞鹏。

戌

意气成时火内羊，营家立业计偏长。操心只待成终始，到底谋成梦一场。

目断天涯飞雁远，情欢槛外野花香。年来月往多颠倒，无限愁心不可量。

女命《前定易数》：离

子

天工不负前程事，细语轻言少自由。福到禄来终一吉，家成还破再重求。

粉黛重增年少日，笙歌拥泛闹声幽。身心未定须抛弃，佳客相招出外游。

寅

娉媒绝色谁家女，二八青春正少年。蛾眉未展如初月，蝉鬓新梳似淡烟。

贵客徘徊何所似，娇娥顾盼暗相怜。楼上笙箫歌一曲，音声认得乍神仙。

辰

利名事业两重连，生计人心意未专。机权弄巧终成拙，情性温和福自全。

花开果结含红色，叶落桃生映日鲜。鼠兔成家箕帚客，心施孝行感于天。

午

初涉波涛几度空，如今再立始无凶。休疑目下非无是，且喜年来路渐通。

终喜贵人相接引，可怜骨肉各西东。到头生计今无难，晚景真如一梦中。

申

上平难测安身计，稳守幽闺特上人。祸散福生终吉庆，名扬利合两俱真。花落果垂凝望久，鱼沉水浅意重新。虎羊立处生涯定，终喜心安始出尘。

戌

为人烈性立筹机，争奈身心不可为。操意成家无一失，修心守节绝闲非。才子吟诗传步意，东君养物过良时。红腮映日真如许，福寿双全岂不奇。

丙丁：名燕夺莺巢格

平生注定马头荣，事业区区总未成。西畔有家东畔立，南边有辱北边荣。孤飞雁叫湘江水，燕夺莺巢两处鸣。借问此身何处是，云收月皎正当庭。

（中）

遇鼠多惊险，逢蛇必见安。江鱼来倚岸，好放一长竿。

（末）

路逢前遇风光别，尚且艰危问治全。利禄轮中滋味好，一天晚景始方亨。

男命《前定易数》：晋

丑

立身夙见两头荣，莫谓枯枝不遇春。到底区区疑不散，思量兀兀始离尘。孤飞两两雁儿远，疏放花枝朵朵新。料想无人知此意，为君指出陇头人。

卯

明窗绣户非公志，绿水青山许汝看。驰骤一身犹未稳，荣劳万事意何安。鸿飞雁去双分远，燕垒莺窠两处欢。借问前程何处乐，逍遥尘土不相干。

巳

头角成时过禹浪，一声雷震脱泥蟠。成身必遂登云路，回首欣然笑四蚖。雁起一行分散去，花开两树果成悭。由来意气终成昧，可愧从前祖计残。

未

雨去云收天渐碧，风清水静月团圆。从来隐昧皆消散，向后光辉禄又迁。群队分飞孤雁远，声音终调断琴弦。可怜蛇马忻名利，一段灾危在破田。

酉

音书一轴寄高人，相遇前程事业新。风物旧家真可笑，利名求处计相亲。水边花下多情意，天外鸿飞少侣宾。正是中年好荣业，奈何人路入荆榛。

亥

役志生前渐立涯，重兴基业事堪夸。几年施设难成吉，十载那堪祸且加。
花朵菲菲荣色重，孤鸿只只逆风斜。虽然夸得成身地，蛇鼠相侵又破家。

女命《前定易数》：家人

丑

克害重重有，姑娘永别离。自身逢苦死，命薄未当时。
败失良人业，安宁奇子基。晚年归日计，终不免颜衰。

卯

祸去福来当此时，心伶性巧有操持。虽能卓立成家计，争奈孤遗主别离。
危楼远望离莺语，绣幕幽闻乳燕啼。但看鼠牛逢吉兆，断然福利不相亏。

巳

平生作事类邅迍，守志聪明立性纯。闺房显耀多成日，亲故矜怜恩自荣。
雁杳鱼沉心汩没，云收雨散事重新。晚来不失前程事，龙虎相逢近贵人。

未

命里迍邅福未施，忧煎度日不舒眉。处己不和当折挫，离家必早保头耆。
良人远望山头月，佳果低垂霜下枝。龙虎不妨开旧眼，自然和顺享良时。

酉

处世非为吉，居家必变更。辛勤方得地，安乐定灾生。
有雁徒为侣，游鱼也不亨。前程无路入，只好问前庚。

亥

懊恼时来晚，双亲早入山。孤遗何所似，灾蹇劫相关。
绣阁灯添影，高堂立己难。不然修善妙，早入九泉间。

丙戌：名如花半开格

重山高耸拂云端，孤雁高飞逐凤鸾。久后资财应满屋，白头方得贵人看。
生因志气如松竹，立志清高耐岁寒。借问西园花结果，一枝春色倚阑干。

（中）

自有成中破，还从破复成。逢猪登剑阁，遇鼠渐香馨。

（末）

历尽风波家始成，几番衰败复重生。等闲机会非常别，莫道镃基叹晚荣。

男命《前定易数》：旅

子

月在中秋云散时，幽人得志切须知。利名消息微成着，骨肉因缘聚复离。
雁阵一行中道失，鸳鸯两只并头飞。岁寒问我园林事，节操凝霜一果枝。

寅

依岩抵涧老松枝，直不凌云曲不垂。堪笑此生知己少，唯言吾道得人稀。
秋江去雁群应别，春苑芳花结果迟。终有一条归计路，亦无名利亦无非。

辰

孤立孤成事莫陈，年来年去费精神。君知借问名和利，终是生涯破复成。
去雁秋江孤影远，落花春圃旧香馨。区区到老心难足，赢得交情喜色新。

午

基业未宜埋鄙俚，荣来终是渐光辉。欢心好事来终始，逆目旁人论是非。
雁影倒斜沉远塞，花枝零落傍疏篱。马行鼠走何堪说，回首秦楼玉泪垂。

申

欲问生涯要的真，生涯不若问离尘。劳神劳力当如是，趋利趋名实有因。
鸿雁双双飞渐远，鸳鸯对对意犹勤。当年暗种多因力，得遂枯枝耐几春。

戌

井外黄金逐处生，拟将生计向前行。蛇龙昂首登高汉，猪犬争群入困乡。
一阵落花经雨早，两行归雁逆风张。到头如问欣荣事，无限春光向夕阳。

女命《前定易数》：旅

子

成心生有安闲地，不料前程路未亨。若到鼠猴传吉耗，宜当福禄享高堂。
荣贵相扶无一事，两儿特发桂枝香。优游度日宜修善，灾蹇无生福自昌。

寅

青云得路向行街，得贵扶身百事谐。吁嗟孤苦遗亲旧，可惜辛勤守性怀。
立计尽宜成自立，前程必有晚奢华。纵然灾蹇难来折，福至身安是可夸。

辰

胭脂油腻染其身，万事何时得自新。辗转冤来谁与解，殷勤嘱咐脱红尘。
年来且过寅申后，日去须逢亥子春。远子贵人高着眼，更凭刀斧傍斯人。

午

尘世何时脱，昏迷过几春。红花须结实，绿柳拂江滨。
得路凭人接，前程遇禄新。幽闺当早弃，全用赖东君。

申

绿水远迢迢，青山路必遥。更逢亲故别，须见父兄凋。

世事全难托，生平立计牢。有人思叹早，终不坠蓬蒿。

戌

雁自南来报，终身欲出尘。须当龙虎尾，得立福缘新。

隔水悠悠去，重山杳杳巡。中途逢一贵，荣显保其身。

伊川击壤集卷之二十三

丙己：名如禽出笼格

羽翼新成必待飞，峥嵘欲胜旧门间。纷纷祖地归何处，省觉诸余发用虧①。
远雁过沙群队失，更忧孤老见伤悲。终知志在尘埃外，中限区区未景奇。

（中）

满院桃花带雨开，东风吹绽一枝梅。牛寻兔上看看发，一子清和送老回。

（末）

志识求谋始遂心，犹如花谢又逢春。灯前窗下休相叹，美事来临在晚欣。

男命《前定易数》：晋

丑

沙头有雁孤飞，井外居家是奇。白玉不除瑕玷，人生岂少镃基。
猴鼠终身多利，兔猪必有纤危。好笑花开无实，果成借我一枝。

卯

利名于我何艰阻，及至成身便见危。百事料知非是智，一身终见苦无依。
庭花谩自荣春色，塞雁空过冬夜悲。遍历艰难事无尽，不如林下任天时。

巳

连城白玉出蓝田，丹凤翱翔上碧天。蕴器中年成事业，立身初计尽萧然。
花枝春色飘蹊下，雁叫秋声落汉边。更问老时多伟事，待看华屋尽神仙。

未

一生孤苦事艰难，费尽心机意未闲。圆月虧时还有满，人缘灾处必能安。
离群雁入芦花宿，巧啭莺穿柳絮残。夜半鲈鱼双跃水，江边何必守长竿。

酉

平生立志重山外，好整衣冠见贵人。名利渐成成又失，身心才乐乐还迍。
高飞雁侣穿云去，低放花枝带雨新。欲识巍巍鸡兔上，高高百尺路逡巡。

---

① “虧”，为“虧”（“亏”）之俗体，下同。

亥

金门有路终须在，冗路多非久自消。蛇马当途名誉显，仁人相会福基饶。
花枝重结难成实，鸿雁分群飞更遥。到底利名多后患，江山迢逅[1]困渔樵。

女命《前定易数》：睽

丑

名处安身未足奇，春去花开已失时。娇容本是园中杏，笑脸频妆粉上脂。
龙蛇变化镃基立，牛羊相逐祸灾亏。及早修心并念善，不到终年见别离。

卯

几番欢笑几番愁，最苦身心不自由。春到鱼游春水活，秋来雁杳塞垣幽。
槛边凝望寻消息，帘下低垂觅鼠牛。高人问我谁家女，相约前程叹小楼。

巳

塞雁传消息，佳期立虎牛。前程无阻滞，守节处优游。
果结高枝上，君攀碍屋头。荣华当此发，终是见王侯。

未

几阵春风入绣帏，方知桂子已当时。如今留我传芳客，去后疑君带宝归。
数年阻滞今翻脱，一日荣迁在福基。猴儿富贵双全到，低意殷勤捧玉卮。

酉

鹳垤鸣春雨，莺巢啭暖风。榴花含笑日，福禄两和同。
莫使无稽住，当存艳冶容。时来修善果，名利必亨通。

亥

灯下传神未是真，须教纤手拂红尘。一幅丹青全着意，寸心留恋待高人。
雁声不绝唤为侣，鱼队同游喜自亲。马羊并立当时至，祸去增添福已臻。

丙庚：名寿比松椿格

百尺竿头进步难，纷纷祖业有循环。云中雁阵飞程远，槛内奇花一点斑。
若问前程荣显事，白云犹自恋孤山。平生志气应无失，只恐当年事不闲。

（中）

生计未能成，见鼠心方称。树上一员僧，金水人相应。

（末）

南北安身尚未牢，轻舟历尽几波涛。前逢得遇阴人贵，弃了鱼虾钓巨鳌。

---

① “逅”疑为“遞”（“递”）之俗体。

男命《前定易数》：睽

子

财利因循事业新，未为人许必长荣。喧轰志气空高望，劳弄机权志不宁。花朵乍闲成薄态，群鸿远去已亡形。君如借问根基事，好处当如一寿星。

寅

因循梦入仙源路，寻访桃溪未遇人。跨马骑牛人事变，成名得利福基新。雁群一阵相飞远，花放双枝结果匀。到底利名终有失，只宜林下任天真。

辰

成家不负平生志，积辱怀愁少自由。福去福来终一理，利成欲破再重求。不忧鸿雁离群去，须见花枝异果收。好把身心抛弃去，异山相拉两山游。

午

平生要问英雄事，争奈时乖不可为。操志遂知天道用，成来终是有光辉。双飞两雁归云侣，重结双花带雨枝。赖得高人好消息，利名方享又成悲。

申

初涉惊忧事几重，前程再立始无凶。莫疑眼下非和是，且喜中年塞路通。花谢再荣新果结，雁行须见各西东。到头所计难成实，老境真如一梦中。

戌

弃祖疏亲复自荣，劳神费力事辛勤。利名直向蛇猴上，灾挠还移在丑寅。莫恨异花成实密，也知浅雁别因循。生涯要向云梯立，直待门开问主人。

女命《前定易数》：噬嗑

子

花盛果收奇异时，欣遇良君立凤池。娇姿不失灵英态，欢悦红颜开黛眉。携手相邀登玉殿，含羞独步捧金卮。会看出离灾迍日，脱却蛇皮任意移。

寅

分明误入桃源去，方入桃源未遇仙。若遇马牛俱事变，欲营生计未推欢。天边鸿雁声声远，雨外鸳鸯只只鲜。试问一生何活路，只宜林下保安然。

辰

志气英雄得意时，平生不负少年姿。否去泰来终作善，利名破聚好扶持。雁行失侣穿云去，果结成林带雨垂。才得贵人添志气，门阑多有喜盈眉。

午

求名求利事方新，未必斯人富汝身。独奋机权称我有，欲伸志气屈还伸。双果累累垂槛外，群雁呖呖过天滨。到底生平柢如此，皤然白发享灵椿。

申

惊疑几度事重重，欲立生涯未立功。莫论眼前非与是，若谋活路始年终。
鸳侣再荣新意思，雁行惟见各西东。借问老来归计事，坚心且守岁寒中。

戌

天然容貌好乖张，无限春光不可量。回首绣帏多显赫，到头成业户庭昌。
塞鸿只只离横浦，梁燕双双语画堂。寄语斯人多慷慨，晚年犹自福无疆。

丙辛：名松柏凌霜格

青松百尺岭头寒，白鹤飞来立晚滩。气直雪霜欺不得，石崖岩下立根盘。
纷纷叶落春光语，百岁儿童一梦间。借问生涯何处发，才逢犬马始安然。

（中）

长安路上行，帝京三百里。水牛见一龙，珊瑚生水底。

（末）

莫用初年只用中，从前迍蹇未通亨。平生险阻皆经过，赋分根涯晚岁耕。

男命《前定易数》：大有

丑

甘心多得失，怀抱巧能才。天命何淹滞，人情有虑猜。
庭花飘馥郁，匣镜拂尘埃。回首逢奇景，心聪豁地开。

卯

月色渐朦胧，前程道未通。情怀多梗塞，新旧不和容。
芦雁归飞雪，杨花旋舞风。白头成复破，生计倚西东。

巳

役役尘劳里，区区驰骤中。前途频得失，亲旧各西东。
杂树花娇日，孤飞雁叫风。桃源光景别，随步入仙宫。

未

渺渺江天鹤，孤飞鸣九皋。翱翔犹得意，举翅健霜毛。
结果花应对，财丰心正劳。何如早防虑，伤指悔操刀。

酉

春色花荣国，秋风叶陨林。生涯依倚得，人物强多能。
亲族半途少，浮名何处寻。西江无限好，不与夕阳沉。

亥

春光好景空虚度，浩气刚肠必自能。淹淹未许荣身计，早得还应晚岁荣。
有志必招群雁失，因缘不折异花声。莫言三十年前事，说着教君涕泪零。

女命《前定易数》：革

丑

台星照处身将发，玉女何愁命太迟。试问羊猪消息近，方知福禄事嘉奇。
一条金路何疑脱，几里瑶台逐步移。若得根基当若此，难将残害折良时。

卯

莫叹多灾蹇，身荣子午中。亲人终自逆，贵客却心衷。
何况情尤薄，归事不见踪。生前几多事，如觉梦魂空。

巳

一段风流事，羊猴渐渐成。因缘家外立，福寿晚年亨。
亲散终难合，扶持晚体轻。前程休问失，且守兔羊迎。

未

生计两荣苦，孤闲性自聪。成时百事失，如在梦魂中。
鼠兔红颜改，羊牛晚景通。忽逢佳客去，桃杏笑春风。

酉

新月当空照，情怀暗地通。精神频改变，福禄渐从容。
鱼阵游春水，枝疏果骤风。侍居休强逞，守节处和同。

亥

心机费尽平生志，锈幕闺中守旧居。待得猴儿登峻岭，正宜姜女达沙衢。
月下瑟琴弦再续，云间鱼雁耗音疏。若至马牛羊尾日，依然计问更南图。

丙壬：名月清如水格

夜半纷纷雪，山深月照猿。雁南回北地，燕北却还南。
远岸投羁客，三更等晚船。落花春尽处，一朵送终年。

(中)

黄金白玉贵，青门早赴朝。琼林花浪里，牛角上生刀。

(末)

举措威仪势有权，施为大器自安然。平生不是尘中客，名利高迁誉播传。

男命《前定易数》：未济

子

立业唯忧挫一毫，此身跳跃出蓬蒿。马头一道光辉起，猪口三刀志气高。
二只秋声嘹呖雁，一枝春色艳芳桃。因缘定汝成中失，老计区区莫怨劳。

寅

道德奚疑未济时，骑蛇逢鼠立镃基。重迁紫绶人抬手，莫讶青羊改虎皮。
鸿雁一行飞散乱，鸳鸯两只戏涟漪。中天日色阴云散，风卷云消月再辉。

辰

一条钩距挂山头，两座高峰作计留。才到纷纷须失兔，身心安乐且逢猴。
当空雁阵两头散，倚槛花枝一果收。好把生涯空作立，堪嗟祖业事应休。

午

笑语藏刀岂可猜，刚心拟欲摆尘埃。利名但觉成非久，家道中间兴复衰。
鸿雁秋声嘹呖去，花枝春色艳方回。一言为报君消息，火尽烟消不作灰。

申

提笔留心器未成，不然还许富前程。蛇儿动处人骑鹿，猴子行时富荐名。
鸿雁一来还一去，鸳鸯伤侣又伤情。残花脱叶秋林里，收拾梢头两果营。

戌

生涯家外是因缘，回首追思涕泪涟。一段光华辉马脑，两重财禄耀猪肩。
雁儿两两群双失，花树枝枝果一联。堪笑治生多改变，荷翻珠露碎还圆。

女命《前定易数》：未济

子

疑心用事未知机，进退多忧又有知。临水涯头逢损处，虚劳神用立镃基。
垂垂改变方为稳，兀守安居定主离。若得贵人成就后，兔鸡依旧有施为。

寅

禄运乖张莫强求，但行正道却无忧。鼠犬相逢方有吉，猪鸡会合向前谋。
福贵两全攀桂客，寅缘百岁遇公侯。但恐前程难保守，东君留意更优游。

辰

东风习习入罗帏，贵客擎鹰立钓矶。云开日照朱帘里，射出娇容步玉墀。
一双蝴蝶来迎喜，几对雏莺逐燕儿。试向前程如许显，不须忧虑出镃基。

午

节义非常有，因心固守身。登云寻桂客，涉水见高人。
雨洒孤灯暗，风吹绣幕新。拟看白首日，福寿两俱真。

申

志气虽然有，冠梳强立身。更逢三尺绢，若压万千人。
淹滞粉脂客，须亲楼殿宾。前程何所似，立计意殷勤。

戌

强作前程事，何缘未得时。亲孤兼克损，福浅又灾危。
鼠去牛来问，羊更虎作威。生涯当晚景，依旧贵成持。

丙癸：名风月相当格

欲上高山力不加，根深连海路天涯。雁飞远岫无踪迹，空对江边芦荻花。
春风到处园林绿，秋月萧条独几家。借问治生须苦节，到头只结半枝芽。

（中）

遇马多经险，逢鸡迤逦安。到牛方渐喜，临水下长竿。

（末）

幸逢阴贵助成谋，万顷波间可下钩。一钓六鳌端自有，几多功绩彼时收。

男命《前定易数》：旅

丑

登山涉水几多难，立业成家向晚还。未信枯根埋雪里，必开春叶向青山。
鸿离雁远情悲急，祖远亲疏人自闲。借问园林谁是主？秋来一果老枝间。

卯

外美内伤君道理，先荣后否子宜知。马头渐见灾消息，猪首方隆计业奇。
雁度远空飞上下，花开幽径谩芳菲。水寒月冷更深夜，空把长竿下钓矶。

巳

志高天外许蹉跎，准拟生荣待贵过。一入羊群藉知己，更求牛队利名多。
雁来雁去空相侣，花落花开果奈何。进退存亡切须识，还思渔父沧浪歌。

未

南成北败盖天然，先取其方后自圆。回首旧家空寂寞，举头新业免迍邅。
一双鸿雁悲秋去，两树新花带雨妍。待得暗消名欲显，雨收云散月当天。

酉

台星照处名须显，稚子何疑命太迟。但问龙蛇好消息，方逢鼠子事稀奇。
一行归雁高飞去，两树红花果必垂。幸得根基堪把捉，不期残害寿终时。

亥

磊落衣冠异祖风，不由人事复西东。也应遇祸翻成福，唯见生涯藉祖翁。
鸿雁高飞群半失，花枝重发色添红。为君指断前程事，一段因缘在大中。

女命《前定易数》：渐

丑

潜身帷幕守灾迍，只恨生来立性昏。唯是用心常不足，堪嗟成败更休论。
有子皆兼妨孝义，离乡终是害慈亲。若得破家重立计，必然回意感君恩。

卯

危险长流水，潜身早自谋。为人多蹇滞，立意每忧愁。
托主微修善，低心度几秋。假饶生运遇，直待鼠和牛。

巳

望月被云遮，心宽必怀恶。任汝立前程，如今致零落。
见险免灾危，安闲遭蹇剥。若要望荣华，全然不可托。

未

忠良立我身，平生性中直。生计自丰盈，前程贵成立。
若要好安宁，非远寻相识。福来时自至，财禄却俱集。

酉

红帏守妾身，惊忧度几春。勤求唯俭己，财食旺他门。
猥懒成人拙，哆啰惹祸迍。前程遭虎兔，方得贵人成。

亥

前程暗似漆，丰福天然足。牛前随分过，果熟立庭屋。
作事巧心机，为人性和睦。离乡兼早侍，到老享天禄。

丁甲：名枯木逢春格

春来万物长新枝，枯木寒风灰火随。因向暗中逢巨烛，月残素色渐光辉。
芦花雁过溪边白，柳絮莺声是处啼。桃花满园人不摘，霜林花放柳塘堤。

（中）

龙斗鱼伤损，山深虎奋威。命随牛首发，箭中马头时。

（末）

胆气精神志气刚，从今尤喜少灾殃。聪明智慧文星照，天贵临身庆画堂。

男命《前定易数》：复

子

蓬莱三岛古今闻，岂待时人取次登。巨舟驾处禹门峻，鸡马来时仙骨成。
乱山重叠鸿飞远，绕树凋残花落深。玉屋光华星斗焕，化龙归去藉知音。

寅

高秋清肃胜前昌，天外蟾圆桂发香。隐落丹台千尺峻，奔腾云路一身长。
孤飞雁远隔云水，花树青松带雪霜。不独利名双有享，许君更占寿时康。

辰

幽谷杉松茂，峥嵘大厦新。必从斤斧用，未负雪霜身。
江上雁飞远，庭前花再春。谁知荣贵地，邂逅变荆榛。

午

沧浪之水清且碧，水有浅深人莫测。较之世事出于天，休谓利名断消息。
孤鸿千里唳秋声，花朵满园媚春色。欲识中途得意时，直上云霄探月窟。

申

天际云飞日，芝兰发秀时。况逢元吉事，终见福新知。
有雁飞三只，逢花折两枝。寰中名利客，天外玉麟儿。

戌

背祖孤立营家业，荣处那知又有悲。莫谓困危身若此，定知猴鼠利名奇。
高空雁阵飞三只，晓树桃花见两枝。若把从前堪爱事，弃闲身后复垂离。

女命《前定易数》：剥

子

几年滞阻事难言，抱义施恩反似冤。若问前程何处立，欲知牛兔必安然。
心怀闷闷闻啼鸟，情意融融逐去鸳。有疾方能当永寿，更持晚福果荣迁。

寅

修心且立前程事，莫向迍邅守旧缘。济物须当增禄算，带疾终防免外愆。
鼠牛虽得存衣禄，羊犬相逢足苦煎。若问高人同处立，方知身后得恩然。

辰

早向恩门立，前程尽有缘。更修情性善，且保寿龄延。
宠爱非今日，安荣守岁年。枝高缀奇果，福禄永双全。

午

幕罩幽闺久，因风入绣门。时来将显遇，贵客问来因。
鱼水两相得，莺花遇意勤。不须忧立计，安享脱灾迍。

申

举意登楼望远山，仙梯折足步艰难。虽立英雄无限志，一时弃守少年颜。
虎马乘来终有计，燕儿语彻意相关。但问当来无此景，时今枉费使心悭。

戌

花容自少怨风狂，今若披衰果又芳。虽然早出江山景，但向朱门发桂香。
生平谨守幽闺内，款曲施情喜气扬。从今侍奉楼前客，头白相看福未央。

丁乙：名平地登霄格

平地升腾上碧霄，乌云散处有仙桥。每将心事重更变，禄食千钟福自招。
天边雁叫空留影，南北家乡万里遥。坟前借问谁为主，风送孤帆出海潮。

(中)

久滞看时发，经年事在明。江南与北地，花发虎头荣。

(末)

气爽神清骨格奇，五行从闰好根基。不作文才清要职，也为师范使威仪。

男命《前定易数》：升

丑

此生隔变几重山，势迹巍巍不易攀。莫顾我家亲与旧，且教他日冗成闲。
芳花开处枝重接，孤雁飞归去不还。大抵生涯老时立，何须惆怅念艰难。

卯

营谋生理忽思危，弃就中间事渐奇。直待岭头人借力，此时弦上箭方施。
嗈嗈雁过天边远，灼灼花残槛畔垂。为语斯人早防虑，高台千仞福为基。

巳

论汝镃基事，成家亦未然。身心多动静，名利每亏圆。
过雁平沙远，花开少果联。中途滋味别，温饱老天年。

未

何事区区革变多，一成一失事呵呵。马头到处生涯立，猪足摇时喜气过。
鸿雁群飞空有侣，鸳鸯失伴漫相和。凤凰展翼空飞去，岂得将身入网罗？

酉

一条去路隔重云，欲立巍巍不易论。若解心心泉上石，免教碌碌祸危纷。
槛前花朵重新折，塞外飞鸿半失群。半喜半忧非为是，老来一誉四方闻。

亥

锋芒神剑埋尘土，牛斗光侵近可分。却为前来太淹阻，幸逢今日驾劳勤。
芳花谢后空收果，去雁分飞别两群。可惜芳园少光景，潇潇暮雨湿阴云。

女命《前定易数》：升

丑

垂帘卷幕守闺中，气量宽宏智慧聪。生平务大难藏隐，刚烈无私意不同。
作事操持全不失，为人孤介未相逢。鼠穴还须从犬贵，满堂和气自冲冲。

卯

登山涉水见飘摇，水远山深路又遥。不然兀坐红窗下，且守良时过玉桥。
风来绣户时相拂，雪积危梢果不牢。奈何孤失堂如此，望断桃源魂自销。

巳

生平不负成家志，积闷怀忧不自由。福来祸去终须吉，破后成时断不忧。
莺声睍睆呼雏切，花放娇羞结果柔。早把身心牢守节，易衣随贵步瀛洲。

未

多端孤苦事难成，羊鼠时来事便兴。更看造物逐时变，不若随身有奉承。
纷纷花缀幽庭上，隐隐云迷峻岭横。未信前程尽如比，琴声骀客许吾登。

酉

生前分定不由人，积善温和且守身。莫笑淹留多寂静，忽教荣遇改精神。
梁间乳燕呢喃语，枝上娇莺睍睆声。且守几时终自得，贵人摇手拂红尘。

亥

欲步金莲地，前因未遇时。但教凡冗立，不放笑开眉。
濒水人擎手，登山折桂枝。兔来相举处，必遇贵人持。

丁丙：名雁过重山格

雁过前山影渐孤，家乡天际立江湖。张弓待箭逢牛虎，鸡兔相逢是事图。
月下琼花三结子，日高红照隔天衢。借问安身何处好，不妨迅步到皇都。

（中）

耕向田中未过牛，小童湖上戏轻舟。青铜再见逢珠玉，此去今年春又秋。

（末）

碌碌奔驰福未全，生涯活计尚荣年。艰中有味否中泰，向晚成谋别有天。

男命《前定易数》：明夷

子

有禄有名非久计，无依无辅自生涯。侧身未必长如此，回首应知去路赊。
雁过旧山应断侣，树临空槛过新花。年来半百成何事，颜巷凄凄发叹嗟。

寅

风云合处形容异，名利成时碎事除。莫向杜门追往事，好来朱户阅新书。
鸳鸯两只成难久，鸿雁双飞意自疏。借问鼠羊年里事，危如火鼎路游鱼。

辰

孤活成家向外居，分其名利止微余。追非猜是多无实，弃旧从新不似初。
鸿雁一行空里去，鸳鸯两只意中疏。当时虚负平生志，梦破幽窗百事无。

午

桂荣蟾皎与秋光，禄重长成事已昌。正好成身荣别业，不知归计恐成殃。
一鸿飞入青山去，半树花开带雨芳。才到鼠蛇头上立，斯人因自又猖狂。

申

磨弓错箭待时用，及至时来弦已亡。万事岂由人作闹，一身还是梦魂长。
有妻有子非成望，如弟如兄各有伤。何似平生依倚过，不如还去礼空王。

戌

纵饶心计如钩距，到底谋成反自伤。破散旧家归别业，脱除斜路入愁乡。
花枝重折难如旧，鸿雁分飞不可量。待得夕阳无限好，回头不觉近昏黄。

女命《前定易数》：遘

子

执钓长江鲤，宽心守线竿。时来须遇着，福至岂无缘。
绣幕优游久，朱颜色转鲜。马头无一事，温饱享天年。

寅

早把君门立，生涯尽有成。更推仁义重，须向福田荣。
有害兼孤失，无灾主自刑。鼠羊当显处，方可得安宁。

辰

月影印牕[1]纱，平生立性奢。勤持男子志，逞作富豪家。
且守心中节，休贪目下花。楼前调管龠，平地发荣华。

午

倚槛望云飞，狂风卷绣帏。兀然无一语，蓦地变灾危。
鸿雁声尤远，平生似乱丝。东君情意厚，不久乐追随。

申

禀性刚强志气高，当生不任避风潮。重重处事如陂量，兀兀栽培苦地遥。
果缀高枝被严雪，鱼游春水化洪涛。若积善心能守耐，免逢困厄主坚牢。

戌

踌躇欲进又思量，争奈红罗锦绣香。为性妖娆在年少，聪明操胆自高强。
可惜春花留不住，反来鸡鼠有灾殃。不若修心寻立计，乘时乐处赞君王。

丁丁：名青松耐久格

耕锄偶尔得金珠，牵牛遇虎雁相疏。花残一果荣君寿，欲学相如却未如。
夹道相牵仍隔水，鸳鸯孤只戏双鱼。终知事业青松下，留取生涯伴老躯。

（中）

禄寿须逢马，逢鸡始路通。虎头寻兔尾，破相自常龙。

（末）

险阻忧经过在前，孤权独立自天然。灰懒身心休要退，盖缘命运有升迁。

---

① “牕”，为“窗”之异体。

男命《前定易数》：坤

丑

竹栽①蒿里被蒿高，得到秋来竹异蒿。柳木结桃为异果，鸳鸯受浴待新潮。园林绿萼凋疏久，沙里淘金不惮劳。但把身心前后去，一钩钓得海中鳖。

卯

休将志气与时争，用尽机关意未阑。本欲晚年成利用，到头诸事转艰难。长江雁叫空嘹呖，秋树花残果亦残。试问君家何处是，终为生计两重山。

巳

龙楼凤开壮皇州，却许斯人入里游。莲透池心超秽恶，水流玉沼出凡流。鸳鸯被雨情分散，鲜果经霜实在秋。借问平生踪迹处，莼鲈相送老扁舟。

未

邹②莺初出飞幽谷，别迁乔木立巢窠。始觉羽毛成长大，拟教声叫语言多。雁阵分飞三两只，桃花枝接一梅柯。莫道轻舟长隐去，须防前路遇风波。

酉

当年盛事莫能加，豹变南山换爪牙。花欲绽时防雨阻，日当明处被云遮。沙头雁入芦花宿，云水浮游是我家。欲问斯人中道日，鼠儿鸡子起吁嗟。

亥

枯池雨入暂时绿，欢酒笑歌何日足。立计终须获外财，进身不遇承天禄。雨散鸳鸯各自飞，浪打扁舟尽翻覆。借问春残花若何，大半那堪风雨触。

女命《前定易数》：巽

丑

忧去忧来无定期，绣帏可且守良时。莫把心怀疑虑苦，自然生计脱孤遗。春风渐有穿帷喜，佳客相寻拂故枝。寅申蓦地佳音至，不觉芳心展翠眉。

卯

浓云却被风驱散，有难时人福比同。云收风静无忧挠，祸去福来有势逢。淑女闺帷名守立，良人顾盼意中浓。但恨初来家已破，从今向去自昌隆。

巳

安身立命在何时，且待东风来顾之。若任心狂终有失，不知命里有乖离。辰巳虽然宜吉兆，鸡猪必可立镃基。如要安时问良客，当修己足捧金卮。

---

① “□”，疑为“栽”之俗体，下同。

② “邹”疑为“雏”之误。

未

寂寞幽窗下，留神守绣帏。娇莺来哢语，乳燕入衔泥。

情性多良善，亲知苦别离。重山问消息，须向粉郎归。

酉

早离家山向外山，良人特意暗相关。拟图安佚无他事，争奈孤疏立险艰。

雁杳鱼沉无吉耗，莺啼燕语自绵蛮。如逢虎尾蛇头上，依旧含容展笑颜。

亥

贵人楼上相招，此时名誉滋饶。老来欲知吉耗，扁舟却渡波涛。

果缀枝头红艳，雁鱼深处飘飘。试问恩情何在，宽心且度良宵。

丁戊：名月在碧天格

黄河天水相连济，自古从今不断流。月在碧霄云汉阔，雁飞天外两惊秋。

每听猿声山涧远，利名福禄自然周。借问花残留几果，桃源雨打落花忧。

（中）

身在危城下，移居到凤楼。箭随牛首发，见兔月为钩。

（末）

铸钟几度方成器，石上我松方觉易①。自前险阻俱经过，晚年方得营家计。

男命《前定易数》：谦

子

黄河天水通交际，亘古从今不断流。月在碧空是汉阔，雁飞天外两经秋。

须知身在砖城下，不日移居到凤楼。直待鼠牛窠里发，花残结果两枝头。

寅

森森清江水，潜流触处通。牛羊乘鹿地，遇鼠始成丰。

鸿雁飞空阔，芳花艳异丛。些儿闲虑及，过后却无凶。

辰

浩浩波清不断流，日来月往事方周。如逢鼠兔镃基异，更待猴鸡名利优。

鸿雁一双声渐远，鸳鸯两只意绸缪。君还舍得身中宝，处处留心始到头。

午

黄河天际水，从古自交流。名利得时重，家风振未休。

雁飞三只远，花折两枝柔。纵遇时难改，难逢事必周。

---

① “我”，疑为“栽”。

申

一条天水通黄河，亘古群流不异过。得志莫辞名利薄，为生依旧是非多。
雁飞天末空留影，花放庭前果在柯。行止莫疑枝叶弱，才逢雨露更婆娑。

戌

直道无今古，长江不断流。利名常浩浩，业计自悠悠。
晚日鸿声乱，青春花朵柔。半愁还半乐，不觉白斑头。

女命《前定易数》：明夷

子

笑语自融融，情怀处性聪。前生多暗昧，去后定昌隆。
燕子来寻垒，莺儿立古松。栽培在羊虎，依旧整娇容。

寅

借问平生受业时，朱楼稳步自无疑。粉脂不畏炎炎日，善性低偎郁郁眉。
几阵桂香从外入，一双奇果缀枯枝。犬羊相遇终须吉，慷慨安然守旧基。

辰

心事细难知，从来费尽机。兔来收拾鹿，猴至强开眉。
绣幕低垂户，朱门半掩扉。东君问所自，只恨运来迟。

午

半掩朱扉下，低垂绣幕中。情怀多闷闷，性意苦匆匆。
雁影空沉水，枝枯苦被风。良人逢兔穴，举手拂幽宫。

申

花盛果收奇异，时来结个红桃。鼠牛方知吉耗，龙虎营运滋饶。
借问从来何若，凄凉空度良宵。翻身自涉危艇，贵客滩头又招。

戌

仙种逢时花未残，将身翻却男子强。可怜人在红尘里，何日能离苦海航？
粉脂任意重添色，娇态留心试淡妆。蓦地仙姑来一问，不妨向我到南阳。

丁己：名黄河连天格

黄河天水相连接，水港溪深流不住。松筠高节直冲云，终作鸾槎乘仙志。
雁飞江上无踪迹，毕竟年深断消息。树头花发两枝春，水上紫衣人助力。

（中）

轩昂心志事，名望转迁权。箭随猪上发，逢鼠禄升天。

（未）

梁间燕子整新巢，鹤立青松志气高。贵客相逢须得意，此时方许钓鱼鳌。

男命《前定易数》：坤

丑

雨过新凉枝叶盛，长松节操不凋秋。镃基别得家重植，身计如安且恁休。

雁逐断云悲海峤，鸳随深浪入汀洲。若还要识平生事，失却还须再聚头。

卯

历尽高山险在前，平生负重不离肩。飞遥孤雁重山去，飘落残花果又干。

能将胆志存终始，争奈根基不十全。东向是家西向立，天然教你两边圆。

巳

芳园蒿艾离兰芝，枝叶兴衰各有时。更遇东君回暖律，再施馥郁始人知。

孤雁忘群悲夜月，鸳鸯失侣独栖池。前程自显成身术，莫道生来遇利迟。

未

欲上危楼路不遥，猪儿逢鹿马头高。前程渐渐生涯立，去后纷纷祖计消。

一树落花香瘦削，半行归雁叫何劳。虽然更有终身福，自合名彰好弃瓢。

酉

贵客垂钩吉事休，井中休怨禄难求。成身必到安闲地，荣业须超杂冗流。

果结高枝花已谢，孤飞高塞雁寻俦。中间一段难明事，争奈天然不自由。

亥

萧索园林景物衰，东君一旦遣春回。枝头始觉花消息，霜雪不期相趂[①]衰。

才有利名还半失，将高禄位恐难陪。倦怀休与时人论，笑傲云泉归去来。

女命《前定易数》：益

丑

娇态施情问鼠牛，前程百事不须忧。但闻云边孤飞雁，不愁灾厄度春秋。

侍奉且徒慈善立，殷勤家计早拘留。开怀渐使身心乐，何用奔波苦苦求。

卯

衣披玉体假男妆，缓步平平到寿阳。休问行人路何远，却缘汝辈福难量。

不须回首归衣子，只可留心守绣房。鼠牛时至终须在，新景移来上玉堂。

巳

情性刚强立志豪，作事操持心性高。前程毋虑成家计，但恨年来果不牢。

鱼雁相逢无间断，鸳鸯得意喜波涛。更遇贵人先自宠，同宫相守尽逍遥。

---

① “趂”，为“趁”之异体。

未

亲眷凋疏转见衰，终身重改福胎来。贵人举首无私意，后苑枯枝花自开。
强缀果红不长久，情怀深远意难猜。龙蛇窟里问消息，朱颜依旧笑香腮。

酉

志气刚强最难测，早把生涯在贵人。立业乍成还乍破，守己留心不主身。
鸳鸯对对游新水，乳燕双双遇早春。福回依旧精神变，须待时来脱乱尘。

亥

铁砚磨成和绣针，低偎闺内守芳心。欲步金莲图脱化，奈何衰厄尽相侵。
槛畔良人开眼望，窗前佳果缀平林。试问前程有何所，静心侧耳听佳音。

丁庚：名仙人看月格

高楼画阁终非久，独倚阑干望远天。一上小舟音信隔，芦花深处有风颠。
邻家户口三千万，咫尺长安一水间。借问白头坟畔立，四隅相送海隅间。

（中）

阴妇期招客，风帆驾远舟。庚随亲马虎，明月照中秋。

（末）

寻问几载身未退，衮衮生涯事越攀。艰辛遍历中年过，恬淡须当晚景间。

男命《前定易数》：临

子

立业难终始，斯人两苦前。贵乘猴鹿立，人逐虎灾缠。
雁去忧分散，花开恨不联。虽为云外客，心事在亏圆。

寅

心如钩距计如丝，休把忧闲镇锁眉。羊火誉传知虎子，禾刀得入待龙儿。
飞鸿两两东西去，旧树枝枝果又衰。若得仁人启尖嘴，便随春色到皇墀。

辰

身事心谋两不同，可伤亲旧各西东。贵人逐鼠过茅舍，山鹿随羊入野丛。
群雁行飞还失侣，残花枝上又新红。平生衣食随时足，不作清闲白首翁。

午

平生虽有青云志，偶被弓伤落羽毛。虎口开时迎喜色，猴头起处射秋毫。
一行雁起空沙迹，二只鸳鸯舞绿涛。莫遣斯人盈满去，便东随逐浪滔滔。

申

机谋多变事多知，干贵趍[1]名计总非。虚禄谩成于马首，成身安立向猪儿。
二株花木无成果，一对孤鸿南向飞。可惜平生情性悦，此身不幸寿无亏。

戌

只斧斤何断，孤身事两家。时当成破处，情到喜中嗟。
呖呖飞鸿雁，枝枝艳冶花。夜深风雨暗，特地逞光华。

女命《前定易数》：临

子

风景自萧条，亲疏情分凋。槛前游蝶喜，花内乱风飘。
有意收生计，无心守寂寥。重山寻故客，方可保身牢。

寅

立计多迍蹇，聪明特异人。只知淹苦久，难免福重新。
燕语情堪许，鱼游共水滨。欲辞灾化吉，且更待寅申。

辰

美貌随风改，心情介且孤。幽闺多坎坷，绣幕却清虚。
马首须知吉，羊儿不惮迂。后来荣遇日，当得守残躯。

午

业重修身苦，从来不自由。情怀常郁郁，生计自悠悠。
佳果虽含实，红梅反遇秋。半愁还半乐，终白此生头。

申

造化元来是祸胎，分来福去又还灾。立身当尽平生债，处性难教美貌开。
重重孤失何能脱，闷闷情怀岂可猜。路人忽地寻消息，不若低偎觅果栽。

戌

朱颜不改少年容，步步金莲入洞中。时来福至无些挠，早待良人立大功。
一只娇莺窗外语，成双粉蝶逐清风。堪笑前程荣遇处，成家立计必亨通。

丁辛：名满地桃花格

自古兴隆泰渐通，因逢除夜月朦胧。如今暗地逢明烛，随照流光却向空。
寒塞雾烟莺燕少，雁飞沙塞也西东。知君意在青松下，堪笑桃花满树红。

（中）

知禽翼未齐，似鹿角方生。便风船到岸，何用苦摇撑。

---

① “趍”，为“趋”之异体。

（未）

平生才说又逢忧，独立峥嵘有变谋。安然姑待桑榆景，利禄资财不用求。

男命《前定易数》：泰

丑

心乱丝千系，家繁势八刀。亲知情见少，志气自空高。

杳杳沙头雁，芬芬槛畔桃。天然身若此，何必叹空劳。

卯

闹里成身出等闲，休嗟祖业有艰难。哀情番作风情恨，不意俄成得意间。

鸣雁孤飞晓归去，花枝重结晚来悭。利名堪笑多难守，才足逢忧闷破颜。

巳

水涸鱼无乐，春来草自荣。利名空怅望，情绪若无宜。

雁叫愁人意，莺啼愧耳听①。白头堪羡慕，风月谩留停。

未

业计渐凋零，衣冠愧不称。人情空往复，志气谩堪能。

塞雁群飞去，墙乌每起憎。安危孰可料？高意看风灯。

酉

有意荣枯江上草，无情出没岭头云。是非消息渐多口，亲旧因缘恨不分。

园中桃杏须摇落，塞上鸳鸯必失群。借问枝头存几朵，花残一果已留君。

亥

无限园林好，安然乐几秋。节坚庭畔竹，情逸水东流。

花放雨惊散，鸿雁霜冷愁。云程终得路，胡为此淹留。

女命《前定易数》：蛊

丑

一身早离亲门去，改易成家未见踪。败失重重堪立计，孤遗闷闷喜亨隆。

日下徒妆红粉面，风前难展少年容。若是良人从此得，不知不觉各西东。

卯

春色融融发旧枝，绣幕低偎守吉时。莫教槛外东风起，依旧闺中笑貌迷。

云间鸿雁情欢洽，月里婆娑忽自披。借问生涯何所以？留心对坐着仙棋。

巳

克已伤亲出世间，且宜安首整云鬟。早出元基方可脱，抛离祖计失慈颜。

有果不收霜后实，无心且自访青山。欲问荣华平稳日，时来命发脱重关。

① “听”，原作“聽”。下同。

未

花容异日别千般，忧闷情怀不自宽。且恨生来无此厄，不知去后有新欢。得果来迎陪一笑，贵客相招入峻峦。待得鼠头回吉耗，依然有意免眉攒。

酉

孤雁依云展翅飞，修身兀坐绣衣扉。虽自衣财时聚散，只知命分有乖离。贵客相从当此显，花容妖媚逞娇姿。前程终自无忧虑，祸去还须晚福随。

亥

翻身且脱垂丝网，一透朱门逐雁飞。良人前定非今日，莫用辛勤守绣帏。寅子时来无阻隔，卯申命发定镃基。且问前程何日立，守心专待彩郎归。

伊川击壤集卷之二十四

丁壬：名野鹤营巢格

仓廪陈粮积有余，半归雀鼠半归厨。空中雁阵飞三只，天赐聪明亦在书。有限定招身险虑，多愁尚恐暗有虞。花开却被多风雨，老树庭前只一株。

（中）

子前思牛角，骑龙上碧霄。逢蛇方得地，跨马步仙桥。

（末）

勤苦须用独撑持，度岭穿山遇石崎。紫袍贵客人相会，异时平步蹑天梯。

男命《前定易数》：师

子

前程计业渐光荣，艰苦逢羊路渐平。胆志每招危险外，言辞若涉是非声。空中鸿雁飞三只，池畔鸳鸯遂两情。莫虑花开多暮雨，枝枝结果自然成。

寅

否中还泰又须通，困尽危中道再隆。立业必超黄阁贵，利名终到白头翁。庭花生艳遭春雨，塞雁联群起朔风。旧发蛟龙行雨露，不教尘土泊英雄。

辰

疏亲背祖身还寡，惹是招非险又艰。每见福身还又薄，如逢难事却无难。长天寂寂悲鸣雁，晚景幽幽眼彩鸾。春去秋来荣不彻，孤标独立效僧蛮。

午

趋名趋利何时足，多遗多愁少解颜。道在险中能遇福，人情美处总成闲。异花开发荣新朵，去雁遥飞隔故关。欲识平生名利事，东倾西积去仍还。

申

当年却自南山竹，移入庭前待风来。节操不随秋色变，根茎堪使识音栽。雁飞一阵天边别，花谢垂芳槛畔开。要看前程凶吉事，兔鸡如脱步高台。

戌

雏莺出谷迁乔木，日渐飞腾羽翼齐。飞啭好音如自乐，窠巢故处却嫌低。
晓天孤雁归南塞，晚树桃花发旧枝。闻道利名前路去，回头水畔上危梯。

女命《前定易数》涣

子

心怀豁达气流霞，慷慨荣华特地嘉。游鱼快乐逢春水，得时定主富豪家。
自招眷属逢安逸，长守闺房并逞夸。殷勤箕箒无多难，处世相看意必佳。

寅

风流立意自宽怀，生计从前不失涯。操持值此俱荣达，权柄门庭足显华。
安□□[1]堂身自稳，施为处事福来加。左右前后无一事，众人加顶共堪夸。

辰

心聪志巧能，立计常防伪。怀虑少灾迍，居常多称意。
有疾免刑危，无灾却不利。若鼠得安宁，牛羊须见贵。

午

异日花容别，施必常歇灭。隔水却荣华，离乡乃超越。
居身不能安，是非休要说。鼠尾有忧煎，贵人有提挈。

申

立计精神好，身田向善缘。情怀宜积行，衣禄得安然。
小心归侍奉，有贵自周全。更有前程事，福至自骈骈。

戌

鸿雁半空飞，孤身入绣帏。茕然财禄厚，友主贵相依。
不出门庭去，长存花阁宜。羊猴当一变，奇果缀金枝。

丁癸：名月照梅花格

君子垂钩坐钓台，乌云吹散碧天开。从今渐有升腾志，好把身心自忖裁。
此时得运潇湘客，月影梅花明照雪。蛇猴相会济风云，荒圃凋枝杏花发。

（中）

大隐逢时力渐成，天晴云月转分明。桃花树上生松子，得见牛羊禄马升。

（末）

卓立根基未见成，谁知命里主艰辛。无端事业多事叠，每遇风波得救神。

---

① “□□”两字夺。

男命《前定易数》：谦

丑

云散中天月未圆，操心用意只如前。牛羊窠里灾频挠，名利丛中事不全。雁去雁来声渐远，花开花谢色难坚。须知分定厌厌地，不必临流叹逝川。

卯

有志有谋仍遇贵，得时犹自积重山。牛羊窠里方离蹇，名利途中身未间。雁阵纵横三两只，鸳鸯聚散易成难。双枝竖起门庭秀，云上仁人伴往还。

巳

见君近日渐离愁，犹喜时时贵可投。若问时来营计业，许君一钓在鳌头。雁儿几只空中别，鸳侣一双宜再求。却喜枝头存两果，他时名利荐龙楼。

未

临流得趣且垂钩，钓得双鳌且待牛。此景此时真得意，如兄如弟尽同谋。好问雁行声自远，更看花朵意何愁。若要门庭知嗣续，残花结果两枝头。

酉

雅量尤宜坐钓台，月圆风扫乱云开。豁然渐立营生志，更喜牛乘名利来。雁字声声飞渐远，鸳鸯对对意还猜。他时双果光辉盛，羊虎当年始称怀。

亥

君子垂钩坐钓台，乌云散处碧天开。从今渐立平生志，才到中年吉事来。烟湿雁离江岸远，鸳鸯和雨压莲栽。桃花树上生松子，暮见牛羊禄自来。

女命《前定易数》：萃

丑

荆钗衣禄逢祥兆，荣显名臣立大功。早岁亨荣居犬鼠，逢君作意逞娇容。枝缀果红傲霜雪，池跃金鱼倚藻丛。门阁改易因添口，鸡兔时中福又通。

卯

秋风渐历卷罗衣，云雨绸缪不得时。鸳鸯两两浮新水，菡萏含羞冒绿池。操持嫌比情怀恶，活计驱驰性理疑。龙蛇出穴良君助，名利兼全享福基。

巳

逢君恣逞娇容态，月镜重明得意人。绣帏不拒风来卷，朱户常能日照身。大贵相投何虑苦，前程得此有缘因。不知今日非常喜，到底荣华脱外尘。

未

三星在户为佳兆，放下心平待贵生。只知性格情怀烈，抬把操持事事明。出世不足非常态，今日相逢水样清。回首远看君盼盼，不妨莲步上蓬瀛。

酉

福至心灵不被欺，精神改观已多时。绣帏拥出一轮月，玉步优游果不奇。
只嫌时命灾危苦，不脱亲疏有别离。试问生来有何恃，羊头依旧节郎归。

亥

金梭促织机中锦，机损空投织未成。佳期未至宜安守，不用忧煎作恨声。
奇果垂披未成实，娇莺睍睆语声清。时来就织回文句，必向前程享太平。

戊甲：名顺水行船格

大化无非小化成，身齐松柏复坚青。安居待命须时发，养性逍遥自称情。
天远雁飞三四只，水边云际望俱平。君还若问前程事，百岁花如半日荣。

（中）

遇犬重辛禄，逢猪箭自来。兔龙牛地发，羊马上高台。

（末）

平生进退少舒伸，所图事业恨因循。前程有遇擎天手，扫退阴云万里明。

男命《前定易数》：颐

子

策马登高险在前，路遥驰骋懒蹄酸。如逢坦路心方稳，切莫操情急着鞭。
去雁分飞三两只，残花结果一双鲜。区区长似悲秋意，呖呖枝头叫杜鹃。

寅

名利飞来岂是荣，危舟飘浪势防倾。蛇儿得脱危疑事，鼠子须期计业成。
去雁空飞音信绝，双鸳波浴羽毛轻。君家借问将来事，云上仁人荐异名。

辰

休论亲知与祖基，平生坚志自成持。此身必出重围网，幽意常如紊乱丝。
岭外音书孤雁绝，槛前情意落花迟。年来岁去浑如梦，梦觉思量百事非。

午

当年得意乱施张，百发中当百箭强。只谓弓开还的中，奈何弦断反身伤。
天寒雁叫西风急，春暖花敷带露芳。欲识此生身作计，只将兹事拟东阳。

申

云梯咫尺可跻攀，欲上危难意又阑。再把身心成别用，他时名利又重还。
寒江有雁分飞去，春苑芳芳结果悭。直待马牛方息虑，望中再立两重山。

戌

离亲离祖独营家，渐渐谋成事有涯。胸次多能须自屈，朋交无分是非加。
双双目断归南雁，朵朵情伤墨雨花。料想此君仙骨薄，休将心胆跨云槎。

女命《前定易数》：小过

子

望君低幕指朱衣，对面谁知心下非。千花百媚三春景，娇态妖容正得时。
乘风顺使归荣地，入鼠成功世罕知。福至终须逢此兆，生平衣禄自亨期。

寅

一轮明月照孤舟，人静催行不自由。但见重山与重水，何知赋定自优游。
一只雁声声呖呖，几双蝶舞舞悠悠。借问前程当若此，收心守已度春秋。

辰

情绪如丝乱，无心得理情。情怀徒闷闷，业计立平生。
雁度长汀远，萤灯别浦明。一身何所立，孤失势难凭。

午

衣禄虽未全，身闲心不安。操持徒自逞，分足遇忧煎。
何况孤离早，难依势力缘。待猴消息至，又恐祸相连。

申

生来情性多粗恶，不耐荣华岂可攀。假使能怀千计巧，如何可得一时闲。
须当破祖并破禄，便逢奇果又收难。更看前程坚固力，犬儿到此恐衰残。

戌

离禄一去问前程，前程衣禄自然荣。鼠牛成失虽伤己，猴犬仍前有誉名。
莫向和风时拂动，山前忽地望夫迎。安心且享崇高福，不顾亲疏得众成。

戊乙：名瓶酒满樽格

鹤立青松栖不成，无言终日谩劳神。刚柔自定成身计，金满斯箱酒满瓶。
雁叫碧天空接水，桃花雨后始鲜明。堪爱利名频得失，争似山居静掩门。

（中）

逢见阴人发，乘猪喜渐来。兔龙当美命，羊马望天开。

（末）

万顷波涛一叶舟，处身烟浪未能休。金水贵人轻借力，此时平地跨鳌头。

男命《前定易数》：蛊

丑

刚心能自奋，操意每多危。利禄成难久，亲交必见遗。
有花应两折，闻雁必孤飞。要识前程事，元君又梦龟。

卯

春色到时皆奋发，枯根槁木尽新枝。身计定期名与利，人情任议是和非。
云山叠叠空愁雁，莺燕喃喃各带儿。去后朱门好冲击，其中还有福镃基。

巳

区区冗路莫辞劳，丹凤应须脱草蒿。奋翼直须翔物外，拟身真与利名高。
连天秋水空横雁，遍暮狂风摆落桃。得趣更知云水兴，飘飘雅志自风骚。

未

堪笑当年事，为缘父母孤。资财成破处，祖业倒难扶。
雁去一双远，花开三两株。纵然不倾陷，不免走危途。

酉

青云非汝睹，生计多劳苦。前生一梦中，成身百事负。
雁飞江外遥，花傍篱边吐。若问可荣身，不敢轻相许。

亥

云程万里君须去，必显当年出众才。惊破高人青眼顾，安荣生计白眉开。
水波埋却鸳鸯队，田野分飞鸿雁哀。空叹中间荣又谢，斯人何自汨尘埃。

女命《前定易数》：履

丑

前程自有荣华地，何不安心向绣帏。辛勤立计虽操略，作事机权莫惹非。
贵客相寻通吉兆，佳期无阻遇良时。生平得意广缘定，不失天然享福基。

卯

一去家山问有谁，忖量测度意中危。中途忽遇擎鸾手，却问当初是我儿。
怪讶去年娇态女，因何有子在途亏。元来出世相分定，今日奁缘自旧时。

巳

辛勤一世几时休，止恨迍邅不自由。必能施设千般巧，不遇风光几样愁。
衣禄虽然随分后，反为便失走蛇猴。不如早早心修善，去近名贤免苦求。

未

几番朗月缺还圆，处世情怀不肯宽。命里虽然无大害，心中不足受欺瞒。
得逢富贵时时喜，乐处居游事事安。勤俭主施人世事，自然衣禄得骈骈。

酉

闺房秀丽几春秋，槛外风流惹我愁。娇容不改经年貌，粉面频垂香泪流。
思感当时荣贵处，不知今日苦中求。六亲疏散留踪迹，欲托高人守白头。

亥

胆大心粗立纪纲，机谋操略胜儿郎。只缘漂泊情堪失，争奈孤疏意未长。
幸得高人相举手，何虑他时命不昌。安心干运衣和食，鼠子来时福自强。

戊丙：名明烛当风格

如今家富未为富，他日身贫未是贫。根脚浅来心地广，荣身好事未能成。
雁飞天外空寻侣，里外三千烟水云。借问芳菲成几朵，满园留得一枝春。

（中）

身自未能安，区区何曾闲。利名须见马，临水下钓竿。

（末）

历尽风霜始得安，云收雨散月登天。贵人相遇来助力，金波玉沼映芳莲。

男命《前定易数》：贲

子

此身平地入青云，回首相逢天上人。历尽重山乡故远，将谐吉事福基新。
孤鸿别队空相忆，花朵重枝插醉巾。跨鹿定应己个事，岁寒方见老灵椿。

寅

变化机权未遇时，年来好事又差池。蛇羊挈出千重网，遇鼠还应百事奇。
天际雁行何寂寞，槛前花朵见离披。知君向后成身处，贵客相期到玉墀。

辰

堪恨生来多坎坷，较之命分不须忧。此身不作他家嗣，还好清闲作道流。
月满花开空怅望，鸿飞雁去不堪留。琴中幸有知音听，流水高山一曲休。

午

贪名好进多无益，多志多能意不深。无限闲愁消未尽，中年财利喜相临。
长天渺渺云浮雁，秋雨萧萧叶陨林。好把身心思进退，前程灾祸免相侵。

申

凡游巨海凭舟楫，缅想青云必有梯。唯恨前来常苦楚，焉知他日有提携。
孤飞雁起沙汀远，零落桃花径路迷。守得利名才入手，奈何天命不相齐。

戌

此身未许成身处，幽意常如不意中。生计空教图异趣，新交须见逆心哀①。
残花几朵哀阴雨，去雁一行悲暮风。始遇江南好行路，鹧鸪啼处水西东。

① “哀”，疑为“衷”之误。

女命《前定易数》：井

子

生来寂苦费心机，却主多招是与非。若使无刑虽见寿，须防带疾免灾危。
得在鸡羊荣贵地，必然亲眷定分飞。良人隔水传消息，且放心怀守几时。

寅

春兰秋菊正当时，何用劳心苦叹迟。空使神仙传妙术，难期贵客称心机。
时来终有青云路，福至须当玉露滋。犬羊不敢轻相许，劳心还享晚镃基。

辰

性烈诚难测，心聪岂可欺。玉容能好恶，粉态足稀奇。
箕帚无违礼，温凉不失时。世间无此物，终遇八仙栖。

午

时势真更变，英雄烈女持。作家宜历事，立计遇良时。
巧燕檐前影，娇莺槛外飞。前程终不失，勉力守雄儿。

申

志气虽然烈，于心积善缘。中年衣禄聚，休论是非前。
鱼雁情尤净，鸳鸯意自坚。安身终有地，荣达福田连。

戌

立计必艰难，斯人多苦煎。贵成当免立，时显恐灾缠。
蝶扰忧分散，花衰果不联。生平多坎坷，事业每亏圆。

戊丁：名清风明月格

桃花夜雨春残落，柳绿莺声绕树枝。寄我一身须远祖，芦花深处雁南飞。
真文必遂金门禄，晚赴舟墀莫叹迟。家住五湖明月夜，儿童相送步云梯。

（中）

蹇滞为时发，昏铜再琢磨。命逢寅上达，猪见鼠相和。

（末）

平生好处屡蹉跎，才到成时挫折多。紫衣贵人重情处，此时鼓腹醉高歌。

男命《前定易数》：剥

丑

芳菲半谢莺将老，声啭高林宿外枝。祖业定应财共破，人情中道可堪依。
孤云雁过江山远，得意人逢景物奇。论著利名难久处，不如林下问绯衣。

卯

利名才足便言失，业计将成又复衰。亲眷凄凉肠更断，心怀疑恨事难期。
双双旅雁随云去，朵朵鲜花带雨垂。只道伊家无会解，不言天数与天时。

巳

黄金盈室酒盈樽，不解平生意闷昏。蝶蝶忧煎空度日，纷纷活计尽眉颦。
江天雁过群应失，池沼鸳鸯各自蹲。借问花残枝结果，环奇一子耀君门。

未

升跃登云路，施张偶见功。异花重结果，孤雁各西东。
财禄当时盛，生涯过祖风。栽培根无力，春去恐成空。

酉

见君初计甚丰隆，日往时来渐不中。山上有山全不顾，福中望福返为凶。
离沙雁去秋将冷，满岛花残春已空。寂寞阑干人不倚，空遗明月与清风。

亥

借问成功受泰时，云梯直步更无疑。飘然已见形骸异，偶尔将成计业奇。
空碧云飞江带影，小堤花落翠添枝。功名洗耳归林下，松竹交加乐战棋。

女命《前定易数》：震

丑

枯木逢时花自开，玉容粉态滴香腮。自恨疏乖情义薄，长忧困苦阿生猜。
立计虽然有成日，生涯依旧待春回。争奈命缘有如此，笑傲山林归去来。

卯

望断高人险在前，生平立志岂虚然。良人山下徒相失，有果经霜不自坚。
能操胆志依然在，争奈根基没十全。东面为家西面去，天教娘子两亏圆。

巳

贵客重年钓海鱼，水边休怨禄难图。成家欲要清闲处，立业须教旧日居。
果缀高枝荣自立，孤飞小燕入新庐。终有难言一段事，必然年禄又还孤。

未

骨肉分离隔远山，生平踪迹守孤单。财食终须相副合，因缘未至放心宽。
琴意正浓弹别鹤，情深且守结飞鸾。桃花春色浓如酒，许我时来改别颜。

酉

昔日今时事不同，莫言昔日有奇功。园林春至花容改，帷幕秋残果色红。
风撼危枝难结实，月明良夜问三公。休说时今无限景，马头回首福从容。

亥

生平志气何时足，守至羊猴方近禄。良客相逢事事通，终见衣鲜颜似玉。
月照纱窗踪影横，风吹奇果枝难续。安心静守不须狂，时到忧危任翻覆。

戊戌：名孤燕呢喃格

岩前风雨正依依，独倚柴门半掩扉。贞洁沉吟凝泪眼，儿夫别后未回归。天边雁阵空违侣，槛内无花借一枝。莫恨晚年成败事，休论昔日是和非。

（中）

虎啸山前响，龙吟水渐高。马头春色里，到此作英豪。

（末）

头角峥嵘已出尘，车轮得就可安身。如今随在风雷化，便觉青云天上人。

男命《前定易数》：艮

子

风月辉辉照玉扉，偶然贵客得相依。自兹更革忧成喜，莫使身心向是非。分散鸳鸯何可奈，利名蛇鼠许荣归。当年漂泊江波外，老把丝竿下钓矶。

寅

几番忧去又忧来，怀抱何时得好开。直把身心待羊鼠，自然生计脱尘埃。庭前摇落花无果，天外分飞雁不回。堪叹老时多役志，却将微福惹愁灾。

辰

孤子成身险又危，莫言名利众相离。奔移空使身多事，待望须还向晚时。沙雁分飞四五只，庭花须谢两三枝。柴门尽掩无尘事，好向其中立所为。

午

虎豹丛中应我居，许多艰险许多虞。挺身欲脱千般滞，立业须逢一轴书。秋雁横空群必失，春花摇落树应疏。只知我计长无患，争奈天时寿不殊。

申

衣冠荣处脱埃尘，举步悠扬上碧云。千禄定教膺厚福，为君终不丧斯文。鸳鸯池畔无双侣，鸿雁天边独自群。绕树花残春色老，枝头双果送东君。

戌

旧家台馆渐阑珊，再整生涯又未安。玉兔才升身入喜，青猪相会事无难。庭花开处悭成果，群雁分飞侣不还。借问前程何路入，鳌头起处下长竿。

女命《前定易数》：艮

子

萧条秋景险艰难，施心立计势如山。窗前燕语失群侣，花内无梅强自攀。风卷高松声历历，孤遗珠老水潺潺。孤遗到老成何事，不若留心看福缘。

寅

园林春到花争放，唯我枝头尚寂然。只为东君不为主，自将身占雪寒天。
鱼队同游新水跃，李花果缀一枝鲜。亲知骨肉应难分，果待贤君外处圆。

辰

华屋高堂风自凉，偶遇良君入贵乡。虽是前生缘已定，岂知今日福难量。
燕飞墙上难留语，花放梢头不吐香。守己安然头自享，莫将玉貌乱施张。

午

立业疏亲不可言，祸去灾来事万千。欲向绣帏安守志，时来立计独持权。
槛外鱼雁音难托，池畔鸳鸯颈自联。莫恨年乖太多事，福尽尤兼苦又煎。

申

处世艰难事不佳，良人何苦怨无涯。多愁须向无愁日，无意翻成得意家。
檐前燕自呢喃语，槛外一枝含笑花。镃基试问重山计，别立根源福更奢。

戌

生平事业高天外，一半成真一半虚。立计须知马头转，成家终自欲如鱼。
飞蝶双双群自失，残梅露落果应疏。报道前程何处立，不如早自改新居。

戊己：名花开值雨格

连环击破愁萦腹，松桧盘槎鹤必栖。雁过远山飞断目，鸳鸯雨打各分离。
平生志气应难敌，争奈从来未遇时。借问晚年何处是，桃花林下好围棋。

（中）

龙接羊生角，骑牛入凤城。百年云雨会，天水送归程。

（末）

赋分平生易变闲，人情恩爱又为难。异日高人来托引，成身只在半时间。

男命《前定易数》：剥

丑

弃亲家外立，毁誉本无非。莫道财难守，还应禄向迟。
花枝双结果，鸿雁两头飞。争似云居好，闲吟昼掩扉。

卯

杂好无成就，多知恩义辜。刚心空有恨，操意谩多图。
鸿雁群飞别，鸳鸯两意殊。逢春堪赏玩，台树已荒芜。

巳

日出东方正显光，休疑云物有相妨。桃花遇浪应难测，桂蕊施香岂易量。
得意莫忘归雁远，伤心再喜异花香。荣登好事人归去，卧对幽窗任短长。

未

性执心多事，区区老不知。花开空豔[1]态，结果必秋期。

鸿雁双双远，鸳鸯对对飞。中年家富足，得穀假牛犁。

酉

猜虑人情过不思，平生交结负心知。利名许有成还破，事业虽存吉且危。

去雁横斜空里见，芳花开谢槛前时。君还要识荣归事，至老心安任所为。

亥

身世渐峥嵘，冲天丹凤翔。箪瓢君已弃，百里道何长。

花落秋林静，雁飞南岭傍。白头心未足，生计又凄凉。

女命《前定易数》：蒙

丑

生涯自有安荣处，分定相成不自由。马兔才来逢吉耗，鼠蛇相会免灾忧。

空中积雪寒尤极，庭畔残花果不收。欲得成家坚固日，当思改貌遇公侯。

卯

天然分定不由人，石上栽花却遇春。衣食虽从艰险得，情怀舒展似劳神。

群飞莺燕情难治，交颈鸳鸯意未驯。莫使灾危困贤女，不须兴叹逐凡尘。

巳

性气才成立，营家福自来。鱼游春水绿，花向晚园开。

有果终须结，逢危不见灾。开怀逐良客，稳步上高台。

未

生平志虑全无定，一度欢来一度愁。常怀情性随佳客，才到时来禄自优。

鼠犬相逢当显立，牛羊终是果全收。生前孤苦皆为吉，自整梳钗入凤楼。

酉

从前立业孤无倚，劳力劳心结是非。守节红帏今日事，开颜强笑少年机。

梨花带雨情堪叹，紫燕随风各自飞。借问前程有舒畅，中天云月显光辉。

亥

倚门无语笑东风，百计千谋不见功。须待鼠头成立计，相逢贵客显家丰。

江头紫燕声声远，闺内朱唇点点红。欲问平生荣显处，南柯拂拭梦魂中。

戊庚：名仙鹤高飞格

立器先须用琢磨，荒原平地起风波。孤飞雁影烟波碧，白岁身闲心绪多。

远浦鸳鸯飞两只，江边渔父摘香荷。君家更问儿童理，带梢折得一枝柯。

① “豔”，疑为“艳”之俗体。

（中）

独立溪边自乐情，水东驿舍水西亭。须知箭在行人手，牛虎逢龙上玉京。

男命《前定易数》：损

子

天拥云高孤雁飞，动人无限事如丝。不愁浓雾淹延久，自有清风拂掠时。
一树早芳迟结果，平生欢少意多疑。烟波去路一相会，满目黄金好展眉。

寅

晚节秋光胜却春，桂芬蟾满气清新。南枝必入高人手，北户将开老鹿驯。
飞雁远看空有月，花枝垂折满簪巾。君还脱得中间事，一去安荣寿九旬。

辰

不图虚利立生涯，得意归来笑旧家。无个亲知休叹息，有余生计惜奢华。
孤鸿只雁难寻侣，旧木枯枝又长花。老懒安闲眠坐兴，半轮残月照窗纱。

午

几多难险何时脱，百岁营谋散聚多。强笑强歌看未足，劳神劳力事如何。
半途鸿雁分飞去，一树花枝折旧柯。弃得那边惊险地，迷头何事入天罗。

申

生涯随分向前程，平日心劳事不成。借问时来营计事，定应午后有虚名。
天寒鸿雁皆飞远，沙暖鸳鸯各遂情。薤曲江头人旧恨，想知流水作哀声。

戌

忘机散志不胜休，独把身心向后求。运未何须劳早虑，年来方喜老无忧。
飞鸿只只离沙去，花朵枝枝异果收。度得牛羊消息后，一般美事有谁俦。

女命《前定易数》：蒙

子

良田万顷欲相随，不是镃基谩自施。但且安心登粉阁，何思立计守良时。
前程自有人相顾，幽室宜当拥帚箕。青云有路从今始，莫问当初灾祸亏。

寅

昔日真难说，时今自可知。满堂和气溢，立计再扬辉。
雨洗梨花落，风轻燕子飞。不须思虑重，享福受耆颐。

辰

桃李喜重开，秋回春后来。时荣宜立计，鼠马发枯荄。
莺啭枝头雨，鱼惊沼内苔。万般皆变化，终久遇贤才。

午

云电相逢遇，甘雨在知时。枯根当再发，旧禄改新基。
情性当坚守，牛羊免别离。若能如此变，美貌保无亏。

申

锦帐风来卷，情怀不放间。未能心下定，终久事艰难。
鱼尾沉秋水，君山隔故关。下堪云里月，回首落深山。

戌

梨花重洗娇容减，堤畔垂杨风自吟。佳人自觉情怀失，意里犹如困睡沉。
冬景萧条增夜思，雁声嘹呋碎秋心。幽闺寂寞无人问，空对青山皓月临。

戊辛：名暗月云遮格

负薪过险前村里，半路行逢忽遇金。拟待折腰乘宝马，犹疑乏力不堪任。
空中群雁双双影，及至年高始奋心。借问花残留几朵，晚来枯木再生荣。

（中）

莫恨从来未遂情，晚年荣茂胜前因。猪猪渐渐新踪迹，月到更深辗转明。

（末）

险阻艰难几经历，巧妙机关颠倒失。夤缘际会草门庭，自有贵人来助力。

男命《前定易数》：大畜

丑

枯根虽则遇春阳，纵见花敷艳不芳。示汝荣枝易零落，拟还结果事非常。
双鸳分散情应去，孤雁悲鸣事可伤。如要此生居止好，翠云深处锁云房。

卯

千里相逢天上人，满怀志气屈须伸。好把当年营计事，再须葺整旧成新。
分飞鸿雁归云远，交颈鸳鸯卧水滨。牛足过时前路险，猪羊方见出埃尘。

巳

蛇猴有吉过猪边，更有牛时不必言。美酒正浓樽已竭，良驹足损步难前。
落花飘趁东风远，去雁飞时紫塞联。借问玉瓶宫里事，癫狂一鼠自天然。

未

立身未定为鳏寡，名利成来有异功。独奋机权心役事，拟成吉事反成凶。
双双过雁断云碧，朵朵飘花落雨红。欲要腾身翔物外，到头依旧入樊笼。

酉

潇湘一片清虚景，北去南来事未由。举手欲成生计事，寸心犹自未消愁。
窗前带雨花枝瘦，塞外凌寒雁韵秋。借问扁舟何处去，萧萧风雨白苹洲。

亥

浑金璞玉内藏美，雕斫方圆巧匠心。侣镜鉴人言行失，为真别伪是非侵。
枝花重结情何极，雁阵双飞意亦深。身势既成名利事，示君回首楚歌吟。

女命《前定易数》：损

丑

独立危楼欲步梯，艰难方免意忧危。回头望看前山路，昂首低思不敢移。
重重险峻如此苦，累累忧疑谁得知。若要心安并自在，直须蛇尾化龙儿。

卯

早脱家乡面外居，终途即见客同车。衣冠整整宜新样，中櫛[1]频频得自如。
进退方能身自陷，忧煎不觉意将舒。鼠年相保无疑虑，新水如同队队鱼。

巳

一条仙路绝埃尘，可吉成身福久新。忽遇大才终路引，便知昔日结良因。
鸳鸯对对争欢洽，燕雀双双不离群。当问平生因此吉，重修美貌越精神。

未

美貌如桃色，红颜似杏匀。一身终自稳，晚福越精神。
富贵从兹起，荣华近贵人。莫教春气盛，依旧果扶身。

酉

堪笑平生事，东更北又来。身心如此蹇，情性与谁猜。
孤失还成破，愁颜却自开。重重无遇处，终是困尘埃。

亥

福来宜作善尤佳，枯木逢春却有花。且得安和宜静守，施心庆善乐生涯。
东君顾盼知机日，良马优游自立家。晚来红日后山坠，便得浓云来拥遮。

戊壬：名凿山开山格

黄金非我真身宝，毕竟芝兰异芳草。家住潇湘东又西，反向山南山北好。
老树春来晚枝茂，行人与说虚名早。百岁坟前一蕊秋，白头丰足无烦恼。

（中）

碌碌春复秋，区区何日歇。箭中马头时，寒光映秋月。

（末）

根基如菊绽金英，早岁萧条晚始成。得遇贵人相助力，许君平步上天庭。

---

① “櫛”，疑为“掷”之误。

男命《前定易数》：蒙

子

空愁空恼意凄凄，革改生涯东又西。休怨此生长失意，又还他日到云霓。

树头消息归春晚，水畔佳人立未笄。借问君家成业计，晚来江上钓钮犁。

寅

灵芝发秀蕙兰馨，直干青松定插云。拟待身心成大计，何忧鸿雁又离群。

龙门有意君应入，尘俗无仁子莫分。兔儿犬子如逃得，老坐高堂福永春。

辰

虬枝坚操倚岩松，势似龙蟠气自钟。堪恨逢春无旧发，尽教霜雪不凋丛。

燕宿莺巢身两处，鸿离雁往各西东。莫道治生多苦楚，留心长啸白云中。

午

年来活计几时成，独立于家闷此情。财利每招成复破，生涯又见鼠羊荣。

雁飞只只穿云去，花树枝枝映月明。借问他时名与利，滔滔晚岁渐东倾。

申

身名初计似秋萤，飞入高堂效景星。鸿雁飘飘各何往，亲朋泛泛未堪凭。

休嗟旧日长如暗，还见中年醉始醒。借问枝头存结果，花残一果自香馨。

戌

人生莫道有镃基，虽有镃基也待时。惆怅命迍多聚散，艰难世事不胜悲。

花放岭头经雨谢，雁横塞外被风吹。何时丰足盈高意，直向重山立所为。

女命《前定易数》：咸

子

凤钗垂发发如云，鸾髻高昂压众人。聪明谁敌心怀爽，权柄能持作事新。

更得衣中求作士，不妨笔墨业嘉宾。鼠羊福禄重重吉，一段风流不可陈。

寅

家外营家方可立，前头兴废事须知。唯恐无心修积后，终须立计必因时。

海上孤鸾情未稳，枝头仙桂蕊芳菲。鼠去牛来衣禄实，方知好处出为奇。

辰

情性操持欲立基，成就无危心自危。只恨亲知终间隔，若还动止莫猜疑。

双双雁去秋天远，朵朵花开春景迟。良人问我因何晚，缘是幽闺未遇时。

午

娇容粉态自优游，缘分还迟不自由。料想屯身当在晚，莫将一日笑颜收。

海天雁绝佳音至，庭院春归柳衮球。吉耗未回徒盼盼，方才有便步朱楼。

申

相逢贵客呼为侣，未剖行藏还此时。始知羊角方称室，更喜良驹也是奇。
殷勤荣显图中画，款曲情怀意下思。试问此生荣显事，半成半失不为奇。

戌

身边消息期何晚，不用劳心苦向求。情性足招非与是，亲知却结义为仇。
幽闺兀坐窗前月，守志相逢槛外秋。时来终有安身稳，生计还当向鼠牛。

戊癸：名社燕营巢格

玉隐玄精金在沙，晚年高木入烟霞。去石碧玉方成琢，淘沙金出始荣华。
雁过远山飞不反，鸳鸯虧[①]水逐莲花。终须禄在龙蛇发，财宝逢牛自得涯。

（中）

山前凿石最英雄，背面鸳鸯触水中。绕树落花花又落，常留一叶伴春风。

（末）

休将望想太劳心，赋分奁缘夙昔寻。但将正己行公道，终许鸣琴遇知音。

男命《前定易数》：艮

丑

好事多磨杂事煎，欲成基业兔龙前。信知名利来还去，又见亲疏义似冤。
孤雁飞过群已失，芳花开处果双联。平生好似天边月，几度亏来几度圆。

卯

重山高处立君家，旧业堪时是落花。好向虎头施事业，休来猪口立生涯。
鸳鸯两两飞寒浦，鸿雁双双立远沙。休道利名成我晚，映增光显寿应赊。

巳

一条云路上天门，争奈幽人意自昏。且向鼠蛇施事业，才逢鸡兔道难存。
雁飞江上应孤只，花放庭前果不论。好向中年寻去计，利名兴处断人魂。

未

志气久磨营计业，年来终被是非缠。疏亲背祖知前定，遇贵因时必立权。
两雁背飞乡故远，双枝花发果难鲜。自将微福求深福，翻取凶危莫怨天。

酉

论汝平生心事忙，利名成处反成殃。几多愁恼何时脱，有底机谋不可量。
鸿雁过时空有侣，花枝开处果须伤。前程若问归身计，只好存心礼梵王。

---

① “虧”，疑为“戏”之误。

亥

几年涵养还施设，终得仁人与举扬。名利自兹因赞立，镃基方觉变成祥。
雁行去处空留影，花朵荣时色不芳。莫怪行云有遮障，中天依旧月辉光。

女命《前定易数》：归妹

丑

思量旧事好思为，今日知机已险危。西北有如行客举，东南还是祸无亏。
幽窗兀兀孤灯冷，守节淹淹被雨澌。休叹始初成失事，不如早向九泉归。

卯

孤身困苦入蒿蓬，两处重成望远峰。月出云遮明未露，山高水落恨何穷。
窗前多破斜晖月，幕内时嫌递冷风。得意君来相庇护，不妨兀守夜灯红。

巳

好事多磨折，无心望远山。生来多暗昧，去后不摧残。
燕去无消息，愁心不解颜。欲知今日事，且待福来还。

未

天意岂无私，人心自不知。情怀多反复，家业谩盈亏。
燕向深秋语，琴调雨外丝。何堪营立计，只被苦来催。

酉

谯鼓声声急，因缘已失时。有君当路问，何处好施机。
外口相扶合，安家不足奇。前生多定分，今日特迟疑。

亥

命运未离迍，时人枉意勤。虎鸡归我后，衣禄自然新。
身似天边月，心如户内尘。东君来着力，留意得殷勤。

伊川击壤集卷之二十五

己甲：名池沼莲花格

平生本遇依金马，藕压清泥透碧莲。鱼在清池停渺水，衔珠相戏鉴中天。
遥望孤雁声声急，树放三花长一竿。借问仙源消息好，马牛归去好安然。

（中）

凿井穿泉透海涯，春残枯木长新芽。劝君莫问终身事，遇马骑牛自到家。

（末）

见识聪明志气高，根基喜吉不波涛。数中龙马为荣贵，迤逻轩藤自渐超。

男命《前定易数》：复

子

金鼎立时权印重，玉蟾辉处利名奇。胸襟不昧尘中事，肝胆还操物外机。
羽翮轻飞天际雁，根茎疏发槛前枝。料知秋色凋春草，畏命应须早退归。

寅

枯松将老逢春色，疏发枝条嫩色韶。幸得依依蒙雨润，终还渐渐被风凋。
汀沙鸿雁分飞散，池内鸳鸯颈暂交。去后生涯成复破，前程危险路赊遥。

辰

一身孤卓立，斯事岂堪言。用尽机谋巧，翻成拙万千。
双飞鸿雁远，两朵异花鳞。无限园林好，那遭风雨天。

午

长天隐隐震雷霆，喧轰百里播威声。青蛇自此生鳞角，紫雾氤氲通去程。
鸿雁飞时烟雨重，花枝开处暖风轻。拟看紫府门庭峻，独步轩昂事业精。

申

凡欲登高必自低，心高操作别云泥。桃花春色正娇媚，得到于中径路迷。
琴意正浓弹别调，雁行才起各东西。君尘到底成还破，山水风寒任杖藜。

戌

骨肉因缘且莫嗟，平生踪迹自荣华。利名一事终须有，闲扰千般冗莫加。
天际空看飞去雁，槛前无语落残花。重山覆水繁华地，传语斯人福自赊。

女命《前定易数》：复

子

变泰时常有疾迟，不如无事亦无为。若问安心宜善用，莫教邪物有相亏。
亲眷凄凉肠欲断，心怀遗恨事难期。室家气会重重立，解使时来免别离。

寅

几阵香风入绣帏，东君消息许先知。歛①容出问从来事，细语相闻且待时。
樯燕间关情自洽，园蜂缭绕意何疑。如到马牛相会日，必能称意少灾危。

辰

平生未遂身心志，且防近日有微灾。直至中年方得脱，却加晚福暗中来。
身有贵人相举引，心思奇果发新荄。试问前程潇洒处，不妨逐贵步高台。

午

对月闲思心里明，暗中忘却旧时情。槛前鹊噪传消息，窗外蛩吟懊恼声。
性烈尤嫌无足态，怀忧空问宿酲醒。且把身心平淡度，恐防蓦地祸非轻。

申

平生自有好镃基，虽得镃基未得时。须得寅头终一变，也妨好事惹闲非。
雨洗枝头残实果，风吹江畔野驴儿。不知何日丰盈足，直待时来问所为。

戌

空对孤灯心转悲，亲疏改革各东西。休恨我身长蹇剥，管逢他日出尘泥。
果缀枝头沾露落，鱼游江面被风吹。借问平生何善处，晚来自有福熙熙。

己乙：名云散风清格

百计千方作养生，风吹云散月重明。空中雁影飞三只，祖代根盘在一耕。
远树落花三四朵，秋风结子一枝荣。心怀志气无人敌，莫把聪明与命争。

（中）

遇乙多亲佳，逢寅运渐通。箭先发鼠起，跨马出朦胧。

（末）

聚散惊危今且喜，也宜更变新居止。自得天财下世间，禄马长途头角起。

---

① “歛”，疑作“敛”。

男命《前定易数》：升

丑

身心多被苦萦牵，费尽精神事不圆。浪得人情无久识，才逢鼠马好施拳。
一枝飘散一枝续，两阵分飞两不联。借问高名非我有，滋滋生计庆残年。

卯

千方百计觅生涯，争奈时乖未立家。跨虎必逢人举手，骑羊还见喜相加。
双双飞别孤群雁，朵朵衰残烂漫花。到底斯人临老日，中间虚禄岂堪夸。

巳

欲操生计向前程，转眼疏眉去路晴。腾身步步登艰险，举意般般晚始成。
鸿雁天边重唤侣，鸳鸯池畔别含情。利名借问何时至，侧耳遥听牛马声。

未

始脱泥沙摆旧灾，待期云路自徘徊。谩将志气轩昂用，若得天门径路开。
绕路落花情已失，遥天孤只雁悲哉。中间喜见高人会，名利方成祸又来。

酉

生涯万变劳神力，始得身安祸又来。虎子立时方举手，猴儿行处得眉开。
双双鸿雁天边远，两树飞花槛畔我①。堪笑多能天命阻，只堪云水脱尘埃。

亥

诚存志气须高远，莫叹云程路不通。疑虑几多终灭削，利名还觅晚成功。
孤鸿嘹呖悲无伴，花朵芳菲续旧丛。犬马兔头皆有说，那时方始立家风。

女命《前定易数》：兑

丑

乱思尘事意多危，情性相成或是非。兀守孤帏恨知己，纷纷闲闷不能施。
池中别队鸳求侣，江头失伴燕孤飞。休嗟漂泊情怀苦，空倚幽窗貌日衰。

卯

笑语融和无可猜，刚中坚欲摆尘埃。前程终自成身计，家道须知散复回。
佳客殷勤通的耗，洪恩宽大报时来。一言特地相持定，火尽烟消笑貌开。

巳

意气成时火里羊，立身立业计偏长。用心须守当荣显，到底成家自吉昌。
望断天边孤恨雁，情欢槛外野花香。终始贵人频倚恃，无限情怀不可量。

---

① “我”，疑为“栽”的俗体。

未

破禄萦身不可高，吁嗟出事沮心豪。须待虎龙相济遇，方知身已有坚牢。
合见重重移井邑，自然兀兀免身劳。隔山涉水知生计，一朵幽兰离苦蒿。

酉

前程禄显当安计，唯恐身微未及时。且愿虎头回显日，终须身后立家基。
重重大贵开青眼，叠叠施恩展翠眉。前程不必多疑虑，自有安心享福期。

亥

叹息前程修不全，时今却自守忧煎。一重去后一重至，月落孤山不自圆。
岭上贵人音未报，枝头佳果色无鲜。年来日往多翻覆，无限愁心甚日迁。

己丙：名秋花茂实格

富贵豪奢意未专，年来年去几多般。须知雁过关山远，花发清秋色亦鲜。
立业成功还已定，成身无咎亦天然。终知得遇同乡友，乘马凌云上碧天。

（中）

平生未当发，中岁上天梯。兔头连马尾，两路赴瑶池。

（末）

初主奔波未有涯，春来枯木放萌芽。堪笑亲疏外祖破，中末荣贵始成家。

男命《前定易数》：明夷

子

信然名利大蹉跎，直意低心福自过。黄卷留心真可许，青云得路不须呵。
群飞雁阵排空远，比放花枝接旧柯。借问暮年人事理，羁栖愁恼日来多。

寅

变化机权岂易猜，人生卓立藉梯媒。清凉满目香风急，拂掠漫天愁雾开。
鸿雁忘群悲自切，鸳鸯求侣意徘徊。功名莫厌先知晚，一箭须穿七宝归。

辰

初岁生涯有若无，彩云巫峡事应虚。终身立志非为易，大器成时与众殊。
鸿雁必分四五只，桃花应见两三株。锦标方得归君子，便可休闲镊白须。

午

一条前路少尘埃，此未成身禄渐来。忽为利名成大咎，用亨时节且防灾。
天边去雁群飞失，槛畔枯枝花再开。如到中年人少虑，便将生计付婴孩。

申

尘事纷纷如坐井，偶然贵客独垂钩。开怀渐使情怀爽，随手将谐名利求。
空雁背飞乡渐远，残花衰谢果双收。鸣琴始遇知音听，一曲梁州梦里休。

戌

离家然后见通衢，借问前程是处迁。进退未能行不稳，忧烦相锁事来拘。
遥天去雁应离队，旧树凋花又再敷。堪恨利名才入手，始能称意又灾苏。

女命《前定易数》：遘

子

娇莺出谷语绵蛮，闺内情怀意不闲。且问何时消息近，必然兔耳脱尘寰。
高台忽地铃声闹，华屋时闻笑语喧。鼠尾蛇头逢吉禄，终是安家破闷颜。

寅

龙楼欲步脱忧危，争奈其身不遇时。有人勤意相提挈，举动无心玉井移。
且守艰难过寒暑，自然福禄长镃基。红幕安神防走兔，清风引入捧金卮。

辰

千谋百计沉多般，命不由人只在天。若得心宽无一事，终须福显自高坚。
佳果生花能换户，幽闺守志享乔年。营家立业多心路，虎兔相逢乐意全。

午

心怀闷闷无脱期，生涯多被祸来催。不知成计安闲日，兀守幽闺看月梅。
鸳鸯合处情难却，鱼雁相传信未开。若使高超情绪悦，因依高贵酌金杯。

申

情意人难测，机谋意智多。虽然衣食好，争奈命蹉跎。
遇虎方相称，逢牛又折磨。亲疏鸳鸯散，歌笑对清波。

戌

可爱平生事，心明气杀雄。若行男子志，生计已亨通。
有燕情怀恋，逢君乐意浓。百年终改变，花貌色长红。

己丁：名春荣枯木格

日透高峰雪未消，难将桂木接新条。荣身本是天然定，成败皆因命里招。
水际鸳鸯和暖夜，天边鸿雁不丹霄。花开正遇阳和节，又恐狂风一旦飘。

（中）

从来未遂情，高宫云隐月。逢猪渐吉昌，遇虎心力悦。

（末）

初年迍蹇未成功，晚岁财禄渐兴隆。镃基遇贵方成器，他日荣身定不空。

男命《前定易数》：坤

丑

平生有足如无足，及至成家又破家。蟾遇中秋多皎色，枯枝春至长新芽。
晚景鸳鸯眠浦下，长天雁阵逐风斜。前程消息君知否，重落重荣雨内花。

卯

苦节松篁久复坚，生涯须立半愚贤。莫恨未来终得吉，也须凡事待天然。
逆风雁阵飞难进，怯雨鸳鸯颈不联。向说区区多利事，斯人不必苦忧煎。

巳

问禄须当得，成身散处迁。乘猪过险道，骑马上遥天。
雁字群飞散，花枝艳态鲜。五旬人莫问，破艇覆危川。

未

出身觅活亲疏侣，生来必被利名迷。呖呖塞鸿分散去，纷纷花朵结枝低。
更将行止待猴鼠，唯见生涯破兔鸡。碌碌前程成几事，凄凄红日已含西。

酉

有亲疏处渐无亲，生涯须别我长贫。志气每招非与是，人情坐见喜方嗔。
东篱缭绕花疏放，秋圃阑珊果一新。终知意在清闲地，争奈心机不出尘。

亥

我思古贤厄陈蔡，天理否中还渐泰。拟将生计觅幽闲，不得心宽多恼害。
花落黄昏愁不言，雁叫长空忧可奈。枝低心下是知机，生涯去处重山外。

女命《前定易数》：观

丑

从前自有冲天志，争奈娇羞未出尘。若遇徘徊紫衣客，便得提携玉女身。
前缘分定今朝是，夙世多因遇早春。犬羊相会多衰散，别有荣华福自新。

卯

玉貌轻盈志气高，初心唯欲待英豪。逢蛇渐遇人提挈，逐犬骑牛福自牢。
鱼水如逢春日暖，鸳鸯浴浦乐滔滔。业计须当相遇及，不妨忧苦受波涛。

巳

心地如闲绝点尘，情怀阔略守吾身。是非挠处修无益，业计重成得又新。
塞雁信传消息近，池鱼队队跃金鳞。恬然一个无心态，幸喜逢牛脱乱尘。

未

孤中又见亲疏隔，情理萧然去外居。重山方见成家计，有祖知非是旧庐。
乱蝶纷纷迷槛畔，娇莺对对语芳衢。须知善恶前生积，今世遭逢莫怨渠。

酉

前生修处非因果，争奈今朝尺不长。虽然美貌过人上，唯恐劳心性不良。
当向荣时成别业，回思活计恐成殃。懊恨情怀直如此，有因方当水花香。

亥

命苦灾迍未脱离，身惧孤介未应知。因缘始自前生命，寂寞相随何所为。
破失双遭难自足，情深难托寸肠思。要过牛来微吉至，奈缘今日未逢时。

己戊：名清静福地格

百岁生涯渐得成，险中重换一翻新。西园春色浓于锦，好向朱门问主人。
鸿雁过溪妨羽翼，桃花值雨亦伤情。平生事业休惆怅，羊马相逢却是荣。

（中）

鸡报更深晚，牛逢鼠渐奇。龙蛇好消息，羊马载船归。

（末）

莫怪狂风忒杀颠，平生好处未团圆。从前带网相将出，迤逦门庭气宇鲜。

男命《前定易数》：谦

子

百岁生涯此渐新，险中重换一翻身。得禄莫嫌鸡报晚，逢牛交喜誉声频。
越雁过溪妨羽翼，异花当槛有音春。好问龙蛇消息美，直交牛马得求伸。

寅

自幼多危又有惊，却因险处得身成。镃基本自非凡杂，名利须知获异声。
有雁高飞双翅远，逢花堪折秀枝荣。鼠龙窠里君须发，只恐人心未肯平。

辰

出身多险难，营业又差池。牛马灾相遇，龙蛇福渐奇。
财成鸡鼠地，家立水边基。雁儿声自远，荣耀达孙枝。

午

要知名利事，鼠地更逢牛。遇险身方定，逢危不必忧。
雁行忘羽翼，花放果须收。若称平生事，安闲过几秋。

申

处世生涯此渐新，险中重换一翻身。江涯春色浓如锦，好向西门问主人。
越雁过溪忘羽翼，异花开后两伤神。平生意在繁华地，得遇龙蛇始出尘。

戌

幸得身离险，须知名渐成。虽然鸡报晚，牛鼠自安宁。
灾息龙蛇地，财丰牛马形。门庭休问雁，奇骨一宁馨。

女命《前定易数》：屯

子

花容不改少年颜，喜气雍容若可攀。不愁浓露淹延久，自有清风拂面闲。
道在险中能遇福，人情美处总阑珊。欲识平生衣禄事，东去西来又复还。

寅

几年乖角绣帏中，人自疏违运未通。踪迹莫疑长暗里，身心终是逞英雄。
贵客相提终自遇，芳心能展笑花容。借问斯人基业处，重山重水立奇功。

辰

生涯一段未堪夸，羊尾牛头福禄加。立计情人因失侣，荣家往日事如麻。
天边嘹呖孤飞雁，园内萧条一苦瓜。情怀莫待痴顽甚，临老年时恐不遐。

午

鸾镜朱颜改，新花减旧容。前生因分定，立计足穷通。
孤雁飞幽道，栖鸾逐晚风。情终怀寂寞，天命不和同。

申

万事因心起，枯根发早春。时来终自吉，容老色重新。
鸳帐情初洽，鸾衾意已陈。前程无失节，福禄享嘉宾。

戌

孤苦早离乡，情知计不长。重山重水绿，隔越在他方。
懊恼心何远，依栖已谩忙。晚来收拾后，渐得福微昌。

己己：名凿石见玉格

凿石尽时逢宝玉，庭树槛外夹修竹。雁飞天外唳声高，鸥鹭沙汀跷一足。
园林处处接桃花，惟我庭前长秋菊。百年枝上果何如，半子半孙相半宿。

（中）

箭射重山月，弓开日透红。乘猴当逐鼠，猪到万年春。

（末）

志气鹏抟九万程，休嗟迍蹇未通亨。功名显赫当年盛，得路峥嵘渐次荣。

男命《前定易数》：坤

丑

平生意气广生涯，生计还同石上花。纵得枝繁无果结，那堪风触势横斜。
鸿雁双行归远塞，白鸥一只立汀沙。若能高洁云泉里，始免尘劳没齿牙。

卯

殷勤培种待花红，待得花红苦被风。业计萧条多改变，新枝芳落各西东。
雨过远山凝翠色，云收圆月正当空。君还要识终身路，到底方知异始终。

巳

渊蕴明珠源不涸，匣藏宝剑自辉光。云开赐我天然福，贵客相投必自昌。
雁字横飞排远汉，花枝开处艳重芳。君心不足缘财没，人事危难厄在羊。

未

春冷山高花发迟，夜深云散月光辉。巢燕喃喃穿柳去，塞雁只只带芦飞。
天然注定滋滋福，雷奋声鸣凛凛威。直到老年安乐处，肥鱼美酒若何为。

酉

辛勤凿处荆山玉，三献明君遭刖足。自知至宝不遇时，忿恨怀珎[1]江畔哭。
雁声嘹呖过南溪，一鸿自向滩头宿。欲将何物比生涯，岁寒看取潇潇竹。

亥

雕鹗秋天一举高，飞扬云外脱蓬蒿。马头方见金门禄，虎首终须达富豪。
是处园林春色里，唯留秋果一枝牢。当年莫道人无遇，曾涉危波钓巨鳌。

女命《前定易数》：小过

丑

莫恨初来多坎坷，校之命日有何忧。一身方有高明立，千计从兹得自由。
月照花梢容不老，燕去莺窠不暂留。高楼有曲琴声彻，及早归依大贵休。

卯

此身平地上青云，无端好事自精神。回首相逢着棋客，立意驱驰逐上人。
残花不缀枝头果，燕老休归梁上尘。望断江山乡故远，于中吉福事重新。

巳

离乡必有朱门客，显耀门闾特异常。钗横云鬓青丝润，手执霞衣玉缕长。
龙楼潇洒笙歌闹，凤阁清幽粉态香。贵客徘徊情不尽，殷勤时与饮金觞。

未

春归好景休闲过，志气刚强必有能。纷纷未见安身早，得得还应晚景荣。
有志必随同侣燕，因缘须缀果芳馨。莫说前来勤苦事，时今且守寸心宁。

酉

生平立志重山外，好整裙钗待贵人。衣禄渐成安稳地，身心宁静永无迍。
高飞紫燕归何处，低缀残枝果不新。且问前缘今日遇，福祥终与兔鸡均。

---

① “珎”，为“珍”之异体。

亥

役役尘劳苦，何时得自宁。闺中情得失，晚景事方亨。
燕雀帘前语，鸳鸯水上行。西江无限好，着意问长庚。

己庚：名雨打鸳鸯格

阴险难从今渐觉，安然十载喜相期。岁寒但耐存踪迹，莫怨长平未遂时。
天外有鸿飞远浦，鸳鸯雨打各分飞。桃花阆苑春残处，零落园林一两枝。

（中）

聚散多金玉，荣枯已在前。退思来往事，且乐太平年。

（末）

昔日不成安享地，荣枯还傍挂金貂。晚岁升腾逢贵客，方知名利足高超。

男命《前定易数》：临

子

中年身必显，险难须尝遍。安心立事业，财为恩中怨。
鸿雁飞程远，鸳鸯情分浅。晚岁得志时，不觉桑田变。

寅

出处身多险，逢龙渐渐离。中年名利聚，休虑是和非。
鸳鸯情浅薄，鸿雁各高飞。若问宁馨事，园中一两枝。

辰

观君容止异，险难早年多。直待云龙会，时中喜气过。
鸳鸯重结侣，鸿雁不同窠。安稳成还破，俄然叹逝波。

午

前来多坎坷，名利晚方成。有祖成还破，营生浊又清。
雁行飞自远，花朵艳如倾。龙猴消息处，鸡犬事难成。

申

名利虽未圆，身心险渐安。论君荣计事，养道不全闲。
露蕊芳何久，霜鸿飞更难。要知安稳路，应涉两重山。

戌

险难初艰恶，逢龙心始乐。荣家业消成，小害须防作。
二雁势分飞，双鸳情渐薄。安身何处好，云水真堪托。

女命《前定易数》：夬

子

衣禄天然定，何教人苦求。回头无限好，立计自优游。
月斧修成器，云刀巧样收。鼠羊终不失，迤逞上朱楼。

寅

满酌金杯酒，情怀喜自新。问君当饮尽，守志脱灾迍。
鸾凤恩非浅，鸳鸯意未驯。远观山水绿，平地展眉颦。

辰

幸遇身归路，荣显天教赋。时来无滞淹，资财不计数。
怀性自无和，我家业散聚。稳守凤凰洲，主身当大富。

午

冠钗重整问高人，报说今朝福再新。若论情怀多豁达，不须事绪但纷纭。
双果荣华当改观，一团和气盎如春。山前贵客重相念，回头抖擞旧精神。

申

枯荄虽则遇春阳，纵使花开果不长。多被狂风来撼落，还知多变定非常。
两两鸳鸯惊渡散，双双鱼雁失堪伤。要得此生居处稳，直须携手去他乡。

戌

财食要知皆分定，纷纷冗计扰心情。区区兀坐如何守，渐渐相持立计成。
旅燕双双背人去，奇花朵朵落枝轻。凤阁龙楼非似贵，悠悠不若望山青。

己辛：名石上栽松格

苦节凌霜性恁坚，贤人未决待天然。有志终须成大器，休嗟虚度舜尧年。
鸿雁沙汀三四只，鸳鸯独立在江边。谁知树上残秋果，李白桃红寄在前。

（中）

鹿在重山喜，须逢天水通。虎头求美事，龙尾立家风。

（末）

苦澁[1]辛酸过在前，勤劳事业本恬然。须知大器成功晚，遇贵逢贤福禄全。

---

① “澁”，为“涩”之异体。

男命《前定易数》：需

丑

暂蹇莫嗟咨，荣家在后时。利名居虎踞，畅意遇龙飞。
雁字休贪侣，鸳群惜别离。如逢暂时拙，拙处却成奇。

卯

堪羡贞坚节，翱翔岁月赊。操持逢异绩，虎窟却成家。
兴在重山外，犹宜恋彩霞。雁喧空寂寂，松子寄桃花。

巳

且喜身离险，休言业未荣。待归龙虎窟，自有利名成。
雁飞三只远，花发两枝轻。信有重山乐，身安誉更清。

未

蕴性自风骚，吁嗟势未豪。如逢龙虎会，方觉利名高。
鸿雁飞何远，花枝果不牢。重山如可乐，兰蕙出蓬蒿。

酉

怜君存苦节，得失且甘心。见虎方成业，逢龙始积金。
重山多异果，怀土可安身。鸳鸯根种浅，必竟不相禁。

亥

苦节如松贞复坚，禄在重山喜气联。有志终须超物外，逢龙遇虎宝光全。
鸿雁沙汀三两只，长天孤立伴寒烟。孰知秋暮余奇果，白首欢呼乐胜前。

女命《前定易数》：节

丑

前程欲问我因缘，伫守孤帏不自然。料想殷勤多困苦，无缘福禄胜迍邅。
雨洗疏桐多淅沥，风吹落果意难坚。不如远山□□[1]子，领我前峰去扫烟。

卯

命蹇时乖人莫欺，兀坐幽居守困危。莫教鼠尾春风起，依旧莺声绕故枝。
天边阵阵孤飞雁，水畔双双鱼阵儿。前程自有终身计，得到还须遇吉期。

巳

方欲登楼望，须逢禄寿昌。自然平步稳，不患峻梯长。
雁自孤山去，情深意莫量。贵君高着眼，平地锦还乡。

① “□□”两字夺。

末

借问前程事，生来主吉祥。立身多顾遇，福禄自荣昌。
守室当逢吉，放心遇善良。贵人荣处乐，时日显声扬。

酉

前世足奔波，今朝却福谐。心肠多豁达，情性足宽怀。
鼠至当荣遇，羊来接大才。身安无险处，福禄喜双来。

亥

立意情难遂，生平性主忧。孤疏亲浅薄，克奔不须求。
只好寻山去，休寻贵客游。一生无立计，唯务免煎愁。

己壬：名竿上存心格

戏水鸳鸯满沼莲，朱衣放箭遇阶前。黄金未与君收掌，白玉堂前看古贤。
远雁孤飞天外影，鸳鸯两两傍沙眠。君今肯问平生事，松柏同荣寿万年。

（中）

遇鼠多消息，逢牛始称情。树头空问果，花向水中寻。

（末）

莫怨平生所事难，可怜前限遇重关。因观手执团圆镜，方信成身顷刻间。

男命《前定易数》：师

子

前程坎坷不胜悲，此去存身未合宜。天教伶俐何多失，祖道存留也见隳。
鸿雁孤飞南岭去，鸳鸯双舞野池时。衣食不止赢余事，结果枝梢一子儿。

寅

几年羁绊费精神，萧索程途愧此身。料想苦愁终渐退，深知碎事有来因。
雁飞云岭随风去，花遇新园再发新。借问老来归计事，利名方享福还迍。

辰

春花秋月两相奇，人事亨通岂易知。踪踪莫言高处暗，身名终是有明时。
雁飞声断衡阳浦，鱼食钓丝渭水湄。此理此因君可见，何须苦苦兆蓍龟。

午

立计施权多不遂，奈何成败系天然。淹留岁月心常抑，羁困身名意未便。
花因春去多风雨，雁为秋孤侣不联。莫道春生多苦楚，安闲分定任林泉。

申

世事艰辛肠欲断，六亲孤绝梦魂飞。秋声去雁无消息，春冷芳花发秀枝。
收拾利名求虎子，破除闲虑问猴儿。大都好事难长久，不若将心赋式微。

戌

生涯成失事堪悲，劳得身心已倦疲。早岁利名焉足道，晚年生计欲何为。
雁阵空飞四五只，花红飘谢两三枝。君如预识伤心处，百岁坟前半个儿。

女命《前定易数》：艮

子

生平孤苦自难明，处世安身问子平。才向马头终喜脱，须归羊角福当荣。
贵客相寻何日出，娇容巧笑暗恩情。枝头一果鲜如日，终托前程事事亨。

寅

立志唯思出离尘，冠钗重整见贤人。有名有禄情何说，无难无灾福自新。
果结高枝风撼落，客来幽室亦纷纶。一生自奋成身计，深知吉事有来因。

辰

香风拂拂入罗帷，贵客中途折桂枝。来问前程有荣处，当知今日遇良时。
鸾凤双双情自洽，鸳鸯对对尽相依。鼠犬相逢无难险，终日滔滔享福基。

午

冠钗荣处脱尘泥，独步悠悠上玉梯。远望贵人施厚福，凝眸重整笑容低。
鸳鸯池畔双双立，燕雀帘前两两栖。借问光风何日到，断然羊尾出河西。

申

论汝前生必有危，难逃今日有灾衰。时入鼠头终自吉，运临牛首必无亏。
鹊噪相传闺内喜，花残结果傍窗垂。堪笑平生人事别，却于险处立镃基。

戌

重重破失是前缘，立计更移必自坚。但得身心平稳守，毋嫌福寿不绵延。
绣幕低垂无一语，朱扉半掩客来言。莫忧龙虎相逢日，终得贤君福又迁。

己癸：名提水种花格

禄重须防印与权，财成人恐事连绵。三春鸿雁飞南北，花落秋深叶亦鲜。
晚景利名终得遂，平生无恨亦安然。家乡本在潇湘外，重遇关山好向前。

（中）

守道胜骄富，谦和要谨廉。云离天上月，迤逦透光鲜。

（末）

努力张弓射利名，命中有分不劳神。喜有紫衣人相助，此时一箭中鸿鳞。

男命《前定易数》：谦

丑

生计莫烦煎，还君禄与权。清幽真可乐，享志在神全。
问雁多疏侣，逢花意自便。家乡归未得，云水每相怜。

卯

重禄须持意与权，财多唯恐祸加年。三春鸿雁飞南北，花落秋深果亦然。
毕世有名还有利，平生无恨亦无愆。家乡本住潇湘外，重水重山在目前。

巳

身蕴谦和性，机权屈壮图。镃基空处立，声誉自时呼。
攀折花悭盛，欢怡雁侣疏。逍遥有真趣，玉轴玩奇书。

未

雅意贪幽兴，操权志气多。利名何惮立，生计仰天和。
鸿雁相从远，花枝半折磨。身居安乐地，休更问如何。

酉

禄重身须异，财多恐祸侵。高峰宜独步，欢喜亦关心。
雁阔自多侣，花疏却抱金。任人夸冷淡，得趣没弦琴。

亥

斯人心未足，已足便持功。处世喧中静，荣身实处空。
雁儿聊见影，花绽谩多红。试问归身地，欢愁恋两峰。

女命《前定易数》：坤

丑

云收雨散露青天，水静风清月又圆。立身必向登金路，回首欣然遇大贤。
雁去双飞声自远，琴调一曲续新弦。堪笑马头财禄厚，灾危前日谩相煎。

卯

频登险峻未离殃，更遇狂风掣绣堂。凝眸四望云俱合，进退双疑意自狂。
美貌施容徒自逞，朱颜弄粉减新妆。暗中终遇贤人顾，不到孤衰守洞房。

巳

成时又失非今日，前定今朝不必疑。立身须向善行处，守节当归有福时。
莺立高枝情自苦，鱼游深水恨无依。若逢鸡犬回头望，终日春风发旧枝。

未

折失由天定，人能测料中。于心无积怨，立计必丰隆。
山外莺未啭，云中落马空。已知身未稳，兀坐自匆匆。

酉

万计立生涯，时乖未立家。逢羊人再举，遇虎喜还佳。

雁散云中福，果收雨里花。终知来晚景，依旧事堪夸。

亥

得意平生事，争知福未坚。池中鱼有乐，枝上果无鲜。

诡计身非稳，机谋意不然。马前虽有气，鼠后却迍邅。

庚甲：名渭水垂钓格

疏屋荒凉燕久居，过桥相遇一封书。持竿上钓鱼相失，反致休来却有鱼。

玉树有花难可折，金樱花落果应疏。须知雁过斜阳远，云散庭前树几株。

（中）

携弓亲射鼠，惊鹿自归林。箭中鼠羊角，羊马必升名。

（末）

过却初年始到中，花开花谢几回风。移宫换调重收拾，方许烟波学钓翁。

男命《前定易数》：隋

子

华屋光辉盛，雕梁燕子栖。往来寻故处，鸣语垒新泥。

雁字飞空阔，花枝带雨低。晓来何所事，生计恨东西。

寅

广谋多计少相谐，独奋机权事可乖。平日深恩成厚怨，鼠猴财帛始相谐。

花开满目空兰槛，雁叫伤心长海涯。名利往来虽粗遣，未尝经岁免忧怀。

辰

堪与时流异，衣冠易祖风。过楼朱紫客，黄卷荐贤功。

鸿雁云间见，花枝别处逢。清声振闾里，羊犬两相同。

午

西北东南路，回头道未分。花开空自谢，果结此时珍。

归雁一行远，唯君独出群。举头看进退，犹恐坠梯云。

申

金帛箱囊空有余，平生志意两何如。秋来果落枝枯槁，春到花开长旧株。

鸿雁失群归远塞，鸳鸯独只戏江湖。老来始觉虚名器，回首那堪对月孤。

戌

名利天然定，不教人苦图。箭加弓上发，偶尔中明珠。

害斧斤防失，忧栖未又无。一条前去路，生计立官途。

女命《前定易数》：谦

子

志气期宏远，操持立性高。忧疑终减削，财食必坚牢。
贵客相携就，情意不煎熬。虎头皆可喜，福至遇英豪。

寅

营立勿思危，中间自罕奇。岭头人借力，禄吉福方施。
莺语情徒洽，枝枯果自衰。平生多虑志，老计必无疑。

辰

作计非由己，营生必遇人。孤身终立处，黄菊遇新春。
燕语思归急，花残果自新。莫疑候不至，荣显自精神。

午

情性乖违谁得知，宜当异果守朱扉。若闻鸡犬相逢处，终遇贤君享福基。
鸳鸯两两情虽远，燕雀双双报吉时。前程自有高明见，不致身遭远别离。

申

一身向去脱波涛，守志休徒慕远高。设使安心能运变，须防晚景祸灾遭。
东君克我由为福，结果虽成害莫逃。出水隔山为立计，辛勤终是不坚牢。

戌

一生立意用机关，处世为人性不宽。绣幕立身无自在，幽闺居处少平安。
鱼水相逢非美事，鸳鸯各自受孤寒。可怜失景无依倚，随缘不守必艰难。

庚乙：名弃故旺新格

疏却亲情亲却疏，离南往北自安隅。知君本是吾乡友，权寄飘飘江上居。
双雁过溪忘羽翼，鸳鸯独戏绕青蒲。黄莺枝上双双语，为报窠中一个雏。

（中）

贵人携我我投人，可惜我居虚度春。幸有五湖江上月，好凭钩线钓鳖鳞。

（末）

初生劳力又劳心，百计千思未得成。险阻艰关皆经过，逢财遇禄晚丰盈。

男命《前定易数》：大过

丑

亲却成疏怎奈何，却于疏处最亲和。重重名利成而破，历历胸襟少谓多。
花谢庭前连雨打，雁飞天外失群过。去程若要知安稳，泛泛孤舟入巨波。

卯

劳心出处平身事，疲思伤人福未圆。几度花红空怅望，必应结果子新鲜。
翻云去雁空消息，浴水鸳鸯意不联。定向马前多意气，才逢鼠后入迍年。

巳

料其祸福应难实，虽见人情笑又悲。名利不成翻掌失，清闲未许到头宜。
空园寂寂花应落，虚塞迢迢雁翼垂。往事经过休尽语，不堪中道有倾攲。

未

利名岂负此生心，他日应期吉事临。亲旧往还情渐薄，祖基牢落祸重侵。
鸳鸯美处情分散，鸿雁亡群意不禁。可惜生涯苦中得，行成中道丧黄金。

酉

折其东障补西篱，有益思量是损时。准拟晚年成立稳，到头诸事尚乖离。
横空去雁分飞阔，倚槛娇花雁厌垂。寂寂西山日将暮，不堪回首梦魂飞。

亥

雨收云断楚天齐，望处青云路半梯。直向马前舒事业，定骑牛背有提携。
萧萧庭树花垂结，呖呖飞鸿各自栖。成遂几多名利事，有莘之野任耕犁。

女命《前定易数》：大过

丑

笑语融融岂可猜，江山拟欲脱尘埃。兀兀前程还守己，纷纷冗计自难裁。
槛内春风来拂顾，闺中明月照枯荄。立计当逢云外客，寅申依旧柳眉开。

卯

纷拿尘事多烦冗，意气虽高惹是非。前程必遇公侯贵，默指高台是福基。
莫问椿松傲霜雪，还知修竹自坚持。良人远望终生意，一点虚心断不移。

巳

身心劳苦成基业，绣幕低垂情未通。直至鼠来被蛇逐，方知蛇去化为龙。
一阵桂香当户入，双双奇果映天红。若施一点英雄志，同助良君立大功。

未

井底黄金千尺深，谁人直入往来寻。蛇龙自喜游波面，猪犬成群喜气侵。
一阵香风来扑鼻，双枝奇果缀红檎。到头终有名和利，无限恩光个个钦。

酉

兀兀幽闺坐，惊忧度几春。若能勤俭己，财禄旺朱门。
聪俊招人咎，贪生惹祸迍。宜当常守节，遇贵始欣欣。

亥

性理非良善，当生有横灾。情怀多不顺，懒慢意难猜。
骨肉多分散，东西或去来。鼠羊时日至，仍旧发衣财。

庚丙：名红稀减翠格

弃故从新待命通，利名还见两三重。雁飞队队迷踪迹，花落溪边间绿红。禄立应随天信志，始觉心闲事事通。借问君子何年顺，龙头一见自身荣。

（中）

大首天光饰，龙头换旧身。一心随命举，破屋创重新。

（末）

得失荣枯事是常，便言端的莫匆忙。吹嘘自有知音辈，方逞男儿志气张。

男命《前定易数》：革

子

生涯半失半成功，幽意狐疑杯里弓。鸡兔利名难可望，牛羊离蹇运才通。高飞去雁群分远，低放花枝一半红。弃故就新人不省，回头珠泪洒西风。

寅

群阴去后复阳回，贵客相携过玉台。先见佳名播闾里，安荣生计谢梯楳[①]。鸳鸯两只情慵懒，鸿雁一双空往来。以道退藏宜谨守，不堪人事有悲哀。

辰

怅望家乡多隔阔，偶然流滞得通津。屈意莫非惭俗子，提携须是假能仁。鸿雁岂知群有失，花枝焉得果成春。一生自奋成身计，天数兼君福禄臻。

午

立计平生蒙昧事，较之邂逅已劳神。成家许汝有财利，操志终须出等伦。孤雁过时秋影远，芳花绽处晚枝新。前途幸有湖山境，遁避身名免祸迍。

申

前途艰得负平生，浮海乘槎道未行。借问利名相会处，待于中岁事方亨。鸳鸯两只沙头宿，鸿雁一双塞上横。休道凌云多直干，松高尤虑斧丁丁。

戌

扶轮拽鼎自成持，莫顾吾家亲与知。两处荣华两处失，一翻风物一翻亏。孤飞去雁东西涧，摇落芳花带果枝。中道危墙复无虑，斯人依旧利名奇。

---

① “楳”，为“梅”之异体，下同。

女命《前定易数》：履

子

南北恩深两不全，不取其方只取圆。回首安家非寂寞，举头守节晚迍邅。
一双奇果连枝缀，两朵枯梢得两鲜。若得暗传消息到，云收雨散月当天。

寅

重山重水几多难，出守红帏向晚安。未信枯根埋雪里，必生新叶倚春山。
鸳鸯对对情飞急，鸾凤双双恩爱闲。借问秋来谁做主，园林一果老枝间。

辰

欲问生涯里，生涯不在难。只消守己事，何必倚泥山。
心处慈祥态，容收狠酷颜。贵人当面立，有意得相攀。

午

基业待良时，时来定自奇。始终待好事，休论是和非。
枝缀窗前果，情深阁内思。何堪良客问，惹得泪珠垂。

申

月向云中暗，幽人得意时。利名消息近，骨肉若分离。
燕雁双双散，鸳鸯两两飞。后园生一果，霜裹缀高枝。

戌

井里黄金色，谁人能得知。遇蓬终一遇，贵发必相持。
羊犬传佳兆，鸳鸯自有亏。前程当显达，福凑贵人归。

庚丁：名月色如银格

月华清洁莹如银，世外安身欲染尘。愁虑未消终有待，逍遥偏称等闲人。
空中飞雁江边立，日透红霞渐出云。身在五湖归不得，花残果结一枝春。

(中)

我在烦难外，身拘重禄边。马头春色里，云散月中天。

男命《前定易数》：萃

丑

潇洒精神应物华，重山正好作生涯。有情却对无情绪，不意翻成得意家。
二只雁儿多阻隔，一双鸳侣戏汀沙。拟看马首多春色，月往年来兴未赊。

卯

守志乐清虚，艰危未遇时。利名成马首，逸乐问猴儿。
鸿雁何疏阔，鸳鸯岂许迟。更能游物外，方始得便宜。

巳

良夜月华清，幽人意渐平。利名危处立，身势重还轻。
有雁飞云阔，逢花别称情。灾危须暂有，白首振家声。

未

月华清洁莹如银，高照清秋世外身。尘土易消多虑客，逍遥偏称不羁人。
空中有雁离群远，马里逢权景物新。家住五湖归不得，花红一叶倚残春。

酉

正对高秋月，蟾光特地新。尘寰虽涉虑，名利不辛勤。
雁侣空飞过，花枝谩结春。羁縻闲不得，聊作半孤人。

亥

蟾色未全明，初中意不清。利名因马力，家势藉猴声。
鸿雁空中见，鸳鸯畅意情。白头留一果，口口道宁馨。

女命《前定易数》：需

丑

风卷残云散，平生有势威。立身当守节，积善待佳期。
花貌娇娆美，比和福庆随。贵人相举手，荣遇得清奇。

卯

凝眸美望天一方，四畔云收月有光。独我平生无限事，先危立业显心良。
金鱼对对身依藻，紫燕双双嘴带香。莫教一日东君主，蓦地荣华福禄昌。

巳

守节非今日，当生却累修。家门宜有显，改户又相投。
绣幕风时入，朱扉月自浮。两全当显焕，却在陇前牛。

未

立计问前津，孤遗未脱尘。收心当积善，忍性敛精神。
龙虎开眉目，猴猪脱苦轮。良人来拂首，陌上已欣欣。

酉

误作平生事未新，却逞英雄恨女身。时今莫问安荣至，且自收心守过寅。
几时能步青云路，今世安知脱苦轮。娇羞厌见帘前日，艳冶徒夸屋内人。

亥

立计非亲旧，荣生遇吉人。孤身何处立，黄菊却开春。
鸠唤墙头雨，莺啼陌上尘。欲知灾不挠，须遇丑兼寅。

庚戌：名凤凰孤宿格

终身进退逢今日，好遂年光且用心。得诏瑶阶东畔立，凤凰西沼绿杨阴。远雁排空三四只，寒光一点透波心。晚年借问归何处，千里黄沙半捻尘。

（中）

得路逢牛首，骑龙渡崄桥。平生心胆重，时复任相邀。

（末）

明珠生蚌草生芝，造物根基分外奇。此身不是寻常辈，功名际会显男儿。

男命《前定易数》：咸

子

修身进德逢今日，好遂年光且用心。得扣瑶阶东畔立，凤凰西沼绿杨阴。远雁排空三四只，花枝虽偶不成林。君还借问归投处，十里黄沙半捻金。

寅

立意修身事已谐，年来日往渐离乖。得时称意牛为首，忧险危疑龙入怀。两雁群分飞自得，一双鸳侣老相谐。他时已乐荣华地，失却衣冠杂冗排。

辰

操权立计本图荣，却喜年来事渐成。占处牛头堪足意，还逢龙首恨多惊。雁儿分散半行去，鸳侣伤间两处鸣。东畔瑶阶虽粗乐，也劳神思也劳形。

午

可享中年乐，还君气毅雄。利名成复散，生计蹇还通。

见雁分飞远，逢花取次红。百年多改变，归计忆初丰。

申

积德资身喜有因，利名成处艳长春。机权到底虚成实，业计由来散复新。花朵倒时因雨沃，雁飞起处被风嗔。老来且恁悠悠地，莫苦身心强问人。

戌

生世自身孤，鸳亲有若无。利名虽粗足，心意尽南图。

幸值清幽处，那堪趋向殊。待君无事日，偷暇镊霜须。

女命《前定易数》：坎

子

忠节成家早，梳钗易祖风。名传千里客，福遇百年翁。

幕卷清风入，帘垂暖日融。前程终有望，福禄大亨通。

寅

欲上朱楼去，羊来不见忧。美酒樽中绿，名茶苑内柔。
奇果时非异，良人心自留。休问前程事，须将命里求。

辰

安身守己自优游，百事从心不自由。若遇鼠羊皆未济，直须牛马免灾忧。
清风拂拂吹幽室，明月娟娟照九秋。前程自有收成计，豁达情怀更淑柔。

午

良心远望天一涯，雨散云收皎洁时。遇人迢递迎新福，得果鲜妍结旧枝。
幽室操心无一事，成家立计有施为。天边贵客登仙馆，唤我相随入玉墀。

申

基业重成旧不循，立计成家拟贵人。一声鹊报无穷喜，几阵香风气味新。
凤凰共舞波栖宿，燕雀同窠施屋尘。槛前异果垂枝上，整顿裙衣见圣君。

戌

孤影空留绿幕中，无人相顾枉求功。直至鼠羊方可立，必知龙虎始欢容。
风飞雁落孤山去，水激游鱼各散踪。生平衣禄随时定，终待安心守运通。

伊川击壤集卷之二十六

庚己：名孤雁传书格

银花满地椋金车，踏雪归来向五湖。借问长安消息好，唯知孤雁一封书。
鸳鸯懒向池中宿，零落花枝独一株。犹恨根基还恁薄，贵人引入好山居。

（末）

井内毫光射斗牛，绿衣放箭得香球。分明指路猪头发，两处门庭畔一舟。

男命《前定易数》：萃

丑

赏遍繁华地，归来意气殊。利名成复破，鸳雁聚还疏。
节操非凡猥，行藏运自濡。安然临老景，赖有一枝株。

卯

未有休尘虑，争如运自淹。猪行方出网，犬吠始离潜。
鸿雁空鸣叫，鸳鸯喜复嫌。有心求利禄，无事且㧑谦。

巳

用意莫辞劳，心劳势始高。兴来随马尾，嘉致逐牛彪。
雁叫声飞远，花烦果不牢。平生虽倜傥，失意在粗豪。

未

银花满地椋金车，踏雪归来步禁衢。借问长安消息近，唯亲孤雁一封书。
鸳鸯懒向池中宿，零落花残果一株。彩衣一箭猪头发，名利双成庆白头。

酉

初中频得失，猴犬始成家。独立须超祖，安荣险难加。
雁飞声似影，鸳偶色如花。更有安闲地，幽居岁月赊。

亥

未副劳心日，纵横势万般。如逢安乐地，犹自未能完。
雁势随云散，花枝逐雨愆。莫疑心不死，名利两相关。

女命《前定易数》：损

丑

初心欲待立镃基，但遇艰辛未得时。虽有资财守鼠尾，欲知衣禄问猴儿。
燕雀成双寻旧友，鸳鸯分散各归池。孤帏寂寞无依倚，须凭福至定安危。

卯

举意成家立事新，奈缘身险有迍邅。难测情怀无定准，徒思恩爱未周全。
边浦孤鸿声自怨，雕梁乳燕语流连。时来终有微微福，及早皈寻礼佛缘。

巳

立身平地入青云，转目相逢天上人。遍历重山乡故远，再求吉事福还新。
有厄方能收久计，无危终必惹灾迍。骑羊跨马当成喜，栽培根干待阳春。

未

斯人却似江边柳，袅娜娇娆迥异常。若是高人来攀折，便宜福禄自荣昌。
空中有雁声嘹泪，枝上娇莺语不忙。更看龙蛇相会处，其间一段喜平康。

酉

用尽机谋心未灰，年来争奈事多乖。虎尾骑羊当显盛，猴头立鼠作生涯。
鸿雁孤飞聊见影，鸳鸯离散意难谐。衣财终有成时日，计业滋生且慰怀。

亥

孤苦情非乐，生平足计谋。基业成多败，资财莫妄图。
善缘宜自立，处世必应孤。羊头衣禄足，灾祸始应无。

庚庚：名身在五湖格

大泽乘舟泛五湖，区区逐浪不通吴。春花苑圃终难久，才到秋来叶渐疏。
水涸山遥飞雁远，天高云杳事难圆。知君志在清闲地，好向林泉读佛书。

（中）

逢庚见禄心方称，遇丙多因损器财。直待跨龙骑马首，平生喜气自天来。

（末）

惠从天降托于人，手握权衡称意心。志禄必应从此始，显身多见步青云。

男命《前定易数》：兑

子

特地移舟泛五湖，飘然踪迹楚归吴。春来陌上花才放，不觉秋间果渐疏。
水阔雁飞天外远，山高云雨隔烟芜。终知志在清闲地，醉饮双钟伴老躯。

寅

弃吴归楚兴何如，遇丙须防损害隅。待得马儿施阔步，正宜君子达亨衢。
天边雁字分三只，槛外芳花谢几株。若至龙蛇窠穴里，许君高志更南图。

辰

弃祖荣方得，营家立异乡。马头消息好，龙尾兴何长。
雁塞飞天远，鸳联卧雪香。尘埃如可脱，别有好思量。

午

未遂身中乐，唯愁眼下灾。中年方脱难，大福逐龙来。
鸿雁何喧耳，鸳鸯安在哉？何如潇洒地，独乐醉高台。

申

骐骥去长逢，登临不惮污。逢安归马颊，乐业藉龙图。
休想云中雁，空珍物外躯。老来直得意，方乐半幽居。

戌

干蛊有奇功，成家越祖宗。利名龙马地，康泰甲庚中。
有侣雁飞远，逢花雨谢红。云端胜俗累，把酒揖双瞳。

女命《前定易数》：随

子

机谋多改变，安身处处危。是非随分定，勉强谩施为。
过雁情虽浅，娇莺语自知。鼠羊当立处，依旧发枯枝。

寅

志高天外去，须应贵客过。生涯方得稳，衣禄不愁多。
雁去空伤侣，花衰果奈何。岭头消息近，业障定无磨。

辰

一朵娇花对月鲜，时人安敢妄轻言。若非贵客来相问，唯恐贤君谒少年。
鸳鸯交颈情难却，鸾凤驰情意自坚。一言远地传消息，整顿同归范蠡船。

午

一片潇湘景自奢，南来北去事难遮。回首欲成生计立，寸心犹道未繁华。
桃杏开时风雨疾，竹松森处雪霜加。乘龙跨马安荣日，惭愧衣财满我家。

申

玉貌含羞似去年，轻移莲步稳西川。蓦地人称君有意，趁①时整肃讶神仙。
凤阁高歌欢自洽，龙楼得意喜双全。弦管相迎多拥从，平生福至是前缘。

戌

计业与君前分定，莫言今日命迟延。才遇羊头心自足，更逢鼠穴福团圆。
立身非是成家日，出户方知已异前。堪嗟意气多劳苦，久后身心必自安。

庚辛：名巨舟经浪格

日到天心影渐高，庚辛金印自风骚。巨舟泛浪多翻覆，浅水回波隐巨鳌。
远雁过溪三四只，柳枝一朵伴红桃。平生志气无人识，晚景金门遇贵豪。

（未）

自小殷勤尚未成，青天云路几番明。逢辛渐遇人相举，跨马骑牛禄自升。

男命《前定易数》：夬

丑

旧家门馆见荒芜，新路行时莫虑虚。巳兔群中身渐泰，猴羊窟里事堪图。
雁飞三只声声远，花绽双枝朵朵荣。晚岁佳声何显似，高居云外镇无云。

卯

月朗天心气象骚，庚辛须顺泛洪涛。逢龙渐遇人抬手，跨马骑羊禄自高。
远雁飞扬三四只，鸳鸯浴浦一双滔。儿童计业垂杨下，晚岁光阴积富豪。

巳

家南家北成身处，业计年来渐渐成。遁迹逍遥心计远，安居福处喜非轻。
天寒雁侣飞空阔，雨湿花枝见坠零。恬然一个无心客，意次多端志不宁。

未

家和万事匪君营，何事区区意不宁。跨马骑羊财渐足，呼鸡逐鼠气犹清。
雁儿三只声何远，鸳侣一双重契情。却向东南最佳处，闲中立业显奇声。

酉

圆月当空照，斯人意渐通。精神钟气毅，名利越先宗。
雁阵当空阔，花枝摆雨风。锋芒休逞更，杂冗挠私衷。

亥

用尽机谋杂冗排，年来月往事尤乖。马羊背上通心远，猴鼠途中度险崖。
雁字一行联见影，花枝虽折色难谐。老来尘世诚离却，名利孜孜且慰怀。

---

① “趍”，疑为“趋”字异体。

女命《前定易数》：讼

丑

万物荣枯事，人情乐处愁。灾残逢鼠尾，福至立龙头。
对对莺儿语，双双粉蝶游。有君无意问，同我步朱楼。

卯

独对孤山坐，情高迹未高。心思安乐地，拟欲待英豪。
亲故相饮重，公姑不汝劳。但教逢晚景，福庆永坚牢。

巳

智量多谋略，机深见识殊。初来先侍远，终与六亲疏。
且待犬羊至，须当附外居。良君问消息，执钓往南湖。

未

春色浓如酒，生涯冷不禁。情怀多散乱，志气少知音。
目断云端雁，声催指上琴。平声多恼失，桃杏不成阴。

酉

志气天涯远，生平计复成。只因身有厄，以至福还倾。
归燕帘前别，残花果不生。莫言终寂寞，残月照西陵。

亥

志大空劳役，蹉跎莫计忧。情怀自虚设，意气孰能酬。
天道应难测，资财莫强求。花残终结果，风撼几时休。

庚壬：名雨打鸳鸯格

荷花雨打鸳鸯散，芦苇风翻雁阵斜。家住五湖思信至，白头尘境自生涯。
园林花发存三菓，百岁坟前半是他。借问始生须苦节，到头三纪入烟霞。

（中）

遇犬多惊险，逢牛称遂心。禄财须茂盛，龙马喜神临。

（末）

命逢吉曜好施张，更兼禄贵月中藏。福星照临时日位，不觉成名称贵郎。

男命《前定易数》：困

子

立意操谋势未劳，且将心胆委蓬蒿。羡君禄利牛头上，更许名闻虎穴高。
雁儿有侣飞三只，鸳帐无情挫一毫。若解留心最幽处，尘劳灾难一时逃。

寅

芰荷雨打鸳鸯岸，芦苇风摇雁阵斜。身在犬头多险阻，财当牛虎始荣华。
树因花结成三果，身向云中创一家。龙马群中多喜事，到头出俗入烟霞。

辰

着意经营未遂心，不须兴叹苦呻吟。若逢羊虎身须泰，更藉重山利必临。
芦苇风摇斜雁阵，枝柯雨沃锁花阴。到头利禄滋滋盛，独虑区区景物侵。

午

弃业乐重山，安身登贵坛。利名超当世，生计仰龙颜。
三雁喧空闹，方花取次残。虽然多役事，晚景却身安。

申

年来碎事萦，心计未安宁。马牛乘禄地，龙虎振家声。
长空飞去雁，永夜不关情。试问君归事，此心无不平。

戌

倚祖应无望，重山计可施。立身须仰贵，得志马龙时。
雁字恩中怨，花枝艳处稀。辛勤甘作蜜，口口只甜谁。

女命《前定易数》：比

子

绿幕红帏尽立身，何须刚志更贪心。自然福至无危虑，不至灾生共祸侵。
夜月婵娟空照室，秋风淅沥撼孤林。兀坐窗前同整曲，指弹丝断续新琴。

寅

心怀郁郁事悠悠，处世身劳不自由。借问平生何未遇，致逢今日足堪忧。
秋风飒飒情无倚，夜月凄凄意未周。举头遥望江山景，且自宽心度几秋。

辰

莺花易老晚来春，不整花容越样新。绣幕低垂修己事，自消自遣度闲身。
早离劳生归活计，终须荣遇脱红尘。前程且可安心守，不必忧煎与苦辛。

午

一轮寒月照朱楼，拟取欢娱喜未休。今朝恰遇登云贵，成计终须福自由。
鸾凤同栖芦荻浦，鸳鸯共宿蓼花州。平生自有恩情在，不用忧心度九秋。

申

幽情镇坐绣帏中，形役心劳命未通。欲问前程期吉耗，当知兔子得丰隆。
情怀美望天边月，衣袂从飘户外风。若得贤人同一处，必然因贵立新功。

戌

休嗟世事乱如丝，心下忡忡有旧疑。一条好路无人识，但展愁眉拟立基。
花艳满园游蝶喜，果残空树被风吹。成败相仍聊粗遣，不妨碌碌且随时。

庚癸：名斛里黄金格

斛里黄金不用量，谁知升斗自相妨。孤飞雁过芦花白，百岁优游玩水旁。
莺宿乔林飞散毕，春花枝上有金芳。君家若出中年外，好逐笙歌入画堂。

（中）

笔砚随身举未成，不为松柏共公卿。江边喜有鲈鱼美，莫恋长安作帝京。

（末）

险阻艰关皆经过，前程通达少忧惊。休道风波都见了，逢财遇禄晚丰盈。

男命《前定易数》：咸

丑

斛里黄金不用量，谁知升斗自相妨。群鸣雁过芦花远，双舞鸳鸯浦渚傍。
笔砚随身虽拙学，利名到处足称扬。君家兴在中年外，好逐笙簧乐画堂。

卯

夸子身怀土，谁知秤斗妨。寒寒须衮衮，业计渐穰穰。
雁侣何孤只，鸳鸯韵不长。立身更安处，云水兴难量。

巳

身心萦计不由人，他日安荣遂此身。定许利名随意足，些儿闲虑不须惊。
鸿飞二只何堪扞，鸳侣重谐始可亲。试问老来成底事，一翻拈起一翻新。

未

笔砚随身学未成，许君中算遂功名。操持雅量虽殊俗，落魄情怀志不轻。
几只雁儿飞已远，一双花朵色重新。宁馨必许喧闾里，无限笙歌侧耳听。

酉

处身殊未稳，乐业在长途。牛首声尤盛，龙头胆气粗。
好花开异圃，孤雁远萍芜。且遂时中乐，将心休外图。

亥

休恋前途作帝京，随身笔砚学稀成。黄金满斛妨星量，鸿雁双飞自重轻。
入手巨鳌中遂意，起门一果自宁馨。三春花卉随宜折，若报初中势不平。

女命《前定易数》：泰

丑

时来一变过于旧，荣显衣钗易祖风。过桥且问朱衣客，黄卷端然立大功。
云雨绸缪当此始，鸳鸯出没偶相逢。羊犬传名振闾里，此身终自有亨通。

卯

从兹守分去如何，自在忧游性更和。但愿安然增福禄，一生焉得受奔波。
只恨鸳鸯情素浅，终知奇果结无多。静处家庭安孝义，毋嫌岁月去流梭。

巳

幽怀闷闷几时宽，劳苦身心未得安。处世若施仁义事，为人不致受欺瞒。
当收异果身荣贵，相得良君免苦寒。但能闺内安常分，必自逢时有乐欢。

未

莫恨成家在晚时，止缘未遇贵人持。芳姿娇媚年来美，百计俱全更有思。
传扬吉耗当龙至，荣今奢华倩虎威。如今闺阁常安分，庶着平生不忒仪。

酉

金帛囊箱亦见虚，生平意气两何如。春归园苑花容艳，秋去枯枝果实疏。
燕雀成群寻故垒，鸳鸯犹自泛平湖。老来且得虚名去，回首凄凉对月孤。

亥

明月与清风，平和两不同。万般皆会合，一点自然红。
结阵衔芹燕，成群采蜜蜂。不知辛苦立，甜处为谁工。

辛甲：名密云不雨格

重云密雾遍天涯，祈雨祈风隔岁华。秋水雁横三四只，岁寒孤立伴寒沙。
春晴去处园林绿，冬暖凝霜自不加。借问生涯何处是，骑牛归去老农家。

（中）

极目无人舍，烟笼与水通。遇蛇心已定，庚会禄经同。

（末）

鸿鹄高飞透碧天，不同燕雀两三联。他年志气轩昂大，禄马扶持有贵权。

男命《前定易数》：无妄

子

凡木生仙果，无端风撼摇。逢花生厚怨，见利又还消。
只雁孤飞立，芳花叶渐凋。焕然中道理，生计且丰饶。

寅

出生难甚利名先，荣耀生涯胜日前。命到中年应有祸，时当猴兔莫缠绵。
高飞两两雁鸿远，花放枝枝果巧鲜。借问前程君莫虑，喧轰基业福延年。

辰

历历难辛百件差，重山再整立生涯。成身遂志他时节，亲旧交情隔岁华。
飞雁一行横远塞，鸳鸯独只睡汀沙。晚年始满生平愿，乐处田园计立家。

午

蹄跧之水何通舟，寸木馬[①]能出大楼。不揣利名过我愿，常时心计逞刚求。
楚大眺望孤鸿远，梁苑歌欢花艳柔。不觉生涯荣又辱，信知财利若东流。

申

胆气多为成败事，自家业计却蹉跎。休夸去鹿荣如马，还见危疑势似波。
是处雁声空聒耳，满栏春色漫相和。平生名利终成误，一梦南柯自若何。

戌

南山修竹北山栽，苦节还疑待风来。地僻莫嫌枝叶盛，林深终是绝尘埃。
马书一去无消息，花态芳妍带雨开。直过牛羊方息虑，终看生计立高台。

女命《前定易数》：升

子

世事多翻覆，情怀晚自宽。立身祖当离，成业子先悭。
云中人远问，门内客传欢。前程多异果，不致苦心酸。

寅

幼白慈颜喜，今来箕帚难。几家能好恶，一己受辛酸。
隔水隔山远，兼风兼雨寒。前程全不吉，要好遇陈韩。

辰

独守孤灯坐，悠悠天自明。何当风色劲，更听雁儿鸣。
鸡猴微福至，猪鼠晚家成。贵人来顾问，只恐未通亨。

午

秋尽枯枝绿，月残空自明。安心无立计，举意改前程。
燕老归南去，花摧果不荣。故乡人不见，展发有余情。

申

世事纷纷挠，心怀似乱丝。亲疏心自险，福去命当危。
心胆如天阔，恩情似露滋。晚年逢贵客，终不福相随。

---

① “馬”，疑为“焉”之误。

戌

莫忧人老守孤帏，须要前程有所归。贵人接引终当误，家业勤成可自依。
云中嘹唳雁声绝，阁里栖惶母训违。当今且守情怀喜，马犬相逢有设施。

辛乙：名日昼天心格

午日身平影不移，烟深鸿雁各分飞。琼林花放依依绿，春暖园林一两枝。
山阔路遥知马力，人生岁久辩高低。鸳鸯戏浴涧溪水，独对孤莺晚树啼。

（未）

命中到鼠身妨厄，许看逢寅遇贵权。直待龙蛇波浪动，一交羊马是丰年。

男命《前定易数》：遘

丑

疏亲散失不胜言，过尽危疑事万千。欲向新园题故事，偶然生计独操权。
天边鸿雁群应别，池畔鸳鸯颈渐联。莫叹中年太多事，履霜未久致冰坚。

卯

初生乳兔走三亩，情性天教岂自由。猴鼠才行逢伟事，蛇儿相见显家猷。
空中有雁分飞远，庭下芳花果不收。既得利名归我后，好思蝴蝶梦庄周。

巳

生涯立处未为真，石礤栽花硬倚春。逐利迫名空役志，家烦事迫自劳人。
离群鸿雁飞无力，逐队鸳鸯意未驯。天使灾危因贤子，不须兴叹泣麒麟。

未

天然孤子困尘沙，初岁营谋自未涯。才遇利名翻手失，长将心绪苦咨嗟。
鸳鸯两只雨惊散，鸿雁一行风逐斜。若论中身成立事，移南换北两边家。

酉

平生志气高天外，半是真情半是虚。望道守株如待兔，成身缘木欲求鱼。
飞鸿去后群须失，花树荣来果自疏。有道前程有明处，片云幽聚称仙居。

亥

初涉艰难事可嗟，幽人何土患无涯。多忧须有无忧日，不意翻成得意家。
天外分飞双雁远，槛前坠落两枝花。镃基去后须坚固，唯恐灵椿斤斧加。

女命《前定易数》：遣

丑

未遇春时变化工，藏形且守绣帏中。寅巳时来方得地，鼠羊灾脱见王公。
槛外一枝生异果，樽前大醉挽长弓。若问亲离家破事，元来命里更多凶。

卯

福至心田得自由，将身随尔入瀛洲。当年破杀危中道，日后荣华始免忧。
风吹灯灭观明月，雨洗衣垂惹旧愁。若来自守安闲地，得了相扶上凤楼。

巳

别祖离乡作外人，年来灾蹇尚缠身。何须苦苦思安处，自得悠悠越众伦。
一枝果缀风来撼，两处身存意未驯。唯恐利名难到后，更忧晚景有灾迍。

未

堪叹终难事，贤人道未通。鼠来名自显，牛至福当丰。
灾病身虽有，虚名定主封。为心修福善，方得享昌隆。

酉

守静居家吉，奢华物有盈。贵人观损益，天道迭枯荣。
绝命多凶险，愁心带疾生。必从千里客，晚景自和平。

戌

成家莫叹难，高人入远关。开颜闻一笑，取意自相攀。
得果非奇特，依君契阔间。鼠鸡终一别，福禄遂阑珊。

辛丙：名昼日云遮格

日昼难分影渐斜，成身消息未待时。春归雁叫无踪迹，秋月空梁燕亦归。
祖道只因身反破，恩深争奈见分离。春色树浸缘何事，实结枝头一果奇。

（中）

根地须荣贵，身成事渐同。井逢龙共虎，八口快刀锋。

（末）

造化缘来进退多，正当成处反蹉跎。得逢衣紫东君客，从此亨通气象和。

男命《前定易数》：同人

子

春色人言浓似酒，生涯自料冷如冰。利名成破空搔首，志气多能苦识音。
目断月明空雁过，情伤风送落花深。平生懒若长江水，无语东流是此心。

寅

纵步蟾蜍窟，仰瞻牛斗间。馨香犹未足，荣达事空闲。
雨未情何久，霜鸿飞更难。莫言终去路，云雾绕西山。

辰

石镜藏金匣，重磨拂旧尘。鉴前难鉴后，明物不明心。
花落幽园静，鸿飞晓月沉。生涯三径①里，桃李自成阴。

午

志气冲天外，生涯计复成。只因身废破，方见满还倾。
去雁云间见，花飘雨后轻。秋光风景别，残日照西陵。

申

春色江山丽，繁华锦绣堆。光华偏应日，功业自奇哉。
铺翅鸳鸯卧，张飞鸿雁来。成身消息好，独步上高台。

戌

成家立业两边圆，图利图名意未便。劳尽百年心计上，谩施千尺手拿天。
白云随雁飞天外，红雨飘花落槛前。晚岁生涯随意足，奈何天付此因缘。

女命《前定易数》：鼎

子

莫管身无疾，当初福未坚。高楼人自望，操志欲寻缘。
贵客重重喜，东君迭迭言。羊头并鼠尾，消息自来传。

寅

满斛黄金映日明，花红柳绿色春生。禄逐马群寻大路，名随兔子立前程。
良驹不脱风尘客，紫燕频栖檐栋荣。日斜不展金钗坠，冒雨披衣入汉京。

辰

灯前说尽平生事，早上疑如一梦醒。守闺寂寞存心在，垂幕清闲发笑惊。
一鸡忽在耳边语，双龙默自调琴声。离家早早前程去，贵客相扶入帝京。

午

君臣际会一时中，风云散乱未和同。万里扬威人恐惧，一身立计自亨通。
未遇良时自安守，终须奇果渐昌隆。鼠尾相刑终自吉，不须忧虑有疑凶。

申

君心未喜意常疏，奈缘孤蹇向云居。施心兀坐幽帏里，立计当先离故庐。
鸳鸯对对游新水，鸿雁双双过远湖。试问平生有何似，勤心福德有相如。

① “径”，疑为“徑”之俗体。

戌

前程尽自立镃基，且忍心怀勿外驰。平生自有微微福，计业终须遇吉期。
情性切宜收拾住，闺中兀坐莫招非。待得寅头回顾后，不妨安稳脱忧危。

辛丁：名木茂深林格

归雁过山飞不迭，岁寒枝上一光辉。犬头消息君须觉，禄马猪羊虎奋威。
中愿阴神齐拱手，绿波深处决无亏。太原天水人相引，遇此方知应晚期。

（中）

大树根盘实，年深枝叶残。江乡秋月上，时照好青山。

（末）

浅分生来命主艰，难逢经海历难关。逢贤遇贵相携挈，际会风云顷刻间。

男命《前定易数》：否

丑

往昔何堪说，当年事可知。满园春色盛，触处月光辉。
露浥梨花湿，风轻燕子飞。水南山更好，归计莫栖迟。

卯

秋山云水凋残叶，拟待秋来长旧枝。道在困时焉足叹，人当荣处事无疑。
寒江鸿雁双双远，春沼鸳鸯对对飞。试问终身人事业，前程超越势真奇。

巳

红杏枝头春色媚，绿杨堤畔晓风阴。千山自觉形神爽，野树何如困睡沉。
花影重重增夜雨，雁声呖呖碎秋心。身成江汉思莼脍，乐在溪山岁月深。

未

园苑青春媚，门阑白日闲。未应财久积，终后事艰难。
雁影沉秋水，人情隔故关。不堪江上月，回首落青山。

酉

云龙相会遇，霈雨在斯须。枯槁含滋秀，荣华与众殊。
功名好消息，人意莫踟蹰。若能如越相，永永脱灾虞。

亥

桃花谢后杏芳菲，春去秋来未得时。景物循环荣又谢，直逢牛马始相宜。
莺鸣雨后声多巧，雁叫秋深意别离。好似年年江上月，阴晴圆缺有盈虧①。

① “虧”，疑为“虧”（今作“亏”）字异体。

女命《前定易数》：解

丑

绣幕低垂风自扬，蓦地荣华福禄昌。早向朱门多吉庆，庶除一纪少灾殃。
对对鸳鸯时得意，双双鸾凤自呈祥。更遇虎龙从自始，从容富贵不寻常。

卯

得见东君宠，无忧喜自新。但缘时遇□[①]，终自福中迍。
处己宜安静，成家脱苦尘。生涯荣又辱，志气满江津。

巳

好事多磨难，根基向晚前。自宜登风阁，亲义断成冤。
芳桂君来折，枝高奇果连。平生如一梦，亏了又还圆。

未

雕琢昆山玉，方圆巧匠心。须当修内善，莫使外邪侵。
真伪为非是，前程福自深。身劳唯在晚，回首楚歌吟。

酉

水冷鱼沉底，泥轻燕跃林。闺情何事乐，立志守当今。
奇果须成实，东君特地寻。闲中常守节，莫惹是非侵。

亥

欲问平生事，聪明立性刚。立身亲巨富，处世近忠良。
鱼跳深波急，燕语画梁藏。无心须走兔，衣禄永安康。

辛戊：名春风满院格

平生立志重重险，独拽弯弓力渐施。云路过山多险阻，时来平地上天梯。
雁飞天外声声远，雨后桃花片片飞。借问百年成应事，长江春色绿依依。

（中）

命遇羊添角，身逢马有蹄。杜鹃枝上语，犹道不如归。

（末）

几度枝枯几度荣，几番来复复能明。亲孤破祖皆劳力，却喜前来禄自行。

---

① 原文夺。

男命《前定易数》：遁

子

仙种逢春花已放，鲲鱼得泽入天池。幸然贵客时推借，及至安荣誉自奇。
塞雁双双飞远去，庭花朵朵果成稀。蛇猴得际风云会，牛虎相逢兴转辉。

寅

扁舟蓦涉波涛，贵客滩畔相招。此时拟知吉耗，当年名利资饶。
花开枝时艳冶，雁鸿去处飘飘。借问老年何若，栖凄空度良宵。

辰

历遍危难万仞山，何时平地解愁颜。本图安立无他事，争奈人无半日闲。
海燕寄巢栖旧木，塞鸿飞度远乡关。如逢鸡虎蛇头上，陶朱财利满门阑。

午

千磨万炼方成宝，大器无疑向晚成。玉兔金鸡闻吉耗，灵槎跨涉入蓬瀛。
芳花槛畔迎春色，鸿雁天边唤侣声。寂寂晚年聊自适，全胜尘土受虚名。

申

寸松犹有凌霄志，休谓人生不出尘。若遇云程紫衣客，提携冗路是非人。
重山山外雁飞绝，丹槛槛前花委春。牛马相逢灾渐息，兔鸡依旧福重新。

戌

志气才成立，门迎宝鼎来。雁飞三只远，花折两枝开。
有果终须落，逢危事却谐。正好观新景，移步上高台。

女命《前定易数》：睽

子

庆事天来不可知，芳姿得处应佳期。醉醒愁解都无碍，新月方生万里辉。
贵客扶持登宝殿，英儿豪杰折金枝。前程自有亨通地，虎兔荣华守福基。

寅

守节当亨奋，前程被宠荣。翻身出巨网，奋力到君门。
折轴归寅地，操持在鼓盆。只缘无寿禄，何用苦心论。

辰

论来天禄是虚名，吹旧尘劳脱祸因。立事任君多计巧，平生有命不由人。
高楼遥望红霞散，倚槛闲观风雨纷。来往区区身得稳，修心积善守寅申。

午

守节相违志不宁，成家立计且跉踭。亲疏义绝知非侣，望福安身意不醒。
对对娇莺低巧语，双双乳燕别离声。莫嫌情熟恩名失，本合身心被战兢。

申

欲上危楼问若何，贵人拍手笑呵呵。前程自有归身地，何必惊危离鼠窠。
福禄自然随玉女，名声终久达西河。若至龙蛇子荣耀，不妨拱手作羲蛾。

戌

出身立在波涛上，危险重重渡水津。亲疏孤薄今如此，灾衰困厄自难伸。
生来只喜幽闺守，晚景依然旧福新。且问鼠羊逢卜吉，放眉乐意问高人。

伊川击壤集卷之二十七

辛已：名如水有龙格

箭飞星斗起寒光，月照长天感上苍。宫羽已开天赐福，目前云幕自高强。
黄牛满屋非干职，琢玉须圆取出方。雁过碧天沙塞远，儿童归去一双双。

（中）

有洞龙生角，山深虎奋威。须防猴子上，日月未光辉。

（末）

平生若此一孤舟，数次连逢浪拍头。晚年福禄君还有，也须荣贵度春秋。

男命《前定易数》：否

丑

幽幕终难剖，生涯无作有。能才虽满怀，疏失伤情厚。
祖业谢君扶，庭花飘不久。春色已三分，空对依稀柳。

卯

奋身欲举拿云手，争奈时乖命所淹。南北驱驰心未歇，东西更变渐团圆。
清光去雁无消息，深院飞花果不联。午夜子规枝上叫，云山西路月婵娟。

巳

云散中天静，风清细月圆。桂腾香馥郁，浪涌色潺湲。
去雁何堪叹，凋花亦可怜。会看身后事，归屋画神仙。

未

立身非祖荫，别业得家宗。郁郁情怀闷，悠悠志气中。
鸿飞通渚月，花落故园风。鹏海腾身去，昂头云路通。

酉

东篱缭绕花初放，春色暄妍气味新。始觉春风生我里，便飘红日落成尘。
重山去雁沉孤影，远浦鸳鸯别两程。何幸此身淘大得，好归林下教缁巾。

亥

独上危楼上，艰危脱屣空。回头忘故旧，昂首达穷通。
海燕归云外，铜鸾弃土中。恬然荣白发，归计一儿童。

女命《前定易数》：否

丑

蛇问重重福，猴惊叠叠灾。美酒樽中竭，奇花苑内栽。
良驹足损步，贵客意中猜。借问前程事，宜将愁眼开。

卯

绣幕春风卷，朱帘爱日快①。操心母失弃，到底是英雄。
目送孤鸿远，情欢楼上红。年来多倒错，好事不和同。

巳

计业甚萧条，情深恣意骄。晴风时拂拂，秋雨任飘飘。
闲闷多非是，前生分外招。鼠羊无可挠，享福足逍遥。

未

袁②望江滨客，心思意未浓。回头终有益，立计日兴隆。
莺支声何切，蜂儿阵失踪。生平有如是，终久福来逢。

酉

屋角蜘蛛网，千般巧计成。雨来含水滴，风撼卷无形。
孤苦何堪说，平生事不明。回头观峻岭，明月雨开晴。

亥

海水无涯远，人心有准绳。羊来回吉耗，马退得安宁。
有果红枝上，成家望贵迎。谨持忠信语，无禄也丰盈。

辛庚：名龙池波浪格

水畔张弓射鹿鱼，龙藏深窟自安居。鸿飞天上声声远，蛟在池中戏月珠。
祖业漫将心不足，鸳鸯相背意情陈。知君自有逍瑶③路，摘取蟾宫第一枝。

（中）

鹿上高原望，行人射斗牛。平生何足觑，晚福尽相投。

（末）

初年蹭蹬多艰阻，中岁雍容却异殊。前程造物多荣贵，准拟扬名好进程。

---

① “快”，字疑误。
② “袁”，当作“远”。
③ “瑶”，当作“遥”。

男命《前定易数》：履

子

初时命运未离屯，行路才通喜色匀。休叹利名归我晚，终须立业旧成新。
鸳鸯沙暖情何困，鸿雁天边叫又频。莫道枯枝难结果，东君留意更殷勤。

寅

节操非因学，聪明岂在书。登云攀月桂，涉海钓鳌鱼。
朔风吹去雁，秋水落芙蕖。拟看白头日，妄然任所居。

辰

志气强存在，衣冠旧不同。人情随好恶，兄弟各西东。
祖业非身有，生涯倚主翁。前程何处似，雪里独青松。

午

牵弓来射鹿，中正隔江波。莫叹此间失，依然入网罗。
雁声归塞外，花影乱苔沙。骑虎跨猴日，拚[①]愁且乐歌。

申

天意无私覆，人心自不同。利名徒往复，财业堕初中。
鸿雁归飞远，花枝遇别逢。到家荣晚节，卜宅两山峰。

戌

杨柳枝头春色动，高山峻岭雪方消。人心懒处成家苦，马力疲时知路遥。
雁起孤飞南岭外，花枝重结故园娇。翻来覆去何时足，名利如同海上潮。

女命《前定易数》：大畜

子

孤苦多端事，清闲心自明。守闺终有厄，侍母别容情。
借问幽帏事，宜当万里亨。若迎名利客，福禄足双荣。

寅

春至枯枝绿，安心守绣帏。月明闻雀喜，风静看蜂飞。
贵子终须在，良人胡不归。鼠羊名利事，福禄两相依。

辰

尘事纷纷起，名和利未全。偶逢佳客在，何况贵人牵。
莫使情怀乱，将成英誉传。良驹能骏足，同共入西川。

---

① “拚”，疑为“拌”之俗体。

午

孤介不堪叹，危途立旧基。贵人全不问，奇子略相期。
权握唯心巧，生涯在贵持。羊猪当显发，须信福无亏。

申

否极泰须通，危途道再隆。当图黄阁贵，须守白头翁。
怙恃宜先弃，恩情断不空。前程何必筭，因福逞英雄。

戌

风云合处足英雄，碎事煎熬反复中。绣帏默坐灾衰挠，情性温和福自逢。
朱户半开佳客望，杜门不掩露人容。借问鼠鸡年里事，人心各自与西东。

辛辛：名炉冶炼金格

顽金煅冶方成器，石上芝兰根脚异。远塞孤鸿飞不归，群群飞上丹霄际。
春来花发满园林，未秀多应时未至。百年枝上半青红，白头应作蓬莱裔。

（中）

遇甲承天禄，逢丁必见灾。鼠随牛首发，直上凤凰台。

（末）

平生机变太惺惺，只为孤权少称情。崎岖造物多磨滞，利名中未始方成。

男命《前定易数》：干

丑

幽怀志气冲霄汉，争奈人缘命所淹。亲眷半途零落尽，祖基强计不周全。
庭下花枝和雨落，沙头鸿雁自孤眠。借问前程归计路，秋残果熟一枝鲜。

卯

平生志愿何时足，直至鼠羊方见鹿。良匠斧斤琢器成，终见昆山有奇玉。
风排雁阵势纵横，雨溅花枝色难续。戒君得志不须贪，财足疑惑恐迗[1]覆。

巳

晚岁萧条险复难，初时立业势如山。栽花庭畔还开落，逐鹿山头似等闲。
风撼雁声空呖呖，雨添深涧水潺潺。百年太半成何事，不若留心云水间。

未

春来触处花争放，唯我枝头尚寂然。莫道东君思未发，自嗟恰值雪霜天。
雁阵空飞三两只，桃花熟果一枝鲜。亲知骨肉应难料，天使身归别处圆。

---

① “迗”，疑为“运”之俗体。

酉

高堂华馆镇重墙，偶尔相知入贵乡。唯喜目前人事乐，岂知身后福难量。
鸿飞江上难留迹，花放枝头有味香。志气遇时须待用，莫将弓矢乱施张。

亥

莫言昔日与今时，昔日今时事渐奇。春到园林花烂漫，秋残霜露叶枯枝。
风撼碧波鸳侣失，月明良夜雁孤飞。休言得失浑如梦，合到中年福自亏。

女命《前定易数》：咸

丑

一身孤苦守高蓬，两处成家不见踪。败杀时来当度失，忧游无计恨何穷。
枝缀果危经骤雨，身安幕里被狂风。若欲好儿终见兔，依然明月被云笼。

卯

昔与今朝事不期，今朝昔日甚稀奇。春在园林花自发，秋深雨露叶摧衰。
月照幽闺情暗喜，风翻翠幕未休吹。莫言得意浑如梦，直待中年福不亏。

巳

志气才高量亦高，机深虑重却波涛。一心恩爱终离别，百计生涯恐不牢。
何况鸣蛩声不乐，遥看乳燕语忉忉。若遇辛勤免灾苦，平生无乐有煎熬。

未

立计意尤甚，谁人为掩藏。累曾逢口舌，先虑见官方。
老妇空花貌，娇儿无桂香。羡他桃李色，年少发丛芳。

酉

志气方成立，还逢子午交。所为多寂寞，行李甚萧条。
内外俱相克，夫妻两不饶。被人怀少恨，携剑路傍邀。

亥

朱门双掩日光扬，万里恩波福自昌。重重吉事相随逐，兀兀佳期播远方。
枝缀果奇通汉苑，官荣禄显取南商。只愁晚节随时变，孤苦奔驰远离乡。

辛壬：名青霄月朗格

清凉雨过枝嫋[①]娜，空里寒风四野吹。云霄月朗天光碧，去路行人归不归。
岭头花落经霜雨，漫有春光花无语。雁鸿江上楚云飞，岁长多是疏亲侣。

（中）

更去前程三五年，一时一载自安然。骑牛渐觉心间泰，甲午之旬上碧天。

① “嫋”，《六书故》：与“袅”通，俗作“嬝”。

（未）

险阻艰辛尽历，好处机关多拙失。休嗟年少苦撑持，晚景自然成福吉。

男命《前定易数》：讼

子

得则成欢失则悲，年来半哑半如痴。终知损去还成益，料想天公岂有私。
雁去还空飞不及，琴调别韵识音知。春风谩有花如锦，问道秋来果几时。

寅

纷纷春色物鲜华，上苑风光景莫加。豹变南山添羽翼，鲸扬北海换鳞牙。
孤鸿两两穿云去，旧岁枝枝带雨花。百事到头终一失，早将生计卧烟霞。

辰

砚石藏珍凭匠琢，器成先用立规模。时亨何假人来荐，天赐聪明岂在书。
自嗟鸿雁一无侣，堪叹鸳鸯两不如。莫厌利名迟与晚，终须温饱乐安居。

午

灰心汨没几经秋，意气情怀未足酬。得兔不由磨铁砚，逢猴何必惧焚舟。
高飞鸿雁一行远，艳色娇花两朵荣。更指贵人相引处，便施阔步上高楼。

申

虚心悒快生平志，意向须高碎事煎。堪叹利名频得失，料知亲眷不周全。
长天孤雁悲秋去，晚树庭花带雨鲜。借问是家家未是，不知归去隐林泉。

戌

半成半失立生涯，吃苦吞酸力未加。险难重重愁不散，忧危叠叠事堪嗟。
亲知好似天边雁，名利成时雨里花。借问斯人何所似，身归南北两边家。

女命《前定易数》：大过

子

孤寒眇邈出群踪，争奈忧烦若两锋。重重喜气须龙至，浑浑光华必鼠通。
朱帘半卷宜安守，绿幕低垂在未中。堪羡立身终有后，鸡牛窟里异形容。

寅

天然缘分是非虚，守节幽闺必自孤。无限眼前来去事，几多福禄有还无。
鼠尾羊头消息好，高楼青眼盼吾躯。阵阵清风时入户，依然晚景发前途。

辰

立身既向江乡远，早晚尘埃入绣帏。箕箒辛勤唯我立，金钗不坠守空闺。
可怜命骞遭如此，预知他日失提携。好把身心思进退，不如洁己九泉归。

午

举意立前程，孤离恐不成。安心存孝义，晚景略亨荣。
云客舒青眼，因缘结远情。寂寥无一事，杜宇枉哀鸣。

申

天意无私曲，人心事不同。箕裘多反复，福禄趁初中。
绣幕风徒卷，朱帘日日红。到头荣晚节，立计在高峰。

戌

堪笑此生荣，机谋日日成。险危知自有，福禄晚来亨。
住客随云雁，良驹逐老莺。若逢鸡犬至，安亨自峥嵘。

辛癸：名重磨古镜格

吹毛宝剑金刚样，尘上经年暗未明。合遇贵人重拂拭，雪霜洁利自然新。
江边三雁飞沙远，树上花枝果亦成。幸有阴人相接引，春雷才动马嘶声。

（中）

无限风霜花未开，池内莲花秋后栽。逢羊必定机权立，跨马骑牛息旧灾。

（末）

莫笑前欢与旧愁，月明云卷未全收。等闲扫尽无余障，自有高人引路头。

男命《前定易数》：遁

丑

生计纷纷苦虑休，几回欢喜几回愁。常将吉事成抛弃，继到中年禄始优。
鸿雁飞时群偶失，花枝谢后果无收。生前祖计非吾分，自整衣冠入凤楼。

卯

论来业计当迁变，进退休归意不宁。莫谓利名长久处，须知灾祸负前程。
旧园花谢新园发，失侣鸳鸯唤侣声。若问根基真渺薄，纷纷柳絮逐风轻。

巳

千载蟠桃犹未熟，摘来入手不依时。几年费力无成就，晚岁方宜立所为。
鸡鼠同群名可望，鸳鸯二物有分离。若论尘世多成破，只许逍遥脱是非。

未

施权立业孤无辅，劳思索心计是非。饱食安居他日事，当知强识早年时。
槛前花朵何衰谢，天外鸿鸣各自飞。借问晴云有疵翳，天中方见月光辉。

酉

飘飘无倚海中舟，有遇才朋不久留。拙计埋身多逆意，多言伤己谩刚求。
梨花渐落莺将老，孤雁飞时已失俦。立尽斜阳身渐泰，临风独自上危楼。

亥

迟迟无语立东风，百计千谋未有功。须待鼠鸡施事业，便于兔上立家风。
江头去雁声声远，槛畔芳花朵朵红。欲决平生身后事，南柯名利梦魂中。

女命《前定易数》：兑

丑

初时命蹇未亨屯，早离家乡景色新。莫赖六亲为外倚，且扶一已过三春。
槛外清风香透鼻，闺中明月影侵身。堪笑果生奇特处，东君留意独殷勤。

卯

守节长潜绣幕身，冠钗不整问何人。聪明岂在淹留久，箕箒终须侍栉巾。
新主归来寻故旅，东君留意拂红尘。一声杜宇啼天外，肠断重牵旧福因。

巳

心胆依然在，冠旒旧不同。人情能好恶，亲眷各西东。
立计非心有，生涯倚个翁。若寻荣遇处，直待入龙中。

未

天然分福自前因，守节成家必立身。要必今生为善事，免遭横祸及灾迍。
随时自有修为处，改意终须不惹尘。东君不顾津途远，鱼水相逢道自新。

酉

天鹿衔书事可求，一生福禄自风流。只缘孤薄难遭遇，遂使前程有不周。
奇果挺然成实后，良人终守落花愁。一条好路如知觅，安坐高堂到白头。

亥

劳心劳力守平生，横禄虚名自改更。重重吉事成还破，扰扰心胸荆棘生。
闺中安稳无危难，望外邀求反险倾。修心度日无他事，启念终须竟不成。

壬甲：名瓶里栽花格

蓬蒿枝节耸云青，气直雪霜固深根。雁飞天上声声咽，鸳鸯独戏忘其群。
桃花落浦从君摘，金子园中尚秋色。陌上行人又不知，旁人知道应难测。

（中）

寿遇三重甲，安然守百年。限随牛首发，人到虎非天。

（末）

平生事业困淹延，机会无心却有缘。衣锦贵人来接引，拂开云雾见青天。

男命《前定易数》：屯

子

青蛇出水带珠浮，正是飞腾得意秋。莫讶衣冠如故旧，好为生计上层楼。
槛前花朵重开发，塞外群鸿半失俦。名利成时无别虑，西园景物好闲休。

寅

春风谩拂依依柳，烦恼生涯难固守。事如成败出天然，料知否极终无咎。
鸿悲塞上失群飞，花落庭前果成后。指出前程事若斯，利名亨处君须朽。

辰

休嗟涸沼困金鳞，伫看腾身定出尘。得遇天河升斗水，化为云雨入龙津。
鸳鸯池畔无双侣，鸿雁天边再命宾。赤犬嗷嗷兔何说，区区大路入荆榛。

午

残红换去绿阴成，去后生涯计业荣。平日恩深成愿怨，年来逢贵只虚名。
雁声嘹呖归云外，鸳羽悠扬泛水清。鼠马张弓机发处，定教一箭立前程。

申

草生江畔随春绿，菊绽篱边带雨开。天运四时无失度，人缘何事少梯媒。
亲知好看天边雁，生计何忧落草莱。休问前程荣辱理，利名去后又还来。

戌

玉琴不鼓久埃尘，再续朱弦整韵音。月下欲调稀识听，风前一弄得知心。
长空碧水飞孤雁，午日当空花正阴。得意气时当晚景，一帆风送满舟金。

女命《前定易数》：井

子

当门倚着朱扉望，不顾狂风卷绣衣。掣去半空飞或舞，回思一笑又成悲。
举行步步传虚语，立计纷纷挹泪脂。夙回依就无时处，方许安闲享福基。

寅

兀坐绣帷中，迷涂情未通。安身修性正，得处使心聪。
假饶时未遇，仍旧福无穷。鼠头佳果秀，举目换形容。

辰

望断江山景，前程去路难。虽然情自远，还使意中悭。
雁过声嘹呖，鱼游儿往还。有名终就实，遇犬展花颜。

午

孤苦身非乐，初年未自由。当春人自喜，遇鼠必风流。
槛畔花徒放，枝头果不收。奈何风力动，平息始无忧。

申

柳态足娇身，舍烟喜色新。故人提挈取，贵客整精神。
堤畔情非乐，窗前徒自颦。时来方发越，鼠犬遇新春。

戌

生计成时用不轻，前程有分称心情。万事皆由天理定，一身终自享安荣。
绣幕工夫还可遣，朱扉智量喜尤清。试问平生何所似，龙蛇出穴福来迎。

壬乙：名玉藏堕石格

白玉藏珍宝，灵沙隐碎金。异香安水际，方始见浮沉。
远飞雁千里，鸳鸯戏绿阴。信如花谢后，实子火中寻。

（未）

且喜天生屈己伸，机谋际会遇青春。天公不负凌云志，自有高人卓立成。

男命《前定易数》：升

丑

拙养江湖莫愧忧，异时头角出潜流。云程昂首应高远，泥窟成身独可忧。
鸿雁啾啾双去远，鸳鸯对对喜波浮。一身幸有高名立，何虑他时事不周。

卯

春来如暑不如秋，堪笑人生不自由。故计去时终不理，新荣成处许无愁。
鸳鸯莫道长为侣，鸿雁归时已失俦。深悟此生知己少，焉教捕鼠屈骅骝。

巳

烜赫荣来已虑枯，人情多誉播当涂。可怜未到东堂上，已报斯人福有余。
二只飞鸿天际别，双头花朵槛前殂。回头问着家何处，赢得持杯老故庐。

未

侧身东畔却成西，借问前程道又迷。自是利名成已少，何言贵客不相携。
依依柳岸飞残絮，呖呖孤鸿多自栖。生理只教来复去，不如高卧白云齐。

酉

几番入手几番捐，艰险重重肯息肩。肝胆直须操物外，岁寒方见耐烦煎。
一行去雁群应失，两树残花果不鲜。堪笑舟人太多咎，捞鱼未得早忘筌。

亥

利禄来时猪马前，斯人何事意悬悬。平生有巧钓肠计，翻被他人笑面穿。
两树落花成果晚，双飞去雁别群喧。书生志气高天外，争奈前生福不全。

女命《前定易数》：困

丑

良人意重问娇娥，花貌因何怨恨多。但见贵人同去处，自知业障尽相磨。

幽闺展转身非稳，绣幕低垂意若何？晚来云霁开明月，一点虚心百事和。

卯

终身自得生涯处，不惧闲非闲是煎。纵然未遇时人助，不致灾危苦苦缠。
双飞鸿雁来江渚，对舞鸾凰向浦边。且问前程终吉事，骑羊带鹿定荣迁。

巳

胆瓶斜插桂枝妍，同坐仙宫取次看。鼠至蓦然登玉殿，牛来平地作神仙。
跨凤终朝享荣贵，乘龙得志袂新联。更见良驹荣遇处，福禄双全果又鲜。

未

红日山前欲影斜，情怀方得脱咨嗟。羊遇鼠宫无欠失，恩深意重必荣华。
鸿雁啾啾回故里，鸳鸯对对浴晴沙。这回不必多疑虑，且自宽心去立家。

酉

贵人来往几徘徊，不见花颜欲自回。幽闺情性虚空说，缓缓心怀豁达开。
堪笑英雄都占尽，徒夸笑语实难猜。也须时遇方荣贵，若使贪求定见灾。

亥

玉颜花貌映朱唇，衣禄重重近上人。纵使奔驰无大难，还须荣遇立终身。
贵客同行归粉阁，纵怀掀豁步红尘。东君有意何须却，喜气氲氲事事新。

壬丙：名逢春接木格

柱倒人扶起，轮椎仗匠圆。雁飞沙塞远，有意合天心。
命有重荣晚，花开两果鲜。马头逢见犬，牛首换弓弦。

（中）

地远三千里，舟停碧岸边。贵人来举荐，龙虎上青天。

（末）

十磨九难到今朝，成败劳心用力遥。秀气但知康且健，晚年凡事喜坚牢。

男命《前定易数》：既济

子

生涯一事不香馨，成破多劳意不宁。志气廓然超鼠子，利名偶尔出龙程。
鸳鸯浴水双飞散，鸿雁悲风两处鸣。君寿始终犹不足，尺头区幅短还轻。

寅

无辉幽暗实堪夸，猪尾龙头禄又加。得业斯人因失马，嗟言往日事如麻。
天边呖呖飞鸿雁，槛外菲菲艳冶花。机志莫将乘势使，临时将恐寿无遐。

辰

鸡群丹凤云霄志，冗杂幽人何足悲。鹿入天门成业计，人当地户必迍衰。
一双鸿雁各飞去，两树桃花一果奇。甘味瓠瓜生苦蒂，回头何必怨亲离。

午

生平肝胆用高峰，机志能为心未然。羊子渐成财浩浩，鼠儿终入福绵绵。
鸳鸯戏剧情多合，鸿雁飞时各队喧。待得园林花烂漫，不堪风雨暮春天。

申

前程一段美团圆，好似明蟾耀碧天。销铄几多忧意事，收成无限称心田。
芳花开处果难实，鸿雁联飞侣必喧。借问鼠蛇人去处，风波难济覆危川。

戌

孤迹初来历险辛，前程须信有成身。一生心事求多计，须识怀疑好出尘。
两只雁儿分散去，一枝花朵艳重新。雪埋霜合群枝削，方显庭前老树春。

女命《前定易数》：遁

子

艰劳曾越几层山，不假跻攀步屦难。纵饶便尽千般计，如何能得一时闲。
孤失重重离祖业，愚顽处处改愁颜。一生富贵无由见，不若收心曲榭间。

寅

前程未遇贵人乡，且守孤帏度日长。风光易去催人老，时景蹉跎欲断肠。
果枝林托终身计，鸿鹊难凭晚福昌。思量得后浑如梦，早早持斋礼梵王。

辰

百花独让岭头梅，娇态偎香事里栽。春去冬来时未遇，焉知世事暗难猜。
一双蝴蝶空回绕，几对游蜂独往来。羊至鼠窠方得地，愁眉旧锁一齐开。

午

冠钗重整少年容，稳步金莲彩绣茸。山前大贵来迎接，心下详思时运通。
殷勤作礼传消息，荣显无灾立异功。凤楼半卷珠帘静，远望金钗锦帐中。

申

经年半掩绣帏衣，当面施卷心下思。花容减尽少年貌，美态娇娆正得时。
终竟荣归安静地，遇犬雍容事可知。福至自然衣禄厚，安心稳步践佳期。

戌

收心守洞房，立己保时常。改图当喜气，重整却荣昌。
牛马时还遇，衣资在外乡。东君相顾处，平地见安康。

壬丁：名雪压梅梢格

云收月出天中净，雪压松筠翠转坚。鸡叫牛边声未歇，雁栖芦苇竟艰眠。
平生志气无人识，马去羊来意向便。报导龙蛇消息好，弓开箭发尽天年。

（中）

绕树桃花放，狂风彻夜吹。春残留几朵，偷却半枝归。

（末）

凿石求金费琢磨，才逢源处迓蹉跎。险阻风沙皆过尽，前程显达利名多。

男命《前定易数》：比

丑

维持家政藉君扶，正是刚肠大丈夫。自是命中多坎坷，争知日后定红朱。
兔儿必许君成就，雁侣总教自远疏。更问后来荣辱理，持杯消遣老身躯。

卯

操机用智不辞劳，天赋聪明在尔曹。道蹇足疲须忽就，功成名遂不为遥。
一行去雁飞何远，两朵鲜花色不牢。待得兔蛇归去后，水平蓦地起波涛。

巳

倜傥怜君志，危灾早岁逢。家声羞未振，兔穴喜方浓。
问雁多中少，花枝艳处空。龙蛇来往日，门第有丰隆。

未

海际无涯万里岑，蓬莱方丈古同今。雁群悲断衡阳浦，双萼交衰岁月侵。
蛇鼠宫中逢喜色，名利一途幽豁心。君家试问归身计，碧水青山与未深。

酉

秋月遇云开，望圆逢美才。仁人中得路，巧业信奇哉。
雁阵声喧远，鸳帏美粉腮。惹还斯难脱，好笑福重来。

亥

冷落君阴厌，否中须泰来。利名随兔尾，纤害逐猴腮。
有雁分飞远，逢花拟两开。贵人相引处，如意乐高台。

女命《前定易数》：否

丑

早弃旧家风，须当离先祖。虽然衣禄荣，不免多辛苦。
未见果垂枝，低心待夫主。比和尤可安，福至当荣取。

卯

好事被多磨，身心劳若何。不知时事变，唯日受奔波。
自恨孤遗早，深思患难多。龙来为好处，依旧足欢和。

巳

一段风流事，今遭枉理亏。若逢云外客，不致苦乖违。
鱼被冰相溅，莺嫌柳暗迷。不知尊路去，安得免灾危。

未

独守孤帏里，谁知玉泪乖[①]。有君君不遇，落果果稀奇。
桂魄当空照，鱼儿出沼窥。前程衣禄足，立志守良时。

酉

变化机谋重，全藉好梯媒。清凉风拂面，渐觉笑容开。
鸿雁归心远，鸳鸯得意回。衣禄知归晚，俄逢七宝堆。

亥

春光荡漾休虚度，操略刚强智更明。淹淹未称劳心早，得得还须晚岁荣。
坐享高楼身始稳，因缘有福果芳馨。莫言前事蹉跎了，才遇贤君便太平。

壬戌：名金马玉堂格

塞空雁阵双双过，孤只飞飞晚岸中。金马玉堂虽可立，一枝花发一枝空。
青春满地纷纷绿，百岁临梢半朵红。借问马头消息好，箭机中处必因弓。

（中）

见丑登云路，逢猪废险桥。命逢鸡与犬，平步上青霄。

（末）

命逢吉曜福神临，只见初年不称心。中岁可求名与利，晚年多寿与多金。

男命《前定易数》：蹇

子

高蕴情怀气毅钟，洞观万里秀心胸。利名到处休嫌薄，人事来时莫恨丛。
雁叫碧空休望雁，红芳上苑又逢红。平生此理多来往，赤马群中路又通。

寅

塞空雁阵双双过，孤只飞来野岸中。得意直须逢犬马，扬名终是到牛宫。
园林且遂优游志，栏槛空开烂漫红。晚景忽逢羊路险，遇来成立马前功。

---

① “乖”，疑为“垂”之俗体。

辰

生涯多忘绪，得失在天时。马首荣名利，猴头度险危。
雁儿声渐远，鸳侣又何之。自有清闲地，安身晚更奇。

午

羡子营生异，何须变祖基。起家山际乐，得意马前机。
声叫空中雁，花侵水畔枝。平生情不薄，喜处却成悲。

申

平生志气叹蹉跎，且逐悠悠岁月过。一旦仁风归马首，自然营业得人和。
分飞两雁寒成伴，烂漫双花意自多。众悉怜君能克己，时时赢得醉中歌。

戌

青春气象优，何事却唯愁。赤马情方称，青猪名利投。
雁声飞自远，花朵谩相留。如逃羊脚险，重喜发牛头。

女命《前定易数》：萃

子

役役尘劳事渐通，区区兀坐绣帷中。堂前莫望多情客，心下休思得力翁。
梁燕呢喃留意语，林莺寂寞厌花红。到底衣财多分定，寻君随分入西宫。

寅

一轴情书付与离，灯前览罢自称奇。守得木边多义子，方知户内有心思。
才遇黄龙难显遂，若逢白犬少威仪。黄金房内优游步，早晚成家立福基。

辰

左边成业右边失，争奈时乖事未全。西北清闲心未歇，东南更变渐团圆。
画梁归燕留消息，深院残花果不鲜。可恨此身无稳处，幽窗空对月婵娟。

午

从前情性不能宽，更遇微灾尽自前。早遇东君消息稳，终须果结向枝悬。
鸳鸯情合多和美，鱼雁相同各队喧。出户便逢妍媚景，方知身在暮春天。

申

平生胆大志高强，贵客相邀入故乡。羊首施成木禄足，猴儿必递桂枝香。
白玉堂前人必乐，黄金屋内月生光。前程自有生涯在，无虑灾危入洞房。

戌

朱轮慢碾入王宫，堪羡时来禄早通。花貌含羞谁敢慢，朱唇不展少年容。
弦管声音情意美，笙歌语话乐融融。谁信前程有如此，命里遭逢定不空。

壬己：名海际乘舟格

海际无边万里源，蓬莱仙境古今闻。群鸿翼断衡阳浦，独立高堂用碎心。
月到夜阑天渐碧，日移山影树方阴。君家借问归年计，花落园中莎草侵。

（中）

外箭家中发，龙蛇必换弓。贵人来引路，方见始还终。

（末）

沙里淘金宝渐成，前程活计转思寻。谁知春晚桑榆景，鹤上青霄透碧云。

男命《前定易数》屯

丑

斯人恰似天边月，缺处仍前渐渐明。若使身临龙虎窟，便宜家计利名成。
雁飞三只声何远，花折双枝势未凭。莫要此生多雅趣，宜将高致慕能程。

卯

雅量怜君透岳高，何如兰蕙出蓬蒿。忽然羊马相充着，合使利名归尔曹。
鸿雁飞声何寂寂，鸳鸯交颈谩滔滔。更期龙虎飞腾日，无限欢娱气宠娇。

巳

怜君处已不叨荣，名利年中渐渐成。日往月来濡滞脱，家和自理欲升平。
空中鸿雁飞声杳，池内鸳鸯密契情。更看龙蛇相会处，喧轰一段事非轻。

未

云飞月色中天静，雨遇松篁色转深。鸡叫水边春未歇，雁归芦畔迹难寻。
平生气量如珠玉，马去羊来兴满襟。问道龙蛇消息近，始知一箭中红心。

酉

散尽浮云月正明，斯人方始觉身轻。马牛会处须逢利，猴鼠途中却遂名。
分散雁飞三只远，和鸣雁侣两边情。休将生计荣刚志，看取宁馨立异声。

亥

闻君蕴积几时开，宁耐身心落草莱。羊马会时声誉别，虎龙交处利名回。
飞鸣鸿雁空中见，艳色花枝槛畔哀。若也兔鸡灾难脱，白头逢喜更奇哉。

女命《前定易数》：无妄

丑

亲眷疏凋不可凭，身依山外自求成。远望高峰虽意切，不知贤贵若为情。
一鹊蓦然来报喜，双莺闹处啭新声。许我年来当遇贵，终须高显得身荣。

卯

龙虎来时道必行，年过时往事还成。造化不教成拙计，立身终有福来亨。
花落花残难结果，云边仙桂暗传声。且喜晚年多喜气，东君留意木欣荣。

巳

良田万顷足随身，幸遇荣华云外人。绣幕优游安稳处，玉堂和气喜重身。
鸾凤来时荣显立，鸳鸯浴水整衣新。鼠羊必自归金宝，取意随心度几春。

未

冬雪飘飘积大寒，推窗窥觑觉心酸。情知冷落孤灯下，意在忧疑眉自攒。
一双山鹊间关语，几阵寒鸦遇远山。莫叹此生多困苦，若能放下亦须宽。

酉

艰辛立计伤心处，孤绝亲跟魂梦飞。秋深归燕无消息，夜静寒蛩分外悲。
收拾衣资求鼠子，破除忧虑问猴儿。借问晚年归计事，不如改志作师尼。

亥

生计须凭虎子成，无忧无虑及吾身。区区立业须当改，闷闷为心不可陈。
若遇贵人回首顾，必须稳步立前程。枝头一果随时结，晚福来时自免迍。

壬庚：名蒲桃架楼格

四海为家未是家，西山尽可作生涯。天边雁叫思南北，池沼鸳鸯独戏沙。
绕树花芳三五朵，秋残将落一枝花。终知志在逍遥外，欲到蓬莱度岁华。

（中）

枯木逢春晚，乘槎遇海门。龙蛇逢马首，独步到昆仑。

（末）

青龙得水可相依，变祸为祥理固宜。事际自来能受福，安闲享用正当时。

男命《前定易数》：节

子

衣冠显异出群宗，争奈忧烦锁两峰。喜事重重时待鼠，光华烨烨事成龙。
群飞鸿雁两三只，开发花枝一二红。堪笑立身微至著，善谋尤不与人同。

寅

幽谷莺迁乔木丛，巧音高啭闹东风。春归园苑花飞谢，心挂机权事合同。
两只鸳鸯飞上下，一双鸿雁各西东。生涯混俗终翻祸，只好眠云听鼓[1]钟。

① “鼓”，疑为“鼓”之俗体。

辰

细水长流总赴东，几回枯涸又波洪。人缘被祸忧逢犬，生计成时喜见龙。
两只飞鸿悲失侣，一枝花朵又舒红。莫言变化伊无解，争奈时人无始终。

午

胸襟知事未为多，遇福还成祸折磨。猴首正宜施手脚，龙头依旧藉刀戈。
飞鸿阵阵成孤只，紫燕双双垒旧窠。些少甘甜从苦得，皇皇汲汲不须呵。

申

知事多筹虑又深，禄来犹似未堪任。猪头始觉人无虑，龙尾须知利可临。
一阵皆飞忘侣雁，五音空拨绝弦琴。红炉煆[①]炼坚精物，销铄无成似薄金。

戌

回头莫叹家怀事，独奋傍无强处亲。欲识彩云猴上起，待更旧业兔宫身。
双飞雁侣孤群去，一树花梢两果春。依讶生涯有萧瑟，怜君成得是辛勤。

女命《前定易数》：兑

子

心机费尽业重新，涉水登山失故亲。一生孤苦何时脱，有事纷纭空度春。
情怀闷闷聊闲适，恩爱乖违未遇人。自惜年华还易失，每思为计离埃尘。

寅

富贵前缘今已定，生平立计自精勤。终必有人同助力，自然成业不劳心。
双双鸂鶒游溪畔，两两鸳鸯傍浦滨。更得鼠羊来问我，安心享用福重新。

辰

在家无事多遭谤，稳坐幽闺也惹非。平生耿直浑如旧，立计坚高未遇时。
良人在鼠须成就，故里逢牛必败衰。时光侣箭相催去，老却朱颜问阿谁。

午

乘马过桥经险峻，闲人适顾觉辛勤。问君为事何迟晚，亦令图谋早适人。
奈何时来逢知识，可惜情新意转新。且待羊鸡归径后，自然立计尽精神。

申

立计甚多忧，愁怀不自由。祸消终一吉，福至即清幽。
鱼后情难乐，花残果不收。安心当守节，万事莫贪求。

戌

志气立英雄，机谋万事通。待逢龙虎会，终遇少年翁。
绿水鱼同乐，清风雁失踪。前程亨泰事，计业尽丰隆。

---

① “煆”，疑为“煅”之俗体。

伊川击壤集卷之二十八

壬辛：名金乌垂照格

天高不是加丈尺，有志宜谋生羽翼。雁阵横空各自飞，秋鸿江上应孤只。
有花一果通消息，无枝无叶寄踪迹。云中片屋住其家，独奋刚强费心力。

（中）

说着教君笑，时时见是非。樽前莫饮酒，遇鼠自相宜。

（末）

初艰进退未欢忻，无事清高却出群。天外有梯何足虑，成身须遇紫绯人。

男命《前定易数》：夬

丑

云中片屋宜君处，险里安身智自高。刚志立时名利聚，人情和处是非饶。
塞鸿远阵扬风烈，鸳侣离飞为力劳。若论芳园堪倚处，经霜耐雪一枝牢。

卯

智钩心距谩劳神，却喜中年脱离尘。有禄有财家自足，雍兄和弟事重新。
面朋面友懒追逐，结发通心拟可亲。更若操心留礼义，鹏飞千里号仁人。

巳

是非窟里奋双拳，刚健谋猷事两全。莫讶中年心未快，须知他日禄宜迁。
空中三雁各飞远，池内双鸳意渐联。若解知机心退早，安荣酣乐享高年。

未

虎兴两翼可峥嵘，才遇风云智自生。用尽心机当晚岁，做来活计胜前荣。
风吹雁字何踈豁，雨洒花枝谩称情。莫道镃基安似石，须防失手有欹倾。

酉

劳力劳心几许难，尽疑计拙处人怀。才逢鼠马回心日，便是高人得意间。
天外施鸿三只远，槛前花果两枝闲。门庭若也存双果，轻似秋毫重似山。

亥

与君立业事难凭，自把心机整顿成。龙虎群中方立事，鼠蛇窟里好扬名。排空三雁声声远，傍槛双花朵朵倾。莫讶门阑无秀气，伫看扬誉在宁馨。

女命《前定易数》：复

丑

花谢庭前果未全，君归失户气相连。若弃他乡财定失，更兼狼藉在楼前。交颈鸳鸯情分喜，施恩鸾凤自团圆。鼠去虎来无虑恐，宁心享用取安然。

卯

役己多因厄难人，回心遮莫惹风尘。放下一时安受制，免寻有事费精神。绣幕低垂身必稳，幽闺寂寞事谐新。两两飞鸿隔山去，寅中终遇一贤君。

巳

立计辛勤事业成，初年每望几时荣。逢牛得遇贤君合，见鼠方当福禄迎。庭前黄叶无人扫，槛外飞莺睍睆声。且问前程当久际，东君留意喜重亨。

未

喜气重重入户新，更逢心巧性超群。侍贵终须逢吉耗，孤身行守必灾迍。鸳鸯交颈施恩重，蛱蝶翩翻粉翅轻。龙蛇变化成家计，不用忧疑自脱尘。

酉

困伴孤窗梦未醒，忽闻雁叫报秋声。惹我旧时情意动，得君近日结新盟。堪叹春光容易老，未知林木几时荣。且看猴儿来眷恋，不应虚度误平生。

亥

水面金鱼徒自乐，人来观处影无踪。重山重水家何在，衣袂飘飘适逐风。羊犬归时财有泰，龙蛇成立必盈丰。辗转细思如一梦，前程再立始无凶。

壬壬：名池沼藏鱼格

生计如鱼戏水池，临危涉险亦无危。鸿飞天上无消息，必竟伤心意绪悲。青草池塘鸳鸯失，洞庭湖上客船稀。知君箭发龙蛇地，莫怨如今未得时。

（中）

生计如林春又秋，百川水泛恁东流。终身必在安然地，好把重山与牧牛。

（末）

前程作事多绷补，几度生涯费力成。骨肉祖亲难倚仗，孤权独立自经营。

男命《前定易数》：坎

子

拟把生涯付两山，不期财利自相便。更将志气乘时用，翻作危疑恼破颜。
庭下芳花悭结果，天边孤雁去无还。鼠蛇欲决行藏事，回首湘江泪竹斑。

寅

从前积善逢今日，犹自吁嗟不过时。幸得东君轻借力，迩来枯木尽生枝。
雁群只只离山去，花谢双双结果垂。遇得危危蛇鼠地，不为奇处也为奇。

辰

丹梯云路家荣显，为报斯人不必临。巢窟是非虽日积，前程生计且留心。
雁行未必群居久，花朵虽开色不禁。若问根基必如此，不如向善止山林。

午

拟看花木满山红，时被天工特地风。情意豁然无懒僻，此身渐欲达亨通。
征鸿别去迷天际，飞燕成窠在木中。鸡鼠嘴头微有咎，猪龙窠里异形容。

申

前程去路如天远，人意行时是白云。举足偶然离险阻，成身终是有玄纁。
花因春去难成艳，雁为秋来易别群。借问百年人事异，利名消息为君分。

戌

前后高低不足论，宜将身计两边存。牛羊一路荆榛地，猪兔两年欢庆门。
雁字天边空呖呖，花枝庭下落纷纷。若解栖身居物外，操持权誉四方闻。

女命《前定易数》：离

子

情怀慷慨立镃基，做就荣华尽自奇。春水鱼游情必乐，明月辉残影更微。
梁燕呢喃寻故侣，林莺睍睆唤雏儿。时来遇贵无多日，羊至昂低整旧机。

寅

半空鸿雁自南飞，嘹呖哀声惹旧悲。幽闺兀坐心孤苦，朱户微开蹙翠眉。
若使马头相遇处，须当财食发良时。东君必竟终留意，但自安心守绣帏。

辰

青云皎洁月团乐，人事欢娱心自宽。朱颜不改旧时美，粉黛难同愁泪潺。
鸡唱一声消息好，莺吟百啭意阑珊。鼠来吉兆依然至，绣幕低垂日饱餐。

午

粉态娇羞未见功，欲逢大贵鼠牛中。金枝桂放偎明月，玉蕊花芳阻乱风。
燕雀空飞分上下，鸾凰两只各西东。生涯只在瓶边稳，莫叹当来孤守踪。

申

奈何分定在山前，山岭危危度履难。身心不稳遭多难，缘业徘徊隔片山。
风排雁阵穿云去，雨打花枝点石斑。与其漂泊长如此，不若留心云水间。

戌

首新不改旧时容，得贵相扶绣幕中。情性雍容无大患，身心和气有新工。
朱帘半卷团圆月，绣扇轻摇骀荡风。徘徊故里家何在，指点前山势气雄。

壬癸：名柳岸栽桃格

万里关山东复西，后前事业是成非。芦从雁别双双远，雨打鸳鸯两处飞。
绿树春花开数朵，秋深叶脱独存枝。知君贵在君臣下，只恐天年又不齐。

（中）

平生遇丙多相称，每见庚危及水刑。虎志远山威自勇，龙儿跨海喜光新。

（末）

碌碌辛勤破与成，关山险难喜无惊。今遇贵人添力佑，命逢得泰晚通亨。

男命《前定易数》：蹇

丑

身心多未定，时至却安然。幸处忧中乐，荣因善处迁。
鸳鸯成密散，鸿雁不成联。遇丙多相称，逢庚更可怜。

卯

万里乡关东又西，从来到老奋身驰。芦花过雁双双远，雨打鸳鸯两两飞。
虎恋远山威自勇，龙归沧海意相随。终身计在荣高地，只恐天涯未遇时。

巳

怜君情性不骄奢，天使功名付尔夸。丙旺庚衰如得脱，龙吟虎啸自荣华。
鸳鸯令处心难却，鸿雁声频意自赊。此理若能明到底，跳凡日月地仙家。

未

乡关万里覆东西，浩浩生涯心奋驰。撞着丙庚情绪悦，相投猴狗利名奇。
芦花过雁声声远，冒雨鸳鸯只只飞。若解高超云物外，震风凌雨免倾危。

酉

乡关虽万里，南北奋心驰。利名才遇也，心意亦周之。
雁别芦花远，花逢果苑迟。见庚多险难，遇丙却真奇。

亥

气象谦仍静，机关诗虑多。也知名利好，争奈运蹉跎。
遇丙方相称，逢庚蹇又过。雁疏鸳侣薄，歌笑老东坡。

女命《前定易数》：师

丑

春风骀荡拂罗衣，和气都归欢笑时。朱门得意无忧虑，绣幕安心少祸衰。
鼠头自有成人美，牛尾依然晚福随。身心和顺家当立，更遇英雄擢桂儿。

卯

心事事难测，收来放去间。兔归如拾得，猴会却开颜。
秋老鸿应远，春归蝶子还。情怀虽广大，唯恐不安闲。

巳

堪笑多荣辱，生来老百般。虽逢龙窟变，争奈鼠窠难。
情意人俱悯，心怀君自悭。安心尘垢里，方得免衰残。

未

离身出外居，资财多定无。纵饶荣且贵，不免破还孤。
双燕寻梁语，孤莺求友呼。但教逢晚景，却得贵人扶。

酉

百事不邅迍，平生最出群。操累能更变，身心福侍名。
畅怀多喜悦，满意旺夫门。为家成俊效，终必策高勋。

亥

性理人难测，心安动静稀。门庭多显耀，夫主必瑰琦。
富贵当今日，欢娱异昔时。全身衣禄厚，未意更慈悲。

癸甲：名月华宝玉格

塞空雁阵归清汉，独对秋江月下明。烟雾遥空千里远，行人独听马嘶声。
荣财积帛兴中末，初主区区更不成。试问老来谁是主，隔花两岸两青红。

（中）

水畔桥边不易逢，隔花两岸景青红。骑龙渐渐登云路，鼠过中年遇主翁。

（末）

气宇峥嵘志未伸，颇有寅缘晚始成。每到忧中还有救，作个清闲快活人。

男命《前定易数》：颐

子

前程必遇公侯贵，正值高台是福基。莫谓青松傲霜雪，还知修竹耐操持。
鸿飞江上斜孤影，花发庭山绽两枝。道至人和非我力，杨花飞起马蹄随。

寅

独化衣冠易旧尘，过桥朱紫赠青书。虽言子美非为美，料想相如未必如。
江外雁飞三只远，槛前花放两枝疏。挺身终在功高地，更训儿孙乐故居。

辰

秋菊春兰兴有时，何须苦恨事来迟。君知莫是仙乡客，天使先难后有奇。
去雁一行横远野，飞花两朵谢疏篱。镃基必入青霄上，犬马应须慎险危。

午

出身多涉辛勤处，始得安闲祸又兴。十仞高台应险歧，一心举步直须登。
雁飞横外归程远，花放园中色未凭。终是利名无大旺，扁舟不见巨波澄。

申

莫将苦事等闲看，历尽危途道始安。桂月重圆云雾散，蛇龙可使混泥蟠。
天边去雁飞鸣远，窗外鲜花带果残。得鼠利名双副意，何须执钓向清滩。

戌

身心劳苦成基业，去路巍巍尚未通。直待鼠来侵玉兔，方教蛇去化为龙。
双双飞雁离沙去，朵朵疏花带雨红。幸喜此身成老大，堪伤亲旧阔西东。

女命《前定易数》：颐

子

二八青春貌最娇，中年福庆永高超。为人多主成还败，为计应须逸反劳。
奇果随风埋土损，前程孤立谩心豪。虎羊微有安闲地，本主争知去路遥。

寅

养拙罗帏莫怨咨，心高性巧有操持。家能卓立身更改，时既荣华祖别离。
牛鼠比和皆吉兆，虎羊福禄不相亏。千里文书传好语，安心几日必荣归。

辰

红桃连雨便离披，但恨平生心戚戚。若为家业破无成，唯有荣华休强觅。
得意时来资荫助，为人难免灾虞逼。前程丈尺使谁量，不到中年寿难测。

午

出门便见杏花红，一路荣华福庆崇。去改门闾好光饰，洊[①]居墓宅足盈丰。
左右云鬟同拥从，尊卑月侣自和同。满堂瑞气祥云照，清贵扬名立大功。

申

冬去春来得几时，北转南风特地吹。重水重山路何远，千般百计是非随。
早得夫家宜再改，若招子息定愚痴。匪远良时遇龙虎，又从晚景发光辉。

① “洊”，为“荐”之异体。

戌

早离慈亲策自长，他乡发迹保荣昌。改换门庭多吉庆，淹留必是有灾殃。
为人定主能权立，处己那堪性善良。东君信息看看至，富贵双全岂可量。

癸乙：名雕鹗弃松格

雕鹗离梧别幽谷，飞过岩前立奇木。雁飞天外怨声悲，鸳鸯戏水多翻覆。
处处花开我未开，我花开时风雨触。劝君不用苦经求，晚年自有千钟禄。

（中）

平生未遂志，贫富无非足。但遇马羊牛，凡事皆可欲。

（末）

创立镃基世路难，欲荣事业历艰悭。得遇水木人相接，显达成名顷刻间。

男命《前定易数》：蛊

丑

雕鹗飞扬去，腾身得意秋。交情亲分薄，财禄晚年优。
江雁飞空去，园花风委休。桃源仙路彻，何必待西周。

卯

怀旧空存恨，趁新意未阑。乖离贤自拙，漂泊易成难。
雁隐云天阔，花开风雨闲。清江风寂寂，残照下西山。

巳

一段生涯事，年来渐渐成。因缘家外立，财禄晚来荣。
雁阵分飞去，花枝艳态轻。前程意莫问，知足免兴嵘。

未

成家莫叹多迟滞，准拟生涯子午中。贵客必期多美利，亲交相见逆情衷。
鸳鸯失队难寻侣，鸿雁孤飞不见踪。堪叹生涯几多事，南柯觉后梦魂空。

酉

重山重水奈何为，一去一来财聚离。有胆向前名利害，缘情结托少交知。
雁声呖呖江边远，花朵纷纷野外垂。借问平生何处好，白云深处好依栖。

亥

身名期两立，志气屈须伸。事逐春雷变，心机役苦辛。
远天归雁急，小槛落花频。借问君家事，中教破复成。

女命《前定易数》：履

丑

试问前程事，忧虞且奈何。只缘衣食薄，至老直奔波。
不向夫荣贵，终遭业障磨。修心行善意，方始得安和。

卯

绣幕灯明灭，操持意气高。前程旺夫位，处世进身豪。
鼠羊增福庆，虎兔主煎熬。终年何足虑，福禄自坚牢。

巳

破祖又离乡，幽闺忆父娘。终身自华饰，暗疾免刑伤。
只恨孤衰早，唯修性善良。前程如一梦，独立守他方。

未

人道没镃基，安心用待时。命乖多聚散，败失不胜悲。
冬被严风扫，秋嫌烈日欺。何时得丰足，直待鼠扶持。

酉

禄破兼伤己，吁嗟势未豪。兴隆龙虎会，方得己身牢。
两目争明处，双窠自苦劳。出山并出水，兰蕙脱蓬蒿。

亥

操持用事莫辞劳，天禀聪明付汝曹。身安意乐须重显，名达财丰不厌高。
云外良人勤着眼，雨中奇果自坚牢。待得鼠羊归计后，水平风静免波涛。

癸丙：名金榜挂名格

龙楼凤阁帝王城，草屋柴扉隐贵人。俗事不干宜省顺，寰中有子尽归京。
天边雁过归何处，阵队遥天只应声。借问长安消息好，稳攀月桂送归程。

（中）

遇犬忧中吉，逢牛吉又凶。随龙前见马，平地到天宫。

（末）

重重经历岂云停，胸次情高志出伦。造化亨通皆得意，命中财禄向前程。

男命《前定易数》：贲

子

虚禄君还有，凶灾不免逢。知心能几许，立业未全通。
去雁空留影，花枝异处红。故乡人不见，依旧月明空。

寅

春到枯枝绿，蟾圆万峤明。安心全大用，举计立前程。

鸿雁南归去，庭花晚景荣。功名无事日，栖隐有余清。

辰

疏亲君独立，负重渐离肩。青月人相会，丹心自已便。

利名终老遇，鸿雁落江边。若问家何在，人归范蠡船。

午

镃基讵可为君计，毕竟年深转见难。俗事午怀人汩没，旧交相隙转阑珊。

休传万里归云雁，好问千重绕舍山。此理晓然君自觉，不须说起泪栏干。

申

锋芒神剑初离匣，一片清光射斗牛。猴鼠相逢权势重，犬羊同会利名优。

鸿雁雍雍沙外远，好花馥馥槛前稠。龙楼凤阁重重贵，到老身心不自由。

戌

居祖非君计，无知是我缘。他时须自立，往事任推迁。

琴有伤人意，鸿为音信传。人生难可断，变化有机权。

女命《前定易数》：丰

子

幽谷栽奇木，峥嵘发早春。欲从斤斧断，须待雪霜晨。

反复家何在，危难事复新。若逢荣贵地，鼠尾脱荆榛。

寅

未遇身心乐，须防有旧灾。中年才得脱，大福逐猴来。

贵客相逢喜，良人安在哉。欲知潇洒地，独乐步高台。

辰

正对秋深月，蟾辉特地新。忧危行渐脱，福禄不辜身。

燕哢呢喃语，莺啼晛睆唇。身心闲未得，聊作半孤人。

午

如将修立百年身，好惜光阴且守心。知得东君西畔立，凤凰藏在竹林阴。

花容恣逞吴姬貌，玉指时弹越调琴。君还借问欢娱处，十里黄沙变作金。

申

守志修身闲未遂，年光易失渐离乖。得时有意龙羊首，忧险灾危马入怀。

两两分飞无定迹，双双对语老难谐。若问他时荣合日，吉来便有冗纷来。

戌

生来直自孤，姻亲有若无。恩情虽若美，谋计两相图。

且守幽闲好，当思时事殊。待君相会遇，鼠马莫踌躇。

癸丁：名琢玉成功格

平生似玉无瑕玷，百年磨难未能成。良工巧匠琢成器，早年应须遇贵人。
霜雁过溪三四只，松�带叶各枝青。知君意在行云外，半把金银伴月明。

（中）

遇马行千里，逢鸡度险桥。鼠牛游不定，龙虎尽歌谣。

（末）

初限灾绊方未免，中年快乐不须求。纵使灾厄无大咎，晚年享福喜优游。

男命《前定易数》：剥

丑

荣业道亨时，成身虑复疑。不须垂玉泪，终见有光辉。
过影云浮雁，残花雨洗枝。欲寻仙路去，争奈命多危。

卯

铸印将复损，斫轮伤斧斤。大都亏用庆，还似不成珍。
雁去空沙漠，花荣抟醉巾。利名方入手，人已坠迷津。

巳

豹隐当时奋，南山气象雄。自疑形质薄，孰敢究穷通。
断峤微鸿影，雕梁花朵红。平生有瑕玷，磨砺始成功。

未

好觅清幽过一生，何如沉醉睡门阑。非多是少身无益，家窘亲疎居自闲。
雁字一行空见眼，花开满树谩凭栏。身南意北情何足，不若留心羡远山。

酉

浓云密雾迷天暗，风恶波深惊小舟。大抵生涯较何异，论之忧恼有因由。
天边雁度重山远，渡上鸳鸯两意悠。伊喜晚年多称意，始知春色胜如秋。

亥

年过时来心未宁，羊鼠来时道自兴。造物不教成鄙俚，随身侍从有祗承。
云山隐隐雁飞绝，院落纷纷花自凝。未信生前尽萧索，新成台阁许谁登。

女命《前易定数》：咸

丑

操权立计要身荣，喜到中年亦有成。且取羊头堪称意，当逢鼠尾事来惊。
杜宇一声啼夜月，娇莺对语作春声。东畔瑶台虽得乐，也劳心志也劳形。

卯

平生守节命蹉跎，还逐悠悠岁月过。花颜改色无人问，玉貌难凭意若何。
双飞蝴蝶劳清梦，两阵鸳鸯戏绿波。甚处芳园堪赏玩，君家时未遇春和。

巳

伤心亲党各纷纷，定分身从别处存。羊去鼠前人自吉，龙吟虎啸祸离门。
寒枝牢落果难立，秋色萧条雁别群。借问何时逾险峻，直须明月出云根。

未

红帏绣幕忘殷勤，双手移梭织锦文。堪嗟情性多疑滞，莫逞机权出等伦。
一轮明月当空照，半夜狂风扫乱尘。若问前程长与短，从头万事更重新。

酉

惆怅绣帏中，心安早岁逢。家声羞未振，鼠穴喜方浓。
问果多中少，由君晚始通。羊蛇相会日，闺阁再丰隆。

亥

夜月遇云开，操持特地来。仁心终得地，恩义亦奇哉。
莺燕声和美，鸳鸯散不回。看看尘渐脱，好觅杏花栽。

癸戊：名雁过重山格

重山过雁楚天高，百岁儿童晚景豪。早岁不成安乐地，荣处家如磨剑刀。
园林是处花开早，直至春深雪未消。遇兔马龙身奋发，利名晚岁遇英豪。

(中)

万里秋风起，千林木叶凋。太阳垂照日，积雪尽镕消。

(末)

久别亲疏祖不全，艰辛历尽始安然。重更自有家风立，始见生涯在晚年。

男命《前定易数》：艮

子

天禄含书贵早求，轩昂头角出潜流。幸然得际风云会，偶尔那逢雕鹗秋。
芦叶风摇归雁远，园林雨送落花愁。示君去后无他事，安坐高堂任白头。

寅

莫谓身荣未必荣，前程那更有推迎。利名翻作南柯梦，才业虽能未出尘。
牢落春风花不结，萧条秋塞雁来宾。一条去路君须觉，云水相逢道自新。

辰

亲眷凋疏不必哀，孤身再整福重来。东君造物无私设，触处枯枝花又开。
鸿雁双双群有失，鸳鸯只只事难猜。鼠猴消息愁难解，蛇口张时立玉台。

午

初岁淹留百事亏，一成一失若何为。举身必得仁人荐，荣业须逢牛马时。
莫叹孤鸿沉远塞，堪忧鸳侣独栖池。芳菲树上重开处，始觉春阳发旧枝。

申

意气成时独异常，秋来佳致胜春光。淹留岁月当牛马，荣达身名问鼠羊。
飘散雁行飞自远，重开花树果然香。君还拾得名和利，好把生涯付醉乡。

戌

得意且须思后末，犹来暂使凶神吉。丹梯有路不宜登，白云无心真可人。
鸿雁悲时不离群，花枝开后还无实。到头辛苦为谁期，堪叹游蜂空作蜜。

女命《前定易数》：蛊

子

早弃亲闱待俊才，便逢微福自天来。青春陌上花重发，不觉秋残菊再开。
双双蛱蝶名园去，对对鸳鸯逐水回。终身却得清闲地，醉饮双樽步玉台。

寅

骨肉相分且莫嗟，平生孤失复荣华。贵人提挈方如愿，闲虑千般又离家。
福至须当龙虎日，又逢犬鼠作生涯。但得水边人借力，自然福寿众争夸。

辰

前程守分随缘过，平日劳心事未亨。借问时来当虎穴，定教福至遇羊成。
窗前月影饰梅蕊，闺内风狂扫叶声。中途荣乐终须在，重立根基禄自迎。

午

莫叹前程运不通，且将祖计尽归空。奈何碌碌遭孤独，未免波波滞困穷。
除非独守孤帏立，方见前程事可逢。若要留心求稳地，不如闻早慕宗风。

申

生平自得人钦重，世上应知少祸非。若守柔心并巧志，即须前路得媒梯。
福来聚处荣须显，禄至亨通未便衰。假饶立计全无遇，终久荣华亦有时。

戌

高人槛外两相逢，便得荣华福禄崇。改变门闾好光饰，移妆宅舍足丰盈。
为人作事情怀巧，守业成家性识通。更遇羊蛇同会合，必当清贵福雍容。

癸己：名雪释松篁格

雷迸空山应远鸣，松篁雪散柳重青。天边只雁不成对，百岁芦花对月明。
烟雾天香莺语啭，晴天风送马蹄轻。君家借问桃花浦，一朵长春尽九龄。

(中)

遇鼠身须进，逢寅福自生。马头真消息，君子智通亨。

(末)

格局本来为贵命，镃基终不致尘埃。不待前程衣禄厚，晚年姻眷更和谐。

男命《前定易数》：剥

丑

盍与亲无分，多因命蹇离。有家家必破，无事事多非。
落雁塞空阔，花残傍槛垂。几多难与苦，分付与孤儿。

卯

得意岂知前路失，园林春去又秋来。安充事理如翻掌，生计因缘定倒颓。
音信难凭鸿雁寄，怀情喜异又花开。巫山寂寂空云雨，徒把身心上楚台。

巳

名利终吾子，生涯计几家。不须频怅望，何用苦咨嗟。
朵朵梨花发，双双侣雁斜。孙阳青眼顾，骐骥脱盐车。

未

亲计萧疏利亦疏，此身还见两边居。老途过尽几多险，平地相逢事渐除。
孤雁忘群情叵[1]耐，鸳鸯失侣意何如。若还要识身安术，栖隐云山裕有余。

酉

踪迹奔途路，孤身立外家。江山情淡薄，风月谩辉华。
呖呖浮云雁，菲菲带雨花。真临中道日，重整旧生涯。

亥

卓立超群队，成身断祖风。缘情休苦虑，幽意渐疏通。
僻鸠花开薄，高城雁叫空。桃源仙路彻，何用笑途穷。

女命《前定易数》：讼

丑

抱义足于人，性巧心聪俊。闺中均纳祥，堂上承慈训。
奇果主莫贤，良人能斡运。时至福添庚，平生无险峻。

卯

前程多坎坷，福至晚方成。运为虽有分，进用莫贪荣。
侣雁当天去，游鱼跃水深。平生仁义足，食禄受资盈。

---

① “叵”，疑为“叵”之俗体。

巳

昏迷债未省，那得眼前宽。立身无自在，处世少平安。
时来聊喜变，祸去免孤寒。一段幽闲处，留为岁暮看。

未

论汝镃基事，成家也未然。身心多不定，福禄每亏圆。
花放垂红果，云开月上天。晚年滋味别，温饱享天年。

酉

隔越几重山，巍巍不可攀。亲疏多克剥，恩义每多悭。
贵客寻归计，良人去不还。生涯成立晚，惆怅运艰难。

亥

分定今生修善果，须勤积行度良时。放纵身心终不吉，调和情性勿招非。
对对鸳鸯寻水浴，双双莺燕竞呼儿。不知时至归何地，遥望青山坐钓矶。

癸庚：名松桧青枝格

古柏严前岁月深，直坚霜雪耐欺侵。刚柔未决身犹举，白首荣心量满襟。
禄位得时君自险，资财失处又还成。要知立业安身计，三四人中一老心。

（末）

立业除非义重增，云笼月色几千层。落花树上存仙果，得遇猴蛇命发生。

男命《前定易数》：损

子

舒眉展眼向前行，偶见黄金满路生。淹屈此时真得意，高人相济事须亨。
天边虚有南飞雁，枝上空闻晚啭莺。况是老来无一事，却将子女共犁耕。

寅

春风花木斗新红，莫讶东君分不同。自揣根基磐石固，岁寒前后独青松。
鸳鸯飞舞情何极，鸿雁悲鸣似不容。名利多因苦中得，得时还失意忡忡。

辰

欲上层楼几许难，渐登高处觉身安。昔时漂泊虚名利，晚岁成家苦胆肝。
独只鸳鸯离小渚，孤飞鸿雁落沙滩。秋蟾辉处真堪叹，许与幽人取次看。

午

一条险路是生涯，百事纷纭虑祸加。但得地边人借力，忽然众里事堪夸。
双双远去飞鸿雁，朵朵荣开晚景花。鸡唱兔沉银漏断，梦魂惊觉事堪嗟。

申

唇枪心箭暗中危，百计千谋祸自夷。大抵利名皆不定，何疑人事苦支持。
天涯分散群飞雁，槛畔飘扬带萼枝。欲得老来人有履，遇船终济水边危。

戌

内亲凋丧外重新，惆怅无言叹命迍。劳力劳神终有悮，操心操志未逢人。两树落花成果晚，一双飞雁失群嗔。鼠猴方达平生志，骑马牵牛入大津。

女命《前定易数》：蹇

子

立计须忧挫一豪，此身辗转出蓬蒿。鼠头自有荣华地，修善先收志气高。一阵鸳鸯声呖呖，几枝奇果缀夭桃。前程万事成还失，老计区区不怨劳。

寅

空愁空怨意巍巍，改革生涯东复西。休恨自身多难处，却从他日别云泥。枝头消息知春早，水畔良人福与齐。若问前程成立事，晚来山外稳心栖。

辰

玉堂有路夫何远，异日当须入故关。牛尾必知风景别，闺中独坐守云鬟。娇莺对对寻群语，奇果枝枝结实悭。晚来必使身心乐，堪笑生涯鼠虎间。

午

山头迟照影临门，定分重新问主人。废时还有成时在，失处终归得处新。名园莺语逢和日，芳苑花荣遇早春。借问前途人去处，十分陶铸荷洪钧。

申

桃杏开时自一家，桃开杏谢两交加。几多改变因风扫，长把繁华伴月斜。高枝每结重新果，鸳侣相逢意自佳。跨马骑羊备笑日，谁言虚禄也堪夸。

戌

立身未贵为鳏寡，何况年来运未通。欲奋当时心腹事，奈何吉里变为凶。双双蝴蝶随风舞，两两鸳鸯浴水红。唯有猪鸡为好处，依然福禄在其中。

癸辛：名池内浮萍格

池内浮萍夏月开，松枝方辨雪中栽。孤飞雁过潇湘远，百岁儿童老后来。兴废只因辛到癸，成功盖为有多材。如将杖击空中皷，平地雷声震九垓。

(中)

跨马声名好，骑牛带禄行。莫言身未吉，羊角虎头生。

(末)

一点云台志气高，中年事业望青霄。财帛未安常费用，根基渐次弄生苗。

男命《前定易数》：大畜

丑

桃李开时事一家，松材任便雪霜加。几多愁雾因云散，莫把忧心伴月斜。
孤雁却随秋色去，双鸳堪笑野情奢。乘龙跨鼠欢荣日，惭愧功名付汝夸。

卯

刚肠欲奋青云志，争奈生前命不齐。为怪交情缘分薄，莫惭成业立身低。
秦楼燕雀巢应晚，楚峤云鸿去更迷。准拟老来过众望，却将头角入蟠泥。

巳

云龙相济吉将来，隐隐天门闭又开。举足便随云步稳，腾身荐取利名回。
风高迴野雁飞绝，雨泪疏篱花已衰。欲识安危在何日，皤然老首困尘埃。

未

壮心何虑初零落，异日仁人指凤城。亲旧可伤情分薄，利名还许为君荣。
清秋寂寂雁飞远，春晚喧喧花态轻。回首旧途多嶫屼，老亲云水有余清。

酉

生前分定理君知，得道何如失道时。山北山南家再立，疏亲疏祖事无疑。
孤飞鸿雁空中见，双舞鸳鸯沼内嬉。脱得身中牛马厄，春阳始信发枯枝。

亥

莫嗟祥凤在鸡群，羽备翱翔上紫云。两处成身身有异，一心操志志多欣。
花枝未必长荣去，雁阵应须先两分。笑指秦楼歌管别，唯忧垂老不堪闻。

女命《前定易数》：夬

丑

欲问前程事，生来独主孤。离乡终自立，弃祖保安居。
红叶嫌风破，青松与雪俱。贵客还拂袖，何处是吾庐。

卯

娇态如堤柳，情怀每自宽。居仁能守节，修善保身安。
过雁声声怨，雏莺语语欢。鼠牛相会处，方免两眉攒。

巳

危难时将脱，常逢贵客亲。操持来往处，豁达喜佳宾。
雁声成败债，燕语艳阳春。若逢龙处会，终自不辛勤。

未

把握能操略，为人胆气高。驱驰多不定，箕箒事风骚。
池畔双鱼跃，檐前众鹊嘈。枝垂奇果缀，保托寿坚牢。

酉

福寿逢危难，心乖性不常。亲门徒自守，贵处每惊惶。

三井更相觑，双牛必是昌。立身忧横厄，门外径须荒。

亥

画堂深处好施为，只恐乖张命不宜。展转机谋常自遣，妖娆容态每称奇。

一双乳燕寻窠日，几阵游鱼戏水时。良人倚槛情多乐，福来犹更不忘机。

癸壬：名轻舟过海格

遇浪轻舟不复高，平生兴废若波涛。逢猪才息风波险，遇鼠方知松节高。

雁叫碧空悲夜月，鸳鸯并队戏新潮。要知箭发从何处，遇虎方知福自高。

（中）

久益成身志似蒙，心齐碧洞九秋桐。花落先被东风咲，晚向金门问主公。

（末）

险难忧危遇救神，孤权独立更辛勤。他年自有真消息，再立门庭气宇新。

男命《前定易数》：蒙

子

须知祸福有来由，命里蹉跎且莫忧。意志盈怀是虚说，是非聒耳孰能酬。

天高丈仞应难上，名似秋毫莫谩求。待得花残将结果，狂风骤雨一时休。

寅

志大心勤计半成，干名趋贵得虚声。马头行处成须破，蛇鼠来时浊又清。

分飞鸿雁离群去，重结花枝带果声。好把身心看进退，莫教失脚祸非轻。

辰

难危过尽路遥遥，回首知几早鬓凋。秋去自然枝叶槁，春来依旧长新条。

鸿雁天边飞落日，鸳鸯浦下待新潮。前程必有归身计，好把儿童两处招。

午

芰荷雨散两鸳鸯，独归池沼浴新凉。前途回首堪悲恨，异日新添羽翼长。

雁阵两行归远塞，孤舟一只下潇湘。天然祸福争知错，不用将心苦叹伤。

申

万物荣春谢在秋，人情欢处又还愁。利名渐见归龙尾，家道如成立鼠头。

两只雁儿烟外别，一枝花朵雨中留。自宜处道知前事，堪问胡僧指犬牛。

戌

花因春去不成艳，水向东流岂荡波。谩整生涯名利处，徒劳心志是非多。

雁行虽有空群队，琴瑟将调韵不和。肝胆空操云外志，天时不遇且蹉跎。

女命《前定易数》：革

子

出门又遇重重煞，至后终难保寿遐。更主孤刑防阻厄，若无祸患尽堪夸。
须向他门仍自改，留心彼业可安家。东君有意沉酣乐，只恐当年福不加。

寅

主人早弃亲门去，一向东君遇合多。久依祖室如灯灭，不怨离乡去适他。
有子聪明攀月桂，随时任意且高歌。若是修身并积善，何忧处世受奔波。

辰

操心东志要光前，异日终须遇大贤。无謟[①]无谀存素行，克勤克俭有威权。
阵阵春鱼浮水面，双双秋燕向檐前。平生到底无衰□[②]，末路逍遥福禄坚。

午

绣幕低垂远望天，聪明巧志出人前。自恨迍邅基业坠，忽然荣遇利名全。
是非多挠心怀上，闲虑长萦事绪边。却喜生平有终始，终年福禄自高坚。

申

兀坐绣帏中，生事如一梦。气宇称娇容，心怀无所用。
疑险未能除，蝇营巧徒弄。终见贵人扶，利名方出众。

戌

生计立前程，资财必满盈。所作过男子，招君发横名。
试问终身事，羊头福自荣。贵人逢处乐，鼠尾永通亨。

癸癸：名芝兰出草格

好是芝兰出草来，一茎只放一花开。此香透气谁能比，正是移将仙桂栽。
平生天地多磨折，偏然初限受悲哀。自来地数天然别，若有功名莫望财。

(中)

轻舟逐浪去如飞，都道营谋正及时。争奈前程惊畏苦，成破龙猴获宝珠。

(末)

分量元来有变移，图成安稳有颠危。今朝整顿终身计，花成子结送君归。

① “謟”，疑为“諂”之误。
② “□”，字夺。

男命《前定易数》：艮

丑

孤苦多端事未成，再将基业处前程。清闲身地真堪许，荣耀机谋不可停。
鸿雁群飞终觅侣，鸳鸯失伴别含情。中间更有翻身福，节志蹉跎势尽倾。

卯

碌碌生涯东复西，此身独立意凄凄。休将名利求于上，且把心情自放底。
寂寂空飞鸿雁远，疏疏花放晓莺啼。奈何分薄难如意，始入桃源路已迷。

巳

堪叹此生荣又辱，利名入手心何足。俯仰宁知有险危，盖缘得财难得福。
寂寂庭畔夭桃树，飘飘江上雁儿飞。借问前程有何事，老来兀坐有颦眉。

未

天然分定事非虚，处已成家必自孤。无限闲忧来又去，几多名利有还无。
江边鸿雁空来往，庭下花枝果亦疏。鼠尾羊头消息好，好抛一钓钓鳌鱼。

酉

得来未足失尤凶，再整生涯意不同。堪笑不成安乐地，唯言长苦梦魂中。
鸳鸯两只眠沙上，鸿雁一双排远空。向道芙蕖占秋色，尚将志气怨春风。

亥

霄云开处露天衢，莫把从前志气嘘。一箭定教随手发，两重吉兆播当涂。
江边去雁空留影，槛畔残枝花再敷。鸡步蛇奔并免逐，须知成失赋归与。

女命《前定易数》：睽

丑

前行危险遇良人，舌辩滔滔语话新。一去名园问消息，满堂和气便精神。
鼠羊得见花容艳，龙虎相依情性亨。晚来山主云开霁，一轮明月照江滨。

卯

几年兀守红帏坐，今日俄然遇大才。福到自能居富贵，时来且得脱尘埃。
前途活计须存立，在室亲情并不谐。猪猴拂面寻盟好，福禄安排足称怀。

巳

弃却门庭见山水，莺日荣华终自拟。平生守节独超群，福禄依然能立己。
鼠鸡自有成家望，牛尾仍须作事美。为人第一会比和，训子诗书声通理。

未

百年家计喜重成，心本聪明迹更清。近贵悉知名自显，逢时仍与福相迎。
家荣渐觉欢欣聚，财用须知运用亨。虽然有厄当猴犬，不必区区虑此生。

酉

闺中兀守自淹留，行坐愁烦不自由。早弃门庭前路去，远君别里福渐优。
贵客相寻闲静地，良人得遇是奇秋。龙蛇变化荣华在，亲眷相疏不必求。

亥

区区活计恐难量，福禄从头尽未昌。有疾方除形体瘦，无灾定主不安康。
鸳帏滴滴闻秋雨，雁阵声声叫夕阳。借问生平何处住，清虚养性最为强。

渔 樵 问 对

渔者垂钩于伊水之上。樵者过之，弛担息肩，坐于磐石之上，而问于渔者。

曰："鱼可钩取乎？"

曰："然。"

曰："钩非饵可乎？"

曰："否。"

曰："非钩也，饵也。鱼利食而见害，人利鱼而蒙利，其利同也，其害异也。敢问何故？"

渔者曰："子樵者也，与吾异治，安得侵吾事乎？然亦可以为子试言之。彼之利犹此之利也；彼之害亦犹此之害也。子知其小，未知其大。鱼之利食，吾亦利乎食也；鱼之害食，吾亦害乎食也。子知鱼终日得食为利，又安知鱼终日不得食不为害？如是，则食之害也重，而钩之害也轻。子知吾终日得鱼为利，又安知吾终日不得鱼不为害也？如是，则吾之害也重，鱼之害也轻。以鱼之一身，当人之一食，则鱼之害多矣；以人之一身，当鱼之一食，则人之害亦多矣。又安知钩乎？大江大海，则无异地之患焉。鱼利乎水，人利乎陆，水与陆异，其利一也；鱼害乎饵，人害乎财，饵与财异，其害一也。又何必分乎彼此哉！子之言，体也，独不知用尔。"

樵者又问曰："鱼可生食乎？"

曰："烹之可也。"

曰："必吾薪济子之鱼乎？"

曰："然。"

曰："吾知有用乎子矣。"

曰："然则子知子之薪能济吾之鱼，不知子之薪所以能济吾之鱼也。薪之能济鱼久矣，不待子而后知。苟世未知火之能用薪，则子之薪虽积丘山，独且奈何哉？"

樵者曰："愿闻其方。"

曰："火生于动，水生于静。动静之相生，水火之相息。水火，用也；草木，体也。用生于利，体生于害。利害见乎情，体用隐乎性。一性一情，圣人能成。子之薪犹吾之鱼，微火则皆为腐臭败坏而无所用矣，又安能养人七尺之躯哉？"

樵者曰："火之功大于薪，固已知之矣。敢问善灼物，何必待薪而后传？"

渔者曰："薪，火之体也。火，薪之用也。火无体，待薪然后为体；薪无用，待火然后为用。是故凡有体之物，皆可焚之矣。"

曰："水有体乎？"

曰："然。"

曰："火能焚水乎？"

曰："火之性能迎而不能随，故灭。水之体能随而不能迎，故热，是故有温泉而无寒火，相息之谓也。"

曰："火之道生于用，亦有体乎？"

曰："火以用为本，以体为末，故动。水以体为本，以用为末，故静。是火亦有体，水亦有用也。故能相济又能相息，非独水火则然，天下之事皆然。在乎用之何如尔。"

樵者曰："用可得闻乎？"

曰："可以意得者，物之性也；可以言传者，物之情也；可以象求者，物之形也；可以数取者，物之体也。用也者，妙万物为言者也，可以意得，而不可以言传。"

曰："不可以言传，则子恶得而知之乎？"

曰："吾所以得而知之者，固不能言传，非独吾不能传之以言，圣人亦不能传之以言也。"

曰："圣人既不能传之以言，则六经非言也耶？"

曰："时然后言，何言之有？"

樵者赞曰："天地之道备于人，万物之道备于身，众妙之道备于神，天下之能事毕矣，又何思何虑！吾而今而后知事心践形之为大。不及子之门，几至于殆矣。"乃析薪烹鱼而食之饫，而论《易》。

渔者与樵者游于伊水之上。

渔者叹曰："熙熙乎万物之多，而未始有杂。吾知游乎天地之间，万物皆可以无心而致之矣。非子，则吾孰与归焉？"

樵者曰："敢问无心致天地万物之方？"

渔者曰："无心者，无意之谓也。无意之意，不我物也。不我物，然后能物物。"

曰："何谓我？何谓物？"

曰："以我徇物，则我亦物也；以物徇我，则物亦我也。我物皆致，意由是明。天地亦万物也，何天地之有焉？万物亦天地也，何万物之有焉？万物亦我也，何万物之有焉？我亦万物也，何我之有焉？何物不我？何我不物？如是则可以宰天地，可以司鬼神。而况于人乎？况于物乎？"

樵者问渔者曰："天何依？"

曰："依乎地。"

曰："地何附？"

曰："附乎天。"

曰："然则天地何依何附？"

曰："自相依附。天依形，地附气。其形也有涯，其气也无涯。有无之相生，形气之相息。终则有始，终始之间，其天地之所存乎？天以用为本，以体为末；地以体为本，以用为末。利用出入之谓神，名体有无之谓圣。唯神与圣，能参乎天地者也。小人则日用而不知，故有害生实丧之患也。夫名也者，实之客也；利也者，害之主也。名生于不足，得丧于有余。害生于有余，实丧于不足。此理之常也。养身者必以利，贪夫则以身殉利，故有害生焉。立身必以名，众人则以身殉名，故有实丧焉。窃人之财谓之盗，其始取之也唯恐其不多也，及其败露也唯恐其多矣。夫贿之与赃，一物而两名者，利与害故也。窃人之美谓之徼，其始取之也，唯恐其不多也。及其败露也，唯恐其多矣。夫誉与毁，一事而两名者，名与实故也。凡言朝者，萃名之所也；市者，聚利之地也。能不以争处乎其间，虽一日九迁，一货十倍，何害生实丧之有耶？是知争也者，取利之端也；让也者，趋名之本也。利至则害生，名兴则实丧。利至名兴而无害生实丧之患，唯有德者能之。天依地，地附天，岂相远哉！"

渔者谓樵者曰："天下将治，则人必尚行也；天下将乱，则人必尚言也。尚行，则笃实之风行焉；尚言，则诡谲之风行焉。天下将治，则人必尚义也；天下将乱，则人必尚利也。尚义，则谦让之风行焉；尚利，则攘夺之风行焉。三王，尚行者也；五霸，尚言者也。尚行者必入于义也，尚言者必入于利也。义利之相去，一何如是之远耶？是知言之于口，不若行之于身，行之于身，不若尽之于心。言之于口，人得而闻之，行之于身，人得而见之，尽之于心，神得而知之。人之聪明犹不可欺，况神之聪明乎？是知无愧于口，不若无愧于身；无愧于身，不若无愧于心。无口过易，无身过难；无身过易，无心过难。既无心过，何难之有！吁，安得无心过之人，与之语心哉！"

渔者谓樵者曰："子知观天地万物之道乎？"

樵者曰："未也。愿闻其方。"

渔者曰："夫所以谓之观物者，非以目观之也；非观之以目，而观之以心也；非观之以心，而观之以理也。天下之物，莫不有理焉，莫不有性焉，莫不有命焉。所以谓之理者，穷之而后可知也；所以谓之性者，尽之而后可知也；所以谓之命者，至之而后可知也。此三知也，天下之真知也，虽圣人无以过之也。而过之者，非所以谓之圣人也。夫鉴之所以能为明者，谓其能不隐万物之形也。虽然鉴之能不隐万物之形，未若水之能一万物之形也。虽然水之能一万物之形，又未若圣人之能一万物情也。圣人之所以能一万物之情者，谓其圣人之能反观也。所以谓之反观者，不以我观物也；不以我观物者，以物观物之谓也。既能以物观物，又安有我于其间哉？是知我亦人也，人亦我也。我与人皆物也。此所以能用天下之目为己之目，其目无所不观矣；用天下之耳为己之耳，其耳无所不听矣；用天下之口为己之口，其口无所不言矣。用天下之心为己之心，其心无所不谋矣。天下之观，其于见也不亦广乎！天下之听，其于闻也不亦远乎！天下之言其于论也，不亦高乎？天下之谋其于乐也，不亦大乎！夫其见至广，其闻至远，其论至高，其乐至大，能为至广、至远、至高、至大之事，而中无一为焉，岂不谓至神至圣者乎？非唯吾谓之至神至圣者乎，而天下谓之至神至圣者乎！非唯一时之天下谓之至神至圣者乎，而千万世之天下谓之至神至圣者乎！过此以往，未之或知也已。”

樵者问渔者曰：“子以何道而得鱼？”

曰：“吾以六物具而得鱼。”

曰：“六物具也，岂由天乎？”

曰：“具六物而得鱼者，人也；具六物而所以得鱼者，非人也。”

樵者未达，请问其方。

渔者曰：“六物者，竿也，纶也，浮也，沉也，钩也，饵也。一不具，则鱼不可得。然而六物具而不得鱼者，非人也。六物具而不得鱼者有焉，未有六物不具而得鱼者也。是知具六物者，人也。得鱼与不得鱼，天也。六物不具而不得鱼者，非天也，人也。”

樵者曰：“人有祷鬼神而求福者，福可祷而求耶？求之而可得耶？敢问其所以。”

曰：“语善恶者，人也；福祸者，天也。天道福善而祸淫，鬼神岂能违天乎？自作之咎，固难逃已；天之灾，禳之奚益？修德积善，君子常分。安有余事于其间哉！”

樵者曰：“有为善而遇祸，有为恶而获福者，何也？”

渔者曰：“有幸与不幸也。幸不幸，命也；当不当，分也。一命一分，人其逃乎？”

曰：“何谓分？何谓命？”

曰：“小人之遇福，非分也，有命也；当祸，分也，非命也。君子之遇祸，非分也，有命也；当福，分也，非命也。”

渔者谓樵者曰：“人之所谓亲，莫如父子也；人之所谓疏，莫如路人也。利害在心，则父子过路人远矣。父子之道，天性也。利害犹或夺之，况非天性者乎？夫利害之移人，如是之深也，可不慎乎？路人之相逢则过之，固无相害之心焉，无利害在前故也。有利害在前，则路人与父子又奚择焉？路人之能相交以义，又何况父子之亲乎！夫义者，让之本也；利者，争之端也。让则有仁，争则有害，仁与害，何相去之远也！尧、舜亦人也。桀、纣亦人也，人与人同，而仁与害异尔，仁因义而起，害因利而生。利不以义，则臣弑其君者有焉，子弑其父者有焉。岂若路人之相逢，一日而交袂于中逵者哉！”

樵者谓渔者曰：“吾尝负薪矣，举百斤而无伤吾之身，加十斤则遂伤吾之身，敢问何故？”

渔者曰：“樵则吾不知之矣。以吾之事观之，则易地皆然。吾尝钓而得大鱼，与吾交战。欲弃之则不能舍，欲取之则未能胜。终日而后获，几有没溺之患矣。非直有身伤之患耶？鱼与薪则二也，其贪而为伤则一也。百斤力，分之内者也；十斤力，分之外者也。力分之外，虽一毫犹且为害，而况十斤乎！吾之贪鱼，亦何以异子之贪薪乎！”

樵者叹曰：“吾而今而后知量力而动者，智矣哉！”

樵者谓渔者曰：“子可谓知《易》之道矣。吾也问：《易》有太极，太极何物也？”

曰：“无为之本也。”

曰：“太极生两仪，两仪，天地之谓乎？”

曰：“两仪，天地之祖也，非止为天地而已也。太极分而为二，先得一为一，后得一为二，二谓两仪。”

曰：“两仪生四象，四象何物也？”

曰：“四象谓阴阳刚柔。有阴阳然后可以生天，有刚柔，然后可以生地。立功之本，于斯为极。”

曰：“四象生八卦，八卦何谓也？”

曰：“谓干、坤、离、坎、兑、艮、震、巽之谓也。叠相盛衰，终始于其间矣。因而重之，则六十四卦由是而生也，而《易》之道始备矣。”

樵者问渔者曰：“复，何以见天地之心乎？”

曰：“先阳已尽，后阳始生，则天地始生之际。中则当日月始周之际，末则当星辰始终之际。万物死生，寒暑代谢，昼夜变迁，非此无以见之。当天地穷极之所必变，变则通，通则久，故《象》言‘先王以至日闭关，商旅不行，后不省方’，顺天故也。”

樵者谓渔者曰：“无妄，灾也。敢问何故？”

曰：“妄则欺他，得之必有祸，欺有妄也。顺天而动，有祸及者，非祸也，灾也。犹农有思丰而不勤稼穑者，其荒也不亦祸乎？农有勤稼穑而复败诸水旱者，其荒也不亦灾乎？故《象》言‘先王以茂对时育万物’，贵不妄也。”

樵者问曰：“姤，何也？”

曰：“姤，遇也。柔遇刚也，与夬正反。夬始逼壮。姤始遇壮，阴始遇阳，故称姤焉。观其姤，天地之心亦可见矣。圣人以德化及此，罔有不昌。故《象》言‘施命诰四方’，履霜之慎，其在此也。”

渔者谓樵者曰：“春为阳始，夏为阳极，秋为阴始，冬为阴极。阳始则温，阳极则热；阴始则凉，阴极则寒。温则生物，热则长物，凉则收物，寒则杀物。皆一气，其别而为四焉。其生万物也亦然。”

樵者问渔者曰：“人之所以能灵于万物者，何以知其然耶？”

渔者对曰：“人之所以能灵于万物者，谓其目能收万物之色，耳能收万物之声，鼻能收万物之气，口能收万物之味。声色气味者，万物之体也。目耳口鼻者，万人之用也。体无定用，唯变是用。用无定体，唯化是体。体用交，而人物之道于是乎备矣。然则天亦物也，圣亦人也。有一物之物，有十物之物，有百物之物，有千物之物，有万物之物，有亿物之物，有兆物之物。生一一之物当兆物之物者，岂非人乎！有一人之人，有十人之人，有百人之人，有千人之人，有万人之人，有亿人之人，有兆人之人。生一一之人当兆人之人者，岂非圣乎！是知人也者，物之至者也。圣人者，人之至者也。物之至者，始得谓之物之物也。人之至者，始得谓之人之人也。夫物之至者，至物之谓也。而人之至者，至人之谓也。以一至物而当一至人，则非圣人而何？人谓之不圣，则吾不信也。何哉？谓其能以一心观万心，一身观万身，一物观万物，一世观万世者焉。又谓其能以心代天意，口代天言，手代天功，身代天事者焉。又谓其能以上顺天时，下应地理，中徇物情，通尽人事者焉。又谓其能以弥纶天地，出入造化，进退今古，表里时事者焉。噫！圣人者，非世世而效圣焉。吾不得而目见之也。虽然吾不得而目见之，察其心，观其迹，探其体，潜其用，虽亿万千年亦可以理知之也。人或告我曰：‘天地之外，别有天地万物，异乎此天地万物。’则吾不得而知之也。非唯吾不得而知之也，圣人亦不得而知之也。凡言知者，谓其心得而知之也。言言者，谓其口得而言之也。既心尚不得而知之，口又恶得而言之乎？以心不可得知而知之，是谓妄知也。以口不可得言而言之，是谓妄言也。吾又安能从妄人而行妄知妄言者乎！”

渔者谓樵者曰：“仲尼有言曰：殷因于夏礼，所损益可知也；周因于殷礼，所损益可知也。其或继周者，虽百世可知也。夫如是，则何止千百世而已哉！亿千万世，皆可得而知之也。人皆知仲尼之为仲尼，不知仲尼之所以为仲尼，不欲知仲尼之所以为仲尼则已，如其必欲知仲尼之所以为仲尼，则舍天地将奚之焉？人皆知天地之为天地，不知天地之所以为天地。不欲知天地之所以为天地则已，如其必欲知天地之所以为天地，则舍动静将奚之焉？夫一动一静者，天地至妙者与？夫一动一静之间者，天地人至妙至妙者与？是知仲尼之所以能尽三才之道者，谓其行无辙迹也。故有言曰：‘予欲无言。’又曰：‘天何言哉！四时行焉，百物生焉。’其此之谓与？”

渔者谓樵者曰：“大哉！权之与变乎？非圣人无以尽之。变然后知天地之消长，权然后知天下之轻重。消长，时也；轻重，事也。时有否泰，事有损益。圣人不知随时否泰之道，奚由知变之所为乎？圣人不知随时损益之道，奚由知权之所为乎？运消长者，变也；处轻重者，权也。是知权之与变，圣人之一道耳。”

樵者问渔者曰：“人谓死而有知，有诸？”

曰：“有之。”

曰：“何以知其然？”

曰：“以人知之。”

曰：“何者谓之人？”

曰：“目耳鼻口心胆脾肾之气全，谓之人。心之灵曰神，胆之灵曰魄，脾之灵曰魂，肾之灵曰精。心之神发乎目，则谓之视；肾之精发乎耳，则谓之听；脾之魂发乎鼻，则谓之臭；胆之魄发乎口，则谓之言。八者具备，然后谓之人。夫人也者，天地万物之秀气也。然而亦有不中者，各求其类也。若全得人类，则谓之曰全人之人。夫全类者，天地万物之中气也，谓之曰全德之人也。全德之人者，人之人者也。夫人之人者，仁人之谓也。唯全人，然后能当之。人之生也，谓其气行，人之死也，谓其形返。气行则神魂交，形返则精魄存。神魂行于天，精魄返于地。行于天则谓之曰阳行；返于地则谓之曰阴返。阳行则昼见而夜伏者也，阴返则夜见而昼伏者也。是故，知日者月之形也，月者日之影也；阳者阴之形也，阴者阳之影也；人者鬼之形也，鬼者人之影也。人谓鬼无形而无知者，吾不信也。”

樵者问渔者曰：“小人可绝乎？”

曰：“不可。君子禀阳正气而生，小人禀阴邪气而生。无阴则阳不成，无小人则君子亦不成，唯以盛衰乎其间也。阳六分，则阴四分；阴六分，则阳四分。阳阴相半，则各五分矣。由是知君子小人之时有盛衰也。治世则君子六分。君子六分，则小人四分，小人固不能胜君子矣。乱世则反是，君君，臣臣，父父，子子，兄兄，弟弟，夫夫，妇妇，谓各安其分也。君不君，臣不臣，父不父，子不子，兄不兄，弟不弟，夫不夫，妇不妇，谓各失其分也。此则由世治世乱使之然也。君子常行胜言，小人常言胜行。故世治则笃实之士多，世乱则缘饰之士众。笃实鲜不成事，缘饰鲜不败事。成多国兴，败多国亡。家亦由是而兴亡也。夫兴家与兴国之人，与亡国亡家之人，相去一何远哉!"

樵者问渔者曰："人所谓才者，有利焉有害焉者，何也?"

渔者曰："才一也，利害二也。有才之正者，有才之不正者。才之正者，利乎人而及乎身者也；才之不正者，利乎身而害乎人者也。"

口："不正，则安得谓之才?"

曰："人所不能而能之，安得不谓之才？圣人所以惜乎才之难者，谓其能成天下之事，而归之正者寡也。若不能归之以正才，则才矣难乎语其仁也。譬犹药疗疾也，毒药亦有时而用也，可一而不可再也，疾愈则速已，不已则杀人矣。平药则常日用之可也，重疾非所以能治也。能驱重疾而无害人之毒者，古今人所谓良药也。《易》曰：'大君有命，开国承家，小人勿用。'如是则小人亦有时而用之。时平治定用之则否。《诗》云：'它山之石，可以攻玉。'其小人之才乎!"

樵者谓渔者曰："国家之兴亡与夫才之邪正，则固得闻命矣。然则何不择其人而用之?"

渔者曰："择臣者，君也；择君者，臣也。贤愚各从其类而为奈何。有尧舜之君，必有尧舜之臣；有桀纣之君，而必有桀纣之臣。尧舜之臣生乎桀纣之世，桀纣之臣生于尧舜之世，必非其所用也。虽欲为祸为福，其能行乎？夫上之所好，下必好之。其若影响，岂待驱率而然耶？上好义，则下必好义，而不义者远矣；上好利，则下必好利，而不利者远矣。好利者众，则天下日削矣；好义者众，则天下日盛矣。日盛则昌，日削则亡。盛之与削，昌之与亡，岂其远乎？在上之所好耳。夫治世何尝无小人，乱世何尝无君子，不用则善恶何由而行也。"

樵者曰："善人常寡，而不善人常众；治世常少，乱世常多，何以知其然耶?"

曰："观之于物，何物不然？譬诸五谷，耘之而不苗者有矣。蓬莠，不耘而犹生，耘之而求其尽也，亦未如之何矣！由是知君子小人之道，有自来矣。君子见善则嘉之，见不善则远之；小人见善则疾之，见不善则喜之。善恶各从其类也。君子见善则就之，见不善则违之；小人见善则违之，见不善则就之。君子见义则迁，见利则止；小人见义则止，见利则迁。迁义则利人，迁利则害人。利人与害人，相去一何远耶？家与国一也，其兴也，君子常多而小人常鲜；其亡也小人常多而君子常鲜。君子多而去之者，小人也；小人多而去之者，君子也。君子好生，小人好杀。好生则世治，好杀则世乱。君子好义，小人好利。治世则好义，乱世则好利。其理一也。"

钩者谈已，樵者曰："吾闻古有伏羲，今日如睹其面焉。"拜而谢之，及旦而去。

参考文献

晁公武. 四部丛刊三编·史部（二九）·昭德先生郡斋读书志［M］. 上海：上海书店，1985.

丁度. 宋刻集韵［M］. 北京：中华书局，2005.

徐有贞，倪谦，韩雍. 武功集·倪文僖集·襄毅文集［M］. 上海：上海古籍出版社，1991.

解缙，等. 永乐大典（十册）［M］. 北京：中华书局，1986.

倪宗正. 倪小野先生全集［M］. 济南：齐鲁书社，1995.

阮元. 文选楼藏书记［M］. 上海：上海古籍出版社，2009.

邵雍. 伊川击壤集［M］. 陈明，点校. 上海：学林出版社，2003.

脱脱，等. 宋史［M］. 北京：中华书局，1985.

余敦康. 内圣外王的贯通——北宋易学的现代阐释［M］. 上海：学林出版社，1997.

俞樾. 茶香室丛钞［M］. 贞凡，顾馨，徐敏霞，点校. 北京：中华书局，1995.

张邦基. 墨庄漫录［M］. 上海：上海古籍出版社，2003.

郑定国. 邵雍及其诗学研究［M］. 台北：文史哲出版社，2000.

郑振铎. 中国文学史［M］. 北京：团结出版社，2007.

朱伯崑. 朱伯崑论著·易学哲学史［M］. 沈阳：沈阳出版社，1998.

朱熹. 朱熹集［M］. 郭齐，尹波，点校. 成都：四川教育出版社，1996:.